ちくま文庫

落ちる/黒い木の葉

ミステリ短篇傑作選

多岐川恭
日下三蔵 編

JN259238

筑摩書房

目次

第三部

落ちる／黒い木の葉

ミステリ短篇傑作選

第一部

落ちる

玄関に出て靴をはこうとした途端にめまいがした。距離感があいまいになっていて、靴下の足をたたきについて汚してしまった。慣れないせいなのだ、と不安を抑えつけた。佐久子が来たので、おれはわざと笑顔になって靴をはきにかかった。

「何を笑っていらっしゃるの」

そういう佐久子の声も笑っていた。

「足がとちってねえ、靴下を汚したよ」

「あらあら、しようがないのね。すっかり大きな坊やになっちまって……」

佐久子は、おれの体をうしろから抱くようにした。押しつけられた肌の感触がおれを涙ぐませていた。佐久子ははしゃいでいる。

「永く靴をはかないでいると、足がふくれるのかね。何だか窮屈になった」

「本当に永い間ね。でも大丈夫?」

夫婦で外出するのは一年ぶりだ。大丈夫でなくとも中止できはしない。佐久子を失望させないためなら、二、三時間の苦行くらいは何でもないはずだ。

化粧をした佐久子も久しぶりだ。別人のようだ。彫りの深い端整な顔がハッとするほど新鮮に、美しく見える。おれは抱きよせた。唇にふれる時にまためまいが戻って来たが、何ものかに挑戦するように、おれは足をふみしめて格子戸をあけた。

外は朝陽があふれ、植込みの山茶花《さざんか》や木犀《もくせい》のなめらかな葉が白い照り返しを見せている。松の葉が痛いほど鋭く光っていた。眼を上げると、雲一つない青空はギラギラする光を粉のようにまき散らしている。その光の粒々が蝶の鱗粉に似て降りかかってくる……そんな幻覚に襲われる。おれは眼を落した。

佐久子の歩調に合わせて、足もとを見ながら歩きだしたが、案外よろめきもしなかった。

「長峰君を呼んで、一緒に行ってもよかったね」

「どうして?」

おれは後悔した。いらざることを口にしたものだ。佐久子の問い返す表情は、どこか、おれをとがめていた。

「いや……やっぱり二人のほうがいい。お医者は今日だけはタブーだ、ははは」

たとえ一日でも、気づかれや鬱積した不幸感から、佐久子を解放してやらなければならない。

陽光にぬくんだ白い道だ。丸い砂利石がぷつぷつ浮き上って見えるのが、何かの本に載っていた、バクテリヤの顕微鏡写真を連想させる。その道が、水底を見下ろしたように、ぐらりとゆれることもあるのだ。かげろうのせいだろうか?

そのうちにおれは、あたり一面、漠然とした敵意に囲まれている気がしだした。道も、立木も、家も、空も……春の自然がおれにおっかぶさって、じわじわと首をしめてくる感じだ。おれはしきりにハンカチで顔をぬぐった。

「暑い？」

眼ざとい佐久子はすぐそう言って、おれをのぞきこんだ。ふとおれは、そのようによく気を遣ってくれる佐久子をうとましく思った。それは、おれ自身にも意外な気持だった。弱った神経のせいかもしれないが、おれは恥じた。

おれたちは、禁欲しているわけではなかった。節制は必要だったが、禁欲はかえっていけないというのが長峰の意見だった。だが、こういう中途半端さがよかったかどうか、今のおれは疑っている。

おれと佐久子とは、いわば間歇的に愛し合った。節制の期間を出来る限り長くしたのである。おれは元来性欲のうすい男だ。おれだけだったら、全然の禁欲がむしろ適当だったかもしれない。だが、佐久子はそうではなかった。佐久子の体には激しい情欲が流れていた。一週間、十日ときびしくおれをしりぞけながら、結局狂おしく愛撫を求めてくるのは佐久子のほうだった。夜の佐久子は、今横を歩いているつつましい妻とは違う。なだれのような荒々しい力が、その四肢を燃え立たせている。受身のおれは、しなやかな腰を支えながら、野獣に抱きすくめられているような錯覚に捉えられることすらあった。そういう夜の愛撫を、おれはいくらか恐れてもいることは事実だった。おれたちは、かならず二日か三日は続けて酔いしれた。激情のあと、おれは頭から血が引いて、真空に投げ出されたような虚脱に陥った。体全体がどこか地下へ深く沈んで行くような気がし、天井の桝目が高く高く、小さくなって行くのだ。

……いけない。こりゃいけない。

そんな時に、おれにそう囁くものがあった。それは、ぼんやり「危険」を伝えていた。だが、おれには佐久子の肉体をしりぞける勇気はなかった。いやおれ自身、病的と思えるほど佐久子を求めはじめていた……

このような立ち入ったことは、長峰にはもちろん話さない。おれは医者としての長峰に従順だし、十分の尊敬をつくしている。ただそれは表面で、おれは長峰を嫌いであり、全然信頼もしていない。

……見慣れているはずの街である。電柱の列も、若芽を吹きはじめた街路樹も、商店の看板も、いや、行き交う車や人波も一年前と変らないのに、すべての風景がよそよそしい。それは見知らぬ人に歯をむき出す犬のように、おれの頭に突き刺さってくる。宣伝の放送や、警笛や、あらゆる騒音が、巨大な量になって殺到してくる。こめかみのあたりが、しびれるように痛みはじめた。

知らず知らずに佐久子によりかかる姿勢になっていたのだろう、佐久子は腕に力を入れておれを支え、たえず「大丈夫?」ときいていた。

「佐久子。やっぱりよして帰ろうか」

おれは心からすまなく思いながら、哀願の口調で言った。

「気分がお悪いの?」

「頭がくらくらする……」

「そう。やっぱりいけなかったわね。ここから引き返します?」

だが、眉をよせて急に暗い表情になった佐久子を見ると、今更引き返すことは残酷だと思った。今朝、眼を輝かせて外出を提議したのは佐久子で、お天気もこんなにいいのだから、足ならしに街に出てみようと言うのだった。なるほど、茶の間に坐っていても透明な日ざしの感じられる日和だった。戸外には幸福感が溢れているように思え、よし、これなら行けるぞという気になったのだ。

だが、ぼろっ切れのようになったおれの神経には、やはり無理だった。……いや、無理だとはじめからわかってはいたのだ。佐久子が知らないだけのことだ。おれは極力、こわれてしまったおれの神経を知られぬように振舞っていた。だから佐久子は、おれがほとんど平常の精神状態になったと思っているのだ。佐久子をみじめにしないために、外出を続けよう。どんなことになるか、それはその時の事だ。

「なに、急に陽に照らされたせいかもしれない。すぐ慣れるだろう」

おれは歯をくいしばり、正面を向いてまた歩きだした。すれ違う男女が皆、おれにさげすんだ流し目をくれているように思われた。行き過ぎた所で、みんな一斉におれを振り返って、赤い舌を出していそうな気がする。

　貧血のせいか、風景は古いフィルムのように黄色っぽい。

　佐久子は気づかわしそうな様子で黙って歩いている。

　そのうちにおれは、自分の背後のことがしきりに気になりはじめた。

……子供の頃、授業が退《ひ》けて運動場を通って帰っていると、野球のそれ球をイヤというほど背中にぶつけられたことがある。しばらく息ができなかった。それからかなり永く、いつも何か危険なものがうしろから飛んで来そうな異常な心理におびやかされた。おれは話にきいた狐のように、道を歩いていて、何度もヒョイヒョイとうしろを振り返るくせがついてしまったものだった。

　同じ心理である。この年になって、この街路で、どうしてそれがよみがえったのか。

　よそう、よそうと思いながら、つい反射的に何度もうしろを見てしまう。

「どうなすったの。どうして、そううしろばかり見ていらっしゃるの」

　佐久子が気づいてしまった。

　おれは、あいまいにごまかした。これが最後だぞ、もう絶対にうしろを見ないぞ……と自分に言いきかせて、もう一度首を廻した。

　おれはその時、長峰の姿を人ごみの中に見た。いや、見たと思ったのだが、人違いだったろうか。幻視だったろうか。現在のおれは、自分の五官が信じられない。そいつは茶色のオーバーの襟を立てて、顔をかくすようにしていた。百メートルばかりうしろだった。

「長峰君のようだったが……」

佐久子はふと、体をかたくしたらしかった。

「本当?　どこに?」

だが、それらしいあたりには、もう長峰だとおれの思った姿はない。

「うそおっしゃい。長峰さんが今頃こんな所を歩いてるはずはありませんわ」

抑えた口調だが、いくらか腹立たしげだった。長峰のことを口にすると、なぜか、佐久子を不機嫌にするようだ。おれの見ている限りでは、佐久子は長峰に丁重である。幾分よそよそしいとも言える。長峰が佐久子に愛情を抱いているとしても、佐久子のほうでは……しかし、おれはそれ以上考えないことにしている。おれは、自分の病的な猜疑心がどこまで行こうとするのか、その結果、どのように佐久子を侮辱することになるか、それが恐ろしい。

口の中がカラカラになっている。だが、背中はつめたい汗で寒気がする。身につけたオーバーの重さが、急にやり切れなく感じられる。おれは、自分を日向に投げ出された一かたまりのぼろのように思う。

五日ほど前の朝だったが、佐久子は久しぶりにかみそりを出し、肌ぬぎになって顔やえりを当りはじめた。見ていると、いかにも慣れない手付で、危っかしい使い方をしているので、剃ってやろうと言った。その時はいい気分で、気軽にかみそりを手にした。

佐久子の生毛《うぶげ》の見える肌は、ほのぼのとかすんだ白さだった。おれはそっと肩を抱いて、えり元に顔をうずめた。おれには何もいらない。世界がどうなろうとかまわない。おれには佐久子だけがいればいい。おれの人生は、佐久子との愛情だけで十分だ。……

かるくたしなめられて、いざ、剃ろうとしたが、おれは何という愚か者だったろう。かみそりの冷たい鋭い刃と、佐久子の柔軟な肌との対照が、おれの病んだ心にどんな刺激を与えるか気づいた時はおそかった。

あの呪われた誘惑が、兇暴な、めくら滅法の「破壊」の欲望が、例の身ぶるいするような感覚と共におれを圧倒しはじめていた。

それは佐久子の肌か、おれ自身の頸か、どちらかだった。おれは刃先がズウンと肌に沈み、鮮血の糸を引いて厚い脂肪層が切り開かれる様を見た。また、おれ自身の頸動脈をざくっと切りさく手のさばきを感じた。

神に祈る気持で落ちつこうとあせったが、飛び上るような心臓の鼓動で手元は激しく動いている。今、この瞬間にも発作的にやりそうだ。おれはかみそりを乱暴に畳の上に投げ出して、「自分でやったほうがいいだろう」という意味のことを、かろうじて普通の調子で言った。

佐久子は、あっけにとられた様子でおれをじっと見ていたが、「勝手な方ね」と笑っていた。

そのあと、別室で横になり、胸をはだけて眼を閉じたままじっとしていた。おれは、もうだめだ。涙は畳に吸いこまれた。

横断歩道を渡ろうとするおれの姿を通行人が注目していたとしたら、彼らはおそらく噴き出したことだろう。まだ四十には間のあるおれが、まるで老人のように背を曲げ、首を前に突き出して、血走った眼をキョロつかせている。大あわてにあわてているようで、足はなかなか前に進まないのだ。

おれはシグナルが赤に変り、乗物の流れが一斉に襲いかかってくるのを恐れていた。轢き倒されるという恐れではない。おれ自身が、車輪の下に飛び込みはしないかという恐れなのだ。

……おれは子供の頃からひよわな神経を持っていた。少しの刺激でも耐えられないほど、おれにひびいた。

学校の映写会で西洋物の三巻ばかりの喜劇を見たとき、その中で一人のいたずら好きの少年が、鉄橋の真中で汽車に出会うシーンがあった。逃げることも身を避けることもできないので、レールの間に長くなって伏せ、死んだようになっていると、汽車は少年の背中すれすれの所でうまく通過してしまう。少年はキョトンと頭を上げる。すると、汽車がどういうわけか逆行してくるので、また伏せる。そのくり返しで、見ている者はゲラゲラ笑っていた。が、おれだけは冷汗をかきながらこんなことを考えていた。……あれが、もしおれだったらどうだろう。おれは汽車が通過してしまうまで待ち切れずに、ひょいと頭を上げてしまうのではないだろうか。一瞬間でおれの頭は粉砕され、おれという存在はなくなってしまう。そうだ。きっとおれはむちゃくちゃな衝動にかられて、頭を上げてしまう……おれは、闇の中で悪寒にふるえていた。

鶏の砂嚢《さのう》の消化力を試すため、針を栗のイガのように出したボールを造り、オブラートに包んで呑み込ませるという実験の話を聞いたことがある。針を呑ませる……そのことに、おれは病的な牽引を感じた。おれは針や尖ったものを見ると呑み込みたくなるので、それらを恐れた。高い所に立つと、飛び降りたい衝動に襲われた。形容しがたい力で、それは、おれを引きずり込もうとするのだった。

人間は自己保存の本能とともに、自己破壊の本能をも持っているのだろうか。そうだとすれば、おれは、自己破壊の本能を過度に具えているのだろう。

もし、おれに譲られた多額の財産がなかったとしたら、とっくに世の中から消えていたことだろう。おれの生命力は稀薄であった。おれは足音を忍ばせるようにひっそりと生きのびているだけで、人生に希望も関心もなかった。それに応ずるように、人生のあらゆる出来事はおれを素通りして行った。戦争すら、おれにとっては無だった。兵隊にも取られなかったし、全国を焼土にした爆撃にも、かけ違って遭わなかった。おれは爆弾の衝撃を知らずにすんだ。おれの世の中を眺める眼は一種の終末観に常に彩られていて、隣人も通行人も、あらゆる人間がおれには無関係な、いわば別世界のまぼろしに見えた。生き延びたのは、ただ死のうとする積極的な意志と機会がなかったからにすぎないし、財産によって生存競争から落伍することを免れていたのだった。

それでもおれは、一応人なみに学校を出て会社員になった。もちろん昇進しようという野心もなく、同僚との付合いもなかった。全く影のような存在であり、それに不服もなかった。

ふとした機会から、亡父の友人であるという人から佐久子を紹介された。佐久子は、ある会社の幹部であるその人の養女ということだった。佐久子に会った時から、おれの人生観は他愛なく一回転した。おれはそれまで女に興味はなく、女も、影のうすいおれなどの相手になる者はなかったのだが、佐久子は一度でおれの心の全部を摑んでしまった。それは、美貌のためであったかもしれない。また、盛んな生命力そのもののような荒々しさ、きびきびとした積極性のためであったかもしれない。

佐久子と結婚した当時、これが自分の妻だと納得するのがむずかしかった。腐れかかった木の実そのままのおれに、こんなすばらしい伴侶が恵まれたのが、どう考えても夢のようだった。

佐久子はおれにとって、最初の、しかもただ一人の女だった。佐久子は考え得る限りの最上の妻であった。おれは佐久子を通じて外界と和解したようである。彼女がいることで、生きているのは悪くないとおれは思いはじめていた。はじめて前途にほの明るい灯がともった。おれは家を美しく飾り、佐久子の身のまわりを彼女にふさわしく装ってやることに生甲斐を感じた。

おれはそうして佐久子を愛しながら、回復期の病人に似た、充実した平和の中にいた。

……わざわいは、忘れ切った頃に無慈悲に摑みかかるのだ。

ある日、会社で勤務中に、おれは突然立ち上り、どこかへ用たしにでも出かけるような気軽さで帽子をとり、事務室を出て、二度とそこへは戻らなかった。なぜそんな行動をとったか、おれ自身にも説明ができない。ただ、ある耐えがたさ、名状しにくい耐えがたさが、おれを動かしていた。……

都会の真中にも、どこか田舎じみた見すてられた感じの空地がよくあるものだ。毎日乗り降りする駅から少し離れた線路ぞいに一個所、そんな所がある。事務所を出たおれは、そのほうへ歩いていた。

曇った日だが、いくらか鈍い光のある初夏の午後だった。人気のない空地の横を通る時、そこにまばらに生えた雑草が風に揺れているのが眼にとまった。それらは赤茶けた半枯れのような色でひょろひょろ伸びていた。古い枕木の積み重ねたのや、子供が忘れて行ったらしい人形のこわれたのが見え、その向こうが線路だった。おれはそこまで行き、清潔な枕木の上のレールを見ていると、ごくかすかな音が耳に入った。昔聞いた覚えのある音だ。遠くから進行してくる列車の音がレールを伝わっているのだ。おれは子供の時、レールにピタリと耳をあて、遠い遠い未来か過去からの音楽でも聴くように、うっとりしていたものだ。ふいに鋭い悲哀が胸を貫いた。やがて列車の轟音が近づき、巨大な機関車の容積が迫って来た時、おれは何もかも呑みつくす渦巻の中にいた。渦巻はグイグイとおれをレールに吸いよせる。おれは何かけものめいた叫び声をあげ、「死」に向かって足を踏み出していた。……

気がつくと、雑草に頬をくすぐられていた。おれはレールの横の湿った土の上に倒れていたらしい。踏切番らしい男がズボンを引き上げ引き上げ、こちらへ走ってくるのを、おれは横になったままぼんやり見ていた。

おれが死ななかったのは、その瞬間に本能が阻止したのだったか。それとも、あんな場合、人を押し倒すような風圧でも起るのだろうか。

不思議なことに、おれの唯一の生甲斐であるはずの佐久子を、おれは警官に保護されて帰宅するまで全く思い出さなかった。

＊

「お疲れになったでしょう？　ここで、しばらく休んでから行きましょうか」

駅の待合室は混んでいた。物音や話し声が、高い天井にわあんと反響している。そのうえにスピーカーも何かしゃべっている。だが、おれはベンチに腰かけているのがやっとで、周囲の声に注意するゆとりはなかった。

……あれは長峰じゃなかったのだろうか？　だが、どうしておれは、長峰があとをつけているなどと思うのだろう。長峰だとしても、どうして、おれたちのあとをつけるのだろう？

「そうぞうしい駅ね。スピーカーは何と言ってました？」

横に坐っている佐久子が、淡い肉色のマフラーにあごを埋めながら、これもいくらか疲れたように言った。

「スピーカー？　知らない」

それがどうしたというのだろう。おれは口をきくのも大儀だった。

「じゃ、あたし切符を買ってきますからね。ついでに新聞を買ってきましょうか。今朝の新聞、うちでお読みになった？」

おれは首を振った。今朝、新聞は見当らなかった。

新聞を片手に、急ぎ足で戻ってくる佐久子を、おれは複雑な気持で眺めた。まるで恋をしている娘のように美しく、若い。そして、まるで他人といってよいほど、おれには新鮮だ。

……おれは勢いよく立ち上った。苦行を続けろ！

そのことがあってから、おれは会社をやめて、住んでいたT―市内からかなり離れた辺鄙な山のふもとに家を求めて移り、引きこもったきりの生活を始めた。その時から長峰がやって来はじめ、おれの主治医といった恰好になった。

長峰は神経症を専攻したというまだ若い男で、佐久子の娘時代の知人だそうだった。彼は佐久子を呼ぶのに「お嬢さん」「佐久子さん」と言い、「奥さん」とは決して呼ばなかった。佐久子の実家に寄寓していたことがあるというので、おれもろくろく知らない少女時代の佐久子や実家の様子をたずねることがあったが、そんな時に、彼は明らかに困惑して話をそらそうとするのだった。話したくない事情があるらしかった。

佐久子は自分がおれにすすめて長峰を呼んでおきながら、彼を好ましく思っていないようだった。それは応対のさいの、よそよそしいまでの丁寧さ、それがどうかした折に、正反対の高飛車な扱いに変っている……そんなことから想像された。長峰のほうでも、佐久子にたいしては気の毒なほどの気弱さ……卑屈さを示すのだった。佐久子にまともに見られると、ふいに顔を赤くしたり、眼のやり所に困っている様子を見せた。彼はおそらく佐久子の家の書生でもしていて、学費を出してもらったといった、いわば主従の関係だったのだろうとも思われた。

長峰はおれに、できるだけ刺激をさけて安静にすること、外出は近所の軽い散歩程度にとどめること、昂奮させる食品をとらないことなどを指示した。おれの話した病的な体験については、神経衰弱者は大たいそんな症状があるものだと言うのだった。夜は不眠に悩まされるので、佐久子が睡眠剤を預った。

おれは時に、じっと考え込んだ。

おれは精神病者ではない。また変質者とも言えない。だが、長峰の言う神経衰弱というようなことではつくせないのではないか。「生命の灯」という形容で言えば、おれは「生命の灯」の乏しい人間なのだ。おそらく長峰には、おれにとって世の中……人生というのは光のうすい、薄紙をへだてて眺めるようなものだ……生まれつき生より死のほうに向いている人間だということがわかっていないであろう。おれは佐久子のような美しい貞淑な妻を得て、生きる張合ができたと思ったのだが、それも、おれのネガティヴな性分を変えることにはならなかったのだ。

おれたちは駅五つほど離れた海岸近くの公園に行こうとしていた。それは海を真下に見下ろす丘陵を切り開いたもので、早春から、桃、桜、つつじと花が咲き続き、弁当持参の家族づれでにぎわう所だった。

列車の中も公園行きの者が多いらしく、混んではいたが座席は取れた。窓の外は灰色の家並がすぐ尽きて海岸が眼の下になった。海の色は濃い藍で、水平線のあたりはかすんでいた。白い波頭が冷たそうだった。おれはいくらか落ちつきを取り戻していて、佐久子の買ってくれた新聞をひろげた。

この線に不通個所があるのを知ったのは、その時である。前日の夜半に衝突事故があり、機関車が脱線顚覆して、レールにもかなりの破損があったので、復旧は今日の午後になるというのだ。

「K駅とY駅の間が事故で、不通らしいよ」

おれはそう言った。佐久子はびっくりした様子で、ちっとも知らなかった、とすまなそうな顔をした。

「その駅と駅の間は歩かなくちゃいけないのね。どうします？」

「歩くほかはないだろうね」

ほかの人たちは知っているのだろうか。知らなかったのは、おれたちだけだったのだろうか。

「でも……」

「いいよ、歩けるんだから」

「大丈夫。線路を伝って行きゃあ、すぐですよ」

隣に坐っていた男が、うっかりしていたおれたちを憐れむように見ながら、そう言った。おれはぐったりした気持でまた新聞に眼をやった。不通個所の地図が出ている。×印のある区間には川があるらしい。


長峰は鼻筋の細く通った繊細な顔立ちで、うすい眉毛の下からおどおどしたような眼がのぞいていた。優男のようだが、首から下は別人のようにたくましく、服の下に、はち切れそうな筋肉が盛り上っているのが想像された。おれは彼の、女のように張り出した尻に激しい憎悪を感じだした。顔や態度にあらわれる内気さ、臆病さと、体つきに見られる動物的な精力……そのチグハグさが嫌いだった。

一週間に一度くらい来ていたが、のちには二度、三度になった。そうなると気がさすのか、おれの居間兼「療養室」には形式的に顔を出すだけで、あとは別室で佐久子と何かぼそぼそ話して帰って行った。

長峰の存在はおれを苦しめた。長峰が佐久子にひかれていることは、明らかだと思われた。おれは、とぎ澄まされた神経で佐久子を観察していたが、彼女の態度は終始一貫していんぎん一点張りで、時に長峰が長居していると、訴えるような視線をおれに向けることもあった。それとなく長峰をどう思うかと聞いてみると、好きだとも嫌いだとも返答しなかったが、おれが初めて見るようなさげすみを口辺に漂わせるのだった。結婚前に長峰と何かあったのではないかという疑いは、そういう佐久子を見ると消えうせたが、それでも、おれの眼はきびしく佐久子を監視してやまなかった。

禁欲が長く続くと、おれには佐久子の着物を通して、その裸体が見えた。すると、おれは、長峰もまた佐久子を欲しながら禁じられている点で、おれと同じ条件のもとにあるではないか、長峰の見る佐久子もまた裸身の佐久子ではないかと思った。この考えはたまらなかった。おれは長峰をゆるせないような気がした。おれは自分の医者を信じない……いや、憎んでいる患者である。長峰が気晴らしの外出をすすめると、おれはことさら居坐った。睡眠剤にどんな細工がしてあるかもしれないと思って、市販のものを、別に佐久子に求めさせた。

愛憎の念の淡いおれが、佐久子によって愛を知り、長峰によって憎しみを覚えたのだった。

去年の夏の終りだった。別室で長峰と佐久子が話していた。おれは部屋の中に一本の錐《きり》を見つけた。それがなぜ、そこにあったのかわからない。佐久子が何かに使ったまま忘れたのだろうと思った。そう思いながら、おれの手は錐を握っていた。苦痛の叫び声で二人が駆けつけて来た時に、おれは血のしたたる錐と、腿の小さな穴から流れだす赤い血の糸を眺めていた。佐久子は悲鳴を中途で押し殺した声で、

「どうなすったの。痛いことをして……さ、下さいね」

と言いながら錐を取り上げた。

「どうして錐が……」

長峰はそう言ったまま黙りこんで蒼い顔をしていた。おれは静かに、長峰に帰ってくれるようにたのんだ。その時の長峰の顔をおれはよく覚えているが、苦痛と悲しみと驚愕とをつきまぜたような複雑な表情だった。

そのことがあってから、おれは長峰の来訪を断わり、家を畳んで再び今の市内に帰った。山麓の家は気分的にいたくなかったし、佐久子にいくらかの気分転換を図ってやるためにもいいと思ったからだった。

列車がとまると、客は皆立ち上って出口に急いだ。この先が不通らしかった。窓からのぞくと、街の重なり合った屋根が眼の下だった。するとこの辺りは高架線になっており、次の駅に向かって下り勾配なのだろう。衝突のあった地点は踏切の近くだと新聞にあったから、次の駅に寄ったほうであるに違いない。

ホームに降りると、人々は出口のほうへ行く者と、そのまま線路にそって歩く者との二つ

の流れになった。

「線路を行きましょうか。外へ出るとずいぶん廻り道になりそうよ」

「それでもいいが、事故の場所は通れるのだろうね」

佐久子はちょっと鋭い眼付をした。

「それは通れるでしょう。みんな、ああやって歩いているんですもの。線路が通れなかったら柵を越えて道を歩いたらいいわ」

「しかし……」

「こんなに高い線路じゃありませんわ。踏切のある所だから」

おれはしばらく黙っていた。それから唐突に歩きだした。佐久子は少しおくれて追いつくと、

「お疲れになった？　こんなことになって、ごめんなさいね」

と、あやすようにおれの腕をとって言った。

人々は線路の両端を一列縦隊になってゆっくり進んでいた。なかには枕木を一つ一つ踏んで行くのもいた。その何となくこっけいな、従順な縦隊の中にまじっておれが歩き、佐久子が続いた。太陽が真上で照っており、おれは時々それを眺めた。白い円が網膜でクルクル廻って視界が真黒になったが、やがて、長く伸びた線路と、黙々と歩む縦隊が再び現われた。

おれはそれを無意味にくり返した。そのうちにおれは、昔おぼえた歌のメロディを頭の中で歌って、それに歩調を合わせていた。歌は不随意に、何度も反覆される。それはうわごとに

似ていた。鉛を呑み込んでいるような気分だった。……どこへでも寝転がって、ただ眠りたい、深く眠りたいと思った。

考えてみると、山麓での生活は完全に失敗だった。あらゆる刺激を遠ざけたということが、かえって長峰の存在を拡大し、おれの神経を彼に釘づけにし、はげしく疲れさすことになっていたようだ。

もとの家に戻り、長峰の姿がなくなると、気持が驚くほど和らいだ。食欲も出てきた。おれは佐久子と、体が完全に治ったら、何かきれいで小ぢんまりした商売……本屋か、花屋でもはじめようなどと相談したりした。

長峰の存在がおれの胸の中で次第にうすれ始めると、激しかった反感も静まり、記憶にあざやかなあのビクビクしたような挙動も、今は微笑を誘われるようになっていた。長峰君は君が好きだったんだろうと言うと、佐久子は顔を赤らめながらうなずいた。少女時代から彼は佐久子を好きだったようだが、一言もそれらしい意思表示をしたことはなかったという。

「あたしは長峰さんが昔から好きになれませんでしたわ。あなたのためにあの人を呼んだのだから、大切にもてなそうとするんですけれど、嫌いな人って仕方のないものね。よっぽどあなたに相談して断わろうかと思ったわ」

佐久子はそう言って笑うのだった。

そんなことを話し合ったせいか、ある晩、夢を見た……というより、薬の影響で、半ば醒めながら、夢から脱し切れなかった印象である。

それは、長峰が細目に襖をあけて、寝ているおれをそっとうかがっているところから始まった。夢の中の長峰は困ったような、しかし、どこか冷笑を含んだ顔付をしていた。

次に、恐ろしい場面が来た。長峰はあえぎながら猿のように佐久子の腰にしがみつき、太腿に顔をうずめていた。佐久子は両手をうしろにつき、長峰を見下ろしながら、乳房をゆって笑い出すのだ。……それからの光景を、おれはうめき声を立てながら見ていた。

起されてみると全身が汗で、おれはしばらく、うつけのように前に坐っている佐久子を眺めた。清潔な寝巻をキチンと着て、心配そうにのぞきこんでいる佐久子には、みだらな影は全くなかった。ひどくうなされていたというので、おれは、猫が胸の上にのっていて動かなかったのだと、嘘をついておいた。

おれはその晩、つき物でもしたように佐久子を求めてさいなんだ。ぐったりして寝床に長くのびると、夢で見た襖があった。襖だけは現実である。しかし、のぞいていた長峰も夢ではなかったような気がする。だが、夜中に長峰が佐久子の部屋に来ているはずがない。佐久子が長峰を引き入れたのでない限り……。おれはそこまで考えると、自分が不安になってきて、傍らの佐久子の胸に頰を当てた。

死神は前ぶれなしにやってくる。その年の暮に近い寒い日に、おれは死に最も近づくことになった。

「うちの電灯が全部つきませんよ。どうしたのかしら」

と佐久子が言った。

「停電じゃないのかね」

「いいえ、ほら、よそのラジオが鳴ってるでしょう。うちだけよ」

そういえば、歌謡曲らしい女の歌声が流れていた。買物に行くついでに電気屋さんに寄ってこようかというのを、安全器のヒューズがどうかしているのだろうからと、おれは修理を引き受けた。

安全器は玄関の内側の壁にあった。佐久子が出たあと、すぐ足継ぎを運び、ネジ廻しをもって上に乗り、丸い輪のつまみを引いて陶器製の蓋をあけた。ヒューズは焼き切れてはいなかったが、ネジ釘から離れていた。おれはネジ釘をゆるめ、はずれたヒューズの端をしっかりとそれに巻きつけて締めた。……これで修理は終りだとほっとした時に、覚えのある戦慄がやって来た。またつまみを握って蓋をすればいいのだが、おれの手元はもう意志を離れていた。おれはヒューズの上部の凹んだ個所に、くろい線の電線が複雑に畳みこまれているのを凝視していた。こいつだな、両方にあるこいつに、おれの両手をふれたら完全に感電死だな……危い。蓋をしろ。おりろ……

眼の前が暗くなった。おれは両手をその黒い凹みに激しい勢いで突っ込んだ。

足継ぎから転げ落ちた時に、おれは感電しなかったことを知って驚いた。そのままで横になりながら……すると、やはり停電なのだ。だが、あのラジオは？　ああ、あれはきっとトランジスタだったのだ。つまり、二重なんだな、停電と、安全器の故障と……そんなことを考えた。

結局、おれは回復の望みはない。おれの精神には、もうヒビが入ってしまっているのだ。佐久子の不注意を責めても仕方がない。彼女は、おれがほとんど健康になったと信じている。佐久子を落胆させるにしのびない。おれは何も知らせずに耐え抜こうと思った……いずれ死神が本当におれをつかまえてしまうまで。

その頃になって長峰がふいにやって来た。しばらくお会いしないので心配していたが、元気そうになって結構だ、と言って嬉しそうな顔をした。おれは長峰という男がいくらか可哀そうになった。夫婦に嫌われていることを知ってか知らずにか、のこのこやってくるのは、図々しいのか人がよいのかのどちらかだ。一週間に一度、日を決めて来るように彼と取り決めた。憎いという強い感情は不思議に消えていて、佐久子に報われぬ愛をいだき続けているこの男を観察する興味だけがおれには残っていた。

……ふと、線路上の行進がとまった。

「おい。あとがつかえてるんだぞ」

「おぶってやれ、おぶってやれ」

そんな声がした。首をのばすと、百メートルばかり先で若い娘が一人、線路の真中で、しゃがみこんでいるのが見えた。おれの頭にひらめくものがあった。すかして見ると、はたして、そこは鉄橋だった。横に鉄の骨組のついていないやつで、この高さだと下の水面……それは新聞の地図にある川だ……まで十メートル以上はありそうだ。枕木と枕木の間は空間のはずだから、足をすべらせると真逆さまに落ちてしまう。娘は眼がくらんで、足がすくんでしまったのだ。

おれは、ある決定的な瞬間が近づきつつあるのをぼんやり感じた。

頑丈な体の青年が娘をおぶって鉄橋を渡ったので、縦隊はまた進みだした。

鉄橋の手前で、ちょっとの間、立ちすくんだ。下は細い流れをはさんだ白っぽく乾いた河原で、大きな石がいくらかゴロゴロしているのが見えた。佐久子は蒼ざめて、おれの手をきつく握っていた。おれは一種の麻痺状態で、恐怖感がなく、頭はすっかり空っぽのまま、ズカズカ歩みだしていた。握っている佐久子の手の微かな震えだけを、おれの感覚がとらえている。

倒錯した陶酔感と自由感がおれを襲った。眼の隅で遠くの空の雲が光った。

佐久子が悲鳴をあげたのは、おれが彼女の手を引きながら川へ飛び込もうとしたからだったのか、それとも、おれか彼女のどちらかが足をすべらせたのだったか。いやそれより、おれも佐久子も別の強い力で押し倒された。佐久子が悲鳴をあげたのは、その時であろう。

ほんのわずかの間、おれは失神していたのだと思う。

日向臭い木の匂いが、最初におれの鼻をくすぐった。おれは枕木に頬をつけているのだった。眼の下に小さな川が流れ、病葉《わくらば》を一枚浮かべているのがはっきり見えた。そのあたりから涼しい風がかすかに山近い香りを含んで枕木の間を吹き上げてくる。おれは、何か非常にさわやかなものが体中にしみ透ったような気がした。

すぐ横に、佐久子と向かい合っているのが長峰だとわかっても、おれは、別に驚かなかった。

二人は何か言い合っていたらしいが、おれが起き上ろうとしているのを見て急いで手を出した。おれは、二人の緊張してひきつったような顔を興味をもって眺めたが、とにかく今日はこれで引き返そうと提案した。

「ぼくは長峰君とちょっと話があるから、佐久子は先に行ってくれ。すぐ追いつくから」

佐久子は激しい動揺を顔に出したが、おれのおだやかな語調には否応言わせぬものがあったらしく、おとなしくうなずくと、今来た線路を引き返し始めた。そのうしろ姿を眺めながら、おれは長峰にきいた。

「君は、ぼくらのあとをつけていたね？」

長峰は咄嗟に口がきけないふうで、ちょっと顎を引いた。

「ぼくらが、今日外出するのがわかっていた？」

「そういう計画を佐久子さんにきいたこともありますが、今日はお訪ねしようとして、二人でお出かけのところを見たものですから……」

「なぜ、つけた？」

長峰の顔がゆがんで、泣き面になった。

「どうか、私の誠意を信じて下さい。私の誠意を……」

「ぼくを突き倒した誠意をかね」

おれは微笑した。

「それは感謝しよう。ところで、君はぼくが薬で眠っている時に、佐久子の所へ来ていたね」

おれは、頭を垂れてしまったあわれな長峰を見つめながら続けた。

「佐久子のことはいつから？」

長峰は急に頭をあげ、血走った眼で言いだした。

「佐久子さんは、あなたの信じていられるような人じゃありません。どうか私の言うことを信じて下さい。そして……そして、佐久子さんから離れて下さい」

その話では、佐久子はコケットであり、異性との関係が無軌道だった。少女時代から数人の愛人を持ち、実家の書生だった長峰とも、その頃から交渉があった。実家では、彼女の素行が世間に洩れないうちに結婚させようとあせっていた。配偶者になる男は、世相にうとく、しかも、ある程度は恒産のある男でなければならなかった。おれがつまり、その条件を満足させたお目出たい男だった。過去を抹殺するため、佐久子は一旦、亡父の友人だという養父のもとへ来てから、おれに嫁したわけである。おれはその養父から、実の両親はすでに死亡していると聞かされていた。

佐久子は結婚後も時々長峰と交渉があり、彼が公然と訪問するようになってからは、それが度数を増した。長峰は不道徳と、それを恥じない大胆な佐久子をおそれた。だが清算しようと思いながら、ずるずると引きずられるばかりだった。

そのうちに恐ろしい疑念が生まれた。佐久子は、おれをどうかしようとしているのではないか、というのだ。長峰のおそれは二重になった。せめて、おれの身が安全なように監視を怠るまい……それだけが、長峰に残された唯一の贖罪だった。

話は大要、そのようなものだ。おれは言った。

「君の話を信ずるかどうか、また佐久子をどうするか、そいつはぼくの自由だね。これからのぼくの行動も自由だ。今から引き返して、佐久子と町へ買物に行くのだが、君は反対の方向へ歩け。そして、ぼくの視界から消えてなくなれ。それから、医者だった君に言っとくがね、ぼくは今非常に気分が爽快で、夢から覚めたようだよ。ひどいショックで精神のバランスが戻ったのかもしれないね。医学的にそんな例があるかどうか知らないが……」

おれは言いすてたまま、線路を引き返しはじめた。そして、あれこれ考えた。

……こんなことを推論することができる。佐久子の今日の外出は、前から計画されていたものだ。目的地の公園には海を見下ろす絶壁がある。おれは例の病気を出して、渦の中へ飛び込むかもしれない。また、帰りにデパートに寄ることになっている。屋上には都会の谷間を見下ろす断崖があるではないか。さらに、偶然の列車事故がある。佐久子が外出を急にすすめたのは今朝の新聞を見、地図を見て、不通区間に鉄橋があることを知ったからであろう。その鉄橋が、かなり高い所にかかっていることも思い出していたであろう。今朝、新聞が見当らなかったのは、かくしたのだと考えることができる。佐久子は駅で新聞を買い、おれが新聞に眼を通していないことをたしかめた。それに、「スピーカーは何と言ってました？」ときいて、これも聞いてないことをたしかめている。

佐久子の失敗は踏切のことを口にしたからである。おれは佐久子に事故について話したが、それが踏切の付近であるとは言わなかったはずだ。

佐久子は、おれの自滅を待っていたと言える。おれが死神の懐に飛び込むのを待っていたのだ。

おれが錐を腿に突き立てた時、長峰が複雑な顔をしていたのを思い出す。彼は、おれの眼にふれる所からあらゆる危険なもの、尖ったものを遠ざけるように言っていたのではないか。その錐がおれの部屋にあったので、はじめて佐久子の意図に疑念を持ったのではないか。

停電の事件も、ヒューズをはずしたのは佐久子ではないか。するとおれが死を免れたのは、佐久子が実際の停電を知らなかったためにすぎない。かみそりを持ち出したあの時も、故意だったのだと思える。彼女を傷つけるより、むしろおれの頸を掻っ切るだろう……正に、そのとおりだ。

佐久子は正確に計算していた。それに、長峰の登場……佐久子はジリジリとおれの神経を締めつけ、破壊しようとしている。夜の愛撫の不規則な激しさにも、はっきりした冷たい意志があったのか……

けれどもおれは、これらの推定をやはり仮説として考える。佐久子は長峰の言うような女で、おれの推定は事実かもしれない。しかしまた、佐久子は今までおれの信じていたとおりのつつましい妻であり、あれは全部長峰の作り事かもしれない。

おれの推論といっても、具体的な裏付けは何もないではないか。だが……

長峰は、どうしておれを突き倒したのだろう。突き落すためだったのか、それとも反対に、落ちる危険からおれを救うためだったのか。

おれの瞼に、結婚して以来の佐久子のさまざまな姿態と表情とが浮かんでは消えた。憎しみや怒りの感情は全くなかった。純粋ななつかしさだけが、おれを涙ぐませていた。

おれの推理が事実だとしたら、どうして彼女はおれの死を願ったのだろう。長峰のような男を本当に愛しているのか。愛しているのなら、なぜ、簡単におれと別れないのだ。結局、長峰とおれの財産と、両方が欲しかったのか。

駅で佐久子と一緒になり、街に引き返すと、車をひろってデパートへ行った。佐久子がおれの顔色をうかがいながら、まっすぐ帰ろうと言うのを、おれはきかなかった。おれは始終機嫌よく受け答えをしたので、佐久子は安心して多弁になっていた。

佐久子が買物をすます間、おれは屋上で待っていることにした。

飛行機がぐるぐる廻り、汽車が動き、木馬がはねている。とりどりに着飾った子供たちが歓声をあげているのを尻目に、おれは静かな片隅に行って手すりから下を眺めた。あらゆるものが、ちっちゃく地上にへばりついてうごめいていた。

もしここから飛び降りたら、途中電線に引っかかって一回転しながら鋪道に落ち、まず即死するだろう。そして新聞には「原因は神経衰弱から」という小さな記事になって載るだろう。

おれは手すりから少し乗り出して、外側の壁を眺めた。荒いコンクリートで、手すりのふちから一メートルほどの所に一定の間隔で頭を上に向けた鉄筋の先が突き出ている。これは広告の長い布切れなどを引っかけて垂らすのだろうと思った。おれは目測してうなずいた。

……お前に、しかしやれるか?

そう自分に問いかけながら、おれはふるえた。

……買物のすんだ佐久子がやってきて、おれと並んでベンチにかけた。この一角は日がささず、建物の蔭になっていて誰もいない。そこではじめて佐久子は、長峰が何を言っていたのかとたずねた。

おれはそのままを話した。佐久子は涙を流して激昂した。

「うそです。みんな、あの人のいやしい作り事です。あなたは信じて下さいますわね。あたしを信じて下さいね。どうか……今までのあたしのことを思い出して、だまされないで下さいね……」

おれは立ち上って、ゆっくりと手すりの所へ行った。こちらの側には鉄の網はない。手すりは胸より少し高いくらいだ。

そこで、おれはヒョイと飛び上って手すりにまたがった。呆然とした佐久子が、われに返ったように駆けだして来た。おれの体は手すりに両手をかけて、外側の壁にぶらりと垂れさがっていた。

佐久子は、おれの両方の手首をおそろしい力で握りしめていた。そして悲鳴を嚙み殺している。

佐久子の眼が急にすわった。血の気を失った顔が、一瞬、無表情におれを見下ろした。次の瞬間、佐久子の両手は、おれの手すりにかけた指を引き離すために、激しく動き始めた。唇をまげ、肩を張って、ひたむきに一本一本の指を引きはがそうとあせっている。細い彼女の指がバネのようだった。

「誰か来て下さあい。助けて下さあい……」

佐久子がそう叫んだ時は、おれの全部の指が手すりから離された時だった。その時に、佐久子は見たはずだ。悲鳴の尾を引いて落ちて行くはずのおれが、両手を離したまま、落ちもせず、魔法のように宙ぶらりんになっているのを。そして、異常に静かな、おだやかな眼で自分を見ているのを。

外壁に突き出した鉄筋の先が、おれのズボンのバンドをしっかりと引っかけていた。おれはさっき外壁を眺めて、見当をつけていたのだった。

佐久子は白眼を見開き、「ふっ」と溜息のようなものをもらしてその場にくずおれた。誰も来なかった。

腕の力がまるでないので、這い上るのが意外に困難だった。

おれは腹の底から、落ちる恐怖で震えあがった。

「どっこい、どっこい」

カラ元気の掛声をかけて、やっと佐久子のそばに飛び降りた時は、こっちまで参りそうだった。

おれは、失神した佐久子をベンチに寝かせてやり、傍らに腰かけて休んだ。

向こうの、日の当っている遊び場からは相変らず子供の歓声があがり、高く空にぬき出た飛行塔では、青や赤に塗られた飛行機が廻っている。

芯から疲れ切って、気が遠くなるようだったが、おれの心の底は、不思議に明るかった。長峰や、佐久子や、それにジタバタしているおれのことが、ずっと昔に見た、おろかでつまらない喜劇の配役のように思われる。おれは別の人間に生まれ変ったのかもしれない。今しがたまでのおれは、ここから三十メートル下の鋪道に墜落して、消滅してしまったのだ。

さて、佐久子をどうしよう。それは佐久子自身に決定させるほかはない。

おれは立ち上って、遊び場のほうへ歩きだした。

係員がいたので知らせた。

「むこうのベンチに女の人が倒れています」

猫

……あたしが、笹野さん……笹野宗一郎さんに初めて会ったのは昨年の秋で、ほんのちょっとしたきっかけから、お友達になることになったのだった。

突然あたしの下宿を訪ねてきて、急に留守をするので、洋服屋が集金に来ることになっているから、お金を預っていて、やって来たら払ってくれ、玄関に、あたしの所へ行くように張紙をしておくから、というのだった。

あたしはしぶしぶお金を預りながら、なんて馴れ馴れしい……というより、図々しい人だろうと思った。あたしの下宿の真向かいに笹野さんの小ぢんまりした二階家があって、笹野さんと、奥さんらしい若い女の人が住んでいるということは知っていた。二階の窓と窓とが向かい合っているから、笹野さんや女の人が窓にちらちらするのがよく見える。こちらが窓から外を眺めていると、むこうも顔を出してこちらを見ていることがある。けれど、せいぜい目鼻がやっと見わけられるくらいの距離だし、あたしのほうで別に関心をもつわけもないし、もちろん口をきいたことなどなかったのに、どうして広い道を横切って、あたしの所まで頼みに来たりするのだろう。お隣へでも頼めばすむことじゃないだろうか。

笹野さんはひどく恐縮しながら、隣の家主の大庭さんもちょうど不在で、ほかに親しくしている家もないので、顔なじみのあたしに頼むことにしたのだと弁解していた。窓で時々顔を合わせるのを「顔なじみ」と言ってるのだろうと、あたしは少々おかしくなった。

その日は、あとで笹野さんはお菓子をもってお礼にやって来た。あたしはお茶を入れて、一緒にお菓子をつまみながら、学校の話だの、映画の話だのをした。

その後、何やかや頼まれることになったし、あたしは体の工合をわるくしていたので、学校の講義には出ないで下宿にくすぶっていることが多かったから、あたしですむ用ならしてあげていた。

笹野さんはまだ学生で、あたしと学校は違うけれど、同じ文学部に籍を置いているということだった。だから、あたしと同い年か、一つ二つ上かの若さのはずだ。御両親は健在で、かなり裕福な家らしい。ここからほんの一時間ほどの所に御両親が住んでいらっしゃるというのに、別居生活をしているのは、やはり女の人のためなのだろう。笹野さんは女の人のことについては、あまり話したがらなかったが、きっと食堂か喫茶店か、そんな所に勤めていた人で、御両親がおゆるしにならないという事情なのだろうと、あたしは勝手に想像していた。その想像は、女の人……澄子さんと親しくなって、澄子さんの話で当っていることがわかった。

澄子さんは美人……というより、とてもかわいい、あどけない感じの人で、二十になるかならないくらいに見えた。

「あいつ、家のことがからっきしできなくて、だめなんですよ」

笹野さんはそう言っていたが、それでも、同性のあたしが、はたから見て羨ましく思うほど万事に気を配って、いたわってあげているのがわかった。

いいところのお坊ちゃんらしく、笹野さんは面長で色の白い上品な顔立ちで、背だけひょろりと伸びてしまった少年のようなところがあった。おとなしくて、話をする時には、いつもはにかんだ微笑を浮かべ、伏目になっている。

ちょっと困るのは、遊びに来て話しこむと長いことだった。せいぜい一時間か二時間で引き上げてくれたらいいのに、黙っていると、いつまでも気持よさそうに坐っている。とうとう我慢し切れなくなって、「お仕事があるから」などと言うと、はじめて気がついて帰るけれど、そのあわてようと言ったら、気の毒やらおかしいやらだ。

あの人の物知りにも驚いてしまう。コーヒーを入れようとすると、コーヒーポットにこれだけの水なら小サジ何杯くらいの量がいいだの、お湯が沸とうしだして何分でおろすのが一番味がいいだの、それから、MJBはブラジルと何と何のミックスで、特徴はどうだとか、ガスの火は小出しにするのと、パッと強く出すのと、どれくらいメーターの上りが違うだの……おしまいに自分でガスの点火し方、消し方……最もガスを消費しない方法……を実演して見せる始末だ。次にはコーヒーにはカフェインがどれくらい、茶の葉はどれくらいという知識を傾ける。コーヒーひとつ入れるにもこれだから、ほかのことは推して知ることができる。映画だの音楽の知識も、こんなふうにやられるとばかばかしくなる。物知りぶりの底が知れたような気がするから。それも、あたしが音楽や映画についてあまり知らなかったなら、やっぱり感心しただろう。

その物知りさんが、英文学をやっているというのにブロンテを知らなかったり、原子力についてはは詳しく知っているのに、ダーウィンの自然淘汰説には無知だったりして、あたしをびっくりさせたが、けっきょく、知ったかぶりとまでは酷評できなくて、知識がとても偏っているのだ。

でも、日常の科学知識をくどくど教えてくれるのは、ひけらかしているのではなくて、親切のつもりかもしれないから、あたしは厭な顔もせずに承っている。

もうひとつ、あまりいい気持がしないのは言葉つきがへんなことだ。ひところの小説によく出た、女の言葉を使う「おばさま」というあれ……あれともちょっと違うけれど、女性的でばか丁寧な言葉遣いをするかと思うと、ガラリとなれなれしいぞんざいな……ちょうど自分の妹にでも話しかけるような言葉に変ってあたしを戸惑わせる。言葉というものに無神経なのかもしれないし、人によって親しみにけじめをつけることを知らないようでもある。

そのうちに、笹野さんの訪問はひんぱんになってきた。来るたびに甘いものやカンヅメや、ちょっとした日用品をいただくのはありがたかったけれど、気のせいか、笹野さんのあたしを見る眼付が熱っぽくなって、じっと見ながら溜息をついたりするようになった。うしろ向きで何かしていても、笹野さんの視線が体中をなめまわしているのがわかって、ゾッとする。あたしは笹野さんを嫌いでもないけれど、好きとも言えない。それに笹野さんには愛人がいる。澄子さんに誤解されるのは厭だから困ってしまって、そのあげく考えたのは、こちらから笹野さんのお宅にどしどし遊びに行くようにして、澄子さんのほうと親しくなってしまおうということだった。

笹野さんのお宅は、階下が六畳と四畳半二間、二階が六畳一間くらいの小ぢんまりした家だけれど、そのせまい中にいろいろの家具……それもまだ新しい、上等のばかりが置かれている。お台所は立派なガスレインジだし、澄子さんの三面鏡もすばらしいものだ。洋服ダンス、電気蓄音機、電気ストーブ……みんなピカピカしている。あたしがこの土地に越して来てからまだ一年にしかならないけれど、笹野さんたちもあたしと前後して越して来たのだろう。そして、それから新世帯の道具を買い集めたのに違いない。文化的な愛の巣……お金持はいいなあ、澄子さんって幸福だなあと、あたしは行くたびに思った。でも、澄子さんを奥さんと呼んでいいのかどうか、あたしは迷わなければならなかった。正式な結婚だろうか。……もっとも、あたしに何の関係もないことだが。

澄子さんは昼間は外出がちで、笹野さんは学校に出かけるから、あたしが訪問するのは夜が多かった。笹野さんたちはLPレコードを聴かせてくれたり、ダンスレコードをかけて、かわるがわる踊ったり、美しいカラーフィルムをスライドで見せてくれたりした。

笹野さんのいない時など、澄子さんはたくさんの着物やドレスをあたしに見せてくれもした。見とれてぼうっとしているあたしに、次々に豪華なドレスを投げてよこしながら、これはデザインが田舎くさいから着ないだの、色がきらいだからあんたにあげようかだのと、ぜいたくに慣れた口調で言うのだった。そのなかに一着のグレイのワンピースがあったこと、そして、それについて澄子さんの言ったことをあたしが覚えていたことが、あとで重大な結果になったのだった。

それはショールカラーの、ごくプレーンなデザインのものだった。全体がグレイ一色のなかに、左の胸のあたりに、イニシアルとばらの花をからませた図案の赤い刺しゅうの浮き出しているのが、ただ一つのアクセントだった。

「これは好きなんだけど、えりだけがきらいなの。これ、とても野暮で娘っ子くさいと思わない？　あたし、えりを思い切って取っちゃって、えりぐりをもっと深くしようと思うの。どう？」

それが澄子さんの言ったことだ。

こうして、あたしは笹野さん御夫婦（と言っておこう）と仲良しになり、笹野さんのあたしへの変な気持を牽制することができたようだった。澄子さんはいくらかだらしのない点はあったが、のん気な性分らしく、あたしと笹野さんとの間を邪推するような気配もないようだったし、笹野さんも相変らずおとなしくてはにかみ屋で、知ったかぶりを振り廻してはあたしを閉口させていたが、妙なそぶりを示すようなことは全くなく、あれはひょっとすると、あたしの勘違いだったかしらと思うほどだった。

あれは四月初めの曇った暖かい晩だった。あたしは、いつものように古ぼけた籐イスを窓ぎわに持ち出してかけ、自分の健康のことや、不安な将来のことをぼんやり考えていた。窓の外は真暗で、空は雨雲が一ぱいになって、重苦しく垂れさがっているようだった。どこかで猫がしきりに鳴いていた。いつもこのあたりをうろうろしている野良猫で、毎晩のようにうるさく鳴く。鳴き声が耳につくと本も読めないし、何もできなくなった。きくまいとすればするほど、細くあとを引く訴えるような鳴き声があたしの胸をしめつけるのだった。あたしは、猫についてノイローゼ気味だった。原因のない胸さわぎがあたしを捉えた。

笹野さんの家の二階の窓だけが、切り取ったように明るい。窓から内部はほとんど隅々まで見える。誰もいなくて、奥の壁にそって中央に電気蓄音機、その横に本箱と机、イス。本箱の上の壁に水彩画の額。左手の隅のほうに澄子さんのグレイのワンピースがハンガーにかけてある。あたしのよく知っている、見慣れた部屋だ。

あたしは、ものうい気持を引きたてて英語の本を読みはじめた。お友達に借りた軽い恋愛小説で、いつの間にか引き入れられて夢中で行を追っていたあたしは、笹野さんの声でびっくりしてわれに返った。窓の明りは消えていた。笹野さんは、もうあたしの部屋の襖をあけていて、

「お邪魔じゃなかった？」

と、いつものはにかんだような笑顔で入って来た。

「いらっしゃい。何だか顔色が悪いみたいよ。病気?」

「いや……何でもないんだけど、ひょっとすると澄子が来てやしないかと思って……」

「いいえ。この二、三日、お会いしないわ」

「今日、僕が帰って来てからずっといないのよ。どこへ行ってるか……」

この人にしては暗い表情でそう言った。あたしが、多分映画か、お友達の所へでも遊びに行ってるんでしょうと慰め顔で言うと、しばらく黙っていてから、急におそろしく真剣な顔になった。

「本当を言うとねえ、澄子は悪い女なんです。僕のいない時に何をしているかわからない……いや、僕は知ってるのよ、隣の家主の大庭を呼びこんで体をまかせてることを。それに、そういう関係の男がほかにもいるに決まっている。僕は澄子を愛していたから何にも言わないでいたけど、限度があるし……思い切って別れようと考えてる。ねえ、そのほうがいいでしょ?」

「でも……あたしにおっしゃったって仕方がないわ。第一、澄子さんのこと、本当なの?」

笹野さんは、きっぱりとうなずいた。実は、あたしも澄子さんのことについては下宿のおばさんから噂をきいていたし、昼間訪問して、なんだか人の気配があるようなのに、玄関に鍵がかかっていることもあった。たたきには澄子さんの下駄も、靴もあったのに……

だからあたしは、それはあなたの誤解だ、などと言うことができなかった。おそらく本当なのだ。

「別れるって、笹野さんは澄子さんを愛していらっしゃるんでしょう？　もう一度よく話し合ったらどうかしら」

「僕を裏切った不道徳な女だとわかって愛せる？　僕はもう愛してなんかいないよ。それに、籍も何も入っていないから、すぐに、さようならできますよ」

「澄子さんは、そんなに簡単にさよならしないと言うわ、きっと」

「でも、あの女にはそんな権利ないでしょう。法律的にも問題はないし、出て行ってもらうだけですよ」

そう言いながら、笹野さんは突然あたしの手を取って、眼にもとまらぬ速さでキスした。蒼白い、細長い手が、まるで鉄のようにあたしの手首を摑んで離さないのだった。

「ね、わかってるでしょう。僕、あなたに会った時から好きだった。澄子なんか、あなたの足許にも及ばない女だった。もう僕は黙っていることができないの。心から愛しています。ね、わかって下さい。僕と……」

「なにをなさるの。手を離して下さい。恥を知りなさい。声を立てますよ。冷静にお話しなくては、いけないわ。いつもの笹野さんらしくないわ」

すると、笹野さんは肩を落してしょんぼりと座ぶとんの上にちぢこまった。

「ごめんなさい、失礼なことをしてしまって。ほんとに僕らしくないね。だけど、僕の気持は真剣なんです。あなたも、自分の気持をいつわらずに、よく考えてよ。僕はあなたの気持を知ってるつもりだから。心にもないことを言わないで……」

この人は何を言ってるのかしら。大変な誤解をしてるんじゃないかしら。腹が立ったけれど、これ以上、こんなことに立ち入るのは真っ平だった。いいことを思いついた。

「笹野さん、お願いがあるの。きいて下さる？」

ちょっと虚をつかれて不安そうな顔をしたが、すぐ、

「何でもききますよ。なに？」

「ほら、あれよ。聞えるでしょう？　あの鳴き声。あたし、あれを聞くと、いやあな気持になって何にも手につかなくなるの。毎晩この辺をうろついてるの。あの猫をどこかに捨てて来ていただけない？　猫って、どこへ捨ててもすぐ帰ってくるって言うでしょう。だから、帰ってこれない所へ捨ててほしいの。笹野さんは物知りだから、どうすればいいか、すぐおわかりになると思ってお願いするのよ」

笹野さんはやっと日頃の弱気な人に戻って、仕方なさそうに苦笑しながら、

「そんなこと、何でもないや。簡単に、処置してあげますよ」

と、うけ合ってくれた。それでも帰りしなに、

「あの話、本当によく考えておいてね」

と、ねっとりからみつくような視線をこちらに向けて念を押すのを忘れなかった。

二階の窓の明りがもう一度ついた。さっき見たのと同じ部屋が闇の中にぽっかり浮かび上

った。笹野さんが部屋に現われた……と、その瞬間に「ワッ」という声がした。笹野さんだ。ひざまずいて……その時に、あたしは見た。長く横たわったもの……澄子さんだった。笹野さんは階下に向かって、何か大声で叫んだ。そのまま、グッタリしたように坐りこんでいる。

あたしはその光景を見ながら、足が震えて、立っていられなかった。澄子さんが死んでいたのだ。いや、殺されていたに違いない。ドレスの裾が乱れて、白い二つの肢が投げ出されている。もう一人の男が部屋に現われた。この男も異様な声をあげて、澄子さんに取りすがっているようだ。あたしも行かなければ……大変なことになったんだから……そう思っても足が動かない。ひどく動悸がして苦しくなって、あたしは畳の上に横になった。しばらくそうしているうちに、今見た光景のうち、なにかが変だ、どこかおかしな所がある、という気がしはじめた。けれど、何が変なのか、どの点がおかしいのかがはっきりしない。ただ、あたしが本を読む前に見た部屋の光景と、何かつながりがある……どこかに違いがある、という気がするだけだった。

誰かが警察へ知らせたのだろう。まもなく警笛が近づいて、警察のジープらしいのが笹野さんの家の前でとまり、四、五人の降りる音がした。あたしはやっとこさ窓べの籐イスに坐って、そのほうを眺めた。警察の人々は二階の現場で捜査をはじめたらしい。制服や平服の人が窓の中で動いている。次の自動車が到着し、また数名の人が降りて、大急ぎで家の中に入る。玄関のあたりと表の道路に巡査が立ってものものしく警戒している……

翌朝、九時ごろになっても、あたしは床から起き出す気がしなかった。澄子さんのゴロンと横になっている姿が目先にちらつく。笹野さんはどうしているんだろう。どんな調べを受けたのかしら。きっと真蒼になって、おろおろしているに違いない。そんなことを考えていると、襖の向こうでおばさんの呼ぶ声がした。同時に「御免」と男の声で、無造作に襖があけられた。

「やあ、遅いですな」

そう言いながらズカズカ踏みこんでくる。あたしはあわてて起き上り、寝間着の襟をかき合わせた。鈍重な顔の線。無精ひげが口をうす黒く囲んでいて、眼がとても厭な感じに鋭い。よれよれのカラーが上衣の襟の前に突き出し、折目のなくなったズボンをはいている。恰幅だけはすばらしくいい。

男はあたしのほうに見向きもせず、まっすぐに窓の所に行き、外を見ている。

「あの、どなたでしょう……」

とがめるように言うと、男はゆっくり振り返り、小馬鹿にしたような顔付であたしを見つめながら、名刺を出した。沼田とかいう刑事だった。

「なるほど、この窓から見ると、あの二階は丸見えだな」

あたしも窓からおそるおそる眺めた。ゆうべ見たのと何の変りもなかった。人の気配もない。澄子さんの死体も、もちろんない。

「澄子さんは殺されたのでしょうか」

刑事は、両手で自分の首を絞める恰好をして、ニヤリと笑った。絞殺！

「ところで、ゆうべ笹野が来たのは何時だね？」

多分七時半ごろだったこと、そして一時間ばかりして帰ったことを話した。

「笹野が来ている間、二階の灯はついていた？」

「いいえ、消えていました」

「いつ消えた？」

「存じません。笹野さんがおいでになった時に、消えているのに気がついたんです」

沼田刑事は、あの厭な眼であたしの表情をさぐっていた。

「消える前に、あんたはここから二階を見たろう。何が見えた？」

「別に……」

「別に？　女の死体が転がっていてもかい」

「そんなもの、ありませんでした」

「ふうん。あの部屋を見ていたのは……あの部屋がよく見えるのはあんただけだから、まあ、どうとも言えるわけだな」

「それは、どういう意味ですの。あたしが嘘をついてるとおっしゃるのかしら」

「嘘をついたとしても、誰にもわからないと言ってるのさ。死体を見たと言ってくれれば好都合なんだがな」

「見ません。あの部屋には死体をかくす場所もないんですから、死体があったのなら、あたしに見えたはずです。嘘をつく理由なんかありませんわ」

「きのう、笹野が学校から帰ってからずっと澄子はいなかった。夕方、隣の大家の大庭が碁を打ちに来ているが、大庭も澄子の姿を見かけていない。笹野があんたを訪ねて帰るまで、大庭は留守番をしていたんだ。笹野が帰って、窓に雨戸をさすつもりで二階に上って電灯をつけた。と、今まで姿を見せなかった澄子が、忽然と死体になって現われたということになるね。そんな、ばかなことはないじゃないか」

「笹野さんがあたしのところにいらっしゃる間に、澄子さんは帰って来たかもしれませんわ」

「それを大庭が殺したというのかね」

「笹野さんは一時間ほどもいなかったし、その間、二階の灯は消えていたんですから、機会は、あったはずですもの」

「なるほど。だが、どうして大庭が澄子を殺すんだい。つまり動機だが……」

それは……と言いかけて、あたしは黙りこんでしまった。うっかりすると、大庭さんをあたしの証言で罪に落すことになるかもしれないし、また澄子さんの不品行を、同性のあたしが得々とあばき立てることはしたくなかったからだ。沼田刑事は、あたしのそういう心の動揺を見透しているように、薄ら笑いを浮かべている。

「お気の毒だが、澄子はその時間に帰っていないよ。二、三人の証言がある。大庭は階下の六畳の間で、ずっと本を片手に碁石を並べていた。違った時刻に、その姿をガラス戸越しに見た者があるんだ。澄子が帰っていた様子もないし、大庭が二階に上っていたこともないから、まず白と見られてる。第一、きのう、澄子が外出したかどうか、怪しいもんだよ」

あたしは、この鈍重そうで案外抜目のなさそうな刑事が何を考えているか、わかるような気がしてきた。

「昨日、笹野さんがいらしったのは、澄子さんが見えないので、あたしにたずねるためだったんです。心配していましたわ」

「外出するところを、あんたが見たわけじゃないだろう。近所の者も見かけていない。外に出ていないという確証が挙がるのは時間の問題さ」

「笹野さんはあたしに嘘を……」

「というより、本当にそんなことを言ったのか?」

あたしはずいぶん気を張っているつもりだったが、この言葉を聞くと頰がカッとして、一ぺんに涙が湧き出してきた。

「どうして、さっきからそんなことばかりおっしゃるんでしょう。失礼ですわ。笹野さんとあたしと何の関係がありますの。まるで笹野さんが犯人で、あたしが共犯者みたいな言い方じゃありませんか」

沼田刑事は眉一筋動かさない。

「そう考えると無理がない。笹野は澄子を抹殺しようと考えている。澄子にはヒモがついていて、いつも金をせびり取られるし、別れようとしても別れてくれない。それに、あんたの存在が殺意を強めた。あんたも、金持の笹野がまんざらでもない。そこで巧妙な殺人計画を立てた。笹野は、まず澄子を身動きできないように縛り、さるぐつわを嚙ませて階下の押入れにでもほうりこんでおいてから学校へ出かける。帰ってから、夕食後大庭を呼ぶ直前に首を絞めて殺し、二階に運んでおく。何くわぬ顔で大庭と碁を囲む。一局終ったところで、澄子がまだ帰らないからと、あんたのところを訪ねる。あんたと打ち合わせる必要があったし、一時間の不在は、留守番の大庭がその間に澄子を殺したと思わせるためなんだ。帰ってみると、澄子が死んでたという寸法だね。もちろん、あんたは二階に死体なんかなかったと言い張ることになっていた。……でたら目じゃないぜ。澄子の体には縛った跡があったし、死亡時刻は午後六時から八時までだ。うまいワナだよ」

あたしはヒステリックに笑いだした。沼田刑事はふいを打たれて変な顔をしている。

「死体のある部屋にわざわざ電灯をつけておいて、あたしに見せたとおっしゃるの？　なんて頓馬な犯人でしょう！」

沼田刑事は急に不機嫌になって黙り込んだ。しばらくどっかり坐り込んで考えていたが、ひょいとあたしのほうを向いて、この人にしてははじめての悪意のない微笑を見せた。

「どうやら、あんたの言うのは嘘じゃないようだな。そうすると……」

アゴの無精ひげをむやみに撫でながら立ち上ると、もうあたしには何の用もないといった顔付で、さっさと出て行ってしまった。なんという無作法な、失礼な、感じの悪い男なんだろう。

あたしは考え込んだ。電灯の消える前には死体がなかった。一時間ばかり消えていて、次についた時には死体があった。そうすると、消えている間に死体が二階に運ばれたのだろう。誰が、どこから、運んだのだろうか。沼田刑事の言うとおりだとすれば、澄子さんの死体は押入れの中にある。運ぶことのできた者は笹野さんか、大庭さんだ。笹野さんは、大庭さんに知られないように死体を運ぶことは絶対にできない。帰ってからすぐに笹野さんが二階に上って電灯をつけたのは、あたしが見ている。その時にも、まだ大庭さんは下にいたのだ。だから、死体を二階に運んだのは笹野さんじゃない。それは大庭さん以外にはない。では、殺したのは誰だろう。死体のありかを知っていた人……大庭さんだ。

こう考えたらどうだろう。大庭さんは笹野さんの留守に澄子さんを訪ねてきて、痴話げんかの末に殺してしまった。いや、これでは死亡時刻が合わなくなる。やはり、笹野さんがあたしの部屋にいる間に澄子さんが帰ってきて、その時に殺される……笹野さんが帰る前に死体をかくさなければならないので、大急ぎで二階へかかえ上げた……

では、澄子さんが外出しなかったという沼田刑事の推定はどうなるのだろう。それに、大庭さんが碁のけいこをしていて、ほかには誰もいなかったという証言は？

わからない。だけど、外出しなかったという確証はないのだし、証言といっても、一時間ばかりの大庭さんの行動をずっと付きっ切りで見ていた人はないのだから、このあたりに、どこか抜け道があるのではないだろうか。

　笹野さんが澄子さんを殺すなどとは、あたしには夢にも考えられない。澄子さんが厭なら別れればすむことだし、別れるためのお金を、あの人が出し惜しみするとは思えない。激しいシットで発作的に殺すのは愛情や執着があってのことだ。あの内気な臆病な……臆病といえば、澄子さんから面白い話をきいたことがある。大庭さんの家の裏庭に柿の木が一本あって、秋になると大粒の甘柿をたくさんつける。竿のとどくほどは持主の大庭さんが取ってしまうが、高い所のはそのままにしてしまう。澄子さんが無心したら、好きなだけお取りなさいという返事だった。さっそく笹野さんに頼むと、いつもに似合わない気の進まぬ足取りで、竿を借りて柿の木の下まで行くのは行ったが、そこで何やら枝ぶりを仔細らしく眺めたり、幹を叩いたりしていてから、結局そのまま戻ってきてしまった。

「僕はよく点検してみたんだけどね。あれは登ると危険だと思うよ。柿の木というものは頑丈そうでも非常にもろいだろ。ことにあの木は老木だし、柿を取るには、あの横のほうに水平に突き出た枝に登らなくちゃいけないが、あれは確かに弱って虫にくわれてる。僕の重量では折れるのは確かだ」

　笹野さんはくどくどと、そういう意味のことを話し、とうとう柿のことは断念させてしまった。

「慎重居士ね」

「あの人、とても臆病なのよ。木に登るのが怖いのよ」

　澄子さんは、そう言って笑ったものだった。

そんな笹野さんに、人を殺すほどの勇気があるだろうか。沼田刑事なんて、あの人の性格をちっとも知らないのだ。

……そうだ、だけど、あたしはまだ何かを考え忘れている。何か大事なことを。何だったか思い出せない。それでも、とても重大な事だという気がするけれど……

大庭さんが逮捕された。

新聞の記事によると、警察ははじめ笹野さんを犯人と見ていたが、(沼田刑事の考えと同じで、つまり、あたしも偽証の疑いをかけられていたわけだ)死体をかくしておいたと思われる押入れを詳しく調べた結果、ギッシリと下の段に詰めこまれた行李やトランク、それにいろいろの器物の位置が全く動かされていないことが、薄くかぶったホコリの状態でわかった。上の段はふとんと座ぶとん類で一ぱいなので、死体を入れる余地がない。入れるとすれば、ふとんを畳の上に出していなければならないが、大庭さんも、大庭さんを室内で見た証人も、ふとんは出してなかったと言っている。昼間には、ほかに死体をかくせるような場所は一つもないのだから、押入れが使用されなかったとすれば、笹野さんと大庭さんとが碁を打っていた間、澄子さんの死体は家の中のどこにもなかったのだ!

つまり、澄子さんは外出していて、家にはいなかった。そして、笹野さんがあたしの所に来ていた間に帰った。殺人はその時に行われたはずだ。とすれば、家にいたのは大庭さん一人だから当然大庭さんが犯人なのだ。

あたしが思っていたとおりだった。これから澄子さんの足取りの徹底的な調査や証人の再訊問があるのだろう。そして、犯行事実の裏付けができるだろう。

あたしの考えに間違いないかしら。洋服ダンスに死体は入らなかったろうか？　無理をすれば入りそうにも思えるけれど、警察のことだから、それもきっと精密に調べて、跡がなかったのだろう。

あの刑事、きっと今頃はしょげ返っているだろう。いい気味だ。

笹野さんは二、三日してやってきた。さすがに面やつれして顔色が悪かったが、それでも疑いが晴れてうれしそうだった。沼田刑事に、あたしとグルだろうとずいぶんいじめられたけれど、それも大庭さんの逮捕で助かった。

「あなたのおかげですよ。沼田刑事はあなたに会って、すっかりあなたを信用したようですね」

「そう？」

あたしは「死体を置いた部屋にわざわざ電灯をつけておくなんて、頓馬な犯人だ」と言って、その時にムッツリ黙り込んだ刑事の顔を思い出して笑いがこみ上げてきた。

「大庭って人は、どうしてあんなことをしたのかしら」

「澄子が冷たくなったからでしょうね。シットの殺人って、よくあるやつね」

笹野さんはそう言ってから、低い音で口笛を吹きはじめた。厄介なことが皆すんで、さっぱりしたといった御機嫌な表情だった。

「澄子さんは本当にお気の毒でしたわね。あとのことをよくしてあげてね」

そうあたしが言ったのは、笹野さんがまるでかわいそうな澄子さんのことなど忘れているようなのがしゃくにさわったからだ。笹野さんは例のようにはにかみ笑いをした。

「もちろん。大きなお墓を造りますよ。それから、親元にも相応のお金をやる。それでOK。あとの問題は、あなただけなんですよ」

あたしは、はっとした。あたしが楯にしていた澄子さんはもういないのだ。居坐られたような不気味さだ。

「僕のところにある品物は、みんなそのままにしておきます。あなたのものになるんだから」

「困るわ、そんなこと。あたしはまだ何も考えていないわ」

あたしはやっとそれだけ言った。あたしは笹野さんが怖くなりはじめていた。

「いいえ、ゆっくりでいいんですよ。僕はあなたがその気になるまで、気永に待ちますから」

笹野さんはあたしを見つめていた。眼は微笑を浮かべていたが、あたしは、自分が猫にねらわれてすくんでしまった鼠みたいに思えた。相手は、ほかならないお坊ちゃんの笹野さんなのに……と思い返しても、実際の感じはどうにもならない。あたしは急いで話を変えた。

「あの猫のこと、うまくいった？」

「猫？　ああ、処分する問題ね。忘れてたけど、すぐやりますよ」

「へんなことしちゃ厭よ。捨ててくるのよ」

その猫だ、その猫だった。あたしが翌日、買物に行った帰りに、近所の家と家の間のドブ板で見たのは。いつもは憎々しく肥え太った、白黒のブチの猫だった。それが板の上にダラリと伸び、時に手足をけいれんするように動かして、起き上ろうとする気配だけで、またグッタリしてしまう。そして前肢で、のどや胸のあたりをかきむしる動作をしながら、消え入るような声で鳴いていた。あたりには吐いたものがあちこちにかたまりになっている。毒を食べさせられたことはすぐわかった。かわいそうな猫。毒を盛ってくれなんて頼みはしなかったのに。

あたしは吐気と、軽いめまいを覚えながら部屋に帰った。服をぬぐ時、あたしの手先はふるえていた。あたしのまぶたには、気軽そうに口笛を吹いている笹野さんの白い顔があった。まだ夕方までには間があった。笹野さんの家の二階の窓が見える。白いカーテンが引いてある。……あの日、昼間もやはり白いカーテンが引いてあったはずだった。

突然、思い出そうとして思い出せなかったことが、はっきり頭に浮かんできた。あたしはペタンと畳の上に坐りこんで、暗くなるまで動かなかった。

「お邪魔じゃありません？」

玄関に立ってもじもじしているあたしを、笹野さんは両手をだらりとさげた姿勢で、しばらく眺めているばかりだった。とめようとしても、とまらないといったふうのニヤニヤ笑いを浮かべながら。人間が本当にうれしくなった時には馬鹿のような顔になるんだな……そんなことを、チラと考えながら、この人が気の毒になったほどだった。でも、あたしは決心しているのだ。

「ほんとによく来てくれたね。でも、ここはあなたのうちなんだから、ね？」

座ぶとんをすすめ、電気ストーブを引っぱって来、台所でせかせか動きまわってお茶の用意をしたりしながら、笹野さんはそんなことを言っている。

「どう？　明日からでも移ってこない？」

コーヒーをお皿の上に戻したあたしの手をヒョイと両手で握りしめて、笹野さんはしんねりとささやく。あたしはシナを作りながら、そっと手を引いた。

「そんなこと……でも、こんなに何もかもそろったおうちで、あたし暮したいな」

「みんな、あなたのものさ。いや、あなたが来たら、もっともっといい設備にしよう。着物だって、どんないいものでもこしらえてあげるよ」

「澄子さんは、ずいぶん持っていらっしゃったわね。一度見せていただいたけど……もう一ぺん見せてくださる？」

笹野さんはいそいそと洋服ダンスからドレス類を出してきて、あたしの前にひろげはじめた。あたしの目標はただ一つ、グレイのワンピース。それを手に取ったとき、予期していたことだけれど、あたしの胸は早鐘を打った。

それは、いつか澄子さんが言ったように、ショールカラーが取り去られ、いくらか前あきを広くした粋なデザインに変っていた。事件の夜、二階の部屋にかかっていたのは、このワンピースだった。電灯の消える前、それはカラーのついたもとのままに見えた。再び電灯がついた時、それはカラーを持っていなかった。猫のことがあってから、あたしが急に思い出したのはそれだった。

「どうしたの？　そんなのが好き？」

「え？　ええ……でも、わるいわ……」

それからあたしは、久しぶりにスライドが見たいとせがんだ。

「みんな見たいわ。ケースはこれだけ？　これ、反対にしてさしこむのね……まあきれい！」

壁に垂れさげた白い布のスクリーンに、天然色の美しい風景や、花や、人物が、次々に映し出されてゆく。あたしは片っぱしからフィルムを取り出してゆくのにいそがしかった。

「あら、これでおしまい？　もうない？」

「もうないね」

笹野さんは何だかのどに引っかかったような声でそう言い、いきなり横からあたしの肩を抱きしめた。部屋は暗かった。笹野さんの眼は異様な光をたたえていた。あたしは悲鳴を押し殺して、身ぶるいの出そうな感触を我慢した。へんなことを仕かけないかぎり、じっとしているつもりだった。笹野さんは、あたしの肩に指先をくいこませながら言った。

「あす、二人で写真をとりに出かけない？　カラー・フィルムで記念写真をとろうじゃないの、僕らの新しい出発のために……」

玄関を出て五、六歩行くと、横合いからいきなり黒い影がぴたりとあたしに寄りそった。

「お楽しみだね」

あたしはほっとするのと一しょに、むちゃくちゃに腹が立ってきた。沼田刑事だった。訪問で味わわされたいやらしさと、目的の不成功で、あたしは不機嫌だった。

「よけいなお世話ですわ。刑事さんって、人のしていることに、いちいち干渉しなきゃならないんですか？」

暗くてわからないが、何の反応もないようだった。

「事件はもう解決したんじゃありませんでした？　お見込み違いでしたわね。それとも、まだあたしに御用がおありですか」

相変らず大きな影は黙りこくってあたしの横を歩いていたが、ポツリと、こう言った。

「君は、笹野に何の用があるんだ」

あたしは、この時、沼田刑事に何もかも話していたら、あんな目に遭わなかったかもしれない。けれど、解決は早くなったかどうかはわからない。とにかくその時のあたしは、自分をまだ追っかけ廻していると思って沼田刑事が憎らしかった。

「お答えする必要はないと思いますわ。あたしの行動はあたしの自由ですから」

沼田刑事はクスンと鼻を鳴らしただけだった。

「君は、笹野に引っかかるような愚かな女じゃないと思ったがな。笹野って男はね……」

「そんなこと、あなたの独断じゃありません？　あたしは笹野さんなんか大嫌いなんですから」

「そうか。じゃあ一言いっておくが、女だてらに妙なことはやめるんだな。ことに、夜一人で行くなんてことはな」

「御親切に、ありがとうございますわ」

「ミイラ取りがミイラになられると、かなわんからな」

あたしはそれきり返事もせず、さっさと下宿に引きあげた。入口でちょっと振り返ってみると、沼田刑事のオーバーの襟を立てた大きな姿が、ぼそりと夜の道に立ってこちらを見送っていた。

翌日は、今年一番のいい日和だった。久方の光のどけき……いかにもそんな感じの朝の陽が降りそそいで、住み慣れた陰気な町筋も、生まれかわったように微笑していた。

何かしら郷愁をそそる遠くかすんだ空の下を、あたしは急ぎ足で歩いた。あたしは笹野さんと出かける前にすることがある。美しい春の日の感傷にひたる余裕なんかなかった。

最初出かけたのは、下宿から十分ほど歩いたところにある「マヤ」という洋裁店だった。顔見知りの若い店員さんがあいさつするのへ、あたしはいきなり問いかけた。

「澄子さん……って、御存知でしょう。お洋服はいつもこちらで仕立てるんだって、言ってたから……」

「笹野さんですね。ええ、いつも作っていただいてましたわ。あの方、お気の毒にねえ」

店員さんはちょっと顔をくもらせた。

「最近ですけれど、グレイのワンピースをやり直しませんでした？　カラーを取ってしまうんだと御本人から聞きましたけど」

「ああ、いたしました。とてもきれいになりましてね。おなくなりになる前にも着ていらっしゃいました」

「それ、出来上ったのはいつごろですの」

「もう十日ほども前になりますかしら……そうそう、あたしのお休みの前の日だったから、十日前でした。でも……」

店員さんは急に不安そうなまなざしになった。あたしは、それだけ聞くと、お礼もそこそこに外へ飛び出した。

事件は五日前だ。その日には、あのワンピースの襟はなくなっていたはずだ。それなのに、二階の部屋にかかっていた同じドレスには襟がついていた。それから電灯が消えて、笹野さんが死体を見つけた時再びつけられた電灯の下で、いつのまにかドレスの襟はなくなっていた。あたしの錯覚じゃなかった。

あたしは、また先を急いだ。こんどは見当がつかなかった。写真屋さんが見つかり次第、中に入ってみた。だけど無駄だった。あたしが写真についてもっとくわしい知識を持っていたら、何とか方法があったかもしれないのに。どの写真屋さんも、笹野さんの名前すら知らないのだった。

あたしは汗をかいてしまった。下宿のほうへ足を向けてゆっくり歩きながら、これからどうしたらいいだろうと考えた。警察へ行って、あたしの知ってること、あたしの考えを話してしまおうかしら。警察では、あたしの話を信用するだろうか？　証拠を握るのに失敗したのだから、作り話だと笑われるかもしれない。いっそ、何もかもあたしの胸一つにたたんで、どこかへ引っ越してしまおうか？

ポンと肩を叩かれて、あたしは飛び上った。またつけている！　沼田刑事が人を小馬鹿にした顔で立っている。

「物思わしげな風情じゃないか」

この人は、どうしてこんなにあたしをムカムカさせるんだろう。図々しくて傲慢で、こんな人がきっと家庭では封建的な暴君なんだ。沼田刑事なんかに誰が話してやるもんか。

「御苦労様ですね。それじゃ匙代が大変でしょうね」

あたしは、そう言いすてて下宿に向かった。

午後には空に少しばかりの柔らかい綿雲が生まれていた。その下をあたしと笹野さんが歩いている。笹野さんは薄茶の霜降りのスプリングを着て、肩からカメラをさげている。あたりは田舎じみて、白い道の右側はひろびろとした耕地だった。れんげ草や菜の花があちこちに群生しているのが美しい。左側は笹山が続いて、山裾から道端まで雑木林だ。木の間がくれにわらぶきの農家が見え、鶏の鳴き声がのどかだ。約束したとおり、バスで郊外の停留所で降り、待ち合わせていた笹野さんと肩をならべて、春の田園をそぞろ歩きしているわけだけれど、あたしはそんな甘いランデヴーじみた気分からは千里も遠い所にいた。何か尻尾をつかまえてやろう、うまくゆけば白状させてやろう、そして……

笹野さんは恋人気どりであたしの腕を組み、英語のラブ・ソングか何かを口ずさんでいた。

「あの猫ね、うまく処置したから、もう鳴かないよ」

「毒をのませるように、あたし、お願いしたかしら」

あたしはきつい口調になっていた。笹野さんは響きのない短い笑い声を立てた。

「一番便利な方法だもの。簡単に死んでくれて、こっちの手も汚れないし」

「ちっとも、かわいそうだとは思わない？」

笹野さんはゆるく首を振った。その時、ちょっとあたしの顔を見て、奇妙な眼付をした。はじめて激しい不安にかられたのは、笹野さんが口笛を吹きながら、あたしの手を引っぱって雑木林の中の細道に連れ込んだ時だった。土の色もないほど草の茂ったその道は笹山へずっと続き、木々の間に消えていた。いつの間にか人家もなくなっていた。

あたしは、はっきり危険を感じた。後悔したけれど追っつかない。キョロキョロとあたりを見廻したが、うるさくついてまわる沼田刑事の姿が、この時ばかりはどこにも見えない。

「結婚してくれるでしょうね。……いや、あなたは僕と結婚しなくちゃならないのさ。それが僕にとっても、あなたにとってもいいことだから。共通の秘密を永久に葬るためにはね」

笹野さんは楽しそうな口調でしゃべっていた。

「そうでないと、あなたを失わなくちゃいけなくなる。あなたのような賢い人を僕は愛しているんですよ。あなたは僕が澄子を殺したこと……どんなふうにして殺したかも知っているね。あのワンピース……あれは失敗だった。ほかのことは完全にやったつもりだけど、澄子が襟を取っていたってことは知らなかったからなあ。……きのうあなたが僕のうちに来た時、なぜ僕を好きでもないあなたが、急にやって来たかを僕は考えていたんですよ。僕だって賢いからね。そして様子を見ていると、ワンピースを手に取った時の眼付ではじめてわかった。あなたは、襟のないのを見て確信を得た。だけど、証拠を摑むのには失敗した。そうでしょう。あなたが捜していたのは、これだよ」

笹野さんはポケットからボール紙でふちどられた小さなフィルムを取り出して陽にかざした。あたしはよりそってフィルムを見た……あの晩、あたしが窓から見たのと全く同じ二階の部屋の室内がそこにあった。襟のついたワンピースがぶらさがっていた。何も知らない人が、この時のあたしたちを見たら、仲のよい若い恋人たちを祝福してくれたかもしれない。

……

「どう？　どこかへ坐らない？」

彼は、あたしの手をしっかりと腋の下にかいこんでいた。あたしは悪夢の中にいるようで、全く無抵抗だった。

「いいなあ。時は春、日はあした、片岡に露みちて……ブラウニングの詩そのままだねえ」

彼はあたしに微笑を向けた。あたしはひどく寒かった。まわりは丈の高い草ばかり、その向こうは枝をさし交わした林。視界は全くきかない。

「襟のことがわかると、あなたはすぐ思い出した。左の胸についているはずの花の刺しゅうが右についていたことをね。なくなったはずの襟がくっついていて、しかも左にあるはずの刺しゅうが右になっている場合は何か。結論は簡単だったね。あなたが何度か見たカラー・フィルムを部屋の内部から窓枠一ぱいのスクリーンに映して、それを裏側から見た場合……それ以外にはない。……そのとおりだ。僕はあなたの部屋からあの窓を何度も眺め、どんなふうに見えるかを研究しておいた。それから部屋の様子を全部左右反対にして写真にとったのさ。光源も、窓の明るさが普通の場合と同じになるようにまでしたんだけど、やっぱりあのドレスで見破られてしまった。最初は、あなたも僕を信用していたようだったのに、どうしてわかったのかなあ」

猫……猫……と、あたしは口の中でくり返していた。猫があたしに知らせてくれたのだ、といっても、彼にはわからないだろう。

「あの日の朝、僕は澄子を身動きできないようにしばりあげ、さるぐつわを嚙ませて二階に転がしておいた。昼間はカーテンがかかっている。夜になると窓にスクリーンを張って室内のフィルムを映しておく。その裏に本当の部屋があって、澄子が転がっているなんて、いい考えだったんだがね。……大庭を呼ぶ前に澄子を殺した。それ以前に殺すと死亡時刻で疑われるから。一旦電灯を消して、あなたの所でアリバイをつくり、帰ってすぐ二階に行き、スクリーンとスライド機を片づけて電灯をつける。そこで死体発見、犯人は大庭だ。なにしろ僕が家にいた間、死体はどこにもなかったはずだし、留守の間にそれが現われたんだからね。……だけどそれも、つまらないことで全部おじゃんになってしまった。澄子ってやつ、最後まで僕にたたったなあ」

彼は眼を細めて遠くを見ていた。少年のようにすべすべしたその横顔は、全く無表情だった。

「澄子はいけない女だった。いつか話したようにふしだらで欲張りだし、あのあどけない顔で僕を誘惑した。僕は一緒に暮したけど、それは愛情のためではなく肉欲のためだった。その点では僕は満足だったが、いつまでもそうしている気はない。澄子がどんな女か、ほんとうは僕ははじめから知っていたんだ。好きなことをさせておいて、僕は様子を見ていた。この女は殺してもいい人間だと僕は思った。世の中に害悪だけしかもたらさぬ者は、生かしていても仕方がないものね……ちょうど、あの猫みたいにさ」

ゆっくりと彼はあたしに向き直った。

「あなたが黙っている限り、秘密は永久に保たれるんだ。あなたは結婚をえらぶか、死をえらぶか、どちらかを決めるんだ。もちろん僕は結婚をえらんでもらいたい。澄子のことなどに感傷的になる必要はないと思うな。世の中にはザラにあることだよ」

永い時間が経った。あたしは何も考えることができなかった。ただ、「ここで死ぬのがあたしの運命だったんだな」という考えが、くり返し浮かんだ。最後にあたしは静かに首を横に振った。

「仕方がない。愛する人を僕の手にかけるのが、せめてものなぐさめだ。いったい僕のどこがそんなに嫌いなんだろうなあ」

あたしはもう身動きができなくなっていた。細いしなやかな彼の手があたしの首に巻きついた。

「苦しくないようにするからね。すぐだよ……すぐ楽になるからね……」

ぐらりと視界が動いて、あたしの眼一ぱいに青空が映った。そのはしっこに木の梢が少し見えた。頭中の血がグーッとふくれあがるのがわかった。苦しさは感じなかった。……空は屋根のかなたにかくも青く、かくも静かに……いつか読んだ詩の一節がチラと頭をかすめた。

彼が頬を押しつけてきて、熱い息を吹きかけるのをうるさいと思った……

はげしく投げ出されるか何かで、あたしは一旦意識を取り戻した。

彼は両手を前に組み合わせて横坐りに坐っていた。手錠が光った。

「お楽しみのところを、お邪魔したな」

と、オーバーのポケットに手をつっこんだまま沼田刑事が言った。

「現行犯のときまで待っていたのね。もっと早く来れたはずなのに」

あたしはそう言って沼田刑事をにらみつけた。が、またすぐに、あたりが真暗になってしまった。

ヒーローの死

一

その望海荘という小ホテルは、九州のある港湾都市——かりに玄海市としておこう——の海岸近くにポツンと立っていた。古風だが御影石造りの頑丈な二階建である。

玄海市も他の都市と同様にひどい戦災を被り、戦前は盛んな貿易港として、出入りの船舶が海を埋めていたものだが、港湾施設が一なめにやられ、海岸近くの中心街も焼野原となって以来、むかしの面影は全くなくなってしまった。市当局では都市計画を練り直すと同時に、もっと地勢と交通の便のよい新しい地点に築港を始め、今日ではやや港としての面目を整えてきた。したがって街の中心もそちらへ移動し、望海荘のある一帯は、現在では所々に草原などのある、田舎の町はずれといった観を呈しているにすぎない。焼け残った建物といえば望海荘だけで、あとは駄菓子屋、釣具屋といったバラックがパラパラとまかれたように立っているばかりだ。

幅百メートルばかりの汐入川が海にそそいでいて、望海荘はその川のほとり——川へ背を向けて、港の岸壁から二百メートルほどの地点にある。

玄関は広い道路に面しているが、この道路は、かつて賑かな鈴蘭灯に囲まれた大通りだったのが、今は鋪装のはげ落ちた凸凹道になり、軒を並べる商店もなく、まっすぐに岸壁まで続いている。

もう一つ、小路が望海荘の裏——つまり川っぷちを起点に岸壁へ走り、建物を過ぎたところでちょっとカーブして広い道路に合している。建物はいわば二つの道に挟まれた恰好で、道が合流した地点に派出所があった。派出所と望海荘との距離は約百メートル。

なお、小路は望海荘の端まで行って行きどまりになっている。壁が川のふちまでせり出しているからである。汐入川の対岸は河原で、田舎びてくると魚も寄ってくるのか、ハゼやイナの釣場である。河口から四百メートルほどの上流に橋がかかっている——というのが、望海荘を中心とした一帯の地勢である。

望海荘はもと外国船員のホテルだったのを改造して、ホテル兼下宿屋にしたもので、かなり整った設備をもっている。その二階の一室で、大川憲太郎という壮年の男が死んでいた。

二

十一月初めのある晩、経営者の木山老人の言うところでは、正九時に銃声が起った。

その時ホテルにいたのは泊り客が二人、下宿人が四人、それに木山老人を入れて七人だった。そのうち下宿人四人と木山老人は玄関のホール横の応接室にいて、寝る前の退屈な時間をつぶしていた。来客は誰もなかった。係官に一同が述べたところでは、木山老人とA老人（商事会社の顧問）は碁を囲んでおり、B氏（地方銀行の支店長）はラジオの長唄をきいており、C女史（デザイナー）は編物をしており、D氏（チェーンストアの支配人）は雑誌を読んでいた。

その晩は海岸特有の風もなく、波音も聞えないほど静かだったので、銃声はひどく大きく響いた。誰が言いだしたともなく、「二階だ！」という声で一同はホールに飛び出し、正面の階段を駆け上った。

望海荘は正面を長いほうの一辺とした長方形で、その真中を――道路と平行に――廊下が一本通っている。これは階上階下とも同じで、それを境に、川に面した部屋が下宿用、表の道路に面したほうが客用になっている。

階段を上りつめた所がちょうど廊下の真中で、先頭に立った木山老人は、左端の下宿人用の部屋のドアがあいており、その晩の泊り客二名がおずおずと客間をのぞきこんでいるのを見た。「あの部屋だな」と直観して走って行った。

部屋は火薬の匂いが強かった。

部屋の主――大川憲太郎――は床のリノリュウムの上に、あお向けに長々とのびていた。その位置は廊下側の壁にくっつけて置かれた書きもの机とイスのすぐ横で、頭は窓のほう、つまり外の川のほうに向いている。イスからずり落ちた恰好だ。

驚きのあまりぼんやりした木山老人は、のこのこ死体のそばへ行き、しゃがみこんで眺めた。額に大豆くらいの大きさの穴があき、血が静かに流れだしている。老人は投げ出された手を握ってみた。まだ温かい。

「たった今だったからなあ……」

と、そばに立っている男に同意を求めた。

B氏は部屋に入るなり窓のほうへ走り寄って上下左右を見廻していたが、こちらへ戻ってくると、いきなり頓狂な声を出した。

「おや、あなたは誰です？」

木山老人はやっと、今自分の話しかけた人間が、見知らぬ外来者であることに気がついた。

「これはけしからん。あなたは誰のゆるしを得て、ここへ上りこんだのです」

その男は黒っぽい背広を着た平凡な風采の人物だったが、落ちついた声で答えた。

「僕は馬渡陽介というもので、大川君の友人です。たった今、玄関を通って上って来たのです」

「あんたは案内も乞わなかったのかね」

「もちろん声はかけたのですが、お気づきにならなかったようですね。前にも来たことがあるので黙って上りこんだのです」

近くの派出所でも銃声ははっきり聞かれた。巡査が二人つめていたが、一人は音がするとすぐ表に飛び出し、望海荘のほうへ走った。銃声は建物の裏側でしたと判断したので小路をとった。行きどまりまで来てみたが全く人影はない。念のため川面をすかして見たが、変ったこともないようである。ただ、暗くて視野ははっきりしない。建物の裏側を下から見上げると、二階の右端――つまり死体のある部屋――の窓だけが一ぱいに開かれている。もう夜は冷えるのだから、窓をあけてあるのは不審にも思われたが、そのまま引き返して表通りに廻った。

もう一人の巡査は直接表通りから玄関へ駆けつけたが、これも怪しい人影は認めなかった。

三

この事件の調査に主として当ったのは、密田という警部補と、星名という若手の刑事である。巡査の報告では、自殺らしいというのであった。それは、二人が機を逸せず駆けつけたのに、付近を逃走する人間を認めなかったこと、また居合わせた人々は皆階下の応接間にいたので完全なアリバイがあること、さらに泊り客の二名は木山老人の遠縁にあたり、つい二日前に田舎から出て来た人たちで、事件には全く無関係であることなどが理由になっている。

階上階下とも巡査の一人が隅々まで捜索したが、ひそんでいる者もなかった。

密田警部補は張合いの抜けたような顔をしたが、調べているうちに、なかなかそうは簡単に片づけられないことがわかってきた。

ここで部屋の有様をざっと述べると——

坪数でいえば四坪足らずであろう、ドアから正面の川に面した窓までの距離は四メートル余、隣室との境の壁から反対側——ベッドやクローゼットのある側までは二メートル半ばかりの奥へ細長い部屋である。ドアから入って正面はほぼ壁一ぱいの窓。開き窓で、扉は外へ開いたまま。湿気を帯びた潮の香が流れ込んで来ている。向かって左の壁側は奥のほうからトイレット、ベッド、手前の隅がクローゼット。ベッドはトイレットとクローゼットの間の凹みに納まり、厚いカーテンで仕切ってある。

廊下に接した、ドアのある壁に向かって机とイスが置かれ、電気スタンドがつけっぱなしになっている。隣室との境の壁には掛額が一つかかっているきりである。その文字は漢籍からひいた文章らしいものが草書で書かれ、星名刑事はもちろん、密田警部補でも判読不可能だったが、筆者名だけはかなり高名だった政治家のそれと読めた。

ほかに調度といえば、ベッド寄りに小さい丸テーブルと粗末なイスが二つ。これは備品であろう。窓の近くに古ぼけた籐の寝イスが一つ。ひとり者の部屋らしく、ひどく殺風景だが、かき廻された様子は全くない。死体も抵抗の跡がなかった。

死因は額に撃ち込まれた拳銃弾で、弾丸は頭蓋の中にとまっている。これは解剖をまたずにまず明らかだった。ところが、ここで事件の妙な特色が出てきた。接射につきものの火傷や、火薬の付着が、死体の皮膚や衣服に見られなかったことである。嘱託医は、少なくとも二メートル前後の距離から発射されたものだと推定した。この情況では自殺は考えられなくなる。

次に、自殺説を否定するもう一つの材料が出てきた。兇器である拳銃が発見できなかったことである。

——これは他殺だ。脳天を撃たれたら即死だから、この男が兇器を始末できるわけがない。拳銃は死体のそばに落ちていなければならんはずだからなあ。

星名刑事はそう考えて、一種の武者震いを感じた。

「課長、面白くなってきましたね。他殺じゃありませんか」

「星名君、断定してはいかん、断定しては……」

と密田警部補はにがい顔をした。しかし、こうなると、容疑者としてはっきり浮かび上ってくるのは馬渡陽介という外来者である。

四

大川憲太郎の死顔は非常におだやかなもので、そこからどんな表情も読まれない。やや長顔の骨太い造作は体軀の頑丈さを思わせる。大島のどてらを着ているが、就寝前だったのであろう。鼻筋は高く通り、額は広くやや禿げ上っており、頬から顎にかけてそり跡が青く、全体に秀でた精悍な容貌である。

死体が運び出され、鑑識の係官が指紋採取や現場の撮影を終えて引きあげたあと、密田警部補と星名刑事は、もう一度詳細に部屋中を調べてみることにした。

「死体の位置からみると、イスにかけている所を撃たれたんでしょうね」

「すると、どの方向から発射されたことになるかね」

星名刑事はちょっと返答につまった。イスにかけていたとすると、大川は壁に向いていたのである。正面から弾丸を受けているのだから、撃たれる瞬間にはどちらかに顔をねじ向けていたはずである。つまり発射の方向はわからない。ドアのあたりからかもしれないし、窓側からかもしれない。窓側からだとすれば不自然だが、それにしても窓が一ぱいに開かれているのは何か意味がありそうにも思われる。

「わかりません。ただ、知らないうちに撃たれたのではなく、犯人を見ていたことはたしかです」

「またそれを言う。他殺と決めてはいかんというんだ」

「しかし……」

密田警部補は、顔を赤らめて抗弁しようとする部下をうるさそうに横目で見て、

「ともかく、もう一ぺんシラミ潰しに捜索するんだな」

と言った。

部屋は狭いうえに何ほどの調度もないので、割合に早くすんだ。密田警部補は、星名刑事がばかばかしくなったほど微に入り細をうがった調べぶりを見せ、絶えずブツブツ独りごとを言ったり、舌打ちをしたりしていた。星名刑事は仕方なくついて廻っただけである。

「星名君」

一応終ったところで、イスにどっかり腰を下ろした密田警部補は、煙草に火をつけてうまそうに吸い込むと、からかうような眼付になった。

「何か、手がかりはあったかね」

星名刑事は遺書、拳銃を持っていたという証拠、その他自殺の裏づけになるものが発見されなかったので、やや気をよくしていた。

「やっぱり自殺ではないと思います。ことに、日記は重要な手がかりです」

日記というのは机の抽斗に入っていたもので、事件の直前に書かれたと思われるものである。

十一月×日

馬渡陽介より来信あり今日午後九時頃訪問の予定との事。久しく会わず懐しくもあるが、会ったところで、これという話もあるはずなし。平凡なる田舎医者夫妻の多幸を祈るのみ、呵々。

余の身辺はいよいよ危険となった。万一の場合を顧慮して書き留めて置く。

昨夜は飲屋でしつこく喧嘩を売られた。地廻りと思っていたが、顔に見覚えがあるので、考えてみると「一国基会」に出入りしている男であった。挑発は計画的であった。余は倉皇として遁走した。

このようなことは最近頻々と起る。ある時は、物陰から煉瓦をぶっつけられ、またある時は電車を待っている余を、電車がホームに進入した際に線路に突き落そうとした者がある。五日前には危く自動車の下敷になるところであった。道を歩いている余に、警笛を鳴らさぬそれが非常なスピードでぶっつけて来たものである。余はこれら兇悪な者どもの顔を目撃することはできなかったが、ある単一の意志による執拗な攻撃と判断することは容易である。余を抹殺せんとするものは国基会であり、会長の大庭である。理由は彼の政治的醜行を余が詳しく知るからであり、部内における余の声望増大を恐れるゆえである。加うるに余は国基会の極右的偏向を粛清せんとの意図を持っている。大庭一派が余を暗殺せんとするのは当然であろう。片々たる地方政客に倒されることは大志ある余にとっていささか残念ではあるが、生死のごときはもちろん余の眼中にはない。郷党の輿望を荷う大川憲太郎は国家のために死ぬことを本望としている。

余が殺された場合、後始末は馬渡に依頼したい。余の母は、老齢で活動に堪えぬからである。掬子よ、余の墓所に時折は香華を手向けてくれ。

なお官憲の参考までに記しておくが、隣室の高尾という男は常に余を監視しているように思われる。おそらく大庭の手先であろう。

五

クローゼットの中には、密田警部補の興味をひいたものがいくらかあった。一つはトランクの奥から出てきた手紙の綴込みである。これは驚くべき几帳面さで時代順に編集された書簡集という体裁であり、上質の表紙がつけてある。一番古いのは昭和五年夏のもので、小学生だったらしい大川が臨海学校の便りを母親に送った葉書である。二人は顔をつきあわせてざっと読んだのだが、幼稚な文字の割に、文体は滑稽なほど大人びたものであることが印象的であった。内容はとりたてて言うべきものはないが、ただその中に、「掬子も元気でおります」という文句があって星名刑事は注意をひかれた。

「掬子という名は日記にも出て来ましたね。恋人でしょうか」

「まだどうとも言えないな。それより、これを見たまえ。来た手紙にはかならず大川自身の手紙がくっついている。これは皆コピーだ。この男は手紙を書くのにコピーを取っていたのだね」

「妙な男ですなあ。こんなにクソ丁寧に手紙を集めて、どうするつもりなんだろう。ひどく整理好きなのか……」

密田警部補は頭を振った。

「君はトイレットを見たじゃないか。あれが整理好きの男かい」

なるほど言われてみると、トイレットはおそろしく乱雑であった。シャボンだの、ポマードだの、化粧水だのがあちこちに置きっぱなしで、安全かみそりは刃をつけたままおっぽり出され、歯磨粉が所きらわずバラ撒かれていた。

「じゃあ、これは何かの目的で……」

「そうだ。それに、最近の手紙は二年ばかり前のものだね。それ以後はなぜか綴込んでいない。これも考えておく必要がある」

次に興味をひかれたのは、机の抽斗から出た三つの眼鏡である。三つともごく軽い近眼鏡で、この程度なら掛けても掛けなくても大した違いはあるまいと思われる。現に死体は掛けていなかった。それが三つもあり、一つ一つワクの形と色が違っている。

「三つも予備に持っているんですかね。用心深い男だな」

「いや違う。これは伊達だ。おしゃれだよ」

星名刑事は妙な顔をした。

「しゃれ者の部屋とも見えませんがね」

「クローゼットに洋服が二、三着かかっていたな。どの程度の品物か、君はよく見たか」

「さあ、あまり注意しませんでしたが……」

「ぼんやり見てるだけでは駄目だぜ。あれは皆一流品だ。ちょっとわれわれでは手の出ないようなものだよ」

密田警部補は、どうかすると酷薄に見える引きしまった横顔に皮肉な微笑を見せた。

「女たらしばかりがおしゃれだとは限らない。もっと違った性質のおしゃれというものもあるんだ。たとえば政治家だが、これは民衆を対象にした非常なおしゃれだ……そんなことを考えたことがあるかね」

「被害者が、そうだというんですか」

「そのとおり。大川の性格はそういうものだったらしい」

星名刑事は一応傾聴しながら、そんなことが事件の解決と何の関係があるのかという不満がかすかに動くのを感じていた。

そのほか、クローゼットには釣道具が一式と、十数冊の書籍があった。下の川で釣をやるらしく、ゴタゴタしたものがビクに納まっている。書籍は辞典、スピーチ集、伝記、歴史書といったたぐいのもので、星名刑事は一向関心を示さずにしまったのだが、密田警部補は、釣道具を一つ一つ丹念に調べ、ちょっと頭をかしげていた。書籍についても一冊一冊ていねいにページをめくり、奥付を読んでいた。

在宿者と外来者――馬渡陽介――の訊問にかかる前に、密田警部補は窓のところに歩み寄って上下左右の窓ワク、扉、さらに身を乗り出して、あちこち観察した。

窓から地面までは約四メートル。階下の窓との間に足掛りは全くない。左はすぐ建物の角で、右は隣室の窓まで二メートル。窓から窓へ移ることは不可能である。つまり、外部から何らかの手段で、この部屋に入ることも出ることもできないはずである。ハシゴ、または綱を利用することが考えられるが、これも、派出所の巡査がおそらく十秒以内に外に飛び出して見ているのだから、まず考えられないと言ってよい。

下宿人四人の証言によると、大川はこの日いつものように六時半の夕食に姿を見せた。大川は口数が少なく、重苦しく考え込んだような表情をしているのが常で、近寄りにくい印象を人に与えたが、話しかけてみると案外にしゃべった。地方政界の裏話などでは人の知らない、うがった話題を持っている。この日も、玄海市の市会議員のスキャンダルをぽつりぽつり話していた——要するに自殺する人のようではなかったという。

六

銃声の起った前後については、四人とも共通のアリバイがある。ただ新しい事実として、銃声の直前に、「ばか者!」という大川の声をみなが聞いたことが明らかになった。落ちついて考えてみて思い出したのである。C女史だけがそのほかに、銃声の直後、水音のようなものを聞いたと証言した。

木山老人は、下宿人は現在大川を入れて六名で、大川の隣室にいる高尾は今朝、「帰りに映画を見にゆくから」と夕食の用意を断わったと述べた。

「高尾はいつから下宿するようになったのですか」

「半年ほど前でございます。市内の薬品工場に出ていらっしゃるとかで……」

「大川と親しかったようですね」

「さようですね、ちょいちょい御一緒のようでした。大川さんは同宿の方とあまり付合いはなさらぬ方でしたが、あの方は……」

密田警部補はうなずいて、妙なことを言いだした。

「あの窓の上のほうのワクの外側にね、真鍮の長いネジ釘をとりつけてありましたが……」

「ああ、あれは覚えております。夏は御簾《みす》を掛けるようになっていますので、それを吊るすためです。両端と真中に三個所ございましたでしょう。頼まれて私がやったので……」

それが何か……と木山老人は不審顔であったが、それにはかまわず、警部補はまた別の質問に移った。

「大川は釣をやっていたようですね」

「はい。釣は好きらしゅうございました。おとついでしたか……も、夕方から川に釣に行っておられました」

「ほう、そうですか。星名君、どうだ」

星名刑事はビクッとして、おそるおそる密田警部補の顔を見た。どうだ、とは何のことかわからない。木山老人も不審そうである。

「いや、さっき調べた時に釣糸がなかったのでね……」

「ああ、そりゃ古くなってお捨てになったのでしょう。私が新しい仕掛けをさしあげる約束をしておりましたのです」

木山老人はそれで引き取って、次に馬渡陽介が応接室に入って来た。

馬渡陽介は、玄海市から鉄道の支線で約四時間ほどのKという郷里の村で小児科を開業していること、大川の郷里もKで、二人は小学校時代からの友人であること、今度訪問したのは市で同業の医者の会合があったので、そのついでに立ち寄ったのであることを述べた。

陽介の話だと、玄関で案内を乞うたが誰も出てこないので仕方なく正面の階段を上りかけたところ、もう二、三段で上りつめるという時に、「ばか者」という声と共に銃声が響いた。二階の廊下には人影がない。音がしたのは、大川の部屋だと思ったので大急ぎで駆けつけた。ドアはすぐ開いた。大川は即死らしく、もう床に転がっていた。すぐ窓に走り寄って見下ろしたが、そこにも人影はない。呆然としている所へ、木山老人一行がやって来たというのだった。

「銃声を聞いて部屋へ入るまでの時間は非常に短かったわけですね」

「そうです。五秒以内でしょう」

「それで窓の下に人影がなかったとすると、外部からの侵入者はなかったことになる」

密田警部補は職業的な強いまなざしで、陽介を凝視していた。

「当時下宿に残っていた者は、臨時客を除いては皆応接間にいた。ところで、あなたはちょうどその時刻に、誰にも見とがめられずに大川の部屋に入ることができたのです。つまり、あなたは最も不利な立場に置かれているわけです」

陽介は静かに相手の話を聞いているだけである。

「あなたは拳銃でやにわに大川を撃つ。そしてそれを窓から投げ捨てる。下は川ですから、拳銃は川の底に沈んでしまう。あとはただ、びっくりしたような顔をして突っ立っていればいいのですからね」

「僕が、大川を殺したとお考えになっているのですね」

「いや、私はそれが可能であると言ったまでで、具体的な捜査はこれからです。しかし、あなたを有力な容疑者と言わざるを得ないことは、おわかりになったと思います」

陽介は今晩は望海荘に泊り、とにかくあすも滞在することになった。

「ああそれから、銃声の直後に水音がしませんでしたか」

「そういえば、かすかに聞いたような気もします。なるほど水音だったのですね」

「ではどうも。今晩は、ゆっくりお休み下さい。……そうそう、掬子という名前の方は、あなたの奥さんではありませんか？」

馬渡陽介の顔に、はじめて漠然とした不安の影がさした。

「そうです。しかし、どうして御存じなのですか」

「手紙や日記の中に出てくるのです。奥さんは大川とも親しかったようですね」

陽介は、どこか遠くを眺めるような眼付をした。

「大川、僕、掬子の三人は小学校時代からの親友だったのです」

七

高尾という下宿人が帰宅したのは、十一時を少し廻った頃である。高尾は玄関口で警戒していた巡査に連れられて、直接応接室にやってきた。四十年配で小肥りの男だが、丸い顔はひどく血色が悪く、そわそわしている。貧弱な体つきなのに、着ている背広はゆっくりしすぎて支那服のような感じだ。

イスに掛けさせると、密田警部補は単刀直入に切りだした。

「実は、あなたのお隣の大川氏が殺されましてね」

「えっ、大川さんが、ほ、ほんとうですか」

高尾は眼を大きく見開き、口をあけてブルッと震えた。密田警部補は、その驚いた様子を冷たい眼で観察していた。

「御存知なかったのですか」

「知りません。……知りませんとも。帰ってくるなり巡査につかまったので、びっくりしたところで……」

「ほかの下宿人はみな調べて、アリバイがあるのです。で、あなたのアリバイがはっきりすれば捜査上助かるわけなので、今までお待ちしていたのです」

高尾はワイシャツのカラーに手をやったり、しきりにネクタイを動かしたりしながら一向に落ちつかないが、アリバイのことをきかれると眼を輝かして乗り出した。

「ああ、それなら私には確実なアリバイがありますよ。私は会社の帰りに女の子と映画を見に行ったので……」

同じ職場の女の子と約束してあったので、五時に会社を出て、盛り場の洋画封切館の近くのレストランで落ち合い、食事をしてから映画を見に行った。入ったのは六時半で、終って出たのが十時二十分前だった。そこで女の子と別れ、小料理屋でビールを一本飲んで帰って来たという。証人としては女の子がいるし、レストランや小料理屋でも顔を覚えているかもしれない……

「映画は何をやっていましたか」

二本ともアメリカ映画で、一つは音楽物、一つは西部劇だったと、高尾は題名をすらすらのべた。

「音楽映画が先ですか」

「そ、そうです。西部劇は八時頃からでした」

「すると兇行時刻には……」

「ええ、西部劇をやっていました。ちょうど中ほどで面白くなっていたところですよ、ハハハ」

高尾が乾いた笑い声を立てると、密田警部補も「ハハハ」と低く笑って、星名刑事をめんくらわせた。

「国基会という政治団体を御存じですか」

「は、いや、名前は知っていますが……」

「会長の大庭という人は？」

「いや、あの人は……いえ、知りませんよ。会ったこともないですよ」

「そうですかね」

密田警部補は、高尾の顔をじっと見てニヤリとした。高尾は急に真赤になり、それから、真青になった。またカラーのあたりをいじり廻す。次の質問は、高尾にとって非常なショックだったらしい。

「あなたは、大川にどんな恨みがあるのです」

「そんな、私は……私は……」

高尾は口がきけずに、盛んに両手を横に振っている。密田警部補はそっけなく、それを無視して、今夜は引き取っていいが、明日から居所をはっきりして、逃げてはいけないときめつけた。

「高尾の足どりは調べる必要がありますね」

「うん。正確に洗って見たまえ。九時頃どうしてこの辺にやって来て、どうして逃げだしたのか」

「は?」

「うかつだな、君は。高尾は誰からも聞かずに、兇行時刻を知っていたじゃないか」

「ああ……」

星名刑事は唇を嚙んだ。ウソだったのだ、あれは!

「ついでに女の子との関係、それが大川とつながりがあるかどうかもね。それから例の大庭を訪ねるんだ。日記に書いてある事実があるのか、これが大事だ。もちろん、高尾のこともきく。今夜行っているはずだ」

「高尾が！」

「まずそうだろう。高尾の服は借着だよ。ワイシャツもそうだ。何から何まで大庭に借りたのだろうな」

「な、なぜ？」

「川に飛び込んで濡れたからさ」

八

翌日の新聞は、大川の疑問の死を一斉に報じていた。密田警部補は新聞記者に何も話さなかったのだが、ある新聞は国基会による暗殺をほのめかして、少壮有為の人物の急死をいたんでいたし、ある新聞は馬渡陽介を容疑者とし、三角関係のもつれから射殺されたものらしいと、うがった観察をした。

問題の拳銃は川底から発見された。あの窓から投げれば、ちょうどそのあたりに落ちるだろうと思われる位置である。密田警部補は熱心に作業を見ていて、揚ってきた拳銃に泥や芥、それに釣糸などがからみついているのをそのまま運ばせた。――馬渡陽介の容疑はそれで深まったように見えた。ところが、大川に火薬が付着していなかったと同様に、陽介の体や衣服からも、その反応は出ないのだった。科学鑑識を信用すれば、拳銃を発射したのは陽介でも大川でもないことになる。

　拳銃の発射された高さは、大川がイスに掛けていたものとすれば、彼の額の位置よりやや上になる。立っていたとすれば、六尺近くの高さになるから不自然である。つまり大川はイスに掛けていて、直面して弾丸を受けたのだ。

　大川憲太郎の身上については次のことがわかった。

　大川はK村の自作農の家に生まれ、父は退役の軍人であった。母は老衰したが現在まだK村におり、一人息子だった。小学校の時からいわゆる模範生で、隣の町の中学校でも首席に近い成績であり、日支事変当時無試験で東京の某大学の法科に入学した。この頃から少壮軍人やいわゆる革新官僚、右翼の政治家などのもとに出入りし、のちに大学は中退して政治運動に入った。敗戦前後の消息は明らかでないが、五年ほど前に玄海市の筑陽新聞に入社した。なお、玄海市に定住するについては国基会の会長である大庭理一郎のすすめがあったらしく、最近まで国基会の有力な幹部として活躍していたらしい。

「いや、実に惜しい男を死なせましたなあ、将来のある……」

　大庭理一郎はそう言って嘆息した。でっぷりした体を渋い和服で包み、頭を角刈りにしたところは商人のようで、地方政界に隠然たる勢力をもっているとは、ちょっと受け取れない。テーブルをへだてて対坐しているのは星名刑事である。壁よりに金屏風、その上に富士山を画いた額がかかっている。

「実際に惜しい男だと……思われますか」

　大庭はキラリと眼を光らせたが、ゆったりとした笑顔がそれを包んでしまう。星名刑事は黙って大川の日記を差し出した。大庭は星名刑事のきびしい視線を意にも介せぬように静かに読み終った。

「こりゃあんた、ウソだ」

「そうでしょうか。ここの所……酒場であなたの部下に喧嘩を売られた個所ですが、これは私が調べて、事実だったのです」

「そんなことは知らん。わしの部下じゃないでしょう」

「私はその男の口から、あなたのためにやったのだ、と聞いたのですよ」

　大庭は瞬間不快そうに額にしわをよせたが、すぐに星名刑事がカッとしたほどケロリとした表情に返って、

「いや、わかりました」

　と言った。

「なるほど、わしの眼の届かぬ所で、部下が勝手にそんなことをやっているかもしれない。暴力は極力いましめているのですが、事実とすれば誠に申訳ない」

「どうして、あなたの部下は大川を狙っていたのです」

「大川がわしを裏切ったからですな。恩を仇で返すというやつで、行き場がなくなってうろ

うろしているのを、昔のよしみで引き立ててやったんだが、自己の力を過信してわしに反旗をひるがえそうとした。で、残念だがわしは手を切ったのです」

「あなたの弱味につけこんだわけですか」

「弱味?」

大庭は腹をゆすって、声を出さずに笑った。

「わしに弱味なんぞありませんよ。あんたは警察の方だからよく御存じだろう。したがって
わしには、あの男をどうこうするという必要もないわけだ」

「では、高尾にどうして大川を監視させていたのです」

大庭はカラカラと笑った。

「あれは、高尾が大川と同じ下宿にいるものだから、一応気をつけさせていただけですよ。

大川は馬鹿ではないからね。へんに立ち廻られると困る」

「高尾がきのうお宅に来たのは何時ごろでしたか。本人は時間をはっきり覚えていない、夕
方だったと言うのですが」

「五時ごろでしょう」

「帰ったのは?」

しまった、と気がついたらしい。大庭の顔が怒気を含んで紅らんだ。

「わしは直接会っとらんから知らない。夜おそくだろう。とにかく、君たちの言うアリバイ
は、わしが太鼓判を押す」

星名刑事の頬がはじめてゆるんだ。

九

星名刑事は、高尾の働いている薬品工場に行った。連れだって映画を見たという女に会うためである。高尾のアリバイは崩れた。もう一息だ。若い星名刑事はバスの中で昂奮を押し殺すのに苦労した。

アリバイの破綻を突っ込まれると、女は他愛なく泣き伏してしまった。情婦かなにかだろうと想像していたのが、意外なことに高尾の異母妹だというのだった。

高尾は大川を監視するという自分の役目を妹にはかくしていたが、大川と交際させて、その動静を報告させるようにしていた。大川に近づけたのが、しかし高尾の失敗で、妹は大川の奇妙な魅力にとりつかれてしまい、ほとんど無抵抗のうちに貞操を奪われてしまった。

目立たない、淋しげな娘が兄にその事実を告げたのは、大川がもう彼女に見向きもしなくなった時である。

妹の話では、最初の映画が終った時――およそ八時――高尾はちょっと外へ出てくるからと言い、もし戻ってこなかったら、そのまま彼女の住んでいる工場の女子寮に帰るように、また中座したことは誰にも言ってはいけないと注意した。変に思ったが、兄が何の目的で中座したのかわからない。今でも、まさかあのやさしい兄が大川を殺したとは信じられない、と言うのだった。

星名刑事は、これで金的を射当てたと思った。高尾は、妹がもてあそばれたのを激怒して殺意を起したのだろう。それでなくても、国基会の裏切者として葬っていい男である。

高尾は妹を使ってアリバイを作っておき、八時に映画館を出て望海荘に引き返す。電車またはバスと徒歩で約三十分。八時半から九時まで何をしていたか。どこから入って、どこから逃げたか。あの馬渡という男は誰にも見られずに玄関から入れたのだから、高尾も入れたはずだ。そして、どこかにかくれている——いや、どうして待つ必要があったのだ。すぐやればいいじゃないか。やはり玄関からではなく、あの窓から出入りしたのだろうか。

星名刑事は突然、密田警部補が木山老人に質問していた、あのカギ形のネジ釘のことを思い出した。

——あれだ！　するとつじつまが合う。玄関からこっそり入って大川の部屋を訪ねる。妹のことで責任を追及していたのかもしれない。誠意を示さぬ大川を射殺する。拳銃を川に投げ、用意した綱をあのネジ釘に引っかけ、それを伝って小路におりる。綱をたぐり、すぐ川に飛び込む。その間、すばしこくやれば五秒とはかからない。派出所の巡査は、すぐ足の下の石垣にへばりついた高尾の頭に気がつかなかったのだ。もう一度窓の付近を綿密に調べよう。きっと何かある。

すると、馬渡は？　あれは、やはり偶然あの時刻に大川を訪ねたにすぎないのだ。大川が日記の中で死後の仕事を依頼しているほどの仲だし、事実馬渡は、今ごろは大川の遺骨を抱いて郷里へ帰っているはずだ。なにも大川を殺す動機はないだろう。しかし密田警部補はどうして、わざわざK村まで自分で出かける気になったのだろう。馬渡を犯人と見ているのか？　だが、あの「揄子」は？

星名刑事は高尾を犯人とする自分の推理が間違いないようにも思えたし、一方では、何か大へんなミスをやっているのではないかという気もして落ちつかなかった。とにかく高尾をしめあげて、自白にまで持って行こうと思った。

十

密田警部補は暖かい日ざしが一ぱいに溢れている縁側に招じられた。これという植込みなどもない、ざっとした庭の一隅にコスモスが咲き乱れ、大輪の花をつけた菊の鉢も数個並べてある。竹を編んだ垣根には、小さな花弁のばらが美しくちりばめられている。垣根にくっついて大きな柿の木があり、鈴なりの実が輝いている。庭は裏のほうへ続き、そちらでは野菜を作っているらしく、青い葉っぱが並んでいるのが見える。レグホンが二、三羽、餌をあさりながら静かにこちらへやってくる。

密田警部補はうまそうにお茶を一口すすって、この人には珍しく溜息をついた。

「私のような仕事をしている者は、こういういい環境で、人々の病気を治すという有意義な仕事をなさっているあなた方が、実に羨ましいですよ」

掬子は明るい微笑を見せただけである。想像していたよりずっと美しい人で、つつましい立居のなかに、どこかしっかりした、たじろがないところのある感じは、夫の陽介と似通っている。密田警部補は掬子と並んで坐っている陽介に向かって話しだした。

「ここへ伺う前に、大川氏のお母さんの家に寄って焼香して来たのです。そこで私は、彼の勉強部屋というのを見せてもらったのですが、あれは少年時代に使っていたままにしてあるのですね」

「ああ、御覧になったのですか。あのままにしているのは大川の意志なのです」

陽介はちょっと影のある顔になった。

「私もそうだろうと思っていました。壁にかかったナポレオンや伊藤博文の肖像、それに〈人間到るところ青山あり〉だとかいった格言の張紙……こんなのも実は想像していたとおりでした。立志伝中の人といった感じ……」

「そうです。大川は英雄偉人の伝記を地で行こうとしていた男でした」

「下宿の部屋でも同じようなものを見たのですよ。何冊かの偉人の伝記ですが、発行されたのはみな昭和初年で、中を見ると、赤や青で盛んに感激的な傍線を引いている。少年時代の愛読書ですね。それを今まで持ち歩いている。それから、綿密な書簡集がありました。これがまた大変なもので……」

「やっぱり、そんなことをやっていたのね」

掬子が口をはさんだ。密田警部補がうながすように沈黙すると、掬子はこんな話をした。

小学校の頃、掬子は大川と二人、学校の帰りに小川で遊んで帰ったことがある。その時に大川がこんなことを言った。

〈僕は将来大政治家になって、掬ちゃんをお嫁にもらうことにする。だから、これからのち離れ離れになっても、手紙のやり取りをしよう。僕のやった手紙はかならずとっておくように。将来必要になるのだから……〉

「信じられないようなことだが、自分が偉くなった場合に、その手紙が役に立つようになる……有価値になるという意味ですか」

「大川の伝記が書かれる際の資料にもなるでしょう」

大川憲太郎は、そんなことを本気で考えている人間だったのだ。

大川はいわゆる神童であった。子供でありながら、大人が驚くほどの知識と分別を持っているようだった。学校の行き帰りにも本を手離さず、昼休みには校庭の木蔭でひとり本を読んでいた。

母は息子に大きな夢を託していたし、受持の先生も、校長も、この英才を育てるのに熱心だった。田舎の村には、まだ素朴な立身出世主義が生きていた。陽介も掬子も、取巻きの一人だった。小さい時から大川は不思議に強い影響力を持っていて、聡明な陽介たちも、かなりあとまでその魔力に引きずられていたのである。

掬子が大川の中に、何か本当でないもの、不純なものを感じ始めたのは、三人がそれぞれ中学校、女学校へ入って間もなくであり、それを嗅ぎ当てたのは微妙な女性の本能とでも言うほかはないだろう。

「二十過ぎればただの人」という。大川の場合はピタリとそれに当てはまった。しかしその時は、大川は母だけでなく、全村の期待を背中一ぱいに背負っていたのである。大川自身の野望も、謙虚に反省するには膨れあがりすぎていた。中学から大学の予科へ、大学へと、大川の活躍は華やかさを加えた。自分では天才ではなかったこと、いや、陽介にすら頭脳的には及ばなかったことをひそかに自覚した大川にとって、その政治的な性格、他人への影響力を極度に発揮するほかに残された道はなかったのであろう。鮮やかな人気取りは成功していた。

掬子はそういう大川を静かな非難の眼で眺めていて、陽介が献身的に彼につくしているのを悲しんでいた。陽介は大川から離れるのに、掬子以上に苦しまねばならなかった。それほど、大川の個性が圧倒的に見えたのである。

「僕は今でも大川が全くのペテン師だった、贋者だったとは思わないのです。彼の個性は、たしかにスケールの大きなものでした。人の上に立てる気性、自然に人気を集めてしまう才能、それに自分のグループを思うままに動かす活動力などは、たしかに天分なのですね。ただ、その並はずれた才能を統一する何か……かなめのようなものが欠けていたのです。こんな表現はばかげているかもしれませんが、〈天才に生まれ損った男〉とでも言うべきでしょうか」

大川は東京で政治活動を始めたらしく、常に母あてに詳細な便りをよせた。それは母を通じて村の人々にばら撒かれた。国家主義的な学生グループのリーダーになっているようだった。また、時折帰郷して演説会などを開いた。昔から抜群だった雄弁にはさらに磨きがかけられていた。大川はほとんど完成したデマゴーグになっている。陽介は彼と自分との距離が、ようやく決定的に遠ざかったのを知った。陽介は野望など持っていなかった。陽介には親しい静かな村があり、美しい掬子があった。村の人々のために、医者になることが自分の天職だと陽介は素直に信ずることができた。

「それ以来、大川とは疎遠になったのですね」

「そうです。こんど会ったのが何年ぶりだったでしょうか……」

「馬渡さん。どうして急に大川とお会いになる必要があったのか、ぜひお話し願いたいのです。それがはっきりすれば、事件は終りだと私は考えています」

陽介の顔はまた曇ったが、掬子がはっきりした口調で言った。

「わたくしのためでした。大川さんが最近わたくしあてに下すった手紙のことで、お訪ねしたのでございます」

それは、偽りの結婚を解消して、自分の所へやって来いという気狂いじみた内容であった。極端に自尊心の強い大川には、掬子の陽介への愛情が真実のものであるとは、どうしても信じられなかったのである。掬子の愛情は、自分一人に捧げられたものであり、一身上のことにかまけて掬子を構いつけなかったため、心変りを恨んで、陽介のもとへ走った——そう思い込んでいたらしい。陽介が会いに行ったのは、その誤解をとくためであった。

「馬渡さん。あなたは、大川が自殺したのだということを御存じだったのではありませんか」

「想像はしていました。手紙の調子がおかしかったのです。大川に似合わない取り乱し方でした。それに、私が階段を上りかけた時、大川は〈ばか者〉と言いました。部屋にいた誰かに向かって叫んだようにもとれますが、あれは半ば自分に向かって言ったのではないかと強く感じたのです。大川は何か困った時、考えがまとまらない時など、頭を叩いて〈ばか者〉と言うくせがありました」

「よくわかりました。それから、葬儀はお寺でやるのですか」

「ええ、村葬のような形式ですね。村の主だった連中は皆集まるでしょう」

「中途で挫折した天才政治家のためにですか……」

密田警部補は静かに帽子を取り上げた。

十一

「それは一体どういうわけなんです。高尾が犯人じゃないと言われるのですか」

密田警部補はK村から帰ってきた。待ちうけていた星名刑事は、濃くなってきた高尾の容疑について説明した。自白まであと一歩だと思っていたのが、「自殺」という意外な言葉に啞然とした。

「大川の死亡時刻に高尾が付近にいた……いや、大川の部屋にいたとしてみよう。逃げる時はどこからだい。ドアから廊下へ出るのは駄目だぜ。馬渡が走って来ているんだから」

「窓からです。窓の上のワクにある釘に綱を引っ掛けて、伝って降りたと思います」

「いいかい。あの釘は、なぜか頭をつぶしてあるし、華奢なものだよ。人間一人の重量を支えきれやしない。綱を掛けてぶらさがれば抜けていたろう。抜けなくても、釘が曲って、綱ははずれるはずだよ」

「じゃあ、なぜアリバイまで作って来て、おまけに川なんぞに飛び込んだのです」

「殺意はあったのだろう。しかし綿密に計画して、かならず決行するだけの覚悟はなかったのだと思う。映画館を抜けたのも、咄嗟の思いつきじゃないか。ともかく裏口までやって来て思案している時に、大川自身がズドンとやってしまった。危険を感じて川に飛び込む。運よく巡査に見つからずに、川の石垣を伝って上り、大庭の家に逃げ込む。大庭は親分だから保護しただけさ」

「拳銃が現場になかったこと、火傷や火薬の付着がなかったことは、どう説明されるのです」

「そういうふうに細工をして拳銃を操作したのだよ。他殺……つまり政治的暗殺と見せるつもりだった。失意の自殺では、大川の自尊心が許さなかったのだ。K村へ行ってわかったのだが、そこでは大川はまず偶像のように尊敬されている。K村の輝かしいホープなんだよ。母親は、名誉の中に生きている。大川が英雄でもなんでもなく、もうハッタリのきかなくなった敗残者だったとわかれば、どんなことになるだろう。自尊心のためにも、母のためにも、大川は〈暗殺〉として新聞に書き立てられるように、最後の演技をしなければならなかったんだ」

「そんなに行きづまっていたのですか」

「K村へ行く前に、大川が勤めている筑陽新聞に行って主筆に話を聞いたがね。大川は顧問といった地位で、一種の名誉職だが、実際の仕事は与えられていない。大時代で、実務に適しないというんだ。それでいて、若い社員の間に妙に強い人気をもっていて、右翼がかった思想を吹きこんでいる。地方に講演に出かけると、社の代表者のような顔をして人気を集める。もともと、大川は昔のよしみで大庭に拾われたんだが、多少とも学のあるところを利用しようというので、大庭の口ききで新聞社へ入れたのだ。思想的な宣伝を狙っていたのだね。だが大川のような男の存在は、新聞社にとっては迷惑至極な話で、もともと大庭のほうでも大川を高く買っているわけじゃないのだから、そういう事情がわかると、全く仕事をさせない、冷淡な待遇になった。大川は敗戦後の右翼の壊滅で挫折したのだ。浮かび上る最後の足がかりが大庭の国基会だったのだが、ここでも大川は冷飯で、幹部に黙殺されてしまっている。そこで破れかぶれの大バクチをやったのが、大庭の政治的汚行の摘発、そして国基会を乗っ取ろうというのだった。ある程度の心服者はあったのだろう。ところが、根をはった組織は強いものだ。大庭のアゴ一つで、大川は猫のようにほうり出されてしまったのさ」

「あの日記は、では嘘っぱちですか」

「もちろん。大庭にとって大川は暗殺しなければならんような代物じゃない。酒場で国基会の若い者に喧嘩を売られた、その事実を利用しただけだ」

「掬子という女は……」

「大川が生涯愛した女だった。しかし掬子は馬渡を愛して変らない。大川が世に乗り出そうとあがいている間に馬渡と結婚した。それが、どんなに大川にとって取り返しのつかないことだったかは、絶望に突き落されてはじめてわかったのだね。大川が自殺の決心をしたキッカケは、これかもしれない。大川は掬子に、自分の所へ帰ってくれと書いた。それが何の役にも立たぬ手紙であることは、彼自身にもわかっていたはずだ。だから返事も待たずに死んでしまった。そのことについて話しに来た馬渡の足音を聞きながら……」

　密田警部補はポケットから十メートルほどの釣糸と、二メートルほどの針のついた別の釣糸を取り出した。

「星名君。この部屋を調べた時、釣糸がなかったのを覚えているかい。それから川から上った拳銃に釣糸がからみついていたのを。……これがその釣糸だが、あとで調べてみたまえ。一部分が焦げているはずだから」

　そう言いながら長いほうの釣糸を例の窓ワクのネジ釘に引っ掛け、二重になった糸を部屋の中ほどに引き込んだ。用意した拳銃の銃把をそれで二巻きし、さらにこんどは銃口に近いあたりで二巻きすると、ピンと糸を伸ばしたまま、壁ぎわのイスに窓のほうを向いて腰かけた。ネジ釘から、糸を握っている密田警部補の左手まで、糸は一直線になり、拳銃はその真中あたりでさかさまになったままピタリと固定され、銃口はいくらか上向きになっている。糸をみぞおちのあたりにもってくると、ちょうど銃口が額を狙う角度になる。

もう一つの糸——釣針のついたほうの糸は、星名刑事に命じて釣針を手前から引金に引っ掛け、うしろの銃把を一回りさせてから手元に持ってこさせた。左手で拳銃を固定した糸を持ち、右手で引金に掛けた糸を持っているのである。

密田警部補は静かに右手を引いた。少しずつ引金が動いている。

轟然と発射した瞬間、両方の糸は手を離れ、拳銃は振子運動で半円を描いて、窓の下方のワクすれすれに外へ飛び出す。と、糸は水平にはね上った時、スルリとネジ釘を離れ、拳銃は糸をつけたまま落ちて行った。——やがて小さな、ドボンという音がした。

「自殺というのは割合に早く見当がついた。例の御大層な書簡集はここ二年間途切れていただろう。あんなに用意周到な集め方をしていたのを急に中止してしまったのはおかしい。もう、いらなくなったのだ、放棄したのだ。立身出世の野望が挫折したのだ……そう考えた。調べてみると、なるほどうまく行っていない。といって、あっさり自殺してしまえない事情もわかってきた。そこで、英雄の最後を飾る〈暗殺〉の演出になる。最初から窓のネジ釘と、窓がこの時候にあけっぱなしになっていたことに細工がある、とにらんでいたが、なかなか思いつかない。……K村に行く途中でふっと思いついたのがグライダーだ」

「グライダー？」

「ゴムで飛ばす模型飛行機でもいいがね。グライダーは、はじめ綱で引っぱって行くだろう。そのうちにスピードがついてグライダーは飛び上る。飛んで行くに従って、カギに引っ掛けた綱はスルリと抜ける。これを反対に考えるといいんだ。グライダーが動かないものとして、綱のほうが動く。つまりグライダーは窓ワクで、綱が釣糸になるわけだね。カギの方向で、はじめは引っぱっておき、あとで抜けるという原理は同じだから……」

ある脅迫

一

中池又吉は宿直室の寝床にもぐりこむ前に、一通り店内の戸締りを見廻った。夜十時過ぎの銀行支店は谷底のように暗く、ガランと静まり返っている。広い店のどこか隅のほうや、並んだ机の下などに、何か怪しい者でもひそんでいそうな不気味さがある。中池又吉は中年もとっくに過ぎた万年社員で、宿直はもう何十回やったか数知れないほどだが、それでも、夜遅く店内を見廻る時には、きまって襟首がゾクゾクするのだった。生まれつき気が小さくて臆病だったから、宿直などは厭なことの一つだったが、見廻りをいい加減にすませてしまうのは彼の律儀さがゆるさなかった。

廊下に出て、店との仕切りのドアを締め、錠を下ろすと、中池又吉は溜息をついて用務部屋へ足を向けた。溜息は又吉の癖で、別に理由もないのに絶えず洩らしている。彼は若い時から、ずっと不遇なのだった。正直に、勤勉に仕事をしているだけでは駄目だった。上役に気に入られ、腕の立つところをせいぜいお目にかける男たちは、皆彼を追い抜いて昇進して行ったが、又吉は自分には到底、そんなにうまく立ち廻る小才はきかないとあきらめていた。

上役たちは又吉を敬遠するか、無視していたし、同僚や女の子は、彼のボソボソとした陰気な立居振舞に、無遠慮な軽蔑を示している。ある意地悪な女の子が仲間に言ったように、「あのオジサン、少しパーなのよ」という評価が、富民銀行K市支店の行員たちの間に行き渡っていたのである。

「おじさん、熱いお茶でも一杯いれてくれないかね」

用務部屋に入った又吉は、用務員の国元伊作に声をかけて、部屋の半分を占めている畳敷きの上り框に腰を下ろした。土間には流しやかまどがある。そろそろ冷えこむようになったので、大きな鉄製の火鉢に炭火もおきている。

「どうも近頃の若い人は……」

又吉はうまそうにお茶をすすりながら、年功らしくゆったりした言い方をした。

「締りがなくて、やりっぱなしでいけないね。今も店内を見廻ったが、何やらかにやら、机の上に置いたまま帰っとる。机の抽斗にチャンと入れて、大事なものは鍵をかけておくらいの用心がなくては、大切な金を預かる銀行員とは言えないと思うがね」

「全くそうでござんすね。女の子などは、ことにひどうござんすよ。自分の身の廻りだってきれいにできないのですからな。店内を整頓してやろうの、花が枯れたから取り替えてやろうのという殊勝な女は一人もいなくなりましたよ。昔はこうじゃありませんでした」

国元伊作は何度もうなずきながら、まるで酒でも味わっているように、お茶をチビリチビりなめている。

「ほう、やっぱり君もそう思うかね。さすがに昔の人だねえ。はっはっは」

又吉は重役じみた笑い声を出してみせた。彼は伊作のような用務員や、中学を出た女給仕などには、おうような、時には威丈高な態度になるのが常だった。彼らは又吉を、古い社歴にふさわしい尊敬であつかってくれたから、又吉はますますふんぞり返るのだが、実のところ、用務員や少女たちは、陰でひどい悪口を言っているのだ。又吉はそんなことに気づかないのかもしれないし、ひょっとすると、承知していても知らないふりをしているのかもしれなかった。

「いや、しかし国元君、何もやりっぱなしは若い人ばかりに限ったわけじゃないよ。上のほうの人だっていい加減なものさ。まあこれは越権と言われるかもしらんが、どんな書類でも大事に始末しておかなくてはね。さっきは一応、全部の机を見廻って、仕舞うべきものはそれぞれ仕舞っておいた。特に貴重なものがなかったからいいようなものだが……」

又吉はやがて腰を上げ、あくびと溜息を一緒にして、二階の宿直室に引きあげた。ポマードの油がベットリくっついて薄黒くなったふとんにくるまって、わびしい眠りについたのは十一時をちょっと廻った頃である。

――それからどれくらい経ってからか、又吉は夢うつつの間に、静かに階段を上ってくる足音を聞いたような気がするのだ。それは聞き慣れた足音である。だが国元伊作のものではない。又吉はその足音――靴音に非常に厭な気持を誘われるのだが、それが誰のものだか、どうしても思い出せない。ごく身近にいて、又吉に不快な思いをさせる人物に違いないが——それは軽い、いくらか引きずり気味の音で、時々かすかにキュッと革の鳴るのもまじる。思い出せそうで思い出せないうちに、又吉はまたとろりとしたようだった。

二

通用口の鉄の扉の前まで来ると、男はそれまで神経質に吸い続けていた煙草を傍らの溝に投げこみ、夜目に白い吸いさしが、チョロチョロと流れる水にひたされて見えなくなるのを待っていた。煙草の吸口についた唾液から犯人のわかることがある——そんなことを小説で読んだのを男は思い出していた。

「富民銀行さん、電報ですよ、電報」

人気のないのを見すましてから、男は抑えた声で何度もくり返した。鉄の扉を叩く音も控え目にした。中にいる用務員だけに聞えればいいわけだったから。

用務室の戸をあける音がした。男は素早くポケットから黒いスカーフを出して目の下全部を覆った。男はハンチングを目深にかぶり、古ぼけたスプリングコートの襟を立てていた。

「御苦労さんです。ここからお願いします」

国元伊作の眠そうな声がして、鉄の扉の頭ほどの高さにあけてある鉄格子の四角な窓から指が差し出された。予期していたことである。男はそれにかまわず「電報」をくり返しながら扉を叩き続けた。

伊作は不機嫌にぶつぶつ独り言を言いながら錠前をはずす様子だ。男はひっそりと扉にはりついている。右手には拳銃が握られていた。扉が細目にあくと、拳銃は伊作の腹を押していた。そのまま男は構内に入って、うしろ手に扉を閉めた。それから左手で伊作の肩を掴み、廻れ右をさせた。

伊作は足がすくんで、動けないようだったが、心臓の真うしろあたりで銃口がグイと押すと、ギクギクと歩いた。

金を出せとも、店に案内しろとも男は伊作に要求しなかった。黙ったまま、ビニールの紐を取り出して、まず両手をうしろでしばり、次に上体を上り框の柱にしっかりとくくりつけた。足首もしばり、最後に伊作自身が部屋にかけておいたタオルを伊作の口に押しこみ、その上をさらに流しにあった大きな「ふきん」で巻いた。それで伊作の目もかくれてしまった。

男はしばらく立ったまま耳を澄ますふうだったが、用務室を、店へ通ずる廊下へ出た。出るとすぐ右側に二階への階段があり、一階の突き当りは行員用のロッカー室とトイレット、左に曲ると、数時間前に中池又吉が鍵をかけた、店内に通じるドアがある。男はためらわずに階段を上った。

中池又吉は小心な人柄に似ず、大いびきをかく男であった。二階の廊下に立っただけで、そのいびきは宿直室から洩れてくる。そのドアの傍らで、しばらく男はそれを聞いていた。いぎたなく黒い口をあけて、眠りこけているのは確かだった。男は中池又吉のそんな不様な寝姿が目に見えるように思った。

　ドアのノブを試すように動かすと、すぐに開いた。又吉は男が想像したとおりの寝相で、片足をふとんから突き出していた。

　畳の上に上ると、男はやにわに又吉の毛脛《けずね》を激しく蹴った。起さなければ仕事にならないのは確かだが、この時の男は必要よりはむしろ又吉への嫌悪感に支配されていた。

　フガアッという異様な声をあげて又吉は目を覚まし、前に立ちはだかった男を不審そうに眺めていたが、拳銃に気がつくと全身で震え始めた。

　男はそのまま又吉のうしろに廻り、拳銃を背中に押しつけながら、

「店へ案内するんだ。鍵を用意しろ」

と、特徴を消した囁き声で言った。

　部屋には豆電球が点いていた。又吉は机の下から鍵束を取り出し、何の必要もないのに狭い部屋の中をヨタヨタと歩き廻った。男は又吉について歩いていたが、目的がないのがわかると銃口で強くドアのほうへ押しやった。その時になって又吉は、壁の或る個所に警報用のベルがあったことを思い出した。が、同時に、銀行の警報器が二日前から故障で役に立たなくなっていることも思い出した。

　男は又吉が自分の姿を見ることをゆるさず、いつも又吉の背後にピタリとついていた。又吉は寝間着のまま、鍵束を持って男を案内しなければならなかった。

男は又吉のようなのろまらしい人物が宿直であること、自分の人相が決してわからないだろうこと、要するに計画がうまくゆきそうであることに満足していた。又吉のうしろ頭は時々右や左に傾いた。それは、おれは何という不運な人間なのだろうと嘆いているようだった。

大金庫の前に来ると、男は「あけろ」というように又吉を前に押し出した。大型の、複雑な文字合わせ錠がついている。

「私は、ここのあけ方は存じませんので……」

又吉は前を向いたまま、あえぎあえぎそう言った。男は黙っている。

「ここのあけ方は、支店長や次長、それに二、三人の課長しか知りませんので……」

男は静かに又吉の肩を押して方向を転換させた。支店長のデスクへ行くのだ。又吉を向こうむきにし、相変らず銃口を背中にあてながら、男はデスクの抽斗を小さなペン・ライトであれこれ探っていたが、舌打ちをして、隣に並んだ次長のデスクを改めにかかった。鍵のかからぬ抽斗を一応全部改め、次に一つだけ鍵のかかっている中央の抽斗をあけにかかる。男は淡々と落ちついている。又吉の持っている鍵が全部駄目なのがわかると、男はズボンのポケットから自分の鍵束を取り出した。

銃口はいつか又吉の背中から離れていたが、妙なことをすると、いつ射たれるかわからない。又吉はほとんど身動きはしなかったが、それでも幾分か体をねじ曲げて、男のすることを盗み見する余裕ができていた。

三つか四つ目の鍵がピタリと合い、抽斗は開いた。男の手はすぐ中の書類に伸びたが、瞬間、急に引っ込められた。ハッと息をのんだ様子が又吉にもわかった。

男が狼狽の態度を見せたのは、この時だけだった。中の書類その他のものを洗いざらい机の上にぶち撒くと、ひどくせきこんだ手付で一つ一つ乱暴にほうり出して行き、書類の一番下から、文字合わせの方法を指示したリストを発見すると大きく息をついた。

男は一度、又吉に何か言いかけようとしたが思い直した。男には、気のせいか又吉がもうさっきほど恐怖に打ちひしがれていないように思われた。こいつを、もっといじめてやれ——そんな気持もあって、男はまた又吉の背中に銃口をあてがい、大金庫のほうへ押して行った。

リストを又吉に渡した。何度も失敗したあげく、やっと扉は開いた。

「どうも、むずかしいもので……」

又吉はそう呟いて、どういうつもりか男へちょっと笑顔を見せた。男は突然又吉を銃で撲《なぐ》りつけたい衝動にかられた。

大金庫の中は一つのかなり広いと言ってよい部屋で、帳簿その他を納めた棚が並び、奥にもう一つ金庫がある。その中に現金や証券類が入っているのだ。

「あけろ」

男は性急に命令した。

「これも文字合わせ錠で……」

「あけろ」

男は単調にくり返した。大金庫の時と違って、有無を言わせぬ調子である。又吉は錠の円いつまみを握った。

三

又吉をわきに寄らせ、男はペン・ライトで小金庫の内部を照らした。丸い光の輪の中に、キチンと積まれた札束の山が現われた。又吉はいくらか頭をねじ曲げて、金庫の中を盗み見ていた。棚が三段に分れ、まだ市中に出たことのない新しい千円の束は美しい直線を見せて上の段に並び、店頭で受け取られた分は中の段にある。百枚を一束にしてあるのはみな同じだが、古い紙幣の厚さは新しい束の二倍近いほどふくらんでいる。下の段に並んでいるのは百円札であろう。

男は中の段から札束を取り出し、何枚かめくって見ていたが、そのままズボンのポケットに入れた。そして又吉に言った。

「お前が取って、おれに渡すのだ」

又吉は上段から新しい札束を取って渡そうとしたが、男は頭を振って中の段を指さした。又吉が爆発物でも扱うようにおぼつかない手付で一つ一つ渡すのを、男はあらゆるポケットに二束ずつ入れるのだった。指紋を残す心配は全くないな、と男は思っていた。百万近くもポケットに納まったろうという時、又吉はもう一つの束を差し出しながら、

「……お持ちになりますんで？」

と言った。男は札束をポケットに押し込む作業をふとやめた。

こいつはよほどの馬鹿なのか。持って行くに決まったものを、わざわざ念を押すとは。それとも、いよいよ大金を持ち去られるとなって、立場上たまらなくつらい気持になったのか。それとも――男の頭は目まぐるしく回転していたが、又吉から見れば、男は最初のように冷静で、銃口はピタリと心臓に向けられているのだった。

男は再び又吉を前に立てて引きあげにかかった。宿直室に戻ると、国元伊作のように又吉もしばられ、さるぐつわをはめられ、身動き出来なくされた。

男は部屋を出る前に、しばられた又吉をちょっと振り返って見た。又吉は男のほうを向いて、もがきもせず大人しくしていたが、男がドアをあけて一歩廊下に踏み出した時、頭をグイと下げるようにした。それは急に身もだえを始めたようにも見えたし、ピョコンとお辞儀をしたようにもとれた。

男は廊下に立ち、又吉を注視しながら、二、三分ほど突っ立っていた。そのうちに、男ののどから何かきしむような声が洩れ始め、やがて爆笑になって高まった。男は高笑いを続けながら黒いスカーフをむしり取り、ハンチングを脱いだ。それから急いで又吉に近づいて、しばった紐を解き、さるぐつわをはずしてやった。

「中池君、怖かったろう。君にはとんだ迷惑だったね」

男はなおも笑い続けながら言った。

「いたずらが過ぎたかもしれないが、どうも僕はこんなことが好きでねえ。実はトコトンまで化けてやろうと思ったが、それじゃ、あんまり君に気の毒なんで、よしにしたよ」

中池又吉は目をパチパチさせながら、頭を下げた。

「次長さんでございましたか。これで本当に安心いたしました。明日になったら一体どうなることかと……」

「僕が本当の泥棒だとして、万全の計画を立てて入ると、どうなるかと思ってね」

「お試しになった……それでは私は落第でございました。何の処置もとれず、申訳ございません」

「いや、君の責任じゃないさ。僕が少しばかりうまくやり過ぎただけさ。それにちょうど警報器も故障のことだし、今の場合、どう処置をしろと言っても不可能だろうね」

「はあ……しかし、せっかくの宿直者といたしましては誠に……」

「もういいよ。あ、そうそう、国元君はまだあのままだったな。さっそく解いてあげなくちゃ。それからお茶でも御馳走になろう。君はすまないが、これを……」

次長はポケットからまた札束を次々に取り出し、又吉に渡した。

「これで全部だ。金庫へ入れてあとの戸締りなどをしてくれたまえ。大金庫も忘れずにね。文字合わせの表は僕の机にしまってくれ」

おれは、どうしてこの男が嫌いなのだろうな……次長は、目の前でおずおずと茶をすすっている中池又吉のずんぐりした指の先を眺めながら考えていた。

わざわざ、この男の宿直日を選んだというのもそんなところから来ているんだが、別におれにタテをつくわけでもなし、反感を持ってもいないようだ。仕事もまあ普通にやっている男だ。裏に廻ってコソコソやるタイプでもない。おれがこの男を特に嫌う理由はない。結局、肌合が違う……理屈なしにイヤな奴だということになるんだな。少々悪いことをしても、派手に、シャッキリとした奴がおれは好きだ。この男は、おれをたまらないほどイライラさせる。こいつは、ジクジクした、灰色の、腐った空気のような男だ……

次長は心の中でののしりながら、しかしこの中池又吉について、それではまだ説明し切れないところがあるのを、ぼんやり感じていた。

「それにしても次長さん、あのピストルは本物ですかいな。あたしはピストルに狙われるのは生まれて初めてで、体が言うことをききませんでしたがな」

国元伊作が言った。

「本物だとも。オモチャを使うようなチャチな真似はしないさ。やるなら本格的にやらなくちゃ」

次長は茶目ッ気をみせて答えた。

「ちょっと拝見させてもらえますかな」

「君、国元君……」

中池又吉はあわてたように伊作を制したが、次長は無造作に内ポケットから拳銃を取り出した。

「引金にさわらないようにね。空砲を百発撃っても、そのうちの一発は実弾が飛び出すというからな」

伊作は拳銃を受け取って眺めていたが、

「案外重いもんですね。これでタマが入っていると……」

伊作があちこちいじり始めたのを、又吉は横合いから奪い取って次長に渡した。

「タマは入っていなくても、飛道具は実に剣呑な感じのものでございますね」

今からやっと眠れるぞといった顔をして、又吉が言った。

四

昔風の貴婦人を思わせる富民銀行K市支店の堅牢な建物は、いつものように物憂い眠りから覚めた。正面入口や窓の鎧戸が巻き上げられ、行員は開店三十分前に出社し、身じまいをすませてから、おのおの机に着こうとしていた。退屈で変化のない一日が今日も始まるのだ。

ただ、次長が今朝は珍しく早く出勤した。そして仕事にかかる前に、会議室に一同を呼び集めた。

「もう聞かれた方があるかもしれないが、昨夜の事件について、私から一応説明して、まあ今後の御参考に供したいと思うのです」

大きな長方形のテーブルがあって、約三十名の行員が、次長を中心に坐っていた。

中池又吉は、次長の席から最も離れた、テーブルの隅に身を縮めていた。うすうす昨夜のことを知っているらしい者たちが、互いに囁き合いながら又吉のほうを横目で見るので、又吉はコチコチになって下を向いているのだった。

「実は、私は一日強盗になりまして……」

笑い声が湧いた。次長自身も一緒に笑いながら、いささか照れた様子だった。

「大人気ないと諸君に笑われるのはわかっていますが、私に弁明させてもらうと、こんどは真剣な実験ということが主眼であったことは認めていただきたい」

次長はまだ四十歳を過ぎたばかりの、明るい遊び好きの男だった。日頃から人をかついだり、行員が蒼くなるようないたずらをして喜んだりする癖があり、時には恨みを買いながらも、それが案外に行員の親しみを得る術策になっていた。昨夜の強盗の真似にしても、要するに茶目ッ気半分だと行員みなが考えているのは明らかで、その相手が中池又吉だったという取り合わせも一同を面白がらせていた。

次長は騒然となった座を手で制した。

「私は服装については少しも苦心しなかったのです。家の物置にほうりこんであった古いハンチングとレインコートを出して身につけ、覆面をすると私の特徴はなくなってしまう。ちょっと困ったのは、どうして中へ入るかということだった。結局、平凡な郵便配達ということに落ちついた。一番いいのは書留や小包で、これはどうしても通行門をあけなければなりません。ところが、夜中に小包なんかを配達することはない。私が通行門を襲うのは深夜だから、これは駄目だ。夜中に配達するのは電報だけです。しかしこれも、御存じのように門をあけずに鉄格子の窓から受け取れるので、門をあけさせる役に立たない。といって、ほかに簡単な方法はないから、鉄格子に気がつかないふりをして、強引にやってみようと思った。これが成功して、国元君は門をあけてくれた……」

一しきり座はどよめいた。次長は愛用のキャメルに火をつけ、モヤモヤと紫煙を吐き出した。

「国元君には気の毒だが、やはりここで注意して欲しいものです。門をあけずに受け取れる電報を、こちらがうるさく門を叩くからといって、無造作にあけてやったのが不覚だ。まさか泥棒じゃあるまいという、そのまさかがいけない。……で、門を入るとすぐ拳銃を突きつけ、国元君をしばった。次に二階の宿直室へ……」

行員の目が一斉に中池又吉にそそがれた。又吉の顔色は光線の関係が、蒼ざめて見える。

「昨夜の宿直は中池君でした。ここにおられる同君を前にして甚だ言いづらいのですが、中池君は実によく眠っておられた」

女の行員が吹き出すのに釣られて、爆笑が巻き起った。又吉の横に坐っていた男が又吉の背中をどやしつけた。又吉はヒョイと顔を上げると、おどけた笑顔をしてみせた。しかしそれは、むしろ泣き面に近い表情で、笑い声はまた高まった。

「中池君はもう御年輩で、一日の仕事で疲れ切っておられるので早くから熟睡されたことはよくわかりますが、できれば今一歩を進めて、当夜のただ一人の責任者である点をお考えになって、少なくとも十二時前後までは緊張を持していただきたかった。別に眠ってはいかんという規定はありませんが、現在の宿直者は、大抵その頃までは起きております。私自身、以前は宿直に当って、むしろ眠れないのに弱ったくらいです。自分の銀行を愛する心、旺盛な責任感あってこそ、仕事の能率も上り、重要なポストへも迎えられるわけなのです。中池君は残念ながら、私がゆり起すまで前後不覚であった。いったい、年をとった人はすぐ目を覚ますものですが、私が門を叩いて電報電報と呼ぶ声、それに国元君をしばりあげるまでに、さまざまな物音がしたはずですが、一向に気がつかなかったのは、よほどよく眠っておられたのですな。それに、これは同君が起きてからのことですが、拳銃を突きつけられていたとは言え、狭い部屋の中にある警報のベルを足で押すチャンスはあったはずです。中池君は動転されていたためか、これを全然忘れておられたようです。もっとも、警報器が故障だから、押しても無駄だと判断されたのなら何も言うことはありませんが、あの時のうろうろした様子では、そんなことを考える余裕もなかったのじゃありませんか」

次長は初めて、正面から中池又吉に目を据え、意識的に好意に満ちた微笑を浮かべてみせた。このくらいでよしたほうがいいな、いびり過ぎて根に持たれるのもつまらんし、第一、これ以上やると、奴はこの席で、とんでもない愁嘆場を演ずるかもしれないから——次長は、「別に気にする必要はない。要するに笑い話さ」という意味の微笑に含ませて、切り上げようと思ったのだった。ところが、又吉は、次長の好意に応えるつもりか、顔を突き出し、目を細めて、ひどく下卑た追従笑いを返して来た。

次長がギクッとしたのは、又吉がはっきりウィンクしたように見えたことである。これは強く次長の癇にさわった。もっとやっつけてやれ――さりげなく一同を眺め渡して次長は言葉を継いだ。

「開店時刻も迫ったのであとは手短に話しますが、中池君を案内に立てていよいよ金庫をあけたわけです。私はもちろん大金庫、小金庫のあけ方は知っているのですが、知らないことにして中池君にあけさせた。大金庫のほうは、便宜上私が机の抽斗から文字合わせの表を発見したことにしました。表が出れば大金庫をあけないわけにはゆかぬ。中池君がこばんだとしても、私……つまり泥棒が代ってあけたでしょう。しかし小金庫は……これは表がない。関係者が暗記しているだけです。だから、命をかけて金庫を守る気持があるならば、敢然と拒絶できたはずです。御承知のように、私は実際に札束をポケットに入れるところまでやってのけました」

次長は言葉の効果を試すように、ちょっと息を入れた。話がここまでくると、さすがに座はシンとなっている。無遠慮に又吉をからかうには問題が少し深刻だった。

「つまり中池君は恐怖の余り、唯々諾々として金庫を開いたのです。私はこのことを最も残念だと思う。私は何も金庫破りの道具を持参してはいないのだから、こばめばどうにもならないのです。冷静に判断すれば、泥棒が目的を遂げられぬ腹いせに、たとえば中池君を殺して逃げるというようなことは絶対にあり得ない。玄人がそんな馬鹿な真似をするはずがないのです。だから、ただこばみさえすればそれでよかった。生命の危険はなかった。責任感と冷静な処置……それがなかったことを中池君のために惜しみます。中池君だけの話ではない。昨夜、誰かほかの人が宿直だったとして、果して金庫を守ることができたでしょうか？」

五

次長は板についた訓話で話を結んだ。店のほうから、かすかな足音や人声が響いてきて、早い客がそろそろ入り始めたことを知らせていた。行員たちはそそくさと廊下へ出て行く。次長は窓ぎわの隅に置いてあるソファに体を移して、新しいキャメルに火をつけた。

——これでケリがついたな。中池をいじめるのが目的みたいになってしまったが、あいつの間抜けなことをやったものだ。泰山鳴動、鼠一匹というやつか。あっけない、馬鹿馬鹿しいことをやったものだ。中池をいじめるのが目的みたいになってしまったが、あいつの間抜けな言動が、かえっておれの神経を乱してしまう結果になった。あいつのそぶりの一つ一つが、妙におれの意表に出る。おれはそれが気になる。結局、何でもないことだったに決まっているが……

重荷を下ろしたような軽い気持で、それでいて、歯噛みをしたいほどのいまいましさも同時に感じながら、店へ行くために立ち上ろうとした時、次長はテーブルの向こうの隅に、中池又吉がさっきと同じようにかしこまった姿勢で、ただ一人坐り続けているのに気づいた。

「何だ、中池君はまだそこにいたのか」

「はい。ちょっと……」

又吉は腰をかがめながら、次長の席に近づいた。次長は露骨に眉根を寄せた。

「どうしたんだい。僕に何か用かい」

「はい。その……昨夜のことにつきまして……」

「ゆうべのこと？　それは今の話ですんでるじゃないか。今後注意してもらえばいいんだよ。いつまでもこだわっちゃ困るね。もう店は開いているんだから」

「そのことで少々お耳を……」

次長は荒々しく煙草を灰皿に投げ込んだ。

「何を言いたいんだね、一体……」

中池又吉は近くのイスを一脚、そろそろと引いてきて次長の前に据え、遠慮深くそっと腰を下ろした。

「申訳ございません。先ほどのお話は身に沁みましてございますが、何と申しますか、ちょっと誤解が……」

「誤解？　妙なことを言うね。僕がどういう誤解をしたと言うの？」

「私は、実は賊が次長さんであることを存じておりましたので……」

次長はしばらく息をのみ、又吉を熟視していたが、急に愉快そうに笑い出した。

「君、そりゃあズルいぜ。種を明かしたあとになって、そんなことを言い出しても駄目だよ。

君が僕の正体を知っていたなんて、誰だって本当にしないさ。下手な弁解だなあ。それとも、どうして知ったか、ちゃんと説明できるとでも言うのかね」

「はあ。それでございますが……」

又吉は体をやや前に乗り出した。

「私は最初、夢うつつで足音を聞いたのでございますが、それがどうも聞き慣れた足音のようでございました。しかし誰の足音とも思い出せぬうちに、またとろといたしましたが、こんどは、拳銃を背中に押しつけられた時に、賊の……つまり次長さんの体から煙草の匂いを嗅いだのでございます。外国煙草の匂いでございまして、今どき外国煙草を吸っている人はまずございません。その時に、ふと私は〈これはひょっとすると、次長さんじゃないか〉と思いましたのです」

次長は、また新しいキャメルを吸いつけていた。

「このキャメルのことかね？　なるほど、うまく考えたな。煙草の匂いと足音から僕だと判断した……しかし中池君、この説明は信用できないな。あとから何とでもつく理屈に過ぎないよ。のっぴきならぬ証拠を捉まえなけりゃ、こんな説明をいくらくり返したって無駄だね」

「ごもっともでございます。で、私は拳銃をつけられて店内に参ります途中、何度も考えました。次長さんだろうか、しかし、次長さんがこんな真似をするはずはないが……」

次長は急に思い出した。あの時、又吉の後頭が、何かしきりに考えてでもいるように、右に左に傾いていたのを。やっと微かな不安が頭をもたげるのを次長は感じた。

「はっきり次長さんだとわかりましたのは、あの文字合わせの表の一件でございますな。次長さんはさっきお話しになったように、御自分の抽斗に表を入れておいて、抽斗を鍵であけて出すという体裁になすったのでございます。わざわざたくさんの鍵の束をお作りになり、その中へ、いつも使われる抽斗の鍵をまぜておられたのですな。抽斗はもちろん開くわけでございます。そこまではよかったが……」

又吉はここで、もみ手をしながら、嬉しくてたまらないようなクスクス笑いを洩らした。

「さて、あけてみると、すぐ見つかるはずの表がない。表は中身の一番上にあったのでございまして、御自身でお置きになったのだから確かでございます。それがない……ここで次長さんは非常にびっくりなさいました。何もかも引っくり返してお探しになった。あれほどあわてられたのは初めてでございましょうな。その御様子をそっと見ておりまして、これはもう次長さんに間違いなしと私は確信いたしました」

「君が、君が、あの抽斗をあけたんだな。人のいない隙に、他人の抽斗をあける習慣が君にはあるのか。しかも次長たる僕の……」

次長は思わず激昂してわれを忘れていた。あの時の自分のあわて方、急に安心したように見えた又吉の様子が、ありありとよみがえった。

「しかも、鍵までかけておいたんだぞ」

又吉はキョトンとした顔をした。

「鍵はかかっていなかったのでございます。多分、お忘れになったのでしょう。そうでなければ、私にあけられるはずはありませんので……」

そうだったのか。おれはまた御丁寧に鍵束まで作って……

「どういうわけで人の抽斗をあけたのか、言いたまえ」

「どうも、誠に越権のことであるとは存じましたが、行員の中には大事なものを放りっぱなしにして帰る者がおりまして、私は寝る前に、いちいち各自の抽斗の中にしまってやったのでございます。念のため、次長さんの机にも廻りましたところ、抽斗に鍵がかかっておりません。あけてみると大事な表がありましたので、とりあえず書類の一番下に置き換えておいたわけでございました」

次長は落ちつきを取り戻していた。――危いところだった。大事をとってよかった。しかし結局、中池がおれの正体を見破っていたというだけのことなら、何の問題もないのだ。次長は又吉の肩を親しげに叩いた。

「お見それしたねえ、中池君。君がそれほど抜け目のない注意力を持っていようとは思わなかった。いや、完全にかぶとを脱ぎました。ほかに何かあるかい？」

「さあ、ほかにと申しまして……まあ警報装置の心配を少しもなさらなかったような点もございますが……」

又吉はちょっと考える仕草をしたが、今までより低い、聞き取りにくいほどの声で言った。

「実を申しますと、私は次長さんが御承知のことと思っておりました……」

「え？　もっとはっきり言いたまえ。何をだね！」

「つまり私が、次長さんの賊であることを知っていたという点ですな。あの時、それとなくお知らせしたのでございますから」

「知らせたって？　じゃあ、宿直室を出ようとする時に頭を下げたようだったのは……」

「さようでございますよ。お辞儀をしましたので。それで次長さんもハッと思われて、全部をお芝居にしてしまわれた……」

又吉の口調に微妙な変化が起っていた。前のとおりの丁寧な、遠慮がちな調子なのだが、重大な言葉をさりげなく投げ出していたのだ。

冷たいものが次長の背筋をズンと走った。まさか……まさか……煙草を握った指が震えた。次長は煙草を捨てて手をズボンのポケットに入れた。

「中池君、そろそろ切り上げようじゃないか。それでよくわかったし、君が平気で小金庫をあけたわけも諒解した。お芝居だとわかっていたんだからな。さっきの言葉は、いさぎよく取り消すことにしよう。じゃあ……」

次長は、つまらぬ時間を潰しすぎたという身振りで腰を上げかかった。実は、この男から逃げたいだけだということを自分自身で承知していた。又吉はそれを押しとどめもせず、最後の言葉を口にした。

「金庫でも御注意申しあげました」

又吉は次長の華奢な上体が、ひどくゆっくりと、またソファの中に納まるのを見ていた。

「おしまいの札束をお渡しするときに、私は〈お持ちになるので？〉とお尋ねしました。誠に……何でございますが、次長さんは、何ともお答えにならず、そのままお持ちになるので、宿直室でまた御注意したようなわけで……」

「中池君、言葉に気をつけたまえ。注意注意って君は言ってるが、僕に何の注意をするというんだ。僕の正体を知っているなら、あの時すぐに言えばいいことじゃないか。何だか、いかにも僕が……」

「いえ、国元君という人もいたことですし、ここは私と次長さんだけで……」

「君は何かね、僕を脅迫しようとでもしているのかね。君はひょっとして、僕が実際に金を盗ろうとしたとでも思っているのじゃないか。全くの見当違いだ、というより、こういう重大な侮辱は僕としてほっておけない。それを承知なら、君の考えをはっきりここで言ってみたまえ。場合によっては相当の処置を取るよ」

　又吉は悲しげに目をしばたたき、救いを求めるように次長を見た。

「私は次長さんのために、事を未然に防いでさしあげたのでございます。あの時の次長さんのお気持を誰も知りはいたしません。脅迫などとは、とんでもないことでございます。ただ私はせめて、今より少しでも次長さんに目をかけていただきたいので。私は御覧のように、次長さんより年をとっておりながら、何の楽しみもない平社員でございます。次長さんのように遊びもいたしませず、金のかかる女もおりません。次長さんは借金をたくさんなさってお困りのようだが、どうせ金はあとから入って参ります。私は借金こそいたしませんが、たいへん貧乏でございます。といって私は、地位を上げてくれの、給料を上げてくれのと申すのではなく、ただ……」

「やめてくれ、やめろ。もうたくさんだ。僕の借金なんか君に何の関係もない。それより、僕が実際に金を盗ろうとしたという、その証拠をあげてみたまえ。どこにそんな証拠がある？」

「ピストルには実弾が入っていたようでございます。重うございました」

「馬鹿な。それなら国元などに見せはしない。重かったから実弾が入っていた？　笑わせるな。これが実弾だと言って突きつけるのが証拠というものだ。それが、どこにある？」

「いえ、ただ想像しましたので。おっしゃるとおり、これは証拠がございません。どうしても困りますのは、札束のことで。次長さんは新しい札をお持ちにならず、古いのだけお取りになりました。新しい札は番号が揃っている上、その番号は控えてございますが、古いのはバラバラで、控えもございません。芝居をおやりになるならば、むしろ新しい札をお取りになるほうが始末がよろしいのに、古い札のほうだけを取られたのは、実際に持ち出すおつもりだったのでございます。この分は足がつきにくいので……」

　次長はかろうじて笑い声を絞り出した。

「なるほど、その着眼はよろしい。僕が古い札を盗もうとしたとしてもいい。だが、その証拠があるかね？　君がそうだと言い張るだけで、人は僕が盗みをやろうとしたと信じるだろうか。現にお札は、いま盛んに動いているはずだし、具体的に何があるというんだ」

「おっしゃるとおりでございます。私もいろいろ考えましたが、いい知恵も浮かびません。せいぜい、お返し願った札束の横腹に、1から10までの番号を赤インキで書いておきましたくらいで。御存じのように、私は何事もキチンといたします性分で、今朝はさっそく出納係に話しまして、一緒に金額に間違いのないことを確かめました。1から10までが昨夜、仮に持ち出されて返却した分であることを出納係に話しました。で、動いたのは古い札ばかりだということを、私と次長さんのほかに、出納係も知っているわけでございますな。もっとも出納係は、それがどういう意味を持っているか全く理解しておりません。私が昨夜のことを詳しく話さぬ限り、気がつかないに決まっております」

出納係は、事実だけをそのまま受け取っているにすぎないというのだ。なるほど、盗みを企てたという具体的な証拠はない。しかし中池の出ようによっては、出納係の知識は次長を倒す毒矢に変化するだろう。疑惑はまたたく間に店内に拡がり、支店長の耳にも入る。噂だけではすまなくなり、中池は調べられる。ここで中池は次長の死命を制してしまう。彼の陳述は十分な説得力を持っているからだ。中池はいつでも、出納係を通じて、時限爆弾に点火することができる——根拠のない噂ですら人事の左右される世界である。次長は事の重大さに色を失った。それを見てとったように、又吉は言った。

「ですから、これは、あくまでも次長さんと私との間の話なのでございますよ。次長さんに御注意申しあげずに、現行犯として警察に通報すれば、事は簡単に落着しておりました。私はもちろん、そんな義理知らずのことはいたしません。国元から拳銃を無理に取り上げてお返ししましたのも、次長さんのためを思いましたせいでして……」

「僕はかねてから君が嫌いだったが、今からは憎むよ。今後、僕と口をきくことはやめて欲しいものだ。ただビジネスとして君に希望があれば考慮する義務だけはあるようだね。どうして欲しいのだ。金か」

「お金など、とんでもないことで……次長さんは事実上、何にも罪は犯されなかったのでございますよ。私はただ、さっき申しあげましたように、少々だけ目を掛けて下さるだけで結構でして」

「要領を得ないことを言うなよ。物わかりはいいほうだから、はっきりした要求をしないと君の損だぜ」

「では恐れ入りますが、さしあたって、しばらく私をここで休息させていただきたいもので。どうも、寝不足のせいか、体が疲れましてね。そうそう、よろしかったら、煙草を一本拝借……」

次長はキャメルを抜き出して又吉に与え、ライターで火をつけてやりながら、憎悪に燃える目を、その間の抜けた薄汚い男の顔にそそいでいた。又吉は、口をとがらせて煙の輪を吹きながら、こんどは卓上電話を取り上げた。

「中池だがね、すまないが、すぐコーヒーを一つ取り寄せてもらえまいかね。うん、いや、次長さんはいらないそうだから」

次長は黙って又吉の口から煙草を抜き取り、床の上に叩きつけると、あとも見ずに出て行った。

中池又吉は、次長の立ったあとのソファに坐り直して、足を組み、うっとりと目を閉じた。そして、いかにも楽しそうな笑みを浮かべながら、遠ざかってゆく次長の足音を聞いていた。――軽い、少し引きずるような、時にキュッと革の鳴る音も交った、あの靴音を。

笑う男

刀根《とね》剛二郎は小柄な、カラッとやせた男であった。旧式の背広を小ぎれいに着て、疲れているが汚れのないワイシャツの襟をいつものぞかせていた。そうして遠慮深げに小刻みに歩いている姿は、いかにも実直な役人にふさわしく見えた。

彼は山口県の田舎に生まれ、中学を出ると広島県のある市役所に就職した。二十年余り勤めて四十歳の時に退職し、金融業を始めた。かなり大きな土建会社の大株主にもなった。四十五歳になった刀根剛二郎は一応成功者といってよかった。妻も裕福な商家から迎えることができ、中学一年の長女を頭に小学五年生の次女と二年生の長男があった。子供たちは母親に似て容貌や立居振舞が上品だったし、成績も揃ってよかった。苦労を知らない妻は美しくて、のびやかな性質であった。

剛二郎は家族を限りなく愛した。彼にとって平和で豊かな家庭生活が生甲斐の全部になっていた。家庭への献身は、彼自身の生い立ちが貧しく苦しかったこと、両親の愛情をあまり知らずに成人した事情などによるものであろう。彼は農家の三男で、何かにつけて厄介視されて育った。両親はまだ郷里で健在だったが、彼は全く構いつけなかった。

剛二郎の性格にみられた小心さ、用心深さ、猜疑心、辛抱強さ、そして冷酷さなどは、彼の体内に昔からの百姓の血が流れていたせいかもしれない。綿密で周到な犯罪者として、彼のそういう特徴はうってつけであったが、一方、疑り深さ、気の小ささというものがせっかくの巧妙な犯罪を失敗させたのだった。

彼は大胆な悪事のやれる男ではなかった。その役人生活は大部分判で押したような日々の連続であった。遊びというものは何一つしなかったので、つつましく暮せば金には困らなかった。

彼が思わぬ大金を握ることになったのは、決して自分自身の意志で積極的に動いたからではない。しかし、悪事をはっきり拒むほどの信念や正義感はない男だったから、つまらぬ意地を張るよりも、さし当り危険のないことを十分納得した上で金もうけをするほうを選んだわけだった。欲は深い男であった。だが大きな賭をやる度胸はなく、たかだか誰も問題にしない程度の帳簿のごまかし、業者の謝礼金など、わずかな役得を後生大事に貯めこむくらいだったが、一度建築関係の仕事をしている時に、ある会社の便宜を図ってやったことから、彼としては空前の利益を得ることになったのだった。それは市の体育館建設工事にからんだことで、彼のしたことといえば、請負った会社のあくどいインチキによる暴利を、直接の担当者であった彼が知らぬふりをして、判を押すことに過ぎなかった。

彼は立派な家が一軒建つほどの資材を貰ったほかに、五十万近くのまとまった金を摑んだ。

業者にとっては不正な利益の何十分の一かに当るわずかな犠牲だったろうが、彼にとっては一生の大事件であった。彼のほかに、直属上官だった課長も、彼に数倍する金を貰っているはずであった。

剛二郎の判断によると、不正の事実を知っているのは彼と課長、それに彼の助手役をしていた雇の広畑くみ子の三人だけだった。広畑くみ子は未婚だが三十歳になっていた。従順な、静かな女で、会社側との連絡や事務上の細かな仕事はくみ子にまかせてあった。

事が洩れる恐れはまずなかった。課長は利益を得ているから大丈夫だし、くみ子のようなおとなしい女が好んで当局に密告することも考えられない。第一、くみ子はそういうカラクリを承知していたかどうかすら疑わしい。しかし剛二郎は、危い橋を渡るのは一度で沢山だと考えていた。このまま平気な顔をして勤めを続けるのが、恐ろしい気になっていたし、この際退職して退職金と五十万の貯金をもとでに金貸しを始めようと思った。彼の性格にもそれが合っているようであった。

気になるのはくみ子のことだ。剛二郎はどうしても放っておく勇気が出なかった。彼は情事の経験を持っていなかったが、自分の安全のために、くみ子を手に入れる決心をした。

彼は不機嫌にセカセカと事を運んだ。ルビーまがいの指輪を買ってやったり、行きつけぬ喫茶店や、映画劇場に数回連れて行ったあと、思い切り奮発して夕食の中華料理に招待し、その晩は安宿に泊って初めてくみ子を自分のものにした。くみ子と枕を並べて横になりながら彼の考えたのは、この女をどこに住まわせようかということであった。火遊びの楽しみなどはなかった。無抵抗なくみ子の体は、彼にとってゴム人形か丸太棒のようなもので、情交は相手の体に自分の所有であるという目印をつける行為にすぎなかった。

　彼の心には、段取りがうまく運んだという安心感と、かなり元手がかかったといういまいましさとがごっちゃになっていた。彼の女になることをくみ子が承知してから、この薄情な男はグッスリ眠った。だが、夜明けごろ目が覚めると、こんどは情欲でしつこくくみ子を愛撫するのだった。

　くみ子は特徴のない、男に訴える魅力を欠いた女であったが、体は白い餅肌で、四肢も美しく発達していた。肉親がなく淋しい性質で、いくらかのろいところがあったから、恋人などもできなかったようである。剛二郎が最初の男であった。


　剛二郎が退職したしばらくあとで、くみ子も市役所をやめた。剛二郎にはかなりの退職金があったが、くみ子の貰ったのは課員一同に贈られた柱時計くらいのものだった。

　土建会社は彼に入社をすすめたが、彼は疑惑を招くことを恐れて断わった。その代り、少額の出資を申し出た。会社は出資の分のほかに相当の株を渡してくれた。会社は今では業界でも相当の顔にのし上っていた。剛二郎を手なずけておくのは何でもなかった。

　剛二郎はくみ子をなるべく遠い所、しかし交通の便のよい所に置くことにした。それには九州の鹿児島本線の沿線が適当である。出張でたびたび滞在したことのある八幡市は、いくらか地理もわかり、二、三家の心当りもあったので、退職早々八幡を訪れて家を捜した。環境は繁華すぎても困るし、閑静すぎても困るのであった。小倉市寄りのある地区に、小さい世帯が雑然と固まった場所があった。市場の近くであった。そこで彼は十坪足らずの貸家を見つけ、近所の者に家主の住所氏名を聞きだしてから引きあげた。

くみ子はずっと下宿住いだったので、家財道具は極めて少なかった。引越しは簡単だった。家賃は四千円で、権利金などがほぼ五万円だった。そういう交渉は全部くみ子自身がやらされた。

零細な金を扱う金融業という商売は、確かに刀根剛二郎に適していた。阿漕なことはしなかったが、小ざっぱりした勤め人のいでたちで、彼は几帳面に出歩いて金を取り立てた。やせて貧弱だが、遠慮がちな物腰のうちに容赦ない打算で押してくる彼は、かえって人々の信頼を得ていた。二百万に足りない小資本が、数年間で何倍かに殖えていた。土建会社のほかにいくらか出資もしたが、もともと臆病で冒険嫌いであったから、思い切って手を拡げるようなことはしなかった。

彼は家庭にくつろぐと、初めて幸福を感じた。家は何度も改造され、庭園は拡げられて古典的な美しいまとまりを見せた。調度もすべて高雅なものに替えられ、その中で妻は上流婦人の落ちつきを見せ始めていた。子供たちは次々に大学へ行くはずだった。家族にたいしては剛二郎の性格の悪い点は消え、優しい愛情だけが残るようだった。

八幡市へは毎週一回くらい通った。定期的に各地へ行くので、妻は別に怪しまなかった。

くみ子の家へは夜遅く訪れ、翌朝は隣近所がまだ戸をあけないうちに門口を出た。彼はくみ子の肉体にひかれていた。最初は必要から出たことだったが、くみ子には遠慮なく振舞えるのが魅力になった。妻には要求できないさまざまなことを彼はくみ子に無理強いした。くみ子は逆らうことがなく、甘んじていじめぬかれていた。辛抱強く耐えるたちの女だったが、こらえ切れずに苦痛の叫び声をあげると、彼は夢中になった。くみ子はそういう夜の愛撫を嫌う様子がなく、むしろ喜んでいるとも思われた。

家は間もなくくみ子に買い取らせた。いくらか修理もし、狭い場所だったが周囲に板塀もめぐらした。道具類はみな、この土地でくみ子に買わせたものであった。

当人に命ずるまでもなく、くみ子は全く隣近所と付合いをしなかった。剛二郎は月々一万円ほどを渡していたので、金を使わないくみ子には十分だったが、近所の手前もあったので、昼間は市内のある小規模な鉄工所へ事務員として勤めた。その勤め口も、くみ子が新聞広告を見て決めたものである。

五年経った。剛二郎にとってくみ子は、ごく普通の意味の「二号さん」になりかかっていた。汚職事件そのものが、もう遠い過去のようだった。彼を震え上らせた出来事が起ったのは、その頃である。

市役所で大掛りな公金横領が発覚した。数人の吏員のほかに、収入役が連座していた。剛二郎がいた当時課長だった男である。これにはある工業会社との間の贈収賄もからんでいた。

収入役には他にも不正事実がある見込みだと新聞が伝えていた。剛二郎は「他にも不正事実」という文字を見つめながら体が冷たくなるように思った。彼は市の体育館の屋根が銀紙のように風に吹き飛び、壁という壁がザラザラと崩れ落ちる夢を見た。あの課長がすべてを話したらおしまいだと思った。まだ逮捕されてはいなかったので、課長を訪ねて金を握らせようかとも思ったが、かえって藪蛇になるかもしれない。彼は萎縮してしまった。在職当時のことを絶えず思い出し、何かヘマをやらなかったかと考えた。警官たちが今にも平和な家庭を破壊しに来るような気がした。

収入役は取調べ中に自殺した。彼は大きな吐息をついたが、まだ安心はできなかった。どの程度まで取調べがなされ、どんなことを自供したかがわからなかった。

一旦恐怖に捉えられると、次から次へと不安の種が心に湧き起って、彼の神経を参らせた。広畑くみ子の存在が再び不吉な意味をもって大きく立ちはだかってきた。くみ子は一転して楽しみの相手ではなく、処理を要する厄介物であった。

くみ子はこれまで、脅迫がましいことはもちろん、どんな要求も彼に持ち出したことはなかった。彼の家庭に興味を示すこともなかった。今になって彼は、くみ子の肉体は隅々まで知っているが、その心は全く知らないことに気づいた。夜の間、くみ子は黙りがちで寝物語といったものもほとんどせず、彼のほうでも結局それが気楽だった。事実彼はくみ子の気持なぞには関心がなく、そういうところに冷酷さが表われているのであった。

ところが、事態が変ってくると、くみ子が寡黙で何を考えているかわからないことが、ふいに彼をおびえさせた。わざとそうしているのではないか、従順さをよそおって、いつか急に居直ってくるのではないか、きっとそうに違いないと彼は考えた。もしくみ子がその気になれば、彼の財産の大きな部分を奪い取ることも容易だった。彼の猜疑心は病的になっていた。金銭ずくで言うことをきいた女だから、愛情があるわけはないのだった。

ある夜、くみ子が、

「課長さんが自殺しましたね」

と言った。その記事が新聞に出た二、三日後だった。剛二郎は心中の激しい動揺をかくすためにヤケに鼻をかんだ。くみ子はまだ何か言いながら珍しく笑顔を見せていた。彼にはそれが好意の笑顔に見えず、意地悪くせせら笑っているように取れた。くみ子は、

「あの課長さんのように、偉くても悪いことをする人より、地位は高くなくても、あなたのようなまじめで正しい人が好きだ」

という意味のことをしゃべったのだった。くみ子の微笑は、彼女としては精一ぱいの愛情と媚態の表現だった。しかし鼻をかんでいる剛二郎は、その言葉を聞きのがしてしまった。

彼は、くみ子が事件の成行きに注目していることを重大だと思った。彼をゆするとすれば今が絶好の機会である。女は過去のことを非常に詳しく覚えているものだ。くみ子が当時の彼の動きを事細かに官憲に話せば、彼の一生は簡単に破滅するのだ。くみ子の不気味な笑顔は、そのことを彼に暗示しているのだ……

刀根剛二郎は不幸な犯罪者であった。くみ子について彼の考えたことは最初から錯誤だったのである。彼は汽車の時間表や地図などの好きな男で、計数に明るく理知的であった。常軌を逸した強迫観念が理性を呑み込んでしまい、途方もない犯罪へ駆り立てることになった。これは一面から言えば、彼が現在の幸福な生活に、いかに激しい執着を持っていたか、立派な家庭を是が非でも護ろうと決心していたかを示している。ただ剛二郎のために弁解しておかねばならないのは、くみ子殺しが純然たる計画的犯行ではなかったことである。殺意はあった。しかし、その実行となると別である。自分が人殺しをやるとは彼自身が信じていなかった。

五月も半ばを過ぎたというのに、妙に肌寒い日だった。朝から小雨が降り、翌日までやまなかった。いつものとおり、夜遅くくみ子の家に着き、お茶を飲んでから寝床に入った。

——おれは、こいつを殺そうと思っているのだ。

くみ子の体温を全身に快く感じながら剛二郎は思った。それは、こっけいなほど非現実的な考えだった。事実、こうして寝ていると、どこにいるよりも心が安まった。くみ子をここに住まわせてから、もう五年になる。不快なことは一度もなかった。くみ子も生活に慣れ、打ちとけてのびのびした応接をするようになっていた。

その夜は、いつにない激しい情欲に二人とも溺れた。

朝は爽快な気分だった。くみ子も明るい元気な顔をしていた。早い朝食をすませ、煙草を吸っている間、くみ子はズボンにアイロンをかけていた。そのうつむいた横顔を見ながら、おれは、こんなかわいい奴を殺そうなどと、どうして思ったのだろう、と剛二郎は夢から醒めたような気になった。

くみ子がアイロンをかけ終り、ズボンをたたんでいるうしろに廻って肩を抱きしめた。くみ子はかすかな忍び笑いを洩らしてじっとしていた。

指輪を買ってやると言ったら喜ぶだろうか、と彼は考えていた。それとも夏向きの着物がいいだろうか——何かそういう言葉をかけてやるつもりだったが、彼の筋肉は心と全く反対に動いていた。「くみ子」と呼びかけるのと、彼の手が傍らのアイロンを取り上げるのが同時だった。

くみ子は眠りこけるような恰好で前にのめった。彼は、しばらく痙攣するくみ子の両足を摑んで押さえていた。何の意味もない行為であった。それから寝床を敷き直し、くみ子を寝せて枕もあてがった。ふとんを掛け、その上を二、三度叩いて、寝かしつけるような動作をした。

血はほとんど飛び散っていなかった、というより、彼はそんなことに注意しなかったのである。急いで服を着終り、念を入れて部屋のあちこちを見まわした。次に、あらゆる抽斗、入れものを改め、彼の身許を知られる材料がないことを確かめた。もともと彼が自宅から持ち込んだものは何一つなかったし、くみ子の前歴を知られるようなものも、すべて棄てさせていた。勤務先の履歴書にも、むろんそういう記載はない。近所の者で、今までに彼の姿を見た者もない。彼はただ家を後にするだけでよかった。死体は、いつ発見されてもかまわなかった。

いつものように、彼は人々のまだ起き出さない町へ出た。その時に初めて彼は歯をガチガチと嚙み合わせだした。

新聞が記事を出したのは翌々日であった。発見者はガス料金の集金人で、その日は約束の時間に在宅して金を払うことになっていたのだという。それが返事もないので不審を起したのである。記事によると、捜査は難航していた。近所の人々の証言で、くみ子に男がいたらしいことはわかったが、その先は空を摑むようである。勤め先でも手掛りがない。くみ子は剛二郎に命じられたとおり、家庭のことはいっさい口にしていないのだ。

新聞は現場写真を大きく載せていた。死体はないが、ふとんはあの時のままになっており、部屋全体がはっきり写っていた。剛二郎は記事よりもその写真を長いこと見つめていた。もう訪れることのない、見慣れた部屋であった。鐘に似た音を出す柱時計が、何事もなかったようにぶら下っていた。

一ヵ月経った。くみ子殺しの新聞記事はだんだん小さくなり、やがて消えてしまった。

剛二郎は、もう一度くみ子の家に入らなければならないのだった。しかし犯人はかならず一度は現場に戻ると言われ、警察の張込みがあるはずだ。彼は家族と「張込み」という映画を見たことがあって、そのことを胆に銘じていた。持ち前の細心さで、彼はまず家に入る前に張込みがあるかどうか、あるとすれば、どこで、どんなふうにやっているのかをさぐるため、付近の旅館に泊り込んでみることに決めた。

家族には例のとおり、集金旅行の言い訳をして、こんどは白昼に八幡市を訪れた。監視するのに適当な旅館があのあたりにあったかどうか、これまで気にもとめなかったのは当り前だが、なければ近所をそれとなく廻って聞き込むつもりだった。

昼間見る町は珍しかった。彼に目をとめる者は誰もいなかった。勤め人の住宅地であったが、菓子屋や薬屋など小さな商店が多いのもちょっと意外だった。古びた二流の旅館が都合よくあった。四、五日滞在するかもしれないと言って、彼は通りに面した二階の部屋に入った。窓の手すりから見下ろすと、くみ子の家は側面をみせて屋根屋根の間に埋まっていた。その前の通りがかろうじて見通され、満足ではないが、まず監視はできると思われた。どのあたりの家が張込みに適当か、彼はあせらずに見守ることにした。

しかし、こういう努力も不必要であることがわかった。それとなく、給仕の女中に聞くと、張込みはあったが、最近引きあげてしまったというのである。くみ子の家はずっとあのままで、新しく入った者はないとも女中は話した。

剛二郎は、くみ子が今どこの土の下にいるかと考えた。もっと時が経ったら、くみ子の生前の知人ということにして骨を引き取り、石塔を建てて弔わねばならぬと真剣に思いめぐらすのだった。

その夜は何もせずに泊り、翌朝旅館を出た。時間を潰すため、ケーブルカーに乗って山の上に行ったり、小倉市のデパートや商店街をあてもなく歩き廻ったりした。くみ子が一緒なら喜んだろう……ごく自然にそう思い、すぐに愕然とした。彼は、くみ子を懐しんでいる自分に、やりきれぬ怒りと淋しさを感じた。

夜の九時過ぎまで、喫茶店やバーを廻っていた。電車で元の場所に帰ったのは十時を少し廻った頃である。

以前はくみ子の家に着くと、玄関の柱に取りつけたベルのボタンを鳴らしたものであった。彼はしばらくボタンを眺めてから、ポケットから鍵を取り出した。隣近所はもう寝静まった気配である。

二十二時三十八分発の大阪行普通列車は、彼がホームにたどり着くとすぐ滑りこんだ。降りる客はかなりあったが、乗る客はほんの四、五人で、それも彼と同じハコに乗り込んだ者はなかった。席はかなり空いていて、多くの乗客は席に長くなっていた。彼は真中あたりの座席を選び、風呂敷包みを網棚にのせた。長方形の軽い包みである。

すべてがすんだという安心感で、ぐったりしていた。列車が動き出してしばらくすると、ひどい疲れで瞼が重くなった。車窓の外は闇の中に工場から洩れる真赤な火の色が流れていた。彼の住む広島県の市に列車が着くのは翌朝の八時過ぎである。眠っていればいいのだ。そうすれば、あすの朝はサッパリした気持で家へ帰れるのだ……

「どちらまで?」

横の客が話しかけてきた。五十歳くらいの体格のいい男で、押しの強そうな赤ら顔に気さくな微笑を浮かべていた。剛二郎はあいまいに言葉を濁らせ、相手にならなかった。

「遅くまで、大変ですなあ。夜汽車というやつは全く疲れますからねえ」

その男はあたりかまわぬ大声を出した。

「失礼ですが、八幡市にお住いで？」

「いや、ちょっと商用で」

剛二郎は、この男の横に坐ったことを後悔した。話し好きで、かなり厚かましい性質の男らしかった。これからずっと、この調子で話の相手をさせられるのは拷問であった。といって、席を立つのもはばかられた。棚の荷物をまた下ろさねばならない。そういう人目に立つことをしたくはなかった。

向かいの席に坐っている男は囲碁の本を読んでいたが、時々うるさそうに目を上げた。こちらのほうはいくらか若く、じみな野暮ったい服装をしている。

横の男は、剛二郎が聞いていようがいまいが頓着なしに、八幡市のケーブルカーのこと、あちこちにふえたロープウェーのこと、関門トンネル、五市合併問題、鉄鋼景気の見通しなど、とめどなくしゃべり続けた。剛二郎は男がこの世の誰よりも憎らしかったが、そのうちに眠気がきて、うるさい声も遠くなった。

彼がふいに眠気を吹き払われたのは、男がこう言ったからである。

「そうそう、この間、八幡市で殺人事件がありましたな。御存じですか」

「はあ。新聞で読みましたので……」

剛二郎の神経はピンと張っていた。用心深くそう答えながら、相手の表情をさぐり始めた。

「いまどき、殺人事件などは珍しくないですが、あれはちょっと変っていますな。全然手掛りがないというんですからな。そのくせ、情況はかなりはっきりしているんです」

「と言いますと？」

「まず、強盗殺人じゃないということですな。私が関係者から聞いたところによると、金銭その他何も盗られたものがない。これが第一。次に、犯人は被害者の女に親しい者であった。はっきり言うと、情夫だったんです。殺される前に情交があったことがわかっているんですよ」

男は淫らな笑い方をしてみせた。剛二郎は、あの夜のくみ子の激しい身もだえを思い起した。それは、きのうのことのようだった。

「それから二人で食事をしている。犯人の指紋は食器にはっきり残っています。食物の内容から、犯人は夜食事をして、翌朝犯行の前にまた飯を食っていることもわかっています。そのあとで、油断を見すましてアイロンで殴り殺した。アイロンにも同じ指紋が残っています。女がシャツか何かにアイロンをかけていたのでしょう。背後からやっている。被害者はふとんに入って寝たようになっているが、これは殺したあとで運んだのです。血痕からそれが証明される。要するに、犯人は実に大っぴらに殺している。何もかくそうとしていない。女の肩に歯型まで残していましたからな、ハッハッハ」

歯型のことを聞いた時、剛二郎は何か大声で叫び出したい衝動に捉われた。そして、このしたり顔の男に、「お前の横に坐っているのが犯人なんだ」という言葉を投げつけてやりたかった。

「面白いお話ですね。よく詳しいことを御存じですが、何か、そういう方面の……」

剛二郎は、男の眼がギラッと光ったように思った。

「いやいや、私は素人ですよ。ただ会社で保安の責任者といった地位におりましてね、自然こんなことに興味を持つんです。いわば素人探偵ですな。警察にも、仕事の関係で知人が多うござんしてね」

「お話を伺っていると、犯人はすぐにも捕まりそうですが、何でも迷宮入りだと新聞には書いてありましたが……」

「そうなんですよ。それが面白いところです。犯人は情夫である、指紋がある、というところから先がプッツリ切れています。情夫というより、旦那と妾の関係ですな。時々通っていたらしい。それも夜遅く来て朝早く帰っていたようだから、誰も顔を見た者がない。女の勤務先などで交友関係を調べたが何も出てこない。せいぜい、男との交際はほかになかったようだということ、それに同僚のほかには女の知人も全くないことがわかった程度だったのです」

「女の身許は、どの程度にわかったのでしょうか」

男はそこだ、というように身を乗り出してきた。

「これも全くナゾです。五年前によその土地から移って来たのですが、市へ転入の届を出していない。女の身上に関する書類は何もありません。これについては、女の家のもとの持主が調べられましたが、犯人の頭のいいところがわかるのですよ。女は突然家主の家へやって来て、即金で権利金と半年分の家賃を払い、事情あって身をかくしているのだから、あなたの親類の者で、当分手伝いに滞在するのだということにしてくれと頼んだそうです。家主は、女がどこかいい家の娘で、結婚話か何かで悩み、逃げているのだろうと思って、欲もあったのですぐ承知しました。一年経つと、女は家を三十万円で買いました。小さな家ですからね。もちろん何も正式な手続きはありません。証文が一つあるだけで、それには小田民江という名前になっています。女が殺されたあと、身寄りや知人が一人も名乗り出ていないところをみると、偽名ですな。ずっとその名前で通していました。税金なぞはみな女が払ったし、どうやら人の妾らしいとわかっても、時々付け届けもしてくれるので、家主は黙って放っておきました。名前もわからぬ、どこから来たのかもわからぬでは、調べようがないでしょう。勤め先の者の話では、おとなしくて少し……」

男は左の指先を頭へもってゆき、二、三度円を描いた。

「だから、これは全部犯人の指図だということは間違いありません。え？　どうです。妾が旦那に殺された。至極簡単な事件ですが、二人の身許は完全にナゾなんです」

剛二郎は重々しくうなずいてみせた。

「なるほど、それでは調べようがありませんね」

彼は煙草に火をつけた。自信を取り戻して、平静になっているのが感じられた。列車は関門トンネルを抜け、下関駅に近づいているところだった。

「……と、思うでしょう。事実、警察はそれで行き詰っています。ところが、これからが私の領分になるのでね」

男がちょっと気になる表情をした。冗談めかした口調だが、眼付がどこか職業的な冷たさをもっていた。こいつは、もと刑事かなにかをやった奴じゃないか、という気がした。

「一体、なぜ殺したかという問題ですな。これを推してゆくと面白いことになりますよ。まず痴情。女が他に男を作り、犯人が嫉妬のあまり殺したというのは当てはまらない。男がいないのですからな。こういうことはすぐわかるものです。それに、二人が痴話喧嘩をした様子もないし、むしろ濃厚な愛情がうかがえる。金銭でも痴情でもない、しかも殺す必要があったことになる」

時刻は零時を過ぎている。あちこちで寝息が聞え、車内は静かだった。前の席に坐っている男は碁の本をしまって目を閉じていたが、話し声がうるさいので眠ることをあきらめたらしく、時々話に耳を澄ましているようだ。

「……それはどういう必要か。女のことで家庭争議が起ったとしましょう。解決するためには、女をどうにかしなければならない。しかしそれは別れればすむので、殺す必要は絶対にない。だから、家庭的な問題じゃないのです。犯人がもっと若い独身者だったとしても同じことですね。しかし若くはない、相当な年輩の男ですよ」

男の語気はますます滑らかになり、調子づいていた。近々と顔を寄せ、その肥えた体で剛二郎を押してくるのだ。

「犯人がかなり金を持った男だということに注意して下さいよ。妾をおき、家を買ってやっているのですから。家にあった道具類は全部市内で買い求めたもので、それだけでも相当の金額です。そのほかに女は二十万円ばかりの貯金もしていました。勤めていたのですが給料はわずかなもので、毎月の生活費はキチンキチンと、犯人が出していたらしいですな。これは若い男にできることじゃない。また常習的な犯罪者でもない。どうしてもある程度恒産のある、社会的地位の安定した人間だと私は推定するんです。犯人が女の身許をかくした見事な手際をごらんなさい。非常に計画的で、利口です。これは、彼がいわばインテリ層に属することを示しているじゃないですか。問題は、そういう男が、どうして憎くもない妾を殺さねばならなかったかという点にあるんです」

剛二郎は、車内の空気が非常に濁っていると思った。頭が重く目が痛んだ。好きなだけしゃべれ――そんな投げやりな気になっていた。

「私はこう考える……いや、これはもう確信です。犯人は、過去において何か後ろ暗いことをしている。そして、それを一緒になってやったか、それとも事実を知っていたのが殺された女なのだとね。二人はかつて同じ土地にいて、いつも接触していたに違いない。ある時、どうしても女を土地から離れさせせねばならない事情が起ったのです。こっそり妾を囲うだけなら、わざわざ自分の住所から遠く離れた不便な所におく必要もなく、まして徹頭徹尾身許をかくすような、いらぬ苦心をするはずはありませんからな。つまり、女をその土地に残せるのは危険だという事情があったのです。犯罪の事実を女が洩らすことを恐れたのです。そうすると、その犯罪というのは、当時発覚していないわけですね。なぜかというと、女を移してから五年も経ったあとで殺しているからです。発覚した……あるいは発覚しそうになった時は、殺した時なんです。当時発覚していて、五年経って安全なら、殺す必要はなかったでしょうからね。どうです、そのとおりでしょう？」

そのとおりですね、と言ったつもりだったが、剛二郎は口を動かしただけで声にならなかった。男は剛二郎の肚をちょっと突いた。

「これからが私の素人探偵ぶりを発揮したところですよ。私は殺人事件のあった日からさかのぼって約十日間、新聞に出た犯罪記事を全部調べました。私は趣味で犯罪記事の切抜きをずっと保存しているんです。十日間といえば、いろいろの土地で沢山の犯罪がおこっていましてね、それじゃあ調べようがないと思われるかもしれないが、そうじゃない。私の求める犯罪は、行われたのが五年前、そして発覚したのが殺人の前十日間、というもので、範囲は極度に狭くなってきます。どんな結果が出たでしょう。あなたはどう思いますか？」

男が一種邪悪な喜びの表情で剛二郎を見た。剛二郎は努力して正面を向いたままでいた。向かいの席の男は、再び眠る努力を始めた模様だった。

「私の考えにあてはまる事件がたった二つありましたよ。一つは佐賀県の田舎で、五年前に殺された死体が山の中から発見された事件、もう一つは……」

男は面白くてたまらないといった様子だ。剛二郎はまた新しい煙草を取り出して火をつけた。口の中がねばついていて、苦い味が拡がった。

「福岡市の銀行で、行員が使いこみをやっていたのがばれた事件でした。しかしあとのほうは、犯人が逮捕されたので、問題になりません。残るのは佐賀県の事件ですが、記事を読んで行くうちに、これも駄目だと思いましたな。死体というのがどうも若い男で、身許を洗うと、ヤクザ者だということがわかったのです。ヤクザ同士の喧嘩で、刃物で殺されたんですな。犯人とみられる男もほぼ当りがついて、そいつは犯行後すぐに逃亡しているんです。御推察のとおり、これも八幡市の事件とはつながらない。私の調査はまんまと失敗したわけですが、待てよ、これはおれのやり方が間違っていたんじゃないか、犯罪は五年前に起ったとは限らないじゃないか、という考えが浮かびました。もっと前だったかもしれないじゃないか。いや、それより、女を殺したのは、犯罪が発覚したからだろうか？　本当はまだ発覚していないのじゃないか？　発覚する恐れがあったから殺したのじゃないか？　犯人の辛抱強い、用意周到な性格から考えると、そのほうが自然だと私は思うんです。どうです。あなたはどう考えますかな？」

剛二郎は自分の気持が、暗い穴へ引き込まれるようにグングン沈んで行くのを感じていた。彼はこの男に静かな殺意を持った。こいつはおれのことを知っていながら、何くわぬ顔でおれを拷問にかけているのだ。おれがくみ子の家に行ったことだって、わかっているのかもしれない。証拠が薄いので、おれをいじめ抜いて、自白させようとしているのだ……やってみるがいい。お前のような奴に尻尾をつかませはしないぞ。こいつが私服だということは、話しだしてからすぐおれにはわかった。何でこいつのように詳しい奴が素人であるものか……

「ところで、広島県にMという市がありますな。もちろん御存じで？」

「私は、そこへ帰るところですよ」

剛二郎はとっさにそう答えていた。なぜ、そんな危険なことをしゃべってしまったのか、自分でもわからなかった。

「ほほう。面白い、偶然ですな。行先がM市で、乗ってこられたところが八幡駅だ。こりゃあ、あなたが犯人かもしれませんぞ。見たところ、私の想像しているような人物にピッタリだ」

男は大声で笑った。

「案外そんなところかも知れませんぜ」

剛二郎はことさら下卑た口調で答えた。

「そのM市ですがね。最近ここの市役所で公金横領事件が起っていますね。内部から逮捕者が大分出ている。正直な話、これから先は私の勝手な当てずっぽうになりますが、ひょっとして犯人は、この関係者じゃないでしょうかねえ。あなた、どう思います？」

「さっぱりわかりませんな」

「というのが、さっき言った十日間の犯罪のうちで、これだけが強盗傷害や殺人以外の大きな事件なんです。汚職事件の小物はいくらかあるが、皆結着のついたものばかりで、現在まだ捜査中であるのみならず、犯罪の事実がかなり以前にさかのぼるのはこれだけです。私には、どうも犯人の過去の犯罪が強力犯とは思えないのですよ」

「公金横領のほかに、まだ調べているのですか」

「そりゃそうですよ。自殺した収入役は、叩けばいくらでもホコリの出る男ですな。私がその筋の者に聞きかじっただけでも、横領のほかに不正貸付、収賄など、いろいろです。とにかくまだまだ芋づる式に関係者があがりますよ。犯人はそのなかの誰かなんだ。女は一緒にいて、犯人の不正事実を一から十まで知っていたんだ……」

男は急にいかめしい表情になって、剛二郎に目を据えていた。

「私はこう推定している。公金横領は二年前だが、同じ役所で犯人の関係した不正事件は五年以上前に起った。犯人は、その時にもう用心をして女を八幡市に移した。五年間無事が続いたが、最近ついに横領事件がキッカケになって暴露しそうになった。自分一人の安全のために、犯人は殺すつもりもなかった情婦の口を永久に封じるために、アイロンで殴り殺さなければならぬ羽目になった。非常に気の小さい、軽蔑すべき臆病者ですな」

「あなたのお考えは当てずっぽうではないかもしれませんよ。ひょっとして、それが真相でないとは限りませんな。警察で意見を述べられたらどうでしょう」

この時の剛二郎は異常に平静であった。心から犯人の逮捕を願っている者の口調でそう言った。男はチラと妙な表情をしたが、剛二郎の肩をポンと叩いて、無遠慮な笑い方をした。剛二郎はピクッと体を震わせた。

「なあに、こんな夢のような話を警察が相手にするものですか。こっちで勝手に想像をたくましくして楽しめば、それが一番ですよ。たとえばですな……」

お前の言うことはわかっているぞ、と剛二郎は思った。お前の言うことはわかっているぞ……彼は口の中で、その言葉を何度もくり返した。

「犯人をあなただとするんだ。すると、なかなかピッタリしてくるから愉快じゃないですか。あなたはM市の住人だ。一見市役所の中堅職員という風貌ですな。しかもガッチリ金を貯めるタイプといったところだ。あなたは深夜に八幡駅から乗り込んだ。用件をすませて帰るのなら、もっと便利のいい汽車があるでしょうにね。あなたは、八幡市で、何事かを夜遅くこっそりやって来たんだ。確かに、殺した女の家に行って来たんだ。あなたは何一つ手抜かりがなかったと考えている。タカをくくって新聞記事を見ると……どっこい、大変な忘れものをしていた。身許を知られるようなものを置き忘れていた。すぐに取りに行っては危険だから、ヤキモキしてほとぼりのさめるのを待つ。……そうそう、今日はあの事件から約一ヵ月目でしたな、ホラ、ピッタリゆくでしょう？　あなたは行動を起した。無事に忘れものを取り戻し、ホッとしてこの汽車に乗った。それ、あなたの荷物……その網棚の上にあるやつがそれです。とうとう完全犯罪をやりとげた！　ところが、あなたの横にウルサイ男が坐っていて、根掘り葉掘り事件を引っくり返し始めた」

男は腹をゆすって笑いだした。向かいの客もいつか耳を傾けていて、声を合わせて笑っていた。剛二郎は必死に耐えていた。男に向かって、もうやめろ、おれが犯人だ、おれが本当にやったんだ、と叫び出したい衝動を抑えていた。男は笑いやんで、話に締めくくりをつけた。

「いや、失礼しました。すっかりあなたを犯人にしてしまいましたな。おや、どうしました。気分でも悪いのですか」

剛二郎は確かに気分が悪かった。暑くはないのに汗がだらだら流れた。

「空気が……」

向かいの客が窓をあけてくれた。サッと夜気が顔を撫で、剛二郎は身震いをした。

「全く空気が悪いですからな」

男はそう言って、剛二郎の顔を厚かましくのぞきこんでいた。

「それに、私の話でショックを受けられたのではないかな」

今まで黙っていた向かいの客が初めて口を出した。

「さっきのM市の不正事件のお話ですね、私は間接に知っているのですが、事実上捜査は終って、容疑者の罪も確定したようですね。収入役は詳細な遺書に何もかも書き残していたのです」

「そうですかな。私の得た情報では、まだ不正事実は沢山あるはずだが……」

男はいらざる口出しを、と言いたげに苦い顔をした。

「いや、終ったのです。ですから八幡の事件の犯人は、少なくともM市の関係者ではないということになりませんか」

「いや、私はそうは思いませんな。あの事件はまだ……」

そうか、収入役は……あの課長は自分で全部の罪をかぶったのだな。というより、おれのやった不正などは、まるで問題にもならぬ小さなことで、彼の記憶にさえなかったのかもしれないな。それなのにおれは……

「……あんた、どう思う?」

男は向かいの客と議論をしていたらしい。剛二郎に向けたその言葉だけが、強い響きで彼の耳を捉えた。突然、目のくらむような激しい怒りが彼を襲っていた。彼は男を真正面から睨みつけた。

「言ってあげましょう。私は……」

しかし、男は急に立ち上っていた。

「こりゃいかん。西宇部でしょう、ここは。私は降りるんだ。話に夢中になって乗り越すところだった。大変だ」

発車のベルが鳴り始めた。男は網棚からトランクを下ろし、剛二郎には一顧も与えず、ドタドタと乗降口へ急いだ。剛二郎は無意識に男のあとを追っていた。頭に空洞ができたようだった。ホームに降りて、男の後ろ姿を見送っていた。男の姿は階段に吸いこまれ、ベルが鳴り終って列車が動き出すころ、駅の出口に着くのが見えた。剛二郎は乗降口に立ってなお見つめていた。男は切符をどこかへ仕舞い忘れたらしく、トランクを下ろし、あわてて体中を両手でさぐっている。列車がホームを出はずれるまで、男の両手は上に下に動いているのだった。

その時に剛二郎の胸の奥から笑いがこみ上げてきた。どうとめようもない、笑いだった。彼はハンカチを口にあて、小刻みな笑いが鎮まるのを待った。しかし抑えつけられたそれは、かえって強く弾ね上ってきた。席に帰ればとまるだろうとも思い、グッグッとくるのを、胃が痛くなるほど辛抱しながら席に坐った。

向かいの男がびっくりしたような顔をして彼を迎えた。その顔を見ると忍耐が破れた。笑いは悲鳴のように爆発した。彼はヒイヒイとのどを鳴らしながら笑いつづけた。怪しまれる。そう思うことが、また笑いに拍車をかけた。彼はハンカチで涙を拭きながら笑い続けた。

「もうそれくらい笑ったらいいでしょう。何がそんなにおかしかったんですか」

向かいの男が言った。やっと弱まってきた笑いが、その男の変に冷たい言葉つきと表情で、ピタリととまった。剛二郎はキョトンとした目で向かいの男を見返していた。

「あの男を刑事か何かだと思いこんでいたようですね。大変な間違いだった。それで笑ったのでしょう。刑事はあの男じゃない、私です。私は、あの事件をやっている八幡署の刑事じゃないですが、事件には気をつけている者です。ちょっと、あなたの荷物を改めさせてもらいます」

剛二郎は体を動かすことができなかった。全身の筋肉が縮んでゆくようだった。刑事は素早く棚から荷物を下ろした。響きのあるジャランという音がした。風呂敷から出たのは柱時計であった。刑事が裏返しにすると、黒いエナメルで書いた字が現われた。「贈　広畑くみ子様　M市役所建築課員一同」とあり、その横に日付も記してあった。

「驚いたね。あのおしゃべりの男の考えは、すっかり当っていたんだな。なるほど、柱時計の裏から足が付くとは、捜査の連中も気がつかなかったろう」

　刑事は苦笑いを洩らした。

「君も運の悪い男だな。この席に坐りさえしなければ、決してバレなかったんだろうに。それに、おれは私用で福岡へ行った帰りだった。うるさい奴と乗り合わせたと思って、最初はいまいましかったんだが、そのうちに、奴の考えもなかなかいいところを衝いているのがわかった。……しかし、それだけでは何でもなかったんだ。まさかとは思ったが、調べる気になったのは、君が気狂いみたいに笑い出したからだよ。笑いさえしなけりゃ、おれはきっと見逃していた」

　刑事は通りかかった車掌に耳うちした。やがて刑事は剛二郎の横に坐り、保安官が今まで刑事のいた席に坐った。

「君は女を殺《や》って何日かしてから、柱時計のことを思い出したんだな。それとも、新聞の現場写真を見て気がついたのか……何も時計を取りにくることはなかったんじゃないか、放ってさえおけば誰も気にしなかったろうからね。無理をして取りにきたばっかりに、証拠と一緒に捕まることになってしまった。君もつまらぬことをしたものだよ」

　剛二郎は身じろぎもせず、ハンカチを顔に当てたまま坐っていた。何を話しかけられても返事をしなかった。保安官が柱時計を受け取って、珍しそうにいじりまわしていた。

一度だけ剛二郎は刑事と柱時計とを見比べるようにして、誰にともなく言った。

「くみ子の家で、私はその時計の音をいつも聴いておりましたよ。夜おそく、くみ子と二人で横になっていると、それが静かに、コーン、コーンと鳴るんですよ。ちょっと教会の鐘のようないい音を出しましてね」

私は死んでいる

私はいったい、どうしてこんな目に遭っているのか、さっぱりわからない。目が覚めた時、あたりはまっ暗だった。そしてひどく息苦しい。カビくさい、ムッとする匂いが立ちこめている。見廻しても、あの見慣れた窓……カーテン越しに朝陽の洩れる窓が見えないばかりか、どうやら私は自分の寝床にいるのではないらしい。いやいや、それどころか体を動かそうとすると、両手両足がしばられているのに気がついた。

私はどこにいるのか？　頭がややはっきりしてくると、眠る前のことを思い出してみた。別に変ったこともない。いつものとおり、私は九時半キッカリに寝床に入り、三十分ばかり雑誌を読んで、眠気のさしたところで灯りを消した。老人にしては寝つきがよいので、十分ほどで前後不覚になったはずである。普通ならば、熟睡のあとのさわやかな気分で、まず窓をあけ、深呼吸をしているところなのに、この有様はどうだ。私が眠っている間に、誰か悪いやつが来て、私の手足をしばり、この妙な場所に運んだのに違いない。甥たちは何をしているのだ。……いや、ひょっとすると甥たちも、私と同じ目に遭っているのではないだろうか？　それにしても、ここはどこだ。

とにかく私は、芋虫のようにコロリコロリと転がりながら、あたりの様子を確かめにかかった。何かの角で、頭や背中などを再三イヤというほどぶっつけたあげく、非常に狭い、物置のようなところだとわかった。いろいろの箱や、わけのわからぬ道具類が乱雑に置かれている。

物置なら私の家に三個所ある。一つは二階の私の部屋、もう一つは階下の廊下の突き当り、あとの一つは裏庭だ。私のいる場所が物置だとすれば、どこだろう。

まず、裏庭の物置だが、あれはかなり広いから違う。すると……そうだ、これは私の部屋の物置なのだ。私は体の痛みをこらえて、もう一度芋虫の真似をした。あるある、亡妻が常に私の和服を整頓してしまっていた大きな茶箱……全くあれは始末屋だった。私の着古した若い時代の着物だってみんな入っているのだ。誰かにくれてやれば役に立つものをと、いつも言い争ったものだが……いや、今は亡妻をしのんでいる時ではない。

私は体であちこちにぶつかりつつ、この場所が二階の私の部屋の物置であることを確かめた。だが、それがわかったとて、どうなるものでもない。

なぜ、私がこんな目に遭わねばならないのだ？　怒気心頭に発するとはこのことであろう、私は非常な苦心の末にやっと立ち上り、うしろ手にしばられた手の先で、扉とおぼしい個所をさぐり始めた。暗闇の中では、人は直立することが非常にむずかしいということを、私は初めて経験した。

三方がシックイの壁で、一方が板である。継ぎ目の溝もある。これが扉だ。全力をあげてぶつかった。悲しいかな、吹けば飛ぶようにやせ枯れた体では、扉が破れるどころか、ガンとばかりにはね返されるのが関の山だった。それでもへこたれずに私はぶつかり、同時に大声で助けを求めた。何時間もかかって間歇的にくり返した末、とうとう暗闇の中に坐りこんだ。疲労の極であった。声は潰れてしまった。

全く反応がない。耳を澄ましたが、扉の外では物音一つしない。

今は何時ごろだろう？　夜だろうか、昼だろうか？　私はいったい何時間眠ったのだろうか？　二、三時間のような気もするし、一昼夜ほど眠った気もする。

誰が、何の目的で私を監禁しているのか、どうもわからぬ。物盗りの仕業なら、私をしばるだけで十分で、何もこんな所にほうりこんで鍵まで……鍵……

すると私は、甥夫婦を疑わねばならないのか。この物置の扉に鍵をかけ得るのは、私を除けば、甥夫婦以外にないという意味では確かにそうだが、私と彼らとの間には、かつていかなるトラブルも起ったことがない。現にゆうべは（ゆうべかどうか、はっきりしないが）、三人で和気あいあいとポーカーに打ち興じたではないか。四郎にしても京子にしても、いささか気まぐれで、言語動作にたしなみを欠いた点があるにしても、私によく慣れ親しんでいるし、私も唯一の血縁として四郎と嫁の京子をいつくしみ、生活に不自由のないようにちょいちょい無心もきいてやり、その代りに、私は家事万端を京子にやってもらっているわけである。

五年前に妻に死なれて私は天涯孤独となった。いとこの、はとこのという連中がいるにはいるが、彼らがたまにやって来る目的はといえば皆金だ。常日ごろは時候のあいさつすらよこさぬくせに、そういう時はへらへらとおべっかを使う。だから私は、あの連中を他人よりもうとましく思っている。

四郎は私の兄の子で、兄夫婦は十年ばかり前に仲よくメチルアルコールを飲んで死んでしまった。四郎は当時中学生だったが、兄嫁の姉にあたる者が引き取った。私はいささかの養育費を出してやったが、四郎個人に親しく接触していたわけではない。

その後どうなったか一向にわからなかったが、去年の正月に四郎夫婦がひょっこり訪ねてきた。四郎はバス会社に、京子はデパートに勤めており、いわゆる共かせぎの間借り生活だという。兄嫁の姉なる者もすでに他界しているらしい。

当時私は、妻と二人暮しの頃でさえ広すぎた家で老人の独身生活を送り、不如意と無聊《ぶりよう》をかこっていたところであった。思い出すさえしゃくの種であるが、箸にも棒にもかからぬしたたか者ぞろいの家政婦を取っかえ引っかえ、悪戦苦闘していたのである。

甥夫婦を住まわせてやろうと考えたのは、私にとって極めて自然であった。四郎は、よく見れば幼顔が残っており、それが私の記憶に懐しくよみがえるのだ。京子はまだねんねのようで、その無邪気な振舞いと快活さは私の微笑をさそうのである。つまり両人は私の気に入った。この若々しい二人と暮していれば、ホルモン治療のごとく老衰を防ぐ効果もあろうというものだ。

四郎が私の葉巻を勝手に消費したり、書籍を持ち出したり、また京子が私に肉ばかり食わせたり、洗濯物を一から十までクリーニングに出すといった欠点もあるにはあるが、まあ素行もよろしいようであるし、私はおおむね満足した。京子が家にいてくれねば困るので、四郎の勤め先をやめさせ、私が職を辞した会社の係長の地位をあてがった。給料は二倍以上となり、京子は良家の嫁らしく、家にいることとなった。世の常のごとく、京子が口ぐせのように赤字をうんぬんし、私がそれを補助してやっていることはすでに述べた。

私はあと十年も生きればもうけものであろう。私の財産はまず公共の福祉のために寄付するつもりであるが、少なからぬ額を四郎夫婦にも贈るつもりである。

こういう際に老人として、はしたないことであるかもしれぬが、私は非常に腹が減ってきた。こんな空腹は長いこと経験しないほどのものだ。ではやはり私は、一昼夜くらいも眠っていたのであるか？　それならば眠り薬を飲まされたに違いない。だからこそ、手足をしばられ、物置にほうり込まれるという扱いを受けながら、目を覚まさなかったのである。私は寝る前に水をコップ一杯飲む。これは、鎮静と腹のために非常によろしいようである。ことに便秘の人にはすすめたい。

それはとにかく、私はここで重要なことを思い出した。コップの水が苦かったことだ。私は常に鼻眼鏡をかけている。強度の近視と老視の混合である。ツルのある眼鏡はわずらわしい感じがして好まないので、壮年の頃から鼻眼鏡一本槍である。別に気どっているわけではない。で、寝る前には当然はずしている。思うに、私はコップの底に眠り薬がまいてあるのに気がつかず、そのまま水道の水を入れて飲んだものであろう。泥棒が私のコップに眠り薬を仕込むであろうか？

はなはだ不本意ではあるが、やはり私を監禁したのは四郎か、四郎と京子がグルでやった仕事であることを認めざるを得ない。最も残念なことは、現在まで薬の味を知らないという私の誇りが、彼らの心ない仕業によって、もろくも潰《つい》え去ったことである……いや、そんなことは枝葉の問題であった。

彼らが私を監禁したとして、その目的は何であろうか？　どう考えても、この点がわからない。私の部屋から何か盗み出すとか、そんなことなら、私の留守中に機会はいくらでもあるし、第一、欲しいものは大抵与えているのだ。何も私を物置に押しこめる必要はない。

悪く考えて、彼らが私の家を乗っ取り、財産を横領しようというのなら、こんな廻りくどいことをせずに、さっさと私を殺せばいいではないか。疑われずに殺す方法はいくらでもある。四郎は本嫌いで、探偵小説など読んだことがなかろうから、あまり考え出せぬかもしれないが……

しかし、あの人なつこい若夫婦が、そんな考えを持つとはとうてい信じられない。

それにしても、いつまでこの暗闇の中に閉じこめておくつもりだろう。むし暑く、息苦しくてたまったものではない。麻縄でしばられたところが痛む。体の節々が悲鳴をあげている。

腹が減った。実に腹が減った。めまいがしているに違いないが、あたりがまっ暗なのではっきりしない。

足音が聞える。微かだが、だんだん近づいてくる。そら、扉をあけた。京子の足音だ。まっすぐ物置へやってくる……足音のほかに、何かガチャガチャいう音……しめたぞ！　京子が食事を持ってきたのだ。私は乞食のように皿の底までなめてしまうかもしれない。何を食わせてくれるのかな？

鍵を廻す音がして、物置の扉がサッと開いた。コウモリは洞穴から外へ飛び出す時に多分こんな気がすると思うが、なにしろ様々な色や光がごっちゃになって目に飛び込み、グルグル回転するようだった。

「お食事よ」

と京子が言う。

やっと目が慣れてくる。京子がいつものように涼しい顔で立っている。私がガツガツしているところを気どられまいとしてゆっくり構えていると、京子は盆を手にしたましゃがんだ。いくら空腹だとはいえ、盆の上のものを見た時、全くがっかりした。また肉だ！

「京子や。お前はもっと別のおかずをこさえられないのかね？」

「だって、お魚は嫌いだもの」

「いや、お前が嫌いだからといって……」

「叔父さんの声、すごくしわがれちゃったじゃない？」

「当り前だ。私は……」

私は自分の立場をすっかり忘れていた。おかずどころの騒ぎではなかった。

「京子、私の顔を見なさい。いったい、これはどうしたことだね。冗談にしては、ひどすぎるようだが……」

「四郎さんが考えたのよ」

「四郎が考えた？　何を考えたのか説明しなさい。どうして老人を、こんなひどい目に遭わせるのか」

「しばらくの辛抱よ。聞いたってゾッとしないでしょう？」

「京子。私の縄を解きなさい」

「駄目よ」

京子は簡単に拒絶した。

「縄を解きなさいと言うのだ！」

京子はあわててあたりを見廻し、盆をガチャンと床の上に置くと、エプロンのポケットから拳銃を取り出して私に向けた。

「大きな声を出したら、射つように言われてるのよ。今のところ、しわがれてるから大丈夫だけど」

妙なことに、拳銃を見ると私の心は落ちついてきた。拳銃の銃身には妙な形の筒が取りつけてある。消音装置だ。

「京子、私の鼻眼鏡を取ってくれ。それくらいはいいだろうな」

京子はまたあっさり拒絶した。

「駄目よ。あれはもうないの」

「ない？」

「警察が持ってるわ」

「な、なに？」

京子は驚いている私を、何か珍しい物でも見るように面白そうに観察している。

「四郎はどこにいるのだ。四郎を呼んできなさい」

「四郎さんは警察に捕まってるわ。叔父さん殺しで」

「四郎が人殺しをしたって？　ばかなことを言ってはいかん。誰を殺したというんだ」

「だから、叔父さんだと言ってるじゃないの」

「四郎には、私のほかに叔父があったかな」

京子は、今までこらえていたらしい笑いを爆発させた。もっとも、声よりも大仰に体をよじらせる動作が主である。突然、これはみな冗談だという考えが浮かんだ。そうだ、冗談だったのだ。私は非常に愉快になり、京子と声を合わせて笑おうとした。だが、その笑い声は、鶏の断末魔とも評すべき情ないものであった。自分のみじめな笑い声を聞いた瞬間、ああ、やはりこれは冗談ではないのだ、四郎たちは本気なのだということが、ひしひしとわかった。

「笑い事じゃないわよ」

私の言うべきことを京子が言った。

「叔父さんは、もう死んでいるのよ」

「叔父さんというのは、この私のことかね？」

「もちろん、あんたのほかにいやしないわ」

京子はしばしば私に向かって「あんた」という言葉を使うが、誠に聞き苦しい。私はそのたびに注意しているのだが……

「それで、私がなぜ死んでいると言うのだね？」

「つまりね、おとついの晩、叔父さんは四郎さんと川っぷちに散歩に行って、そこで四郎さんに殺されたのよ。そうして身許がわからないように裸にして、川に投げ込まれたの。脱がせた下着や服、それに鼻眼鏡を一緒にくるんで持って帰ろうとしたら人が通りかかったので、草むらの中にそっとかくして、あとで取りにくるつもりで引きあげたのね。そしたら、その通行人が怪しんで川っぷちまでノコノコやってきて、着物を発見しちゃったというわけ。すぐ警察に届けたので、警官が現場に行って調べると草が倒れていて、足跡が入り乱れて……要するに、格闘の形跡ありというところね。着物も土がついて汚れてるし、鼻眼鏡も曲っているので、正しく殺しだ！　というので捜査陣の活躍となった次第よ」

「それが、ゆうべのことなんだね」

「なに言ってるのよ。おとついだと言ったじゃないの」

「今は昼間らしいが……」

「そうよ。叔父さんはきのう、まる一日、物置の中で眠っていたわ」

なるほど、腹が減るのも道理である。三十時間以上も眠って、いや、眠らされていたのだから。

「コップに眠り薬を入れたのはお前だね」

「そう。すごくきいたわね。それでおとついの晩は警官は来ず、きのうの朝来たわ。案外早く身許がわかったのは、鼻眼鏡を知ってる人があったからよ。来てみると、案の定叔父さんはいない。まさか物置の中とは気がつかないのよ、フフフ。四郎さんのアリバイは、あたしが証言して、ないことにしたわ。川っぷちの着物も、靴も、みな叔父さんのものだとわかって、四郎さんはすぐに引っぱられて行ったの」

やっと筋書が読めてきた。四郎は殺人を擬装したのである。おとといの晩、私をしばって物置に入れたあと、一人で川っぷちに行き、わざと人が通るのを待って、目につくように怪しげな動作をする。月夜なのでよくわかる。そこらの石でも多分投げ込んだのだろう。通行人が怪しんだとみると、用意した私の衣類と鼻眼鏡を置いて逃げる。私の鼻眼鏡は近所でもかなり有名らしく、中には、私が永らく外国暮しをした名残だと言う者もあるそうだ。外国などへ行ったことはないが、そう言われて悪い気はしないものだ。

それはともかく、鼻眼鏡で目鼻はすぐつく。逮捕……拘引……それが思う壺なのだ。

「お前は、四郎がおとついの晩、私と一緒に外出するのを見たと警察に言ったんだね」

「違うわ。それじゃあ行き過ぎよ。あたしはテレビのドラマを見ていて、実際に二人が出て行くところを見たわけじゃなくて、ただ、誰かが出て行った様子だったとだけ言ったわ」

四郎と京子はなかなか味なことをやる。四郎のアリバイがなくなる一方、私の家出と考えられる余地も作りあげたのだ。

情況証拠は、まず完備している。あとは死体の発見だけだ。ところが、死体は絶対に発見されない。現に私がこうして生きているのだから。したがって、重要な物的証拠は何も摑めるはずがないのだ。殺された、いや、死んだということすら確認できないことになる。

「四郎は、警察でどういう言い訳をする手はずだね？」

「簡単なものよ。殺していない、殺す理由がない。おとついの晩は一人で散歩に出ただけで、叔父さんのことは何にも知らない……それだけ」

「しかし、私の着物や眼鏡は？」

「それも知らないと言うの。それからね」

京子は肩をすくめてクスッと笑った。

「これは大分きくと思うわ。つまり、叔父さんはどうせ遠からず死ぬんだから、わざわざ殺す必要はちっともないということね」

京子のこの言葉で、私は急に目先がパッと開けたような気がした。

「そ、それだ。それは本当のことだよ。京子や、私を殺す必要は本当にないのだよ。私が死ぬ時には、十分な財産をお前たちに譲るつもりでいるんだ。何なら、今すぐにでも手続きしてもいい……もっとも全部というわけにはゆかないがな」

「あたしたちは全部欲しいの、全部。わかる？　それに、できるだけ早く欲しいの。だから、やっぱり死んでいただくのね」

　冷酷無残とはこのことである。京子の花のように無邪気な唇から、至極軽い調子でこれらの言葉は飛び出すのである。

「それでは、どうしても私を殺すのか？　お前たちを住まわせ、好き勝手なことをさせてやり、最後には財産までやろうというこの私を？　恩知らずめ。人非人……」

　老人の私が不自由な体で身もだえし、涙を流しているのを見ては、さすがの京子もいささか気の毒になったとみえて、長いまつげを伏せ、

「だって、もう仕方がないもの……四郎さんが主にきめちまったんだもの……それに、ここまで来て計画は変えられないわ」

　と言った。私は涙に曇った目の奥から、ちょっとしおらしくなった京子を見て、これはひょっとすると脈があるぞ、と思ったのである。私は、かぼそい震える声で訊いた。

「それで、私はいつ死ぬことになるんだろうか？」

「そうね、四郎さんが帰ってからよ。四郎さんは二週間もしたら帰るよと言っていたわ」

「二週間……証拠不足で起訴されずに戻るというのだね。それから私を本当に殺し、こんどは、どこか遠い場所に運んで捨てるという段取りなんだろうね？」

「ふうん、叔父さんって案外頭が働くのねえ。やっぱり血は争えないものね」

　京子はそう言ったかと思うと、今までの殊勝さはどこへやら、急にけたたましい笑い声を

発し、私のどぎもを抜いたのである。

私は、やや自暴自棄の気味となった。

「どうして殺すつもりだね」

「はっきり決まっていないわ。そんなことを聞いたって苦しむだけよ」

これはやはり一種の同情であろうか？

京子は椅子を二脚運んできて向かい合わせに置き、私を立たせて、椅子の一つにかけさせた。自分は向かいの椅子に盆を持って坐り、サジを取り上げた。初めて気がついたが、私は赤ん坊のように、京子にサジで食べさせてもらわねばならないのだ。

「さあ、お口をあけて。おなかがすいたでしょう？」

「私は食わん」

「あら、どうして？　食べないと弱ってしまうわよ」

「望むところだ。私は肉牛ではないからな」

「ニクギュウ？」

「食用に、肥らせておいて殺す牛のことさ」

「ああ、そういう意味？　でも食べてくれないと、あたしが困るわ」

「大いに結構だね。お前たちは、できるだけ永く私を生かしておこうというのだろう。おとついの芝居と、本当の殺人とを警察が結びつけないようにな。そうはゆかんて」

「餓死するつもり？」

「一週間も飲まず食わずにいれば、死ぬものだ」

「困るわ、困るわ。あたし一人じゃ処置なしだわ。ねえ、お願いだから食べて」

「いいや、食わん。第一、その肉が気にくわん」

「じゃ、取り替えるわ。お豆腐と、お野菜のおひたしを持ってくるわね……それから水蜜桃もあったわ。叔父さん、お好きでしょ」

空腹は争えないものだ。京子の言葉を聞くと、私の胃の腑は鳴り始めた。京子はいそいそした様子で立ち上り、私の上体と肢とを椅子にあり合わせの紐でしばりつけ、「声は嗄《か》れてるから大丈夫ね」と言い残して部屋を出て行った。

ネギとしょうがを置き、その上から醬油を注ぎかけた豆腐と、露を宿した新鮮な水蜜桃の幻影が目の前に浮かび上った。だが、私は誘惑に負けてはならない。断じて拒むのだ。いさぎよく餓死を択ぶべきである。

幻影はやがて現実になって京子の膝の上に現われた。

「どれから食べる？　お豆腐？」

京子は適当に薬味のついた豆腐の一片をサジで削ぎ取った。このあたりの豆腐はことに白く、柔らかくてうまい。淡雪のように舌の上で溶ける味わいは実にいいものだ……

「誘惑してもだめだ、食わんと言ったら食わんのだ」

「でも欲しそうよ、やせ我慢するもんじゃないわ。それに、餓死ってとっても苦しいという話よ。どうせ死ぬんなら、最後までおいしいものを食べて、コロッと行くほうがいいんじゃつかぬとも限らない。最後まで希望を捨てるな！　私は誘惑に負けたのではない。土壇場まで彼ら悪人と闘うことが重要だ。

「豆腐をもらおうか。しょうがをたっぷりつけてな」

私はまた暗い物置にほうりこまれた。満腹したので、いささか元気を回復した。考えねばならないことが山ほどあるが、まず一休みしてからのことだ。

眠気がさしてくる。非常に静かだ。京子は一人で何をして時間を潰しているのだろうか。遠くで子供たちの歓声が聞える。あれは広場で野球をやっているのだ。私は強打者のトランチャンという子を知っている。たぶん虎雄とか虎吉とかいう名前だろうが、元気な可愛い子だ。トランチャンと知り合いになったのは、野球のボールがしばしば私の部屋の窓ガラスを割って飛び込み、トランチャンが常に代表になって、あやまりかたがたボールを取り返しにくるからだ。トランチャンは餓鬼大将であり、また窓ガラスを割るのは大抵彼の打撃によるものである。

トランチャンがやってくると、私はボールを部屋のあちこちにかくして知らぬ顔をしている。トランチャンはムキになって捜しまわったあげく、自分があやまりに来ていることも忘れて、カンカンに怒り出すのだ……

いや、トランチャンのことより、焦眉の急について考えねばならぬ時だった。どうも私は暢気でいけない。まず、手近なところから始めよう。私は何としても、この物置から出なければならん。あとのことは、またゆっくり考えることにして。

それにしても、トイレが私の部屋に付属していたのは不幸中の幸いというものだった。そうでなかったら、京子はとても私を階下まで連れては行かないだろう。そうすればどんなことになるか、思うだにゾッとするではないか。京子は、私を健康な状態に保存しなければならぬ負い目がある。食事はだんだん満足すべきものとなり、食事後にはかならず京子に付き添われてトイレに行く。変則的ながら私の生活は規律正しいといってよく、三、四日ほどはおとなしく言いなりになりながら、私はさまざまに工夫をこらしていたのである。

警官はちょくちょく京子の所へはやって来るらしいが、ついぞ私の部屋へ踏み込むことはない。私が薬を盛られて眠っている間に、一度だけ調べに来たのだそうだ。私が生きて物置の中にいることに気づかないのは無理もない。殺されて川へ投げ込まれたと信じこんでいるのだ。死体が出れば万事解決なのだが、それが絶対に出ないということが弱点になる。四郎は、「それ見ろ、殺したという証拠はないじゃないか」と開き直る段取りになる。四郎の例でいうと、実際の知能犯は探偵小説なぞ読まないものとみえる。

それはそうと、私は物置と縄から解放されることに成功した。何日目だったか、食事の時に私は言った。

「お前たちは、私の死体が警察に見わけられないと思っているが、それは浅墓な考えだよ」

「どうして?　わかるもんですか。荷物と一緒に遠くへ運んじゃうんだから」

京子は馬鹿にしたような顔だが、内心、少々警戒気味なのがわかる。

「お前たちは無学だから、そんなことを言っているんだ。どうせ、裸にして川に流すか、線路に寝かせて列車に轢かせるくらいのところだろう?」

「まだ決めていないわ」

「いいかい。死体がどれくらいの年齢かというのは骨や歯などですぐわかるものだ。それに、私は個人的な特徴を持っている。歯と目だよ。歯は昔から近所のA—先生のところで何度も修理しているから、A—先生が見れば、すぐ私ということがわかるんだ。次に、私の目はひどい近視なんだから、眼球はやや卵形をなしている。理科で習ったろう?　すると眼鏡をかけていたことがわかる。この眼鏡がまた、ただものではない。普通は誰もかけない鼻眼鏡というやつだ。つまり顔にツルの跡が全然ない上に……ごらん、この鼻の付根の両側に、えぐれたような凹みがあるだろう。これが鼻眼鏡を固定させるために、はさんだ跡なんだよ。こんな跡は普通の眼鏡ではつかないものさ。わかったかい?」

京子はこれで案外単純なところがあって、内心の不安がすぐ表情に表われる。しばらくは落し物でもしたような顔をしていたが、たちまち赤くなって怒りだした。

「あたしをおどかそうったって駄目よ。そんなら叔父さんを汽車に轢かせてやるから……下山総裁みたいにバラバラにしてやるから……」

「下山事件を知っているとは意外だったねえ。だが、バラバラにしたって同じことさ。特徴は死体を粉々にでもしない限り消えるものじゃない。それに川では溺死ということもあるが、このほうは、ごまかしがきかん。あの事件を知っているなら覚えているだろうが、生きた人間を轢いたのと、死体を轢いたのは区別がつくんだよ。死体を轢いたということは、殺して轢いたことだ。なぜ轢いたか、死体をよく調べてみると、手と足にしばられたあとがある。さっきの特徴から私だということがわかった場合、お前たちの計画全部が一ぺんに明らかになってしまう。だから、列車で轢くのはやめたほうがよろしい」

京子は再びしおれ返ってしまった。ここで追い討ちをかける必要がある。

「では、私を土の中に埋めることにするか。埋めるとすれば、やはり庭のほかにはないだろうが、困ったことに、植木屋のじいさんが毎週一回は見廻りに来るんだね。だから地面に異状があったらすぐ知られてしまう。第一、土なんぞを生まれてから一度もいじったことのないようなお前たちだから、穴を掘れるかどうかすら私は疑うね。私としては土に眠るのが一番好ましいが、どうやら諦めねばならんらしいな」

京子は向かい合わせの椅子ですっかり肩を落して考え込み、ぶつぶつと呟いた。いくらか耳も遠くなっているのでよくは聞きとれないが、四郎によく相談しなくては、というほどのことらしい。

「だから京子や、お前たちが死体の身許をわからぬようにしようとすれば、私の頭を完全に潰してしまう必要があるな」

「潰す？……潰れるかしら」

「まず歯を抜いてしまう。それから血が飛ばないように厚い布で私の頭を包んで、その上からハンマーで万遍なくたたき潰すんだね。つまりノッペラボーだ」

京子は目に見えて蒼くなった。いい効果だ。

「それが面倒なら、こんな方法もある。歯はもちろん抜く。次に眉間のところだけ傷をつける。それから目玉をえぐり出す！」

「叔父さん、もうやめて、やめてったら！　あたし、本当はこんなことをしたくはなかったのよ。でも四郎さんが……」

「まあ聞きなさい。次に手足の縄の跡だが、これは私がトイレに行く時にはずされるだけで、いつもしばられている。現在でもスレて傷になっているくらいだから、二週間も三週間もこのままだと、縄の跡は全然消えなくなってしまう。さっきも言ったように、これは非常にまずい方法ではないかね。だから私は傷跡の全然つかない監禁方法を教えてあげよう。これはお前たちのためだし、私のためにもなる」

私が提案したのは、精神病院で使う拘束服のようなものである。普通の洋服に布切れを縫いつければ簡単にできることを説明した。

「それでもいいけど……でも叔父さん、何かたくらんでるのじゃない？　あたし、四郎さんに叱られるわ」

「いやいや、私はもういつ死んでも五十歩百歩だから、策略を使って助かろうなどと思ってはいない。ただ、最後まで楽にしていたいだけだよ。それくらいの希望は、きいてくれてもよくはないかね。それからもう一つ。私をあの物置から出してほしい」

「あら、そんなのないわ。いやよ、駄目よ」

「私をあの机の脚につないでおけば大丈夫だよ。あの机は、私がどんなに力をふり絞ったってビクともしない代物だからね。窓のカーテンをしておけば、どこからも私の姿は見えないし、私自身は動き廻ることができない。物置に押しこめておくのと同じことさ」

「困るわ……そりゃあたし、叔父さんを可哀そうだと思うわ。でも……」

「変なことはしないと保証してるじゃないか。部屋に出てきたって、お前たちから逃げる機会は一つもないんだ。いずれは私を殺すとしても、それまでは私を楽にさせてやるのが、あとで寝覚めをよくするというものだ」

「叔父さん、どうもおかしいわ。きっと何か考えてる」

「そうか。いやか。それなら私も諦めよう。お前には慈悲の心というものが、これっぽっちもないんだね。その代り、私は以後飯を食わんことにする。これ以上生き永らえたくはない。お前たちの残酷無比な所業を銘記しながら、あの世へ行くことにしよう」

　京子は今や動揺の色覆いがたいものがあったが、調子に乗りすぎて、ちょっとしたミスをやってしまった。ついでだから述べておこう。京子が何気なく口にした言葉に引っかかったのだ。

「今夜は、うなぎの蒲焼を頼んどいたのに……」

私はどうも古めかしいものが好きで、四郎たちと好みが合わず、誠に困ったものだが、うなぎは全く私の弱点である。

「うなぎ？　あの越後屋のにしたんだろうな。大福屋のはいけないよ。柔らかみも味もグンと違うから」

しまった、と思ったのはあとの祭りで、京子はたちまち勢いを盛り返し、ニヤッと笑った。

「叔父さんって案外食いしん坊ね。とても断食なんかできそうにないわね。二、三日も抜いたら、今みたいに目の色を変えるにきまってるわ」

私は目の色を変えたのだろうか。やむを得ず、私は最後の切札を出した。

「京子、物置をあけて、壁を見てごらん。そうそう、もっとグッとあけて光を入れるんだ。右側の壁をよく見るんだ。字を書いてあるだろう？　私がうしろ向きになって、爪で書いたのさ。私はこの部屋で殺された、犯人は四郎夫婦だとね。部屋の中では物置の壁だけが柔らかなんだよ。物置に入れられている限り、私は字を書き続けるよ」

実を言うと、壁はそんなに柔らかいものではなかった。昔からの癖で小指の爪を長くしているので、同じ所を何度もたどり、苦心惨憺の末、二、三日かかってやっと書いたものなのだ。爪は半分以上減ってしまった。その爪を切られたら万事休すだ。しかし、京子はうまくだまされた。それに、やはり例のノッペラボーの話なども手伝っていたのだろう、私はやっと物置と縄から逃れることができたのである。おまけに爪も、いつも気をつけて切ってくれる。

やっと自分の部屋に戻れたとはいうものの、私が囚人であることに変りはない。いや、私はもう死んでいるのだから、ここは私の墓場なのである。墓場としては結構なところだとも言えるが、人間はわがままなもので、少し楽になると、もっと楽になりたい、自由が欲しいという欲望がいや増してくる。まして、窓の外では日がな一日、トランチャン一行の元気な叫び声が響いているにおいてをやだ。

実を言うと、私は唯一の望みをトランチャンにかけている。トランチャンの打ったボールが窓ガラスを破って飛び込んでくるのを一心に待っている。そうすれば、私はひょっとすると助かるかもしれない。願わくは、ボールが私の手の届く場所に転がってきますように……そのとき私は、渾身の力をふり絞ってボールを投げ返すつもりだ。同時に、のどが裂けるほどの大声をあげて、私の生きていることをトランチャンに知らせるつもりだ。

困ったことに、トランチャンは最近要領がよくなったとみえて、滅多にガラスを破らなくなった。私が生きている間に、一度でも破ってくれるだろうか。……私は亡妻の援助を念じた。亡妻は世話焼きで、自分がついていなければ私が何もできないと思っている女だったから、魂はいずれ私の周囲をうろうろしているに違いない。私の哀れな姿を見れば何とかしてくれるだろう。だが、思えば亡妻も暢気者のほうであったから、早く死んでくれたら、また一緒になれると思ってほっておく恐れもある……いやいや、まさか、そんな不埒なことは考えまいと信ずる。

机の脚につながれている私の行動半径は立って歩いて一メートル半、床に腹ばいになっても二メートルを出ない。手が不自由だから、ボールが飛んできたら口でくわえる覚悟も必要だ。部屋の広さは約十畳もある。

私の足許には蒲団と毛布があり、疲れたらいつでも寝転がれるようになっている。机の上や抽斗は京子が整理してしまったので、筆記具その他私の欲しいものは何もなく、電気スタンドが一つ載っているきりだ。いやもう一つ、葉巻の箱が置いてある。食事(相変らず京子がサジで食わせる)のあと、京子は一本吸わせてくれる。気の毒そうな、それでいて、いまいましそうな表情で私を見守るのが珍妙である。

私の声はほとんど回復したが、京子と話す時には、しわがれ声を用いることにしている。いざという時に大声を出す用意だ。

こうして私の心の準備は成った。あとはトランチャンの一撃を待つばかりであった。

勢いよく窓ガラスが弾け飛び、カーテンの割れ目から幸運のボールが侵入した時には、感激の余り茫然とした。久しぶりに亡妻の面影が浮かび上った。物置から出されて五日目のことである。

私はすぐに気を取り直し、窓に向かってわめき立てた。何を叫んだのか覚えていないが、言葉などはどうでもよい、とにかく、私の声がトランチャンまで届きさえすればよいのだ。

私はわめいた……いや、わめいたつもりだったが、悲しいかな、私の声はまだかすれたままだった!

私は誤算を悟った。これでは、とてもトランチャンに聞えるわけはない。よし、こんどはボールだ。ボールはどこへ行ったんだ？

ボールは私の口の届く最大限の距離で静止していた。捕えることができたのは奇跡である。ボールは、土とゴムの苦い味がした。口にくわえたボールを一たん蒲団の上に落し、さらに体を横たえて手に持ち替え、さて立ち上ったが、夢中になっているうちに、広場は静まり返ってしまったようだ。みんな逃げ帰ってしまったらしい。そこで思い出したが、トランチャンは一度逃げ帰ってから、しばらくしてボールを取りに来るのが例だった。トランチャンはいい少年だが、そんな点にまだ臆病で男らしくないところがある。こんど会ったら言い聞かせねばならぬ。

とにかく、ボールを窓の外に投げよう。しかし、私にはもう、うまくゆかないことがわかっているようだった。力も抜けてしまっていた。袖と胴を布切れでつないだ拘束衣では、手を振れる幅は極度に狭い。私は手首をうまく使うことに留意し、何度も振子の練習をやってから投げた。

下手投げといったところだ。ボールはふらふらと高く上り、窓の横の天井に近い壁にぶつかって落ちた。その時は、もう別に落胆もしなかった。

私には、亡妻が「そんなに、ムキにならずに、諦めて早くあたしの所へ来なさい」と、ささやいているような気がした。彼女は、一向に助けようとしなかったのだ。勝手なやつだ。お前がそんな気持なら、それでもいいさ……

京子が大あわてで部屋に飛び込んで来た。ボールを拾って、疑わしそうに私を睨みつけた。私は蒲団に横になって言った。

「何だかムンムンするようだね。水を一杯おくれ」

四郎が帰宅したのは、京子の言ったように、あの日から二週間ほど経ってからである。永いこと留置されていたとは思えないほど、すがすがしい顔付で部屋に入ってくると、私を見てニヤリとした。別にやつれてもいないようだ。京子から聞いたとみえて、驚いた様子もない。

「うまく成功したようだな。留置場生活はどうだったかい」

四郎は私の質問を無視して、まず窓のカーテンをちょっと開いて外を眺め、それから物置に行って扉をあけた。私が壁に書いた字を、京子がうまく消しているかどうか検分したのに違いない。

ヒュッと口笛を鳴らすと、扉をバタンと閉め、私のそばに来て珍妙な拘束衣を仔細げにあらためてから、蒲団の上にドッカリ坐りこんだ。

「もう少しの辛抱ですよ、叔父さん」

「そうすれば、殺してやるというのかね」

「やむを得ませんね。でも、楽に行かせてあげますよ。それまでは、せいぜいうまいものを京子に作らせましょう」

「京子がうまいものを作る？　お前は、京子の料理をうまいと思って食っているのかね。可哀そうな男だ」

四郎は愉快そうに笑った。

「叔父さんは文化人だね。何なら料理屋に作らせたっていいですよ。結局は叔父さんがお金を出すことになるんですからね」

「四郎、最後にお前に相談するが、思い直してもらえないかね？　私の財産は大したものではないが、私に死ぬまでの生活費だけを取っておいて、あとはみなお前に譲ることにしよう。そうすれば、お前も罪を犯さなくてすむというものだ。この場合、最善の方法と思うがね」

四郎はそれには答えず、立ち上って机の上から葉巻の箱を取り、一本抜き出してくわえた。京子が入ってきて、火をつけてやっている。こうして見ると、全く初々しい若夫婦である。

「久しぶりだ。うまいなあ。京子、これ、下に持って行っといてよ」

「おいおい、私の分はどうなるんだ」

「そうだな、二、三本置いとけよ」

それからまた坐りこんで、四郎が言った。

「叔父さんの提議は駄目ですね。正式に手続きすれば税金をゴッソリ取られてしまうから、ばからしいですよ。だからといって、叔父さんの名義のままではどうしても不自由ですからね。それよりも、叔父さんがひょっこり、どこからか帰って来たなどと言っても、警察は信用しやしませんよ。第一、どこへ何しに行っていたのかと訊かれて、叔父さんなんかが上手に嘘をつけますか。実はこれこれ……と口を割るのが落ちですよ。警察はぼくを帰しはしたけど、ぼくが叔父さんを殺したんだと信じこんでいます。ただ、起訴できる材料が足りないだけなんだ。だから、しばらくはぼくは奴らから監視されるに決まっています。叔父さんが忽然と現われたとなれば、この家に閉じこめられていたんだってことが、すぐバレてしまいますよ。お気の毒ですが、規定方針どおり進むことにします」

「それなら、私を運び出そうとしてもバレるのじゃないかね」

「それはうまくやりますよ。さし当って、もう少し叔父さんに生きていただくことにします」

ここで京子が口を出して、例の死体調査の件を四郎に説明しだした。よほど印象が深かったとみえて、私の言ったことを全部覚えていたのは上出来だった。

四郎はさすがに曲者で、聞き終るなり笑い飛ばしてしまった。

「君は、叔父さんにおどかされたのさ。鼻眼鏡の跡なんて誰が気がつくものか。普通の眼鏡だってみんな、あんな跡はつくんだぜ。それに、叔父さんは歯の丈夫なことが自慢で、手入れをしたことなんかないはずだ。ちょっと調べてみようか」

口をあけて見せろという。私は拒否した。無理に口を開かせることの困難さは女性の下肢と同断である。これは冗談だが、四郎はポケットから小型ナイフを出した。かん詰でもこじあけるような気持らしい。私はふるえ上って口をあけた……

また十日ばかり経った。一度、刑事が部屋まで上ってきた。私はトイレにこもらされ、刑事は何も気づかずに帰った。

トランチャンの一行は、相変らず野球をやっている。トランチャンの打撃は、最近スランプ気味らしい。

私はもうジタバタせず、従容と死におもむく覚悟を決めた。こんなことがなければ、あと十数年は生きられると思うが、何しろ亡妻が地下で待ちくたびれているような気配であるから、余生は諦めることにしよう。亡妻は生前から、私に何事も諦めさせるのが得意であった。皮肉なものだが、そんなふうに悟り切った心境でいるところへ、ある昼間、トランチャンのボールが飛び込んできた。さきの経験でこりているので、私はさほど熱意を示さなかったが、ボールはうまいぐあいに足許に転んできてとまった。だがボールを投げ返すのは不可能、声を出して知らせるのも無駄なことはわかっている。のどはよくなったのだが、大きな、外の広場まで届くような声はもう出なくなっているのである。丈夫だといっても年だ。

とにかくボールを取り上げた。トランチャンがきっと取りにくるだろう。仲よしだったおじいさんが、ついさっき握ったボールとも知らずに。

間もなく京子が入ってきて言った。

「ボールが飛んで来たでしょう？　あの子たち、もう近所で野球をやらないように、うんと叱ってやらなきゃ。ガラス代だって大損害よ」

「そういえば、ガラスが割れたようだったが、その辺に落ちていないか？」

京子はしゃがんで、あちこち見廻していたが、急に私に向き直った。

「変ね。ないわ。叔父さん、どうかしやしなかった？　確かにあるはずなのに……」

「このなりで、私がどうするというんだね？　ボールはガラスを割っただけで、外に落ちたのかもしれないさ」

どうもおかしいといった面持で京子は退場したが、一時間ばかりすると、こんどは大分あわててやってきた。

「どうしたんだね？」

「子供がボールを返してくれって来てるの。部屋には入らなかったって言うんだけど、確かに飛び込んだのを見たんだってきかないのよ。あんな頑固な子、見たことないわ」

「帰ったかい？」

「自分に捜さしてくれって頑張ってるわ」

「あれは私のお友達でね、なかなかのきかん坊だよ。お前に注意するが、あまり強く断わると疑るかもしれないぞ。何度も私の部屋へは来たことがあるんだ。捜さしてはどうだね？　私は物置なり、トイレなりに行っているから」

私は久しぶりに古巣の物置に入った。

京子はしきりにぶつぶつ言いながら、トランチャンを呼びに行ったが、その間、暗闇の中で私は亡妻と話をしているような気分だった。

――いつかはガッカリさせてすみませんでしたね。こんどはうまく行ったでしょう？

——私を助けてくれたのは、気が変ったのかい？

——なんだか、あなたが可哀そうになりましてね。

——こんどは私も諦めて、またお前と一緒になるのもいいな、と思っていたところだよ。どうもイキが合わないね。

——そうでしたか？　じゃあ、やっぱりほっといたほうがよかったかな？

——もうあとの祭りさ、お前。


トランチャンの元気な足音が響く。部屋の隅々をサッサと要領よく調べている様子だ。

「おかしいな。おばさん、この抽斗を見てもいい？」

「そんなところに入ってるはずはないじゃないの」

「でもさあ……」

抽斗をあけ、ガチャンと締める音。トランチャンはしきりに考えているらしい。しばらくして、変にかすれたような声で、

「やっぱりありませんでした。どうもすみません」

と、切り口上で京子にあやまっている。

また部屋に出される。京子に頼んで、四郎が持ち去った葉巻を一本くすねてきてもらった。ボールがなくなったので、トランチャンたちはターザンごっこを始めた模様である。トランチャンは、つい家の近くで奇妙な叫び声を連発している。あれは何でも、ターザンが人間

や動物を助けに行く時の合図なのだそうだ。

この日の夕食は、なかなかの豪華版であった。若鶏の水たき、鯛の刺身、ウニをまぶした柔らかいイカ、それにカニのサラダ、ブドー酒つきだ。

「おいしかったでしょう？　せめて、お別れに御馳走をと思ってね」

なるほど、私も思わなかったわけではないが、四郎にそう言われると、さすがにゾクゾクとしてきた。

「ぼくとしては、叔父さんに死んでもらうのをもっと先まで引き延ばしておきたかったので、非常に残念なんです。ところが京子に聞くと、これまでに野球ボールが二回も飛び込んだというし、何かの偶然でバレやしないかという恐れが多分にあるんです。で、やむを得ず……」

「今やるのか？」

四郎は、軽くうなずいて、なだめるように微笑した。

「夜が一番いいのでね。それに、もう見張りもいないようです。計画は完全にできているんです。叔父さん、すぐですよ。これを叔父さんの動脈に注射するんですが、中には空気しか入っていません。心臓マヒのような形で死んでいただくんですが、毒物が残らずに他殺と見えないところがミソですね」

そう説明しながら、四郎は私の腕をまくり上げ、注射器を取り上げた。

入口のドアが開いた。

「京子、ちょっと叔父さんの体を摑まえてくれないか」

しかし、京子ではなかった。それはトランチャンだった。トランチャンの横には警官がいた。

「ぼく、ボールのかくしてある所はすぐわかったんです。だって、これまでに何度も、おじいさんにかくされて、捜し廻った経験があるんですから。全く新しいかくし場所は、もうほんの少ししかなかったんです。こんなボールのかくし方をする人は、おじいさんしかいない。だからおじいさんは生きている……どこかに閉じこめられている……そう思ったから、ボールが見つけられなかったふりをして、警察に知らせに行ったんです」

「で、坊や、ボールはどこにかくしてあったんだい」

警官がトランチャンに訊いた。

「まだあるんだよ、そこに」

自由になった私は、机の上の電気スタンドの笠をおもむろに取った。ボールは本来ならば電球のあるべき場所に載っかっていたのである。

「おじいさん、ぼくの合図、わかった？」

「わかったともさ。あのターザンの叫び声だろう？　だから、あの悪いおじさんが殺そうとしても、ビクともしなかったんだよ。……さて、トランチャンは命の恩人だが、どういうお礼をしようかかな」

「本当にその意志ある?」

「大いにあるね」

「じゃあ、ユニフォームとグローブ買ってくれる?」

「よしよし。あとのお礼はまた考えるとしようね」

「ありがとう。おじいさん、ねえ、おじいさんが今一番したいことはなに?」

「そうだねえ……そうそう、お墓参りにでも行こうかね」

トランチャンは目を丸くした。

かわいい女

一

数葉の結婚写真を優子は大事に持っていて、思い出のために一生とっておくのだという。

「捨ててしまったほうがいいんじゃないのか」

「そうかしら……でもやっぱり、とっておきますわ」

「最初の夫を忘れたくないというわけか」

優子は黙って、ゆるい笑みを浮かべるだけだ。

写真で見ると、新郎の江島鉄夫は式の間中、コチコチに緊張していたようである。サイズの合わぬ窮屈そうなモーニングでしゃちこばり、どのスナップを見てもしかめ面をして、口を固く結んでいる。日頃はそういう表情をする男ではなかったので、よほど気を張りつめていたものとみえる。あるいは、嬉しくてたまらない気持がだらしなく顔に出るのを、極力警戒していたのかもしれない。

一葉だけ、鉄夫の表情のゆるんだ写真がある。披露宴に入る前のスナップらしいが、神社の杉の木の下に一人だけ立って、斜め横を向いたところである。花嫁のほうを見ているのかもしれない。口許のあたりに微笑がただよっている。一種の放心の表情とも言える。不思議なのは、この一葉の写真が、幸福というより薄幸の印象を与えることだ。影のうすいという感じがよく出ているのである。ひょろ長い体、細い顔、ちょっと突き出した顎の弱い線なども、その感じを強めている。

新婦の是枝優子は全く緊張の様子を見せていない。上背があるので、かつらを被ると、長身の鉄夫とほとんど同じ高さであり、肉付のよい体に豪華な衣裳がよく似合っていた。優子は豊頰であった。角かくしの下で、その顔はいつも微笑を浮かべている。どこからどこまで丸っこく、やさしい。もう少し優子を醜くすれば、愛嬌たっぷりのお多福の面になるところである。

優子は、その結婚写真を何度も取り出しては眺めるらしい。衣裳の着付、髪の形などについて批評めいた独り言を洩らす。優子が写真を大事にとっておくというのは、自分の花嫁姿のためかもしれない。もちろん、当時の衣裳はそっくりしまってある。

「結婚式の服装は、もっと簡単にゆかないものかな」

「本当ね。あれだけで、ずいぶんお金がかかるんですものね」

「売ってしまって、何か役に立つものを買ったほうがいいじゃないか。次の結婚式は略式にして……」

「でも結婚はねえ……やっぱり一生一度のことだから」

「次は二度目じゃないか。いや失礼。やっぱり、あの衣裳を着る？」

「せっかくあるものだから……」

「江島との結婚も、衣裳や道具が残っただけ無駄ではなかったわけだね」

優子は低い湿りを帯びた声で言う。

「あたし、お母さまに本当にすまないんです。……お返ししようとしたら、一度あなたにあげたものだから、とおっしゃって……」

「とにかく結婚はしたんだからな。時々は江島のことを思い出すかい？」

優子は顔を伏せる。白いうなじに悲しみと恥らいがある。その円い肩を、江島はもう抱くことができない。

優子のアパートには江島のかたみといったものは何一つない。江島の死後、彼の持ち物はみなまとめて母の許へ返されている。

「いいアパートだね」

「先生、お部屋はすぐわかりました？」

「すぐわかったよ。管理人にきいてね」

倉田温郎は言った。

二

結婚して半年もたたないうちに、その事件は起った。三月半ばのある夜、十時半ごろ、優子が自室のドアをあけて転がるように廊下に飛び出し、助けを求めた。

四階建の公団住宅で、優子たちの部屋は三階の中ほどにあった。

各階に手すりつきの廊下が走り、それに沿ってドアが並んでいる。間取りは皆同じで、ドアをあけて入ると狭い玄関の板の間があり、左に四畳半、正面に六畳の部屋、右は炊事場兼食堂、その奥に浴室などがある。江島鉄夫と優子は結婚してすぐにここへ移り住んだ。

隣の若い奥さんが出てみると、優子がはだしのまま突っ立って激しくすすりあげていた。廊下の乏しい灯で見ると、タオル地の寝間着がはだけられ、スリップがむき出しになっていた。左肩のあたりが黒っぽいもので濡れているようだった。部屋に入れてわかったのだが、それは血であった。肩の中ほどから乳首の上へ鋭く細い切れ目が走り、そこから血はまだ流れ出ていた。左のほうのスリップの紐は切れていた。

奥さんが驚いて手当しようとするのを振り切って、優子は自分の部屋のほうを指さし、行ってくれるようにという身振りをした。

起された主人があわてて飛び出して行き、奥さんは優子を無理に坐らせて応急手当をした。その頃には、三階の住人はみな起きていて、優子の部屋の前で騒いでいた。

江島鉄夫は六畳の部屋の蒲団の上に横たわり、あたりを血だらけにして死んでいた。頸動脈を左右とも切ってあり、右手に西洋剃刀を握っている。これは鉄夫が常用していたゾリンゲンのまがいものである。

最初は枕を当てていたらしく、カバーが血にまみれて、鉄夫の頭のすぐ横に転がっていた。優子の蒲団は鉄夫のと並べて敷いてあったが、このほうには血がついていない。

鉄夫は苦しかったに違いないが、それほど暴れた様子はなく、蒲団の上に斜めになって四肢を伸ばしている。

自室に連れ帰られた優子は、ショックと肩の出血のために貧血を起し、寝かされた。そうした状態なので、誰も優子に事情をきかなかったし、またきかなくても、ほぼ推察できるのであった。

一ヵ月ほど前に、同じような事件が起ったのをみな知っている。やはり夜の十時頃で、窓ガラスの割れる音と悲鳴が隣人の眠りをさました。廊下に面した窓が桟だけになり、ガラスの破片があたり一面に飛び散っていた。優子はほうきを片手に握り、窓の桟にしがみついていたが、人の姿を見ると、ガラスの散らばった部屋の中に倒れた。ガスの臭気が、びっくりしている人々の顔にまともに吹きつけた。

優子はパンティ一枚の裸体で、体はまだ濡れていた。腕や体のあちこちにガラスで切った傷ができ、血がにじみ出ていた。

ドアには鍵がかけてあるので、管理人を呼び、合鍵であけねばならなかった。

あとの場合と同じように、鉄夫は六畳の寝床で大いびきをかいて昏睡していた。両手をはだけた胸にあて、かきむしるような恰好をしている。

浴室のドアがあけっぱなしになり、電灯の光が洩れていた。優子は浴槽から飛び出し、パンティだけをつけて、ほうきで窓ガラスを叩き割ったものらしかった。そこで優子も倒れてしまったのだ。

ガスが洩れていたのは風呂のたき口からではなく、炊事場のコンロからだった。元栓がゆるみ、ゴム管がはずれていた。

優子は翌日の晩にはどうやら起きられたが、鉄夫は回復するのに一週間前後かかった。とにかく二人とも無事だったことだし、責任はみな自分にあるのだからと、優子は一応警察に知らせようという周囲のすすめを拒んだ。

三

警察の調書は、優子の供述をほぼ次のように書きとめている。

私はきのう（三月十四日）は、いつものように七時半ごろ帰宅しました。会社は五時に退けるのですが、仕事の跡始末に手間どることが多いし、帰る途中でいろいろ自分の用事をしたり、夕食の買物をするので、そんな時間になるのです。朝は大抵七時ごろ会社に出かけ、帰りがまたそんなに遅くなるので、いつも鉄夫さんに気の毒でなりませんでした。鉄夫さんは九時前に出勤し、六時半には帰宅していました。鉄夫さんの会社はアパートの近くだし、私の会社はアパートから一時間もかかるのです。

ですから、私は鉄夫さんのお世話が全然できず、朝はトーストとコーヒーですませ、あわてて出て行きます。そのあと鉄夫さんが起きて、やはりトーストを焼きます。コーヒーだけ私が作っておくのです。

鉄夫さんは夕食を自分が作っておいてもいいと言っていましたが、私はせめて晩だけは、私のお料理でおいしいものを食べてほしいと思い、ひもじくても私が帰るまで我慢してもらうようにしました。

きのうもそんなにして、夕食の終ったのが九時ごろでした。鉄夫さんの様子に変った点があったかどうか、気がつきませんでした。

十時ごろ寝みましたが、鉄夫さんは私に一緒に寝るように言いました。私は生理日なので、そう話して断わりましたが、鉄夫さんはいつもに似ずしつこくて、「そんな逃げ口上を言って、おれが厭なのだろう」などと言ったり、頭を下げて頼んだりしていましたが、とうとう暴力で私をつかまえようとしました。その時になって、はじめて私は、「きょうの鉄夫さんは変だ」と気がつきました。

そういえば、鉄夫さんは近頃とてもふさいでいたようで、私にものを言わないこともありました。鉄夫さんがそうなったのも、みんな私が妻としての務めを果していなかったからなのです。毎日の家事も思うようにできず、お掃除なども鉄夫さんがやってくれていました。

それに、はっきり申しますと、私は夫婦生活……だれでもしているあの生活に慣れることができないのです。いけないいと思いながら、その場になるとイヤでたまらなくなるのです。鉄夫さんが夫として嫌いなのではなく、あんなことが嫌いなのです。ですから、私はいろいろな口実を作って、できるだけそれを避けてきました。鉄夫さんは、男としてそれが不満だったのに違いありません。そして、私の愛情まで疑ってしまったのでしょう。鉄夫さんはひどい神経衰弱にかかっていたのかもしれません。そうなったのも、みんな私が悪いのです。

鉄夫さんが無理なことをしようとするので、私は怒って振りはらい、自分の寝床で背中を向けて横になっていました。鉄夫さんは床の上に起き上って長い間私を見ているようでしたが、もう手を出そうとせず、一言も口をききません。そのうちに、横になって蒲団をかける様子でした。やっと諦めたなと思い、安心するのと一緒に、すまない気持で一ぱいになりました。それからウトウトしましたが、ふと身近に鉄夫さんがいる気がしてハッとうしろを見ますと、鉄夫さんが吊り上ったような眼をして、右手に剃刀を握って私をのぞきこんでいました。

私は本能的に逃げようとしましたが、考えてみると、こんな狭い部屋の中で逃げ廻っても無駄です。言い忘れていましたが、部屋のドアの鍵は二つあって、二つとも鉄夫さんが持っていました。私は出勤が早く、帰宅がおそいので鍵がいらないということもありましたが、それよりも鉄夫さんは嫉妬心が強くて、帰ってからは決して私が外出するのをゆるさず、早くから鍵をかけてしまうのです。だから私は用事を出勤前か、退社後の短い時間に大急ぎですませなければならなかったのです。

それで、私は外へ飛び出すこともできません。ここは何とか機嫌をとって、言うとおりにしなければ命が危いと思いました。私はさっきのことをあやまり、一緒に寝むから危いものをしまってくれと頼みました。私が鉄夫さんを嫌いだというのは誤解で、一生連れそう夫として愛しているのだとも言いました。けれども、もうおそかったのです。鉄夫さんは私の肩をつかんで引き寄せましたが、それには愛撫の時のような優しさが少しもありませんでした。今まで見たこともない恐ろしい微笑が危険をはっきり知らせてくれました。私は悲鳴をあげて飛びのきましたが、その時は、剃刀が振りおろされていました。肩から胸にかけて、冷たいものでサッとなでられたような感じでした。

私は夢中で浴室に逃げ込み、ドアを閉めてノブを内側から一生けんめいに引っ張っていました。

鉄夫さんの追ってくる様子はありませんでした。そのうちに気が遠くなってしまいました。でも、ちょっとの時間だったと思います。

浴室の中は真暗です。切られた所がズキズキ痛みだしていました。血もだいぶ出ているらしく、寝間着がベトベトしてきました。

部屋の中はシンとしているようで、鉄夫さんが待ち構えている気配もありません。私はドアを細めにあけて、様子をうかがってから浴室を出ました。

最初、鉄夫さんはおとなしく眠ったのだと思いました。でも寝床に近づいてみると、鉄夫さんの首のあたりは一面の血でした。鉄夫さんは口をあけ、眼も開いて死んでいました。私は這うようにして鍵を探しまわりました。とにかく外に出て人に知らせなければいけない、ひょっとしたら私も死ぬかもしれない、私はまだ死にたくない……鉄夫さんの机の抽斗や鞄の中、着物、洋服などを気が狂ったようにさぐりながら、夢中で考え続けていたことを覚えています。

鍵は洋服の内ポケットにしまってある財布の中にありました。それでドアをやっとあけ、廊下に出てから大声で、誰か来てくださいと叫びました。

あまり恐ろしいときには、人間はかえってぼんやりしてしまうものですね。部屋から抜けだしてはじめて、私はわれに返ったようになり、それと一緒に、恐ろしさで、また気が遠くなりそうでした。

私はことし満で二十一、鉄夫さんは三十二歳でした。

四

鉄夫が無理心中を企てたのだということは疑う余地がないように思われた。優子の供述も現場の調査と矛盾する点がなかった。

過去に同じような事件があったことも、無理心中説の確実な裏付けになった。

今まで優子は、ガス中毒が偶然の事故で、自分の不注意からガスの元栓を締め忘れていたのだと人に話していたが、こうなってみると、鉄夫が故意にやったのだと認めないわけにはゆかなかった。前後の事情について、優子は次のように述べた。

あの晩はあと片づけをすませてから、九時半ごろお湯に入りました。鉄夫さんは二、三日に一回しか入りませんが、私はお風呂好きなので毎晩入ります。早くても一時間くらいはかかるのです。鉄夫さんは大てい、その間に寝んでいました。

お湯を出て体を洗っている時、ガス臭いのに気がつきました。すぐに下のほうのガスの出口を見ましたが、洩れているようでもありません。そのまま、気のせいだろうと思って部屋のほうは調べもしませんでした。

私は一度お湯の中で中毒したことがあって、ガス風呂にはとても神経質になっています。浴室のドアはかならず少しあけておいて、空気の流通をよくしておくのです。浴室には、ベランダに面した小窓もありますが、冬は寒い風がまともに吹きつけるので、あけられません。お風呂のガスが大丈夫なので私は安心してしまいました。お湯の中であったまっているうちに、頭がズキズキ痛みだして胸が苦しくなってきました。つかり過ぎたのだと思ってあわてて立ち上ると、眼の前が暗くなりました。ガスだ、とはじめてわかりました。

私は小窓をあけようとしましたが、永らくあけ閉《た》てしないので動きません。ガス中毒は急に意識不明になると聞いていましたので、裸のまま部屋に飛び出してゆきました。「鉄夫さん、ガスよ、ガスよ！」と呼びましたが、あの人は身動きもしません。もう意識を失っていたのです。このまま倒れたら死んでしまう……ドアは鍵がかかっていてあきません。私はほうきを持ってきて、むちゃくちゃに窓ガラスを突きました。ガラスの破片が体に飛んできても、そんなことは夢中でした。私はワクだけ残った窓にしがみついて、新しい空気を何度も何度も吸いました。

どうしてガスが出しっぱなしになっていたのかわかりません。私はお湯に入る前にお茶をわかして、栓はキチンと締めたはずなのです。ゴム管もはずれていませんでしたし、私はガスをとめるときには、かならず元を締めることにしていました。その元栓をゆるめてあったのですから、鉄夫さんが、わざとしたのだと言われても仕方がありません。

鉄夫さんが、なぜ私を道連れにして死のうとしたのか、私にはわかりません。私は男の人との関係でやましいことは一つもないのです。鉄夫さんを嫌ってもいませんでした。やはり、私が無理な勤めをしていたのが悪かったのでしょう。鉄夫さんはきっと、私があの人を嫌っているので、外にいる時間を、できるだけ引き延ばしていると思っていたのです。そしてその間に、誰か男の人とあいびきでもしていると考えたのです。そういう疑いがあるなら気がすむまで調べてくれたらよかったのに、そんな様子もありませんでしたし、また私に直接言ってくれたら、疑いがとけるまでゆっくり話し合うこともできたのですが、鉄夫さんはただ黙って沈みこんでいるだけだし、私も、なんだか自分のほうからは切り出せなくて、とうとうこんなことになってしまいました。妻としての務めの果せない私のような女と結婚したばっかりに、鉄夫さんは自殺してしまいました。あの時、私も死んでいたらよかったのです。

五

優子は美貌というより、愛くるしいといった顔立ちだった。それでも女の中では目立った。色がきわだって白く、肌がこまやかだった。いくらか細く切れた柔和な眼と、ふくらんだ唇とが、男心をそそる少女めいた色気をもっていた。人と向かい合った時には、いつも眩《まばゆ》そうに顔を伏せ、はずかしそうな小声で、ものを言うのだった。

一方、夫だった鉄夫は、お世辞にも美男とは言えなかったし、ひょろひょろした胴長で、背中のいくぶん曲った体格は貧弱だった。年も優子とは十一も違っている。二人の取り合わせには、どこか不自然さが感じられた。優子の供述に怪しむべき点があるとすれば、それは優子が鉄夫を嫌っていなかった——夫として愛していたと、くり返し述べているところではないか、と係官は疑った。実は、嫌い抜いていたのではないか、というのである。

結婚までの経緯が調べられた。

四年前、優子がまだ高校の三年生だった時分に、鉄夫の友人で、その高校の教諭をしている倉田温郎から「魅力的な娘」として紹介されたのが最初で、それ以来鉄夫は、このやさしい高校生を献身的に愛したようである。許婚者としての交際の期間は非常に長く、それは優子と母親とが、まだ早過ぎるという理由で挙式を延ばし延ばししたためであった。

鉄夫は、ある工作機械の製作会社に十年ほど勤め、そろそろ課長候補の噂が出はじめていた。数年来の好景気に乗って収入はかなり潤沢であり、次男坊で気楽な独身生活を続けていられる身分だったから、月給の相当な部分が、優子と母親を喜ばせるために使われていたようである。

優子の家庭環境はあまりよいものではなかった。母親は早くから寡婦になり、いくらかの土地と家屋からの収入で、楽でない暮しを続けてきた。その間に数人の男の世話を受けたこともあるらしく、その関係の貯蓄も馬鹿にならぬ額で、まず生活に困るということはないようだが、もちろん出費は極力切りつめねばならなかった。

係官の印象では、優子の母親は四十歳の半ばとは思えぬほど顔色もつややかで、優子によく似た美貌だった。物腰にくろうとじみた色気が残っていた。優子たちのアパートから一キロたらず離れた山手の小さい家に住んでおり、優子が出たあと、若い男の下宿人を一人置いていた。愛人だという噂もあった。

彼女は、自分も優子も鉄夫に満足しており、金銭的にも大きな恩恵を受けていたのだと語った。金のために進まぬ結婚をさせられたのではないかという疑念を、彼女は一笑に付した。それは、恋愛といったものではなかったかもしれないが、優子は鉄夫に十分好意を持っていたし、鉄夫とのデイトには、いつもいそいそとした様子で出かけた。家でも鉄夫のことを、よく気のつく、やさしい人だと話していたというのである。

「優子は考えていることをよく口にも出せないような娘ですが、それでもどこか強情なところもありましてね。自分の厭なことにはテコでも動かなくて、てこずることがよくありました。おとなしくても、やはり今の娘ですね。もし鉄夫さんを嫌っていたのなら、親の私が何と言おうと、結婚を承知しなかったでしょうよ」

と母親は、妾宅のように小ぎれいな座敷で係官に言うのだった。

しかし、何としても結婚生活が異常である。優子が性生活を病的に嫌ったため、鉄夫は性的な飢餓の状態にあったらしいが、それだけのために、大の男があそこまで追いつめられるだろうか。鉄夫を絶望させる、もっと具体的な理由があったのではないか。

優子の勤め先は隣接の都市の地方銀行支店で、鉄夫の会社と取引があるところから、鉄夫のあっせんで就職した。支店長以下、行員が十二、三名の小世帯で、まだ四十前の支店長は優子の勤務ぶりに満点をつけた。

優子は丁寧で愛嬌があり、客との応対にはおあつらえ向きだった。同僚との付合いもよく、腰が低かったし、勤務中に女同士で無駄話をすることもなく、帳簿の整理はきれいだった。出社は人よりも早く、退社時刻もキチンとしていた。

「こう言っちゃ何ですが、死んだ御主人というのはアブノーマルじゃなかったのですか。うちの仕事は大たい四時半で終るのですが、是枝さんは仕事を終ると、身支度もそこそこにして大急ぎで飛び出していました。聞くところによると、御主人は早く帰らぬと機嫌が悪く、しかも帰ってからは絶対に外出することをゆるさなかったというのだから、まるで監禁同様ですね。今どき、共稼ぎは当り前のことで、多少の不便はお互いに忍び合うべきじゃありませんか。それに、勤めをやめろやめろと、いつも責めていたそうですが、ずいぶんひどいと思いますね。どうも、それが妄想からきた嫉妬らしいのでね」

働き盛りの支店長は憤慨の口調でそう言った。

優子は四時半過ぎに銀行を出る。そして七時半前後に帰宅する。そこに三時間たらずの時間がある。道のりが一時間かかるとして、まだ二時間の余裕があることになる。その間に用事や買物をすますというのだ。買物は一時間あれば、すみそうである。すると、まる一時間という空白の時間が残る。用事というのは何か。用事の時間が毎日一時間あるということは……

女子の事務員で、優子と特に親しい者はいなかった。優子が美しく、支店長に目をかけられているなどの点で、軽い反感があるようだったが、優子を悪く言う者はなく、一様に口を慎んでいる気配である。それに、優子は常に独りで行動しており、同僚と打明け話をすることもないらしい。

出身高校で優子の行状、性格が調べられたが、男生徒、それに男の教師の間で人気があったというほかには、とりたてて変った点もなかった。素行は平凡で、問題を起したことは一度もない。

優子の同窓生で、やや耳よりな話をした者があった。一級上の田上という男生徒と恋愛関係にあったというのである。しかしその内容は他愛ないもので、どこそこで一緒に歩いていたとか、校庭でよく、こっそり話し合っていたといったたぐいである。ただ、それがかなり評判になっていたことは、他の同窓生も、そういう事実ないし噂を知っているのでわかった。
　係官はまた銀行に行き、女子事務員のうちで最も容姿のよい者をつかまえて、内密にききたいことがあるからと連れ出した。ライバル意識で何か話すかもしれないという目算が図に当って、田上との恋愛関係を伝えると、あたしも是枝さんとその人らしい男とが連れだっているのを見たことがある、と言った。

六

「その人は一度、銀行に是枝さんを訪ねて来たことがあります。まだ結婚されない頃でした。是枝さんと同じ年くらいのハンサムな人で、学生服を着ていました。あとで是枝さんをひやかしながらきくと、同窓生だと言っていました。恋人みたいだと思いましたが、是枝さんは、そんなのじゃないと笑っていました。……それから妙なことがあったのです。是枝さんは去年の秋に式をお挙げになったのですが、ちょうど新婚旅行中だという時に、私はデパートで二人の姿を見かけたような気がするんです。ネクタイの売場でした。旅行は関西地方だとかで、あと四、五日しないと帰らないはずなのに、どうもうしろ姿がよく似ています。近づいて確かめようかと思いましたが、もし本当に是枝さんたちだったら具合が悪いので、ためらっているうちに混んでいるお客さんの陰になって二人の姿は消えてしまいました。今でも、それが実際に是枝さんたちだったかどうか、確信が持てないので誰にも話していません」

女事務員は深刻な表情をしてそう語り、自分が話したことは秘密にしてくれと何度も頼むのだった。

田上宗満という男の住所は、同窓会名簿ですぐにわかった。家は郡部のかなり不便な地方にあり、両親と暮していたが、今年大学を出て、優子の銀行と同じ土地で勤めている。

田上は色白で鼻が高く、日本人ばなれのした美男だった。物腰はやや女性的で、いくらか臆病そうなところはあったが、さらりとした上品な明るさをもっていた。

「さあ……あれは恋愛と言えるでしょうか。何しろどちらも子供で、ままごとのようなものでしたからね」

優子との関係について、彼はそんなふうに言った。今も優子を好きは好きだが、同窓の親友といったところだし、結婚した人との恋愛など、とんでもないことだと言う。そんなことをしなくても、恋愛の相手はこれからいくらも出てくるのだから……そんな語気である。

「そうですね、優子さんには時たま会って、お茶を飲みながら昔話なんかをします。でも結婚後は二、三回道で会ったきりです。もう御主人があるので遠慮すべきだと思ったのです。でも、大変なことが起ってしまいましたね。一度優子さんをお見舞いに行こうと思っているんですが、忙しいのでつい……」

デパートで二人の姿が見られたという点では、田上はあっけにとられたような顔をした。

そんな事実はないし、優子は新婚旅行中だったので、この土地にいるはずはないというのだ。

鉄夫には一度も会ったことがない。別に恋敵というわけではないが、親しかった女性の夫というと、何だか会いにくいし、やはり淡い反感めいた気持が動いているらしい、と田上は苦笑した。

アパートに一人きりになって傷の手当をしている優子は、田上宗満との関係を訊かれると薄く頰を染めた。高校時代に初恋めいた感情を持ち合っていたのは事実で、夢のような約束を交わしたこともあったが、お互いに成長して視野が広がってくるのと一緒に、間柄は淡白なものに変って行った。交際についても、田上の述べたのと同じである。ただ、デパートの件はあっさり認めて係官を驚かした。

「あたしたちの結婚は最初から運が悪かったのですね。期待していた新婚旅行も、あたしが病気になって、どこへも行かずに引き返してしまったんです。汽車の中で急に熱が出て、鉄夫さんはすぐに帰ったほうがいいと言ってくれました。扁桃腺です。ですから旅行へ出かけて二日目には、もうアパートへ帰っていました。デパートには炊事道具などの小さいものを買いに行ったのです。ついでに鉄夫さんのネクタイを一つ買おうと思って売場へ行ったら、田上さんがいたのです。一緒にネクタイをえらんでくれて、まだお祝いをしていないからと、コンパクトを買っていただきました。あたしたちのアパートへ来てくれるように言いましたが、これまで一度もやってきません。具合が悪いのでしょうね」

田上が否定していることを話すと、優子はおかしそうに身をよじらせた。

「嘘なんかつかなくってもいいのに」

七

江島鉄夫は神経質で内向的な人間だという先入観を係官は持っていたが、会社に出向いて調べてみると、むしろ、にぎやかで社交的な性格だったことがわかった。担当は販売部門なので人の出入りも多く、酒の座での商談も度重なるが、鉄夫はそういう派手なポストに満足していた。部下の二、三人を従えて飲み歩く習慣もあり、遊び好きのほうであった。数人のくろうとの女性との交渉もあったようである。

優子と婚約してからは節制するようになり、女性との関係も絶った。酒も付合い程度にとどめ、退社後の時間はもっぱら優子との交際、家庭の訪問にささげられた。

優子は、ちょいちょい会社を訪れた。社員の中には、急におとなしくなってしまった鉄夫を「飴夫」と呼んで皮肉な話題にする者もあったが、優子の魅力については議論の余地がなかった。「ああいう女があれば、おれも遊びはやめるだろう」というのが、若い社員の一致した意見だった。

「今の女は、みんな鼻っ柱ばかり強くて、ゴチゴチしてるからな。優子嬢は昔風のほんのりとした柔らかさを保持してるよ。あんな人にやさしく抱かれて寝てるのは天国だろうな」

優子のはずかしげな微笑を讃美しながら、そのうちの一人は言った。

結婚後は退社時刻を待つようにしてアパートに帰る。全くといってよいほど街へは出なくなり、仕事の上で酒席へ出ることも、できるだけ避けるようになった。といって優子と連れだって出歩く様子もなく、結婚前にあれほどさまざまな場所で姿を見られ、話題をまいた二人を最近見かけたという者がほとんどいなかった。

鉄夫の挙止も、その頃から変り始めたようである。彼は自分のエロチックな体験などを大っぴらに話して平気な男だったが、優子との新婚生活については何一つ話し出そうとしなかったし、人に訊かれても、「至極快適だ」といった当りさわりのない返事でそらしてしまった。動作が眼に見えて不活潑になり、机にかがみこんで、ぼんやりしていることが多くなった。

優子との生活がうまくゆかないのかもしれない、と誰もが思ったのは当然だが、結婚後最初の正月に社員がアパートへ招待された時には、二人の間がまずそうだという印象はなかった。優子は白い布を被り、真新しいエプロンをかけた初々しい姿で甲斐甲斐しく食事の支度などをし、そうするのがいかにも楽しそうに見えたし、鉄夫は主人らしく悠然と構えていて、優子が何かきくのにうなずいたり、ちょっとした注意を与えたりしていた。座もにぎやかで、鉄夫はもとのように馬鹿話の中心になったり、下手な小唄をうたったりしたものだった。

事件の前に、鉄夫の様子がひどく変っていたという記憶を誰も持っていない。むしろ鉄夫はガス中毒でしばらく寝込んで以来、やや活潑さを取り戻した感じであった。

事件の数日前に、鉄夫は珍しく二、三人の社員を連れてバーやキャバレーを飲み廻った。

荒れてはいたが上機嫌で、女たちを集めて冗談を飛ばしていた。魚がもとの水に戻ったというところがあった。一人が優子のことを口に出すと、鉄夫は、「女房のことをいちいち気にするやつは仕事ができない。女というやつは、あまり大事にするとつけ上るからな」と、ありふれた強がりを言った。鉄夫の優子への愛着が度はずれたものだったから、ありふれた言葉がかえって社員たちの心に引っかかった。

変った点といえば、それくらいのものである。

鉄夫の母は優子に好感を持っていた。ちょっとねんねのような感じで、家事にも不慣れな点が不満といえば不満だったが、やさしく従順で、体格にも申し分がなく、まずいい嫁である。結婚後は二人とも時たましか訪れなかったので、くわしい事情はわからないが、優子が不実を働いたとか、鉄夫を嫌って寄せつけなかったなどとは思えない。夫婦の交わりを厭がったことは初めて聞いたが、鉄夫が最初に何か無理をして怖がらせたのかもしれない。ゆっくりと親切に導いてやらなかったのなら、それは鉄夫の罪で、そのために神経衰弱になり、あらぬ妄想を描いて思いつめたのだとしたら、鉄夫の自業自得だと言わなければならない……鉄夫の母は係官にそう語った。心底からそう思っているのかどうか、静かで気丈そうな彼女の瞳からは読みとれなかった。

八

警察は事件を二つの方面から考えていた。一つは鉄夫の無理心中、もう一つは、無理心中と見せかけた優子の殺人である。事件はアパートの狭い室内で行われ、誰も目撃者がない。優子の供述は十分に信用のおけるものだが、謀殺としても成り立たぬことはない。眠っている鉄夫の頸動脈を切り、殺したあとで自分を傷つけるのはたやすいことである。むしろ時間的に、そのほうが自然だとも言える。優子を傷つけただけで諦めてしまい、自分だけあっさり自殺したのは、鉄夫の執着から考えて、おかしな節もある。

ガス中毒事件にしても、鉄夫が重症であったのに、優子が翌日に普通に起きられるほど軽くすんだ点を疑えば疑える。あの時、優子は入浴中だったと言っているが、もし鉄夫が眠っている時に台所のガスを出し、すぐに浴室に行ってドアを閉め切ったとしたらどうだろう。ガスが部屋に充満し、さらに浴室のドアの隙間から入ってくるまでには、かなりの時間がある。優子は鉄夫よりもずっとあとまでガスを吸わないでいることができる。いよいよ危険になった時に飛び出し、窓を叩き破る用意をする。そうなればガスを吸ってもかまわないのだ。いや、ガスを吸ったほうがいいのだ。

無理心中か、殺人か、それを決定する証拠がなかった。剃刀からは鉄夫の指紋だけが検出された。鉄夫が苦しんで暴れた様子があまりなく、血も蒲団の上だけを汚しているのはいくらか不審だが、覚悟していて、見苦しい死にざまにならぬように力をふり絞ったのかもしれない。

ガス事件で、もし優子がやったのだとしたら、浴室を閉め切って閉じこもったあと、ベランダに向いた小窓を安全のためにあけたことが考えられる。しかし窓を最近あけた模様はなかった。少々の力で押しても動かないのだった。

鉄夫が二つとも持っていたという鍵は、一つは優子が洋服のポケットから発見したが、あとの一つは見つからなかった。会社へ置いていたかもしれないと優子が言ったが、そこにもなかった。

優子の殺人とした場合、その動機は何か。調査の結果は徒労であった。優子は至るところで好感をもたれており、おとなしく、やさしい娘という評価が一致していた。無理強いに結婚させられた事実もなかった。田上宗満の存在は警察を緊張させたが、その関係は、愛人というには淡いものであるという結論しか出なかった。優子も、田上も、親しい間柄であることを否定しなかった。これが殺人の動機だとは到底考えられない。優子と田上とが一緒にいるところを見た者が、例の女子銀行員のほかに数名あった。しかしこれも、当人たちが認めていることであり、いわば、大っぴらである。

鉄夫が田上の存在を知っていたかという質問に、優子はうなずいた。ただ田上が新婚のアパートを訪ねてこないので、会ったことはないという。

デパートで優子に会ったことを田上が否定し、優子が無造作に認めて田上の嘘を笑った――

これは係官の心証に或る影をつくったが、むしろ二人の仲の潔白を物語っているのかもしれない。

警察自身が優子に好意と信頼を寄せだしていた。殺人説は、いさぎよく放棄された。

結局は無理心中に落ちつくのだが、鉄夫をそこまで追いやった原因が、どうも薄弱である。それほど内気な小心者ではない。どれだけ強く優子を愛していたとしても、肉体関係を拒まれるという一事で絶望に陥るとは考えにくいし、また優子は、絶対に肉体をゆるさなかったとは言っていない。

鉄夫は田上のことを聞かされている。初恋めいた昔話も知っていたであろう。だが、これでは鉄夫を嫉妬に狂わせるだけの内容がない。優子が鉄夫の眼をかすめて田上に会い、鉄夫にはゆるさぬ体を惜しげもなく与えている事実があるなら別だが、捜査では、それが出ない。それに優子の供述を信ずれば、彼女は帰宅後外出をゆるされないので機会が乏しい。

「江島氏の性格には、どこか脆いと言いますか、異常な弱点があったのではありませんか」

「僕は心理学者じゃないから、確かなお答えはできませんが……」

「僕の見るところでは、彼は健全すぎるほど健全でしたね」

鉄夫と同窓の親友だった倉田温郎は大儀そうな表情で言った。

「何かで悩んでいたというようなことは……」

「憧れの優子君を射とめたのだから、悩みのあろうはずはないと思いますがね」

「その結婚生活に問題があったと思われるのです」

係官は優子の供述、田上との関係などについて説明した。倉田は黙って聞いていたが、眼に何か動くものがあった。

「田上と優子が高校時代に初恋の仲だったことは御存じですね」

「そういう評判でしたね。事実かどうかは保証しませんよ」

「江島氏とは、ずっと交際していられたのですね」

「僕は悪友でしてね、悪いところへはいつも一緒に行っていましたよ。しかし結婚後はバッタリでした。あいつも、とうとう善良な夫というやつになり下ったかと思って、気にもしませんでしたが」

「無理心中を企てたわけですが、カッとなって前後を忘れるような性質がありましたか」

「わかりませんなあ。人間ってやつは、突然に何を仕出かすか、わからないものでね」

「神経衰弱気味だったらしいのですが、お気づきのことはありませんか」

「さあ……よく眠れないので薬を飲んでいると言っていました。しかし新婚の床でよく眠れないのは当り前じゃありませんか」

脂気のない長い頭髪を搔き上げながら、倉田温郎はシニカルな笑いを洩らした。

一時的な逆上の結果として、事件は警察の手を離れた。

九

是枝優子はきわだった特徴のない高校生で、生活は平凡だった。成績は中位で、学問や読書には興味を示さず、スポーツも苦手で、どんなクラブ活動にも参加しなかった。作文や詩を書かせると、まるで大正時代の少女のように古めかしい感傷主義を横溢させて、教師を驚かした。

美貌はまだ人目を引くほどに輝き出していず、可憐な仏像を思わせる幼い感じのなかにかくされていた。

倉田温郎は一年間だけ優子のクラスを担任したが、数人の美しい生徒、よくできる生徒を記憶したなかに優子は入っていなかった。

倉田が優子の存在を意識し始めたのは三年になってからだった。優子には他の生徒には見られないふっくらとした美しさがあり、漆黒の豊かな髪が色の白さを強調していた。近づくと、こまやかな膚と生毛が煙るようで、桃色の、ややめくれ上ったような唇が清潔に濡れていた。どうしてこの女はおれの注意を引かなかったのだろう、と倉田はいぶかったが、妙なことに、そうして思い出そうとしてみると、担任時代の優子のさまざまな動作や表情が、ないはずの記憶から次々に浮かんでくるのであった。

優子は顔の手入れに人一倍の時間をかけた。何種類もの化粧品はもとより、肌を美しくすると言い伝えられた奇怪な動物性、植物性の液体を信仰めいた熱心さで使った。白粉はつけなかった。禁じられていたばかりでなく、優子の場合は、顔を汚すことにすぎなかった。優子はまた、衣服や装身具に異常な執着を示した。学生である現在は制服しか着られないのがむしろ幸いで、卒業すれば乏しい家計でどんなものが買えるのだろうかと考えると、非常な恐慌に襲われた。将来自分が身につけるはずのドレスや和服について、優子はきわめて具体的な空想にひたった。何も食べなくても着物だけは作りたいと、彼女は勤めに出た場合の収入や支出に至るまで考えめぐらすのだった。欲望はそれほど激しかった。

倉田温郎は校内で優子に行き合うと、かならず頭を撫でたり顎をつまんだりし、冗談口も叩いた。優子はそのたびに顔を赤らめたが、表情は無邪気になつかしげであった。廊下でひきとめて立ち話をする時もあったが、厭がる様子も見せなかった。

倉田は女出入りの多い男で、同僚の女教師とも派手な噂をまいていた。その方面では、したたかな腕を持っているという定評だったが、優子はことさらに倉田を避けるふうもなく、ごく自然に親しんでいた。誘われると倉田の家にも行き、映画へも連れられて行った。全く無警戒で、どこまでも先生として信頼し切っているようであった。それは倉田を戸惑わせ、かえって手を出しにくくさせた。倉田は頑丈で骨太く、容貌は荒けずりで、ある種の女性には魅力的なはずであったが、優子の好みではない。

江島鉄夫に初めて会ったのは三年生の時の初夏、倉田の独り暮しの家でだった。

「可愛い生徒さんだね」

鉄夫は、初対面の優子に笑顔で会釈しながら倉田に言った。

「おれの恋人にしようかと思ってるんだ」

と倉田は答えた。

「お前のようなすれっからしには、もったいないよ。優子さん、この男は教師づらをしているが、信用してはいけませんよ」

鉄夫が、優子からそれほど強い印象を受けていないことは表情や語調でわかった。優子は二人の男の前で、身をすくめるようにして笑っていた。

優子は鉄夫の服装が、かなり金をかけたものであること、趣味もよく、また、そういうシャンとした服装に慣れた生活環境を持っていることなどを見て取っていた。

優子は夏休みのアルバイトに、鉄夫の会社で伝票や帳簿の整理を手伝った。優子を常に身近に置いて観察する機会を与えられた鉄夫は、キッチリしすぎるほどの白いブラウスに強調された処女の清純な体の張りに視線を奪われた。暑さで上気した頰や、うっすらと汗を浮かべた鼻や、脂肪でなめらかに光っているおでこに見とれた。

倉田は時おり鉄夫に電話をかけ、待ち合わせて三人で夕暮の街を歩いた。そういうある時、優子を家へ送ったあと、二人で冷たいビールを飲みながら、優子が話題に上ったことがあった。倉田はちょっと暗い眼付をしながら言った。

「お前も、とうとう優子にいかれたようだな」

「いかれた？　冗談じゃない」

そう言いながら突然、鉄夫はそのとおりであることに気づいた。

「深入りせんほうがいいぞ。あの女は妖婦だからな」

「馬鹿なことを言うな。あんな無邪気な妖婦があるか」

「つまり、お前がとりこになったということだな。優子は天成の男たらしなのさ。何か目的があって男を誘惑するというのでもない。それが男には危険だし、非常に魅惑的なゆえんなんだな。あの女は、男のほうで夢中になったたって責任を持ちゃしないよ。お前なんかは一途なところがあるから危い。やめておけというんだ」

「いらぬお世話だ。おれだって、ウブな若造とは違う。一体、いかれたのはお前なんだろう？」

「おれもそうさ。だが、おれの気持にはちょっと余裕がある。いつか彼女と勝負してやろうと思うんだ。そこへ、お前のように野暮なのが飛び込んでくると、興ざめだからな」

「お前は、あの人を悪く見すぎている。男に魅力的なのは、あの人の罪じゃないだろう」

鉄夫は不機嫌に、そう答えた。

十

少女の時から、優子は美貌の少年だけを遊び相手にえらんだ。賢いとか、性質がよいとか、力が強いなどという美点には興味がなかった。それは、いわば時代遅れの「やさ男」のタイプであり、スポーツ選手などの持っているたくましさには少しも引かれなかった。

田上宗満はその意味で、優子にはおあつらえ向きの美少年だった。すらりと伸びた体、切れ長の眼、眉から鼻梁へかけての高雅な線、いくらか紅味を帯び、なだらかに口許へくぼんでゆく頰の肉——優子は、ほかにも美しい少年を見覚えていたが、田上と並べて立たせると、彼らのいずれもが光を失い、野卑なものに見えてくるのだった。

優子は田上宗満の存在に気づいた時から彼を愛した。愛は確乎としたものであり、変ることがなかった。また、田上は優子の美しさを、会った瞬間から理解した男であった。優子は、田上がチラチラと自分に向ける傲岸な敵意を持った視線から、それを読み取った。田上と優子との間に暗黙の了解が生まれたのはすぐであり、優子はこだわりなく田上に近づいた。田上も優子を迎え入れるのに、いささかの驚きも示さなかった。

高校時代の三年間に二人がゆっくり話し合った機会は、ほんの数回にすぎなかったが、それで十分だった。一度だけ優子は田上について汽車に乗り、田上の家を訪れた。両親に会い、家の様子や生活状態、環境などを、将来自分が嫁ぐ所として細かに観察して帰った。その折に結婚を誓い合ったが、約束は平静で事務的であり、わかり切ったことを今一度唇で確かめたにすぎない。結婚の時期は田上が大学を卒業してからということにした。

一方、鉄夫は優子が卒業するとすぐ正式に求婚した。優子の母は早すぎるという理由で一応断わったが、母には金銭的な打算があり、引き延ばしておいて、はっきり返事をしないのが得策だと考えたのである。優子は母へも鉄夫へも、はっきりした返事をしなかった。田上のことも誰にも話さなかった。

求婚は好意をもって迎えられているのだと、鉄夫は解した。公然と優子の家を訪れるようになり、優子を映画や観劇に誘い、そのあと一流の料理店で食事をしたり、装身具などを買って贈ったりするのが習慣になった。

優子は踊りが好きだった。ダンスホールで鉄夫は優子を抱く法悦を味わった。優子は全く体をまかせきり、鉄夫が衝動的に抱きしめても、あらがわなかった。鉄夫は、自分の求めてやまない優子の肉体をまざまざと感じて戦慄した。

優子の家の家計が豊かでないことを聞かされていたし、彼女の日頃の服装も質素で、同じようなものを着ていることが多いので、鉄夫は優子のために衣服を買い調え始めた。未来の妻のものを買い与えるのは当然であった。また整理ダンス、三面鏡といった家具類も購入して、次々に優子の家に運んだ。優子に恋人があるとは夢にも思わなかった。

十一

優子が鉄夫と結婚する考えになったのは、いつの頃からか、それは優子自身にもわからない。ほとんど鉄夫だけの出費で、優子の身の廻りはすぐ嫁いでもよいほどに調っていた。母は式の時期について真剣に考え始め、鉄夫や優子の友人たちの間では結婚祝の相談が進められていた。そういう周囲の事情が、優子自身とは関係なしに結婚のほうへ向かっている。優子はそれに抵抗しなかっただけだとも言える。優子は母にこう言った。結婚をニべもなく断わってしまうのは、これまでつくしてくれた鉄夫に対して義理知らずだ。強い愛情は感じられなくても鉄夫のものになってやるのが当然で、かりにあとで離婚するにしても、義理は果さなければならない。

優子の考えは古風な義理堅さと、驚くべき身勝手さの混淆であった。

ある日、田上宗満を呼び出して駅で落ち合い、一緒に映画を見たあと、旅館の一室で二人は会った。優子は事情を伝え、何でもないことのように同意を求めた。田上が卒業して職業に就き、生活が軌道に乗った頃には離婚するというのだった。

「悪いよ、それは。江島氏をだますんじゃないか」

「本当に結婚するんだから、だますんじゃないわ」

「なぜ、最初から拒絶しなかったんだ」

「結婚しなければならない義理があると言ったでしょう。江島のおかげで私の衣裳や何か、みんなそろったわ。婚礼の衣裳も向こうで作ってくれるの。だから、あなたに負担をかけなくてもすむわ」

「そんなことは末の問題だよ。第一君は、僕以外の者に処女性を奪われるのを、何とも思っていないのか」

「仕方がないじゃない？　目をつぶるわ。精神的には何の影響もないもの。それに、結婚しても何とかして体をゆるさないように努力するわ。だから、あなたも辛抱して。その代り今私をあなたのものにして。そのことも考えて来たの」

田上は圧倒されて全身を汗にした。

「それより、江島氏がおいそれと離婚を承知するかね。君をよほど愛しているらしいから、承知すまいと思うがね」

「何とかして離婚するわ。それよりあなたは、心変りしないで待っていてくれるわね」

田上宗満は一種の恐怖を感じた。優子は激しい手付で胸をひろげ、田上の唇を求めた。田上は雪白の肉の海に顔を抱き込まれてむせた。

十二

関西への新婚旅行の車中で熱を出したのは偽りではなかった。疲労の激しい時に扁桃腺のはれる癖があり、この時もそれだった。優子は重たい頭をクッションにもたせかけて、車窓を流れ過ぎる風景を砂をかむような気持で眺めながら、気に染まぬ旅行を続けなくてすむことを喜んだ。

岡山で下車して、駅前の旅館で一晩泊り、翌日すぐに引き返した。鉄夫は危ぶんだが、熱を押しても帰り、うちでゆっくり寝みたいと優子は主張した。熱はほとんど引いていた。帰宅すると、優子はすぐに蒲団を被って寝てしまった。鉄夫は寝ころんで雑誌でも読むより仕方がなかった。

その翌日は挙式後三日目である。優子は午後になって起きだし、ちょっと母のところへ寄ってから買物をしてくると言った。鉄夫の返事を待たずにさっさと外出し、台所道具や夜のおかずなどを買って夕方帰って来た。この間に田上を赤電話で呼び出し、デパートで落ち合っている。うまく病気になったことを優子は話した。それは、優子の体がまだ手つかずであることを意味している。田上は優子の体を知っていると言っていいが、最後の一線は、まだ越えていない。田上の視線に、渇望と嫉妬の色があらわなのを優子は見た。

その晩、優子は初めて鉄夫と枕を交わした。鉄夫は決して女に不慣れではなかったが、処女に接した経験はなかった。どうにもならぬ気後れが彼の行為を非常にぎごちなく、まずくさせた。従順に体を横たえている優子の前で、彼は小刻みに震えていた。羞恥で参っているのは彼のほうであった。

鉄夫が優子を抱くことができるのは週に一回より少なかった。やがて、それは間隔を増して行った。優子は肉体の交渉に全く無関心で、鉄夫に求められると驚いたような顔をした。そして優子の表情に見られるのは苦痛と嫌悪だけだった。

鉄夫は自信を失い、極度に臆病になった。優子は時分を見計らって鉄夫にあやまり、夫婦の行為が非常な負担になること、何か欠陥があるかもしれないから、医者に診てもらおうと思っていることを話し、しばらく辛抱してくれるように頼んだ。

狭いアパートに一緒に寝起きし、身近に優子の肢体を感じながら、手をふれることができないのは拷問であった。愛の弱味から、暴力で優子を犯すのは鉄夫にとってタブーだった。鉄夫は不眠になった。

優子の会社は朝八時前にアパートを出れば十分だったが、彼女は毎日七時過ぎには出た。女特有の雑用が多いからという理由だった。午後四時半には帰り支度をすましており、人より先に退社した。田上には一週に一度会うことにして時間の余裕をとっていたが、目立たないように、他の日も同じ時刻に銀行を出るのであった。田上とは旅館で一時間会った。旅館はたびたび変えた。

田上に会わない日も帰宅は七時半前後で、こうして鉄夫と顔を合わせる時間を極度に少なくした。それはまた、家事を全くかえりみないことにもなった。

もともと優子はずぼらなほうで、掃除や洗濯などが嫌いだったし、自分の下着も汚れたのをいくつも物置にほうりこんだままにして平気であった。こんどは、そのやりっぱなしを故意に徹底させた。鉄夫がやむを得ずやらなければならなかった。優子の下着も鉄夫が洗った。

鉄夫と話し合う時間といえば食事の時くらいのもので、あとは大抵優子は鏡台の前に坐っているか、風呂に入っていた。風呂は毎晩たて、沸くとさっさと先へ入り、入念に体を磨くのだった。

優子は派手な浪費を始めた。食事をぜいたくにし、三度に一度は出前で取り寄せた。化粧品を次から次へと買いあさっては捨てた。服をあつらえて、気に入らぬというので同僚に与えたりした。鉄夫がそれとなくたしなめると、しょんぼりとして、これから浪費癖は改めると誓いながら、次の日には、靴下を半ダースも買って帰ったりした。鉄夫が、そういうあしらいに耐えたことが計算外だった。

十三

「それで、田上君とは、いつ結婚するの？」

倉田温郎は、わかり切ったことを訊くように軽く言った。

「田上さんと？」

どうしてそんなことをおっしゃるんです、と黒い瞳が無邪気な驚きを示していた。

「そうさ。そういう約束なんだろう？」

「いいえ、そんな約束なんかありません」

優子は首を強く振って生真面目な顔をした。

「田上君は早く結婚したいと言っていたよ」

「先生、田上さんにお会いになったの？」

「うん。彼も教え子の一人だからな。一献傾けながら、いろいろ話したよ」

「どんなことを？」

「だから結婚のことさ。江島と結婚したから諦めていたが、江島があんなことで死んだから、大いに希望が生じたと喜んでいた。君たちは高校時代からずっと恋仲じゃないか」

優子は微かに白い歯を見せ、手のひらを火照った頰に当てた。

「先生は昔のことを御存じですから、かくしても駄目ですわね。私も本当は好きなんです。でも結婚なんて、まだ考えていませんわ」

「世間体が悪いというわけか」

「なくなった鉄夫さんにも、すみませんから」

「いいことを言ったね。いい時に死んでくれたんだから、恩人だよね。残すものは残してくれたし……」

「先生……」

「安心しろよ。田上はおれに、変なことは何も言いはしなかったよ。ただ、結婚式の二日あとで、君と会ったことをかくしたのはまずかったな、偶然会ったというのも眉つばものだが。……君はさすがにかくさずに、何でもないことにしようとしたが、もう遅い」

「どういうことなんでしょうか」

「君と田上とは結婚前も結婚後も、ずっと連絡を保ち、会っていたということさ。もっと言えば、君は離婚を前提として、計画的に江島と結婚したわけなんだ。いったん結婚して、せいぜい欲しいものを買ってもらい、その上で、うまく離婚にもってゆく……」

優子は怒る代りに泣きだした。自分はやましいことは一つもないのにと、しゃくりあげながら訴えるのを倉田は冷やかに眺めた。

「君は自分でも知っているとおり、男にとって強い魅力のある女だ。結婚して君を自由にできる男は、天国にいるようなものかもしれない。しかも、江島があんな死に方をしたのは、なぜなんだ。もちろん君が全然江島を愛していず、おまけに恋人もあるらしいことを江島が知っていたからだ」

「鉄夫さんは、私と田上さんのことなんか知らなかったんです」

「知っていたとしたほうが、よくはないのかね」

倉田は突然大口をあけて笑った。

「とにかく、君は江島と添い遂げる気持なんか最初からなかったんだと、おれは思うね。理由が薄弱だというので、あくまでも君が否定するなら、君の大好きな田上を心理的拷問にかけようか。田上は割合に単純だから、かならずおれの術中に陥るよ」

「いけませんわ。そんなことはしないで下さい。私、いつかは鉄夫さんと離婚するつもりだったことを認めてもいいわ。でも先生、そんなことをせんさくして、一体どうなさろうというの？」

「おれが江島と親友だったのを忘れないでほしいね。だが、心配しなくてもいいよ。何も、君がひどい女だってことを吹聴して歩くつもりはないんだから」

「ああ……」

優子は吐息をつきながら、あぐらをかいた倉田のズボンの膝にくずおれた。

「先生、私は悪い女です。本当に悪い女なんです。鉄夫さんがあんなになったのは私のせいでした。でも……」

倉田は優子の背中に手を廻して静かに引きよせた。優子は素直に体の重みをもたせかけた。

「これから、私はきっといい女になります。もし田上さんの妻になれたら、誰よりも立派に妻の務めを果すつもりです。先生、お願いですから、鉄夫さんとのことを人に話さないで。噂が広まったら、私はもう駄目ですわ。田上さんとも結婚できなくなるわ。先生、私の願いをきいて下さる?」

「さあね」

倉田は重い優子の体をかかえ上げた。

優子はひっそりと夜具を敷いた。倉田の寝ている枕元で、彼女はえんじ色のタオル地の寝間着を羽織り、うしろ向きになって下着を全部脱いでしまった。

「サービスかい?」

「冬は、いつもこうして寝るの」

乱暴に蒲団をめくると、

「寒い！」

と叫びながら倉田の胸に飛び込んできた。倉田はふと、錯覚めいた「老い」を感じた。江島も、それを感じた瞬間があったかもしれない。優子の体と身のこなしは新鮮で、感じやすかった。

「おれが純情な若者でなかったのは幸いだったよ。もしそうだったら、おれは君を独占するために田上なんか撲り殺すかもしれないな」

倉田は、優子の娘らしく張った腰を抱きしめながら言った。

「だが、おれは田上の代役だから、すぐに引っこむよ。しかし今夜だけでは淋しすぎる。あす……いけませんか、奥さん」

翌日は学校を休むことにした。優子の部屋から出るところを人に見られるとまずいので、一日中外へ出ないで優子の帰りを待つことにする。そして、あすの深夜に外に出る――そういう計画にした。鍵は倉田があずかり、締め切っておいて、誰が来ても出ないことにする。

優子は同意した。

十四

翌日の午前中、倉田は計画どおりにじっとしていたが、午後になると部屋を出た。戸口がずらりと並んでいるとはいうものの、寒い吹きさらしの廊下に出ている者はなかった。音のせぬように注意してドアの鍵をし、ポケットにしまった。二、三の戸口を行き過ぎてしまうと、もう安心だった。誰の部屋から出てきたのか、誰の部屋へ行くところなのか、人には見当がつかない。

倉田は一階の管理人の部屋のドアをノックした。返事のないのは予期したことだった。そのままアパートを離れ、郊外地のまばらな家並みの間をゆっくり歩いた。一軒の煙草屋に赤電話があるのを見つけて入り、電話帳を調べて優子の勤めている銀行を呼びだした。

「あら。どうしたの？」

遠くから伝わってくる優子の声には慣れなれしさと、いくらか不安そうな響きがあった。倉田は、耳もとに優子の唇があるような気がした。

重要な会合があることを思い出したのでアパートを出たこと、誰にも気づかれなかったこと、今夜はアパートに行けないかもしれないが、早く体があけば九時頃に訪ねることを話した。

「鍵はおれが持っているんだが、君の所へ返しに行く時間がないんだ。こっそり出たんだから、隣の人にあずけるわけにもゆかないしね」

「困った人ねえ。いいわ、何とかするから」

その夜、九時半に倉田は優子の部屋に入った。優子は入浴中だった。

「先生？」

そう言いながら、優子はタオルを前に当てて半身をのぞかせた。優子は、倉田の視線に含み笑いをしながらしゃがみこんだ。

「ガスは洩れていないだろうな」

「いやよ、そんなことを言っちゃあ」

「君はすばらしいよ」

「向こうへ行っていらっしゃい。おとなしく待ってるの」

愛撫のとき、優子は前夜よりも強い欲情を示し、倉田のあらゆる行為に鋭敏に応えた。

ぐったりした優子の頭を胸に抱いて倉田が言った。

「惜しい」

「何を言ってるの？」

「惜しいと言ってるんだ。どれほど切実な嘆きだか、君にはわかるまい。君をこうして抱けるのは今夜限りだからな」

「どうして？　私はいいのよ」

「優子、鍵はどうした？」

「鍵？　ああ、管理人さんに借りたわ」

「そうか。ところで、ここに睡眠剤はないかな」

「すいみんざい？」

優子はゆっくりと発音し、ないと言った。

「眠れなくて弱ってるんだ。江島もたしか不眠症だと言っていたから、ここにあるだろうと思ったんだがね」

「睡眠剤はくせになって体を悪くするから、いけないと言って私がとめたのよ」

「……残念だったね。それは君の嘘の一つだ。江島は死ぬまで睡眠剤を常用していた。彼から直接聞いて知っているんだ。鍵を管理人から借りたというのも嘘だ。実は、きのうから不在なんだよ。じゃあ、どうして部屋に入れたかというと、君はもう一つの鍵を銀行に置いていたからだ」

「計略だったのね、みんな」

優子は、しばらくして言った。体を弓なりにのけぞらせて離れようとするのを、倉田はまた強い力で引き寄せた。優子は苦痛のうめき声をあげた。

「聞け。おれは、君と一勝負したいと思っていた。これがその勝負だ。君は、江島が鍵を二つとも持っていて監禁同様にされていたと言ったが、そんな事実は全くなかったわけだ。二つの鍵を一人ずつで持っていた。君は自由だった。そういう偽りが必要になったのは、江島が病的な嫉妬心をもっていたという印象を強めるため、また部屋に閉じ込めて無理心中を迫ったのだという情況を作りだすためだった。……最初から話してやろう。おれは刑事から事情を聞かされた時に、すぐ疑問を持った。第一に、江島が心中を図るような男とは思えなかった。江島はごく常識的な、平凡な男なんだ。君を夢中で愛していたのは確かだが、君の不実を知って、絶望の余り気が狂うというほどウブでもないし、ロマンチックにはできていない。無理心中の説明で人を納得させられると思うのは、君のうぬぼれだよ。いよいよ結婚生活が駄目なら、彼はいさぎよく別れるだろう。彼が君の仕打ちに耐えていたのは、事態をはっきり見きわめたかったからだろう。田上のことは江島も知っていたに違いないが、それが単なる風評なのか、事実なのかわからない。彼自身、それを確かめるのを恐れる気持も働いていたろう。ガス中毒事件のあと、彼はかえって元気になったのだが、おれはあの事件で君の意図を彼が知り、見切りをつける気になったのだと思う。君は急ぎすぎたんだ。君の肉体が待てなかったんだ」

優子は抵抗をやめ、体を硬くして動かさなかった。倉田の胸から顔をそむけていたが、倉田は乱暴に髪を摑んで自分のほうを向かせた。

「監禁ということは、江島の性格に似合わない。のみならず、はれ物にさわるようにして君をあつかったらしい彼が、このことだけでは暴君になっているのも、あり得ない矛盾だ。最後に、性の交渉を嫌ったという君の嘘がある。冗談じゃない、高校に入った時から君は完全な女だった。でなければ、おれのような男が引かれるはずはないんだ。嫌いな男とでは厭だというのなら、おれはどうだ。君はおれを嫌いながら、口を封じるために、おれにこうして抱かれている。たった今まで、君は肉体の喜びのためにのたうったじゃないか。この嘘は君の最大の傑作だった。おれは今、実際に君を自分のものにして、それを実証したわけだ」

優子は眼を閉じ、身動きをしなかった。ただ胸がせわしく起伏し、乳房が倉田を押してきた。

「きょう、おれは部屋のどこかに睡眠剤が残っていやしないかと思って捜したが、なかった。

あるのが当り前なのだ。明らかに君が捨てたのだ。江島が睡眠剤を飲んでいなかったと嘘をつかねばならなかったのは、君が江島を殺す時に睡眠剤を使ったからだ。江島が自分で薬を飲んだほかに、君は飲み物か料理の中に薬を入れた。だからこそ、ガス中毒事件の時、不眠症の江島が十時という早い時刻に、臭いガスを吸いこみながら、こんこんと眠っていられたんだ。君の演出は完璧だった。パンティのままの濡れた裸で、窓ガラスを全部叩き割って失心した……閉じこめられてドアがあかないからという理由で。ところが、鍵は君が持っていたんだから、風呂から飛び出して大急ぎでドアをあけるほうがよほど早く、安全だったはずだ。

ガス中毒事件で君の殺意は明らかだ。剃刀を使った第二の事件で、やっと君は成功したわけだが、細工は前と同様に、鍵と睡眠剤だね。ドアに鍵をかけ、監禁状態を作る。江島に多量の睡眠剤を飲ます。深い眠りに落ちた時に、剃刀で両方の頸動脈を切り裂く。鋭い痛みは瞬間的だ。江島は重い睡眠と闘いながら弱々しくもがき、やがて意識を失ってゆく。君は江島が死ぬのを待って、抵抗のあとを見せるように寝間着をはだけ、スリップのひもを切り、それから剃刀で自分の肩から胸を傷つける。剃刀を江島の手に握らせると、あとは廊下に飛び出して救いを求めるだけだ。鍵は捜査の間自分の身につけておき、あとになって銀行に持ってゆく。銀行に置いてあるとは誰も気がつかない。……さあ、これが君のやったことだ」

倉田は優子をあおむかせ、蒲団をはいだ。枕元の蛍光灯のあかりを受けて、優子の上半身がほの白く輝いた。吸いこまれるようにこまやかな肌の上に、ごくうすい褐色の線が見分けられる。倉田の指が肩先から乳首の近くまで、その線の上を這った。優子は眉を寄せた。

「これが、君の罪のしるしだ。まだ痛いのか？　すばらしい女だよ、君は」

優子は眼をあけた。ものうい瞳がまつげの陰で欲情のうるみに輝いている。豊かな頰に、いつものゆるい微笑がただよっている。恐怖の表情はどこにもない。

えたいの知れぬ兇暴な思いが倉田の背筋を貫いた。優子は両腕を伸ばしてきて、手のひらで倉田の眼をふさいだ。倉田はその腕を摑み、激しく蒲団の上に押さえつけた。

「痛い！」

はりつけのような恰好にされて優子は小さい叫び声をあげた。倉田は肩で息をしながら言った。

「おれは君より悪人なんだ。君は、おれをとりこにしたつもりでいるかもしれないが、甘い誤解だよ。さっき惜しいと言ったのは、君の魅力にもかかわらず、おれは、江島のために義務を遂行するだろうということなんだ。君としては、無駄なほどこしをおれにしたわけだ」

優子はまた眼を閉じ、眠そうにつぶやいた。

「そうよ。みんなあんたの言うとおりだったわ。鉄夫を殺したのは私よ。警察に突き出してもいいわ。でも、今は眠らせて。痛いから手を離して……」

優子は離された両手で胸を抱くようにし、身じろぎをした。やや向こうむきに、何事もなかったように、のびのびとした裸身が、倉田の硬直した体にもたせかけられた。髪が倉田の頰をくすぐり、かすかに香料の匂いがした。

「優子！」

倉田温郎は悲鳴に似た声を出し、優子にかぶさっていった。優子のうるさそうな手が、倉田の背中をまさぐり始めた。

第二部

みかん山

今からもう十四、五年も昔の話になるのですから、まったく歳月は夢のように過ぎてしまうものですね。

そのころは私も、敝衣《へいい》破帽に釣鐘マントの高等学生の一人でした。まだ太平洋戦争には間があり、日華事変ちゅうとはいえ、世の中はそれほどせちがらくなってはいませんでした。それに、私の通っていた高等学校は風光明媚といってよい南国で、人の心ものどやかだったようです。

現在も時に、私は、日本の学制から「高等学校」というものが永久に消えてしまったことに、深い愛惜の情を覚えずにはいられません。猛勉をやったり、万年床の中で何日も小説本を読み散らしたり、かと思うと酒を飲んだり、芸者を揚げたり、女を買ったり、ふらりと旅に出てみたり……みんながテンデンバラバラな生活をしていながら、生徒といわず教授といわず、お互いの心に共通に流れるものがあり、通俗の道徳を超えたところで結びついていたような生活。どんなじだらくな暮しの中でも、そのシンにひたむきな人生への摸索があった……そんな「高校生活」をなつかしむのは、ひとり私だけでしょうか。

そのように、私の当時への追憶は、環境の美しさと相まって、かなり美しくいろどられているのですが、ただ一つ、私の心を暗くするシミのような思い出があります。それを今からお話しするわけですが、土地のうちでも特に美しい場所で演じられた殺人事件であり、またその方法が恐ろしい滑稽さ……とでも言いますか、言いようのない不気味さをもっていたため、私は非常に強いショックを受けたものでした。

ここでちょっと話はわき道にそれますが、それで思い出されるのは「マントの効用」です。どういうことかと言うと、あのマントの中には、少々のものなら入る、ということなのです。……当時の高校生といえば、ずいぶん無茶なことをやったもので、郵便のポストと取っ組んで投げ倒した勇士が、たしか私たちの二、三年先輩にいたはずです。看板をはずして寮に持ってくるのが癖の男もいたし、朝起きるとすぐ、寮の廊下の窓ガラスを一枚割るという男もいたし……で、一番ふつうだったのは、行った先から何かマントに入れて持ってくることでした。喫茶店から灰皿を持ってくる。角砂糖のいっぱい詰まった壺を持ってくる。中には座蒲団を二つ折りして持ってくるのもいましたが、ある男が、大きな火鉢を持って帰ったのには驚きました。火鉢はちょっと極端ですが、うまくマントの中にかくすと、案外人が気づかない……というのが、マントの妙な効用だったのです。話に入る前に、このことを承知していて頂きたいのです。

さてその高校の所在地――暁市としておきましょう――暁市の山の手に、かなり広いみかん山がありました。清潔な遊歩道路のある市内のK山公園の裾にあって、その展望台に立つと、一面のみかんの木のむこうには、イチゴ畑もうねうねと続いており、さらに、油絵のように色彩の豊かな丘陵の波に連なっています。遠くに、所々、南国特有の竹林のやわらかくケバだった薄緑が見えます。北ははるかに入江の真青な水をはさんで、紫がかった藍色の暁岳……この暁岳は朝、昼、夕方と微妙に山肌の色を変えるのです。私は展望台のひび割れたテーブルに頬杖をつき、遠く、うるんだように輝く入江を眺めながら、なんとなく深い溜息をついたものでした。まことにそれは青春の風景でした。

　風が、さすがに水のような冷たさを帯びてきた十月も半ばを過ぎたある日の午後です。同級の浅淵、深海《ふかみ》、私の三人はテーブルを占領して、ふりそそぐ陽光に暖まりながら、虫の羽音のものうく聞える静かな午後を楽しんでいました。テーブルの近くに、咲きくずれようとしている黄色いバラがゆれていたのを覚えています。深海はみかんの皮をていねいに小さくちぎって、Sの字に並べていました。Sというのは、このみかん山の経営者である笹野東作氏の妹の早苗さんのイニシヤルです。私たちは早苗さんを、「アルト・ハイデルベルヒ」のケテイになぞらえたものですが、ロマンチックな高校生活にうってつけの美しい人でした。幾多の高校生と同じように、深海も早苗さんが好きだったのです。私たちは深海の感傷をとがめもせず、テーブルに並べられてゆくみかんの皮を眺めていました。

　深海のような武骨一辺の、感傷のカケラも持ち合わさぬ男が、急にメランコリックになって、おとなしくみかんの皮を並べているのは奇妙な眺めでした。私自身は一向に朴念仁で女性には縁のないほうなので、なるほどきれいな人だな、とは思うものの、それ以上どうしようという気も起らないのですが、浅淵もどちらかといえば私に近いほうで、温かいが皮肉な微笑をうかべて、早苗さんをかこむグループを観察しているふうでした。

その日、あとから来ることになっていた矢坂と谷は、どちらも早苗さんに参っていた、というのが衆目のみるところで、ことに矢坂は、持ち前の「大人」らしさと積極性を発揮して、すでに早苗さんの心を得ていると信じられていました。矢坂を尊敬していた深海などは、「矢坂ならおれは譲るよ」とおでん屋で涙を流したという美談がありました。それから谷は、非常に内向的な性格で、人に自分の内部をのぞかせない男なので、早苗さんにどれほどの愛情をよせているか分らなかったのですが、早苗さんをちらと見る眼付には、友人には決して見せたことのない輝きと、哀訴とも言えるような弱さがありました。

私たちが追加を注文したみかんを盆にのせて、早苗さんが木蔭の道から現われたのは、午後二時ごろでした。みかんは皮の厚い、かなり大型のものです。早苗さんは盆を胸のところでちょっと支えるようにして、はにかんで微笑していました。陽をうけた顔が童女のように丸く、幼く見え、ひたいに木の葉の影がさしていたのを今でも覚えています。

早苗さんが盆をテーブルの上に置いた時、深海がテレかくしのように、

「おい、矢坂が来たぞ」

と言いました。なるほど、早苗さんの家に通じる小道を上ってくるのは矢坂でした。

ここで、早苗さんの家……笹野家を中心とした地形をのべてみます。

展望台から見下ろすと、家は直線距離にして約百五十メートルほどの所に、屋根と裏側の白壁を見せています。家の周囲はかなり広い空地で、所々さまざまの秋草が花を咲かせています。幅二メートルほどの道が家の正面からだらだらと百メートルばかり下り、そこでカーヴになって茂みに消えています。展望台は道のちょうど延長線上にあるので、矢坂は真正面に歩いてきていたわけです。この小道は、みかん山の入口から県道に出ます。みかん山への道と言えば、これだけです。ただもう一つ、家の裏側、展望台に上る道から、反対側のみかん、イチゴ畑の方向に分れる通路がありますが、これは道とは言えない代物で、生い茂った雑草や灌木の間を曲りくねって、県道に出るには出られますが、ふつうこの道を通る人はありません。県道の、前にのべたみかん山の入口から約五十メートルはなれて、この通路の出口があります。ですから、みかん山―早苗さんの家に誰が出入りしたかということは、展望台から見れば一目瞭然なのです。

矢坂はゆっくりとした足どりで、いつものむっつりした白皙の顔を、いくらか、うつむき加減にして歩いていました。分厚なふちのロイド眼鏡がきらりと光ります。肌寒かったのか、マントのボタンを皆かけていて、それが文字どおり釣鐘に見えたものです。

早苗さんは、私たちのところに三分もいたでしょうか、女学生時代にあの暁岳に登った話などをしていましたが、

「おい早苗さん、早く帰れよ。彼が来てるんだぜ。……そうそう、彼は俳句を作って君にあげると言っていたよ。たおやめが……なんとかで、悲しきみかん山、とかいうんだ。悲しき

みかん山……彼らしくていいじゃないかね！」

などとひやかされて、顔を赤くして下りて行きました。

なんとなく私たちは、ニヤニヤしていました。ちょっとしたラヴシーンが皆の心にえがかれていたのです。……早苗さんが家に帰りついたころ、私たちが耳にしたのは、しかし早苗さんの笑い声ではなく、おそろしい悲鳴のこだまでした……

私たちは一散に展望台を駆け下り、家の裏口から土間に入りました。

土間はずっと表の入口まで通じており、私の目にまず飛びこんだのは、表口に近く、早苗さんを抱いて呆然と立っている家のあるじ笹野氏の姿でした。

表口の敷居を入ったすぐの所に、マントを着たままの矢坂が、うつ伏せに倒れていました。早苗さんは笹野氏の胸の中に顔を埋めていて、きれぎれの荒い呼吸で肩をふるわせています。

「おい、矢坂！」

と叫びながら、深海がまず駆けよって矢坂の上体を抱え上げました。首をだらりと下げています。深海はかみつくように、

「笹野さん、矢坂はどうしたんだ。急に倒れたんですか？」

笹野氏は答えず、凝然と立ちつくしたままでしたが、しばらくして、かすれた声で、

「知りません。早苗が叫んだので寝床から出てくると、矢坂君が倒れていたのです」

と答えました。

「矢坂が急に倒れるというわけはないよ」

落ちついた浅淵も、さすがに声をふるわせながらそう言うと、矢坂の顔をそっと手で抱きあげ、それから腕首をにぎりました。

「深海、そのままちょっと持っててくれ」

浅淵は矢坂のマントのボタンを丁寧にはずしてから、私のほうに真蒼な顔を向けて低くささやきました。

「白家《しらが》、見ろよ」

マントの下、サージの上着は血でべっとりと濡れ、心臓の位置に、服の上から海軍ナイフが柄元まで突き刺さっていたのです。

「笹野さん、死んでいますよ」

浅淵は笹野氏を見つめながら、静かに言いました。笹野氏も強いひとみで浅淵を見返していました。

「ぼくも、そう思っていました」

「矢坂のそばに、寄ってもみなかったのですね。なぜです?」

浅淵にしては激しい言葉でした。笹野氏はマスクのような表情で冷たく答えました。

「別に理由はありません。私とは関係ないことですからね。……失礼、ぼくは早苗を寝かせてきますから」

「あ、ちょっと。矢坂のほかに誰かいたようですか?」

「知りません。眠っていたのですから。早苗の声で起きたのです」

するると突然、深海が拳をかためて笹野氏に飛びかかろうとし、浅淵にとめられました。

「浅淵、離せ。おれはあいつをなぐる！」

笹野氏は深海を無視して、早苗さんを運びにかかりました。気を失ってぐったりした早苗さんの重みは、胸をいためている笹野氏には無理でした。私は手をかしてやり、早苗さんの足をかかえました。無表情な笹野氏のやせた白い顔に、まばらな無精ひげが生えているのが、ひどく印象的でした。

死体はそのまま手を触れないことにし、私が警察に知らせに行くことになって、入口にくると出合頭に入って来たのは谷でした。

「変だな。どうしたんだ。矢坂……」

と言いかけて、倒れている矢坂の姿に気づき、棒立ちになりました。私は、

「殺されているんだ」

とささやきました。そう自分で言いながら、嘘でもついているような気がします。谷ものろのろと矢坂の上にしゃがみこんでいましたが、なんだかわけが分らぬといったぼんやりした表情をこちらへ向けました。

「ついさっきまで、おれたちは一緒に歩いていたんだ……」

「下宿を一緒に出たわけだね」

と浅淵。

「そうだ。それから、ついそこまで話しながら来たんだが、古本屋に本を売りにちょっと寄

ったもんだから遅れてしまった。しかし、五分とはいなかったぜ」

「矢坂は先へ歩いて行ったか？」

「ああ。どうも、おれは分らんのだ。いつ、やられたんだろう？……彼は、早苗さんの家に入ったんだろ？」

「入ったよ。おれたちは展望台から見ていたんだ」

と私。深海がいらだたしげに口をはさみました。

「はっきりしとるじゃないか。矢坂はこの家で刺されたんだ。家にいたのは笹野の野郎だけだ。あいつの態度を見たら、矢坂をいかに嫌っているか……」

「嫌っているから殺す、ということにはならないよ、深海。それに、笹野氏のほかに誰もいなかったとは断言できない」

「いや、そいつは待てよ」

私は思わず浅淵の言葉に反対しました。

「おれたちが展望台にいる間、家には誰も出入りしなかったじゃないか。その前から誰かいたとしても、逃げだす時には、おれたちが見つけるはずだよ」

浅淵はちょっと微笑しました。

「それとも、まだこの家の中にかくれているかだ。そんな気配はないようだね」

谷は上り框に腰をかけて、ポツンと私にたずねました。

「早苗さんは？」

「ショックで倒れたよ。奥の部屋に寝かしてある。笹野氏も一緒だ」

谷はうなずくと、腕組みをして首をたれました。おそらくグループのうちで一番打撃をうけたのは谷だろう、と私はその時思いました。それほど、谷の矢坂への傾倒ぶりは徹底したものでした。下宿も一緒だし、どこへ行くにも連れだっていたし、矢坂の読んだ本、すすめる本はかならず読む、というふうで、心なしか、物の言い方、服装、態度まで矢坂を真似ている感じで、そういえば、谷のほうが全体に小柄ながら、ととのった顔付にはどこか似通ったところがありました。しかし、注意深い観察者なら、似たなかにも、二つの成長する個性の截然《せつぜん》たる区別を、表情からも読みとっていたことでしょう。この微妙な個性の差異を、浅淵はよく摑んでいたのです。

奥の部屋は物音一つしません。いったい笹野氏とはどんな人物なのだろう。なぜさっきは矢坂に関して、あれほど冷酷な態度をとったのだろう……私は頭を疑問でいっぱいにしながら戸口を出ました。秋の白い蝶が二羽、もつれ合いながら青空を上ってゆきました。

翌日の地方新聞の社会面は、二段みだしで事件を報じ、容疑者として笹野東作氏が逮捕されたが、同氏は頑強に犯行を否定していると伝えていました。

その日も、深まってゆく南国の秋は、大気の隅々まで澄んで輝き、ただでさえ下宿にくすぶっていたくない日和なのに、グループのリーダー格だった矢坂の惨死、笹野氏の逮捕、そして傷ついた心をいだいてただ一人みかん山を守っている早苗さん……という事情は、私たちの足を期せずしてみかん山に向かわせずにはおきませんでした。

私は浅淵をさそい、連れだってみかん山に近い谷の下宿に立ち寄りました。金目垣の木戸を入ると十坪余りの庭で、それに面した左手の、濡れ縁を二方にめぐらした角の八畳が矢坂の部屋です。私の打った電報で、二、三日じゅうには大連《だいれん》に住んでいる両親が来ることでしょう。主のいない部屋はうす暗く、様子はまったく昨日のままのようで、壁にかすりの単衣《ひとえ》がぶら下げてあるのが、私たちにはやりきれない感じでした。

ちょっと奥まった別棟にいる谷を呼び出して、みかん山に向かいました。県道に出て、みかん山までは一本道、山近いこのあたりでは暮れ方など、ふくろうの声がしきりに聞えます。人通りもあまりない所で、人家はみかん山の入口よりずっと先に五、六軒かたまっているだけ、下宿からみかん山までの間には古本屋が一軒あるきり、本のほか駄菓子や日用品も売っています。……それぞれの思いに黙々と歩を運ぶ三人の頭上を、名物のからすが鳴声をあたりにひびかせながら飛んで行きました。

浅淵は二、三冊の本をかかえこんでいましたが、きのう谷が立ち寄ったというその古本屋の前までくると腕時計を見ながら、

「ちょっと、先へ行っててくれ」

と言いすてて店に入って行きました。

古本屋の存在は高校生にとってなかなか便利なもので、私たちは皆新刊書を買っては、読むなり売り払い、その金にいくらか足して、また本を買うというやり方をやっていました。

おやじに本を差し出している浅淵を残して、私たちは先にみかん山に上りました。

笹野家の前にはすでに警官が見張っていて中に入ることができないので、展望台に向かって歩いて行くと、

「よう、おそいぞう」

深海がさきに来ていて、にこにこ笑っている横に、まだ顔色の悪い早苗さんがひっそりと坐っていました。着物はきのうと同じ、肉色がかったセルでした。

私たちはしばらく、黙りこくってみかんをほおばりました。静かにみかんの酸味を嚙みしめていると、ありし日の矢坂の姿がよみがえってきます。よく徹るバリトンで、彼の好きだった藤村の詩などを歌いながら、折った笹をふりふり、このあたりを散策していた彼をもう見ることはできない。何事でも、私たちよりは常に一歩を先んじていた矢坂を失ったということは、実に大きな損失だったのだと、今更のように淋しさが身に沁みるのです。

私は、きのうからもやもやしている考えを吐き出さずにはいられませんでした。

「いったい、なぜ殺されたんだろう。彼に、殺されるような敵があったとは、おれにはどうしても思えないんだがね。もちろん、おれたちの間にはそんな奴はいない。とすると、市内に住んでいる一般人で、彼を憎んでいた者があったことになる。そんなのがいたんだろうか？」

「いないだろう」

谷がぶっきら棒に答えました。

「自殺ということは考えられないか?」

「考えられないね。その理由もないし、第一、自殺する男じゃないよ。非常に生活力の強いタイプだ」

谷の言葉は冷たく冴えていました。やっぱり殺されたのだとすれば……

私は、もう一つの疑問を早苗さんに向けました。

「笹野さんは矢坂を憎んで……いや、少なくとも嫌っていたのですね。なぜです?」

「おい、今早苗さんにそれをきくなよ。可哀そうじゃないか」

と深海が、彼にも似合わぬ思いやりを示しましたが、答えてくれたのは早苗さんでした。

「兄は、あたしがたった一人の肉身ですので、とてもあたしを愛してくれますの。ただ……それだけに、怒る時ははげしくて、なんと言いますか、あたしが男の人と、なんでもなく、ちょっとお話ししても、よそへ出かけて少しおそくなっても、気違いみたいに怒ってしまって……それが近頃ではだんだんひどくなって参りました。人嫌いになってしまって、ことに高校生の方は……」

早苗さんは言いにくそうに言葉を切るのです。それでも、私には笹野氏の心がぼんやり解ってくるようでした。聞いたところによると、笹野氏は高校の先輩で、在学中は秀才の名が高く、新傾向の俳人としても、その方面ではかなり認められていたのですが、輿望を担って京都の大学に進んだ時にある不幸な恋愛があり、心身共に挫折するような打撃をうけて退学し、それ以来、このみかん山で病を養っているのでした。おそらく笹野氏は、肉身とはいえ、美しい「女性」である早苗さんに深い愛情と同時に嫌悪をも感じているのではないでしょうか。そして早苗さんに慕い寄る男たちに、自己嫌悪に似た憎しみを覚えているのではないでしょうか。またそこに、若さと豊富な人生への可能性をもつ高校生一般への、嫉妬の情も動いていないとは言えない。……そうすれば、もっともすぐれた個性をもち、もっとも早苗さんの心を得ていた矢坂を憎んだのは当然すぎるほどだ……

「けれども、兄は、人を傷つけるような人じゃありません。あの兄が矢坂さんを殺したなんて、ひどい……」

早苗さんはほっそりした両手で顔を覆いました。あわてたのは深海で、はれ物にでもさわるように早苗さんの肩に手をやって、しきりにあやまっていました。早苗さんは子供の「いやいや」のように首をふってから手を離しました。涙に濡れた黒い瞳が、そよぐまつげの下で笑っていました。早苗さんの悲しみはとり乱したそれではなく、しっとりと霧の中に沈んだような、静かなものでした。私はふと、「三四郎」の美禰子《みねこ》を連想したものです。

しかし、笹野氏のはげしい嫌悪感は、場合によってはかなり強い動機になるはずです。私は早苗さんの話で、この不幸な秀才に同情したのですが、それだけに、彼が犯人ではないという証拠を握りたくて追及しました。すると、考えていた早苗さんは、次のような事を話してくれました。それによると、笹野氏は奥の自分の部屋にいる時はかならず障子を閉め切り、わざわざ取りつけたネジ込み錠を内側からかけるのが習慣だというのです。きのうも、昼食後すぐ部屋に引っこんで錠をかけ、早苗さんがみかんをもって出る時にも、そのままでした。

早苗さんが矢坂の倒れた姿を見て悲鳴をあげた時、笹野氏は急に眠りからさめた様子で、「早苗、早苗」と大声で呼び、それから障子をガタガタやりながら錠をはずしているのをかすかに耳にした……と、早苗さんは言います。この話が本当だとするなら、矢坂が来た時には笹野氏は錠をかけて寝ていたのです。私たちが家に寄るのは、元来みかんを注文するためだけで、家の中で駄弁って（ダベル……私たちが盛んに使っていたスラングです）時間をつぶすようなことはなかったので、矢坂にしても、誰も中にいなければすぐ展望台にのぼって行くはずだから、凶行の機会はまずないわけです。早苗さんの出たあと、何かの事情で偶然笹野氏が部屋から出ており、図らずもやって来た矢坂と口論になって急に殺意を起した……と仮定しても、矢坂ほどの男が、海軍ナイフを真正面に受けてしまうような鈍い動きをするはずがない。むしろ、あべこべにもぎ取るくらいのことはやったでしょう。そうしてみると、笹野氏は最も機会があったし、かなりの動機をもってはいたが、犯人とは考えにくい、ということになります。私は一応満足しました。

……古本屋に寄った浅淵は、十分近く遅れて姿を現わすと、何も言わずに坐りこんでみかんをむき、袋を無造作に頬張りはじめました。

「おそかったじゃないか」

と谷が言うと、私がおや、と思うほど弱々しい、かすかな微笑を片頬に浮かべて何も言わず、顔を伏せたままでした。私は笹野氏が犯人じゃないらしいと、早苗さんの話を伝えましたが、彼はあまり興味もないらしく、早苗さんに、その話は暁市署の係官にもくわしくした

ことを確かめると、

「大丈夫、兄さんはすぐ帰りますよ」

と言っただけでした。

深海が急に笑い出して、

「それじゃ、犯人はおれたちの中にいることになるぞ」

「いや、おれと、君と、浅淵はアリバイがある。何しろ、展望台から矢坂が来るのを見たんだからな。何かマカ不思議な術でも使わんかぎり、おれたちには矢坂は殺せんな」

と私。

「まて、替玉という手がある。ずっと前に殺しておいて、死体をあの家の、どこかにかくす。まあ夜の間でもいいやな。で、きのうは涼しい顔で展望台に上って来ている。頃合を見はからって共犯の替玉が……こいつは矢坂によく似たやつを探し出してくるんだね……矢坂になってやってくる。完全なるアリバイだ。きゃつはさっそく家に入ると、死体を入口付近に運んでおいて、一目散に逃げだす。逃げる道は家の裏からずっと迂回している、あの小道だ。あれは展望台から見えないからな。どうだ?」

深海は目を輝かせてそう言うのです。御多分にもれず、私たちは皆探偵小説のファンでした。実際に起った事件の犯人探しの興味は、少なくとも一時、畏友を失った悲しみを圧倒するに十分でした。

谷はじっと深海の替玉説を聞いていましたが、ぴりりと軽蔑の色を口辺にただよわせました。

「君の考え方は粗雑だね。第一、ぼくと矢坂が下宿を出たのは昼過ぎだよ。だから『ずっと前に殺す』ことはできない。そういう時間的余裕はないんだ。それから、死体をかくすというが、一体どこにかくすんだ？　軒下にでも置いとくのか？　ここから見ろよ、家の外にかくす所はどこにもないじゃないか。最後に替玉だが、いくらなんでも、瓜二つという奴はいやしないぜ。ここから見れば、顔ははっきり見わけられるはずだ。……浅淵、そうだろう？　あれは矢坂だったろう」

「ぼくらが見たのは、矢坂だった」

浅淵は、どこか遠くのほうを眺めるようにして、沈んだ口調でそう答えました。その横顔には、疲れ果てたような荒んだ陰がありました。私は、こんなにも元気のない浅淵を見るのは初めてでしたが、その時にはあまり気にもかけず、犯人さがしのゲームにもう夢中でした。

「それで、われわれ三人は青天白日と決まった。気でも違わぬかぎり、彼を殺す理由はないものな。残るところは早苗さんと谷だ。まず早苗さん、あなたは矢坂を殺さなかったでしょうね？」

私は、いくらかおどけてそう尋ねました。もちろん早苗さんは、びっくりしたような丸い目をして首を振りました。

「いやいや、しかし愛情は憎悪と紙一重だと、ビスマルクも言っている……」

「こらッ、でたらめを言うな！」

深海が笑ったような、怒ったような、妙な顔で叫びました。早苗さんの額に、ちらと不快そうな影が走りました。

「皆さんは誤解していらっしゃるんです。あたしは矢坂さんをお兄様のようにお慕いしてはいましたけれど、愛とか……そんなものじゃございません。矢坂さんも皆さんも、あたしは同じように好きです。矢坂さんだってあたしとおなじように、広い、自由な友情でお付合いして下さったんじゃないでしょうか」

女性がぐんと大人に見え、私たちが年齢相応の青二才にすぎないことを悟るのは、こんな時でした。そういう瞬間を、ことにふれて何度も私たちは経験したものです。結局そんなものだったのか？　矢坂の気持も、それから谷も、深海も……

「最後は谷だ。動機はおれたち同様弱いが、チャンスはおれたちよりある。君の潔白を証明せよ！」

さっきから浅淵は早苗さんの言葉にかなり興味をそそられているようでしたが、すぐにあきたのか、煙草の輪を静かにふかしはじめました。谷はちらと浅淵のほうを見ると、ゆっくりと一語一語句切ったような言い方で、「潔白」の証明をはじめました。

「ぼくと矢坂が下宿を出たのは二時十五分前頃だ。途中でぼくだけ、古本屋で持参した本を売り、五分か六分ていど、おやじと無駄話をしていた。矢坂は先に行った。彼が家に着いたのは二時頃だったはずだ。ぼくが遅れて着き、矢坂の死体を見たのは、そうすると二時五分……」

「君が来たのは二時七分だったよ。ちょうどあの時、時計を見ていたんだ」

と私が訂正しました。

「そうか。そうすると、ぼくが殺したとするとこの時間のズレ……七分間を利用したことになる。凶行の場所は、あの現場以外には考えられない。考えられる唯一の方法は、先廻りをして家のどこかで待ち伏せすることだ。それには、さっき深海が言った小道を利用しなければならない。ところで、県道から小道を迂回して早苗さんの家まで、ふつうの歩度で行くと……あとで計ってみると分るが……十五分はかかるんだ。一方ふつうの道、つまり矢坂の行った道は県道のみかん山入口から家まで五分で行ける……いいかい、古本屋から両方の入口まで行く時間は、どちらも約五分とみていいから、ぼくが古本屋を出た時、矢坂はもう入口を通っていて、あと三、四分で家に着くくらいの距離まで歩いているわけだ。そこでぼくは一生懸命に駆け出す。二十分かかる道、それも登り坂を、いくらスピードを出しても七、八分以内で走るのは絶対に不可能だ。従って、先廻りもできないことになる。ほかに殺人の方法がない以上、ぼくの潔白は証明されたわけだ」

早苗さんにきくと、時間の点はすべてそのとおりだということです。理路整然たる潔白のあかしでした。

そうすると、きのう現場付近に居合わせた人間は全部犯人ではないことになる。強いて言えば、笹野氏にまだいくらかの疑問が寄せられるにすぎない。やはり、笹野氏だろうか？

「おい、こりゃおれたち素人の頭じゃ、やっぱり駄目だぜ。ポリスに任せとこうや。……犯人は誰だ！」

深海がそう言うと、浅淵が露骨に怒った表情で、「よせ！」と制しました。

早苗さんに慰めの言葉をかけて別れると、私たちは山を下りました。あたりの風景はもう斜めになった日ざしで金色に染まり、茂みのからす瓜が真赤に輝いていました。遠い暁岳は紫の色を濃くし、やがて紅味を加えようとしていました。

古本屋の前を通り過ぎる時、浅淵が思い出したように谷に向かって、

「ゲル（金）がなくなって本が買えないんだ。何か面白い本もっていないか」

と、ききました。

「そいつは困ったな。おれは本を全部国に送ってしまったんだ」

「へえ、いつ？」

「おとついだったかな、しかし……」

と言いかけて谷は急に口をつぐみ、浅淵を見ました。しかし浅淵はもう外の事を考えているらしく、

「しょうがないや。映画でも見るか」

と言いすてて、口笛で寮歌を低く吹きはじめました。

谷と深海に別れ、私と浅淵だけになったとき浅淵は、

「矢坂の解剖は今日やったはずだね」

と、ききました。新聞にはそう出ていたと私が答えると、

「F教授に、紹介状を書いてくれないか。あす、会って話をきいてみようと思うんだ」

と言うのです。F教授は私の叔父で、県立病院の外科主任を兼ね、変死体の解剖はほとんど一手でやっていました。

「今日はどうも元気がないようだね。どうしたんだ?」

　私がきくと、彼は暗い顔付のまま、それでも苦笑いを浮かべました。

「じゃ、あすの代返（級友が代って出席の返事をしてやる）をたのむよ。なに、ちょっとたしかめるだけなんだ」

　その翌朝、私は学校の講義に出るのは出ましたが、どうにも頭が教壇のほうに向かず、三時間目の英語「オセロ」の講義で、デスデモーナが侍女に、「何だかむずむずする」――'Something itches'――というところで、いよいよこちらもむずむずしだし、あわれな彼女が、「やなぎ、やなぎ」と小唄を口ずさむあたりでとうとう失敬すると、寮の食堂の〝まかない〟に飛びこんで残り飯にみそ汁をぶっかけて流し込み、大急ぎで浅淵の下宿に行きました。……こぢんまりとして清潔な素人家の二階へ勝手知った梯子段を上ってみると、彼は不在でした。本が四、五冊、無造作に投げ出してある机の上に、「谷の下宿へ行く。浅淵」と書いた紙片が置いてあります。きっと私が、矢も楯もたまらずやってくると分っていたのでしょう。

　さっそく谷の下宿に向かいました。昨日に変ってどんより曇った日で、うすら寒い風が吹

いていました。切り通しの坂道を下ると陸橋で、ちょうど汽車が轟然たる音をあたりに反響させ、地をゆすって陸橋の下を通過するところでした。白い煙が私を包みました。この陸橋を渡ると県道で、谷の下宿はそれから少し上った所なのですが、私は浅淵がその方角からもどって来ているのを見ました。それは、いかにもとぼとぼとした意気沮喪した感じで、私はふと、なんともしれぬ不幸な感じに襲われました。

浅淵は私を見ると、

「街へ出よう」

とぽつりと言うなり、先に立ってずんずん歩きます。

「谷はいるのか？」

「いる。しかし行くなよ」

そのまま、とっつきようのない感じで、二人は黙りこみました。この時はじめて、私は谷のまわりに漠然とした不吉な影を見るように思ったのです。

晩市の目抜き通り、といっても、道幅はせまいのですが、映画館が四つあり、喫茶店や食堂が並んでいて、夜は鈴蘭灯の下を高校生が右往左往するのが見られます。

私たちは行きつけの喫茶店に入り、当時は、うまくて安かったコーヒーをすすりました。

「F教授に会ったか？」

「会った。解剖の所見をいろいろきいたが、おれの思ったとおりだった」

「思ったとおりだったとは？」

「矢坂がうけた致命傷は、もちろん胸の刺傷で、即死だ。死亡時刻もちょうどあの頃だ」

浅淵はゆっくり続けます。

「後頭部から背中にかけて、細長い擦過傷があった。それは大体、直線をなしている。それから、両方の大腿部と両足首に細いヒモでくくったような痕がある。それから……口の中には綿の繊維があった」

彼の声は低くなって震えを帯び、「やっぱりそうだった……」と繰り返すのでした。

「それはどういう意味なんだ。擦過傷とか、綿とか、そんなに重大な手掛りになるのかね」

「ナゾはそれで解けるんだよ。白家、おれたちが展望台から見たのは、矢坂に違いなかったが、その時矢坂は死んでいたのだ」

私は茫然と浅淵の顔を見つめました。頭からさっと血が引いてゆくのが感じられ、はげしい恐怖で体がそそけ立つようでした。

「どうして……どうして……」

「犯人は、いや、もう分ったろう。谷は古本屋に寄って時間をつぶし、矢坂がみかん山の入口を通った頃を見はからって店を出ると、走って後を追った。矢坂がカーヴを曲って、展望台の見える位置に来る前に追いついて、やにわに刺した。それから谷は、この恐ろしい茶番をはじめたんだ。まず用意した細ヒモで、両脚を折り曲げ、大腿の所でしっかり結ぶ。次に、これも用意してきた棒切れかステッキのようなものを襟首から背中に入れ、反対側の端は帽子の後側にさしこむ。むろん、これで首のグラグラするのをふせいだのだ。谷は口の中に綿を押しこんで、血が口から外へ流れないように用心もした。おそらく胸にも、何か血どめの布をはさんでいたろう……。あとは簡単だ。うしろから矢坂の体を抱き上げて歩いて行くだけのことだ。……君はあの日、矢坂のマントのボタンが全部かけてあったのに気づいたはずだ。マントは十分、谷の姿をかくすことができた。谷の計画には、このマントと、展望台に向かって真正面に歩くことになるという二つの条件が織り込んであったわけだよ。これによって谷は完全にかくれ蓑の中に入ってしまった。露出しているのは矢坂の頭と、谷の足だったのだ。……こうして、おれたちの面前に矢坂は歩いてやって来た。早苗さんの家に着くと、矢坂の死体を投げ出し、棒や細ヒモを取り、そのまま裏口から出て、深海の言った小道を走って下る。そして、ちょうど古本屋でつぶしただけの時間をとって、おれたちの前に現われたわけだ。……こうして谷は、ほとんど完全にアリバイを作ることに成功した……」

浅淵の顔は異様に青ざめており、私の腋の下からは冷たい汗が流れました。

「しかし浅淵、おれには、とても信じられない。谷のようなおとなしい男が、そんなことをやるとは……。あんなに尊敬していた矢坂を殺す、どんな理由があったんだ。おれには考えられないなあ」

「実は今日、谷に会うまで、おれにもその点ははっきりしなかったんだが、やっと分ったよ。谷はおれに言った。……君たちは、おれがどんなに矢坂を尊敬していたかは知っていた。しかし、どんなに憎んでいたかは知らなかったろうとね」

「矢坂を憎んでいた？　ばかな！」

「憎んでいたんだ。心から憎んでいたんだ。矢坂は最近、谷にこう言ったそうだ。……おれは、君を見てると自分の模型が目の前にあるような気がする。おれがやっとの思いで脱ぎ棄てたものをみな着込んで、そうやって忘れたつもりの過去の自分を見せつけられているようで、イライラしてしまう。……谷はその言葉を聞いた時、矢坂を許せぬ、矢坂を許してはならぬと決心したんだ。その言葉に含まれているものが傲慢な自信と優越感だけなら、まだしも単なる侮辱として聞きのがせたろう。しかし矢坂は、谷の個性というものを全く認めていない。しかも、それが矢坂の愚かな（浅淵が矢坂のことをはっきり愚かと言いきったのははじめてでした）考え違いであり、谷にたいする認識は常にそうだったと分った時の激怒は、感受性の異常にするどい谷にとって、矢坂を葬る十分な動機だった。……谷が矢坂にひかれ、尊敬するようになったのは、矢坂が彼の持たぬ『大人』の智慧を持っていたからだ。『俗人の強さ』と言ってもいい。読書や思索でも、街に人生を探る積極性というか、そういう行動の面でも、大人の強さと智慧を発揮して取巻く友人を圧服させた。谷は、自分は何から何まで矢坂に劣っていると感じて彼の取巻きの一人になったが、なぜか、心から彼に兄事することができなかった。彼は矢坂と常に行動を共にし、劣弱者の地位に甘んじていた。しかし、彼への反撥は強くなるばかりだった。彼はそれを嫉妬だと思って恥じた。矢坂は谷を、少なくとも交友の上では、対等の友人として扱ってくれていたから。……しかし、谷のように全く通俗性……社会性を欠いた、いわば詩人肌の男にとって、この圧迫感は耐えられなかった。谷は、矢坂を憎んだ。そして、矢坂の正体を摑んで、その影響から脱出しようとあせった。

だが、矢坂は強い俗人がそうであるように、テコでも動かずに傲然と立っていた。谷にできることは、せいぜい『彼は本物じゃない！　彼は本物じゃない！』と彼だけにわかる言葉を心の中で叫ぶことだけだった。……おれは、谷の気持も、その憎悪の深さも、よく分るように思うんだ……」

人間の心とは、なんという奇妙な捉えがたいものでしょう。誰よりも矢坂を愛し、心服していたと見えた谷の胸は地獄のように燃えていたのでした。私は、もはや魂の抜けた木偶《でく》人形となった矢坂を高々とかかげて、展望台のわれわれの面前まで行進し、やがてドサリと早苗さんの家の土間に投げだす勝利者谷の姿を想像し、そこに悪魔の高らかな笑いを聞くような気がしました。

「谷がやったのだということは、いつ知ったんだい」

「あの日、下宿に帰って、はっと思い当ることがあったんだ。矢坂が上ってくる時、何か妙な、いつもと違うところがあるような気がしたが、それがどんな点だか分らなかった。そいつが、ふと分った。……矢坂は扁平足で、そのせいか、ひどく下駄を引きずって歩く癖がある。あの日の矢坂は、ゆっくり歩いてはいたが下駄を引きずっていなかったよ」

「その時に、もう谷だと分ったわけだね。じゃ古本屋に寄ったのも……」

「そうだ。古本屋でおれの考えは確実になった。というのは、前日に谷が売ったのは藤村の『夜明け前』だった。あの本はつい二、三日前に着いたばかりだ。あんな大部の本を、いかに谷でも一晩くらいで読んだとは思えない。おれは棚に出してあるその本をめくってみた。

どんなに新しい本でも、一度目を通したものは見て分るものだ。谷は読んでいなかった。なぜ読みもしない本を買って、すぐ売り払ったのだろう。もちろん、誰がみても自然なように、古本屋に寄るということだけのためだ。谷は本を国へ送ってしまったので、新しく買わねばならなかったのだよ」

浅淵はそう言うと静かに目をとじました。喫茶店にはいつの間にか灯がともり、表の通りはもう薄明りでした。

と、駅の方向で汽笛の鳴るのが余韻をひいて聞えてきました。

「白家、たぶん、今の汽車に谷は乗っているはずだ。金の続くかぎり、旅をして廻るつもりらしい。……最後には、どこか山の温泉に行くと言っていた。矢坂も谷も、生臭い人間界からとうとう飛び出してしまった。今夜は彼らのために飲もうじゃないか」

しかし私には、もう一つききたい事がありました。早苗さんのことです。

「谷は早苗さんを愛していた。矢坂はそれを、谷が恋愛でも自分の真似をしていると考えたらしいんだ。しかし谷の気持は純粋だったし、谷の目からみると、矢坂の早苗さんにたいする愛情こそ許しがたい冒瀆にすぎなかった。みかん山と早苗さん……それは矢坂にとっては、やがては旅の記念アルバムに貼られる一枚の絵はがきでしかない。つまり、彼は早苗さんを愛していたのではなくて、早苗さんへの自分の感傷を愛していたのだ……谷は、そんなふうに言っていた。このことが谷の憎悪を強め、殺害の決行を早めたことは確かだろうね」

「しかし、早苗さんは……？」

浅淵は久しぶりに口許に深いひだを寄せて笑いました。

「女性は一般に生活力の強い俗人にひかれるものだよ」

「彼女は……お兄さまのように……とかなんとか言っていたじゃないか」

「矢坂の気持を敏感に悟っていて、バランスをとっていたのさ。あの人は、身を捧げるというタイプの人じゃないからね」

私は今でも、陽光のみかん山を背景にした早苗さんの、どことなく古風な姿を思い出します。あまりにも人間臭さのない、清らかな秋の水のような面影です。

喫茶店を出ると、もうすっかり秋の夜でした。南国の夜の街をかざるネオンや鈴蘭灯は一きわあざやかで色彩的なものです。そぞろ歩きする佳人の頰の色もあたたかく、敝衣破帽の高校生がマントをひるがえして、そこここを闊歩しています。

私のまぶたには、その頃上映されていたフランス映画「巨人ゴーレム」の中の偶像のそれによく似た、一風変ったマントを羽織って、すいすいとあまり上体を動かさぬ歩き方で、人ごみの中に消えてゆく矢坂のうしろ姿が、ふっと浮かんでくるのでした。

黄いろい道しるべ

映画は大詰にきた。オーケストラ・ボックスのくぐり戸があいて、背をかがめた楽士たちがぞろぞろ現われ、それぞれの席について楽器の調子を合わせはじめる。ピアノ、ヴァイオリン、チェロ、クラリネット、トランペット。譜面台に青い灯がともる。おしまいに太鼓叩きのおやじと、三味線をもったおばさんが入って、ボックスの右端に置かれた太鼓の横に坐る。最後の殺陣が始まるのだ。

礼治は姉の袖のかげに小さくなって、それでも目を皿にしてチラチラ雨の降る画面を見つめている。

――小学生は映画を見てはいけないことになっている。どこかで先生が見張っているはずだった。

「よう！」と弁士の掛声でドドンと太鼓が鳴り響き、オーケストラは最強奏に入る。画面では、浪人まげの市川百々《もも》之《の》助《すけ》が御用提灯を向うに廻し、前をはだけての熱演である。

やがて殺陣が終り、弁士が「映画全巻の終り」と、しめくくりをつけようという頃に、ただごとでない女の悲鳴が起った。二階正面の手すりのうしろに坐っていた礼治の耳に、それは真下より幾分後方から起ったようだった。

「電気をつけろ、電気をつけろ」

と、下で叫ぶ者がある。パッと、映画もちょうど終ったので電燈は一斉についた。礼治は電燈のつく一瞬だけは厭だった。本当にそんな音でも立てるように容赦なく、人を現実に引き戻すからだった。

――だが今は、何か異常なことが起っていた。観客がガヤガヤ騒ぎ、悲鳴のした方角をのぞいている。オーケストラだけが「はね」の音楽――「二宮金次郎」のメロディーをやけに鳴らしていた。

「姉ちゃん、どうしたんやろ」

「人が殺されとるって……」

姉の声がおびえている。

映画がはねると、階段の下の下足番は無茶に忙がしくなる。押し合いへし合い、てんでに下足札を高く差し上げて、てんでこ舞のおやじに渡そうとする。礼治は横っ面《つら》に、誰かの下駄の底をイヤというほどこすりつけられた。

ようやく下駄にありついたが、先が進まない。そのはずで、観客は足どめされたのだ。

「巡査は何をしとったんじゃ」

「臨官席の眼の前でやられとるのに、知らんじゃったかのう」

ぱってゆく。

「活動ばっかり見よったのじゃ」

そんな話声もする。姉は怖いもの見たさで、妙にすわった眼付をして礼治をグングン引っぱってゆく。

昂奮で蒼白になった当の巡査は、観覧席の長イスに寝かされた死体の横に立っている。イスは、スクリーンに向って左端の列の最後尾である。そこが兇行の場所であろう。

「斬り合いの最中にこの人が私に寄りかかってきたので、酒にでも酔うとるのか、眠っとるのかと思うてほっといたのですが、うるさいのでポンと押しやったら、ガタンと下にくずれ落ちましてな」

巡査にそう言っているのは、横に坐っていたらしい五十年輩の男である。それを引きとって、反対側に坐っていたというおかみさんが、

「わたしはそれで、どうしましたかと言うて背中に手をかけたら、ヌルッとするんですよ。それがあんた、血でしたがな。……その時はもう……」

キャッと叫んだのはこのおばさんだな、と気がついた時、こんどは姉がフェッという声を口の中で押し殺して、礼治の手を握りしめた。

「礼ちゃん、見てごらん。あの死んだ人……」

「あッ、あのおじさんじゃ……」

「バカ、小さな声で言いなさい。……あたし、怖くなった。帰ろう」

二重廻しを着たその男は、仰向けに寝かされ、裾が割れて肥えた生白い腿《もも》が出ていた。胸

にのせた手には指輪が光り、頭髪は真中からきれいに分けてテラテラ光っている。強い香水の匂いもする。

岡村先生の家によく来ている男だ。仁丹《じんたん》の広告のような顔だと、会うたびに礼治は思っていた。二、三日前にみのると行った時、男はみのるを見て厭な顔をしながら、五十銭銀貨をぽいと投げ出して言った。

「これをもって帰れ。もう岡村先生の所へ来たらいかんぞ」

みのるは、せせら笑いのようなものを片頰に浮かべて、金を握った――

観客はまもなく住所氏名を木戸口でメモされながら帰りだした。死んだ男は担架で運び出された。礼治はそれを見送る人垣の中に、みのるの姉を見つけた。みつえといって、十七歳くらいのはずだが、大柄なので二十前後に見える。窓のあけたてをやったり、お客に座蒲団や火鉢をもって行ったり、呼び出しをやったり――いわゆる、お茶子さんであった。

そのみつえが、まっ蒼になって眼を大きく見開きながら、運び出される担架を見送っていたのだ。

姉をつついて注意をうながすと、姉は礼治の手をピシリと叩いたまま、何も言わなかった。礼治はみつえにしばらく見とれていた。呆然としているみつえは、いつもよりなまめかしく、まるで大人に見えた。彼女はみのると姉弟だとは思えぬほど整った顔だちで、どこかたよりなげな、男の心をそそる淋しい感じを持っていた。

外へ出ると三月の風は冷たかった。太栄館の大看板がガパガパ鳴ってゆれ、電線がうなっていた。イルミネーションにふちどられたその大看板では、コーリン・ムーアがしかめ面をしていた。

「みつえさんも可哀そうねえ」

首をショールにうずめながら姉が言った。

「どうして？」

「あんた、知らんの。ふん、まだ知らんほうがいいわ。とにかく、みつえさんとあの男の人は仲がよかったのよ」

映画館で殺さる

昨夜九時五十分頃YI市本町通り太栄館で、時代劇「京洛絵巻」を上映中、最後尾の座席にいた男が倒れかかったので隣席の大久保たねさん（主婦二六）が助け起そうとして死んでいるのを発見大騒ぎとなった。被害者は同市紅梅町染物商福間寿一郎（三二）で、観覧中背後から錐様のもので心臓部を数個所刺されたものらしい。当局では居合わせた同市幸町一丁目菓子製造職人足立理作（四二）を容疑者として逮捕したが、同人はかねて長女みつえさん（一七）―同館お茶子―を被害者がもてあそんだことを恨んでいたもの。

礼治は、翌日出た新聞記事を切り抜いてスクラップ・ブックに貼った。

学校に出ると、みのるは欠席だった。岡村先生も今日は休みだった。岡村先生は、殺された福間の所へお嫁に行くことになっていた人だ。礼治は授業中も上《うわ》の空で、ゆうべの映画の場面、イスに長くのびていた福間の姿、それに、妙なことに、裸になった岡村先生をしきりに思い浮かべていた。

岡村先生の家は礼治の家から一町ほどの距離で、道路をへだてて斜《はす》っかいに、間口のせまい格子戸つきの正面を見せていた。ちっぽけなしもたやで、お花の出教授をしている年老いた母親との二人暮しだった。

岡村先生は、礼治の見当では二十三か四だった。とくに美しい人ではなかったが、瞳が真黒で、白眼は青みわたって澄み、見ているとせいせいした。それに、実にきれいな歯並をしていた。礼治は別に岡村先生をしたっているわけでも可愛がられているわけでもなかったが、みのるはいつも家に遊びに行っていた。

「岡村の乳の先はのう、赤いぞ」

と、みのるが言う。学校の先生のことを友達同士で話す場合、誰も先生の敬称をつける者はいない。呼び捨てか、仇名で呼ぶのだ。

「ばか、乳首は黒いのぞ」

礼治は、黒い乳首と垂れた乳房しか知らなかった。

「うそ言え。おれ、風呂に一緒に入って見とらい。桃色みたいなのぞ」

「乳はさがっとるか？」

みのるのひねこびた細長い顔は、急に考え深そうになった。いや、乳首はキュッと上を向いて、その下はふわりとまるくなっている。――そしてみのるは、岡村先生にからだじゅうをすってもらったこと、先生の白い背中を流したこと、立膝で、両腿をぴったりくっつけてお湯をかかっている姿勢、それで、お臍《へそ》の下の、うっすらと黒い部分にお湯が三角形にたまって、それを見ていると先生が笑い出したことなど、一緒にお湯に入った時の情景をぼつりぼつり話すのだった。それは大人が情事を語る口調に似て、もっとわいせつで、冒瀆的だった。先生のお乳をさすってやると、抱きついてきたというウソを付け加えるのも忘れなかった。こんなことを言うみのるを、先生は何も知らずに可愛がっているのだと礼治は思った。

みのるは、かわゆげのない子だ。やせて色目が悪く、破れ放題の小倉のズボンと汚れたメリヤスのシャツをいつも着ていて、細い首筋はアカで薄黒くなっている。長いしゃくれた顔の真中に、上向きの真黒な鼻の穴があり、みのるは絶えずそれをほじくっていた。口は常に右か左かにゆがみ、人をイヤな上眼使いで見た。大人でも顔を赤らめるようなわいせつなことを、陰気な表情で話す子供である。

岡村先生がみのるを可愛がるのは、貧しいみのるの境遇をあわれんで、若い女教師らしい使命感から、悪い道に行かぬように指導しているつもりだったのだろうか。

「岡村がのう、みのるさん早く抱いてちょうだい、あそこがうずく、うずくちゅうけのう」

みのるの体に、岡村先生の使っている香水の匂いが、かすかにしていることがあった。先生は、みのるを時々抱きしめたりするのだろうか。

時たま、礼治もみのると連れだって岡村先生を訪ねた。家ではみのるは老人くさく構え、むずかしい顔でお菓子をムシャムシャ喰った。ほとんど口をきかず、眼だけがジロジロと若い娘である先生を追っていた。坐っている先生のふんわり盛り上った膝の上、裾からのぞく素足、のどから胸元への白い肌——そんなところをしつこく見つめているのが、小さい礼治にさえ気づまりなほどだ。

「みのるは何を見ているの。おっぱいが呑みたいならあげようか」

岡村先生がある時からかってそう言ったと思うと、やにわに襟を広くつろげて見せた。ふくらんだ胸が乳首のすぐ上まではだけられ、痛々しいほどに清らかな肌だった。

みのるは不意をつかれて眼を伏せたまま、頑固に先生の胸を見ようとしなかった。岡村先生は上気した顔でクックッと含み笑いをするのだった。礼治は、なぜか顔が真赤になった。

しかし、学校での岡村先生は地味な銘仙の襟をかたくつくろい、きちんと折目のついたはかまを胸高にはいていた。その姿はむしろ清潔すぎる、かたくるしい感じだった。髪を無造作になでつけて、うしろで束ねただけの顔は、さえざえとしていた。

福間寿一郎は三日にあげず岡村先生を訪問しているという話だった。当然、みのるとひんぱんに顔を合わせることになる。はじめのうちは、みのるを先生のお気に入りだと思ったのか、むしろ遠慮気味に、機嫌をとる態度だった。一度、映画へ行くのにみのるを連れて行ったことがある。——みのるは憎々しげに、その時の二人の様子を逐一礼治に報告した。

「みのる。あんた、どうしたの」

歩きだしてから、岡村先生はけげんそうにみのるに言った。みのるがヨタヨタして道に突っ立っているだけで、歩かなかったからだ――

「おまえ、行きとうなかったんか」

と礼治がきくと、

「行きたいけんど、おれ、鳥目《とりめ》やけのう」

と意外な答えだった。

「鳥目か。そんなら夜は眼が見えんのじゃの。そんなら活動も見えんやないか」

「ばか。活動は見えらい」

結局その時は岡村先生に手を取られて、あちこちでつまずいたり、電柱にぶつかったりしながら歩いた。そんなことがもう一回ほどあった。

福間、岡村先生、みのるの順で、ずっとうしろの席に坐る。前のほうでは見にくいと福間が言うのだ。岡村先生は急に身じろぎをしたり、腕を引いたり、笑いを押し殺したりしている。福間がふざけている――みのるは岡村先生にぴったりくっついて、その体の動きに神経を集中していたらしい。

二度目に行った時、やはりそんな状態でいると、急に強い力で手を引っぱられて通路によろめき出た。姉のみつえだった。物も言わずにグングン引きずって行って、入口からおっぽり出してしまった。岡村先生は何も気づかなかったようだった。

みつえは、三人が来ていることをちゃんと知っていた。福間と岡村先生との間柄についても、もちろん知っていたのであろう。

——そのうち、福間にはみのるの存在が我慢のならぬものになってきたと思われる。みのるが、いじけた汚い子だということのほかに、みつえの弟だということが、先生の口からわかったに違いないからである。

みつえが福間からなぐさみものにされたのを、みのるは知らなかったのか、知っていても関心がなかったのか、その事実を礼治が聞かされたのはみのるからではなく、姉からだった。

福間と岡村先生とは婚約していて、挙式も近いという話も姉から聞いた。みのるはそれを知らなかった。話すと、疑り深そうな暗い顔をした。それから二人の閨房の所作を、驚くべき想像力でくわしく描写してみせた。みのるは小さなサディストであった。礼治は、わけもわからずに昂奮した。教室でのキチンとはかまをはいた清潔な姿と、寝床で裸になって足を開き、男に乳房を嚙ませている放恣な姿が、同一人だと想像することは困難だった。

＊　　＊　　＊

礼治はぶらりと表へ出た。人夫相手の下宿屋などの多い灰色の家並を少し歩いて露路に折れる。突き当りはペンペン草の生えた汽車道。ほうぼうにゴミ芥が積み上げられているのが見える。そこまで行かずに、さらに細い路に曲る。すると貧民窟だ。——各戸の入口には、そっくり返った板戸が立ててあり、窓といってもガラスを使ったようなものはない。柱と、軒と、腰板に囲まれた広い空間が窓といえば窓で、それを乱暴に継ぎ合わせた板でふさいだ所、それさえないガラン洞の所――そんなのがズラリと続いた長屋だ。中は見通し、といっても、何も見えないほど暗い。柱や板敷、ささくれた畳などがテラテラとあか光りしているだけで、みんな働きに出ているのか人気もない。

しかし、みのるはいた。長屋の前のせまい空地にねぎだの菜っ葉だの、いくらか青いものを植えてある、その傍らの大きな石に腰をかけて、その頃はやりのヨーヨー――丸い玉を上下させるだけの、あの単調なしぐさを繰り返していた。父親の理作はまだ警察に連れて行かれたままだという。

「おまえのおとっちゃんが本当に殺したんか」

ときいても、黙りこくってヨーヨーを操っていたが、ひょいと顔を上げると、

「どやされるど、きさま」

と低い声で凄《すご》んだ。

理作はやもめで、みのるに似た貧相な額《ひたい》のせまい男だった。お菓子の職人といっても、安物の駄菓子、あめ玉などを造るのである。

「おとっちゃんはダッカンを造りきるんぞ。おまえ、いつか喰わせてやろうか」

「ダッカン？」

つまり仏事などに使うらくがんのことだ。うまいから貰ってやろうというのだが、礼治はらくがんなど嫌いであった。みのるが、どうしてあんなものをうまいと思うのか、またどうして「ダッカン」のことなどをことさら言いだすのか、わからなかったことがあったが、み

のるはこの働きのない父を、彼一流に愛してはいるようだった。ぼんやりヨーヨーをやっている内心では、父のことが心配でたまらないのかもしれない。

映画館で福間が殺されていたことを話すと、みのるは、福間の生殖器が死にきれないでいるだろうという意味の陰気な冗談を言った。

「きのうは、岡村はどうして福間と一緒に行かんやったかのう」

「行きとうないと断わっとらい。……おれがおったからぞ。岡村はおれが活動に行ったらいけんけえ、一緒に残って遊んでやると言うたんぞ」

と、みのるはひどくムキな顔をした。

岡村先生は、いくらか不機嫌になった福間をなだめるように服装を直してやったり、香水をふりかけてやったりした。

「おい、きさまは来るなというのに、また来とるな。こんど見かけたら叩き出すぞ」

福間は二、三日前と同じように五十銭銀貨を投げてよこした。みのるはだまって金を握ると、しばらく遊んでから帰ってきたという。

帰ってみると理作が飯をくっていた。酒を飲んだらしく、顔が赤くなって眼付が悪くなっていた。みのるがまだ飯をくっているうちに、フイと立ち上って何も言わず出て行った。それきりである。

「お前の姉さん、あのおじさんと仲が良かったんか?」

「みつえの淫売のことなんか、おれが知るか」

と、みのるはさげすむように唇を曲げた。

日曜日にみのるの家に遊びに行くと、みつえが手拭いを姉さんかぶりにして洗濯していたりすることがあった。むっつりしていたが、よく働く娘のようだった。礼治は、まだ少女らしく下ぶくれの頬をしたみつえが好きだったが、みのるには喧嘩相手の姉のことなど、どうでもよかったのであろうか。

二、三日たった。理作は犯行を認めないという噂だった。みのるは、いつものとおり学校に出はじめた。お昼前に太栄館に出ればよかったみつえが、弁当をつめてやって送りだすのである。岡村先生も出ている。婚約者の死にどんな打撃を受けたのか、見た様子ではわからず、相変らず澄んだ瞳で教壇に立った。礼治はみのると連れだって帰る途中で一銭のアイスケーキを買い喰いしたり、太栄館の表の扉に悪童たちが小刀であけた小さな穴からスクリーンをのぞいたりした。何もかもいつものとおりだが、礼治はみのるが怒りだすのを恐れて理作のことは口にしなかった。

「怠慢といえば怠慢ですが、臨官席にいても一瞬間も観覧席から眼を離さないというわけにもゆきませんからね。その時ちょうど、活動に気を奪われていたのでしょうな」

近くの交番の前田巡査と礼治の父が火鉢をはさんで話している。礼治は机に向って勉強しているふりをしながら聞き耳を立てていた。

礼治の父と前田巡査は妙なきっかけから仲良しになった。ずっと若い頃に、社会主義の本を読んでいるという理由だけで警官につきまとわれたことがあった。それが、平凡な会社員として五十の坂を越えた今でも、時たま様子を見に巡査がやってくるので、腹を立てたり、面白がったりしているうちに顔なじみになってしまったのである。それが前田巡査で、まだ青年だった。礼治の父は社会の裏面で起るさまざまの出来事を聞くのを喜んだし、前田巡査は父の政治論を傾聴した。東北の人身売買の話などが出ると、「資本主義の罪ですなあ」などと、はやりの言葉も使った。

労働運動の盛んな、そして弾圧も激しい時代であった。礼治はアジビラを見たことがある。桃色のザラ紙にガリ版の字が書いてある。その中の「万才」という略字、「闘争」という字が理解できなかったものだった。

前田巡査は冷えかかったお茶をゴクリと飲んで続ける。

「殺された場所は一番左の列の最後尾の長イスで、臨官席は右側ですから、見通しはきくといっても斜めになりますね。立見の観客もなかったそうですが、何しろ真暗ですからな」

「それにしても、よほど巧妙にやったものだろうね。付近の者も気がつかなかったのだね」

「そうです。同じイスに坐っていた者、それから、すぐ前のイスの者は全部被害者とは無関係です」

「凶器は錐《きり》だったそうだが……」

「いや、先のよく尖った千枚通しでした。通路に捨ててあるのを発見したのですが、血痕があって、それが被害者の血液型と同じです。傷は背後から三ヵ所で、みな心臓に届いています。活動は立廻りの最中で、人の眼は画面に吸いよせられている。はやしはジャンジャンやっている。うまい時を狙ったものですよ」

「うしろからねえ。……その千枚通しは足立《あだち》のものだったの？」

「それが、自分のものじゃないと言うんです。娘のみつえも、そんなものは見たことがないというのですね。新しいものじゃなくて、先が少し曲っていますが、念のため金物屋や文具屋も調べました。今のところ出所はわかりません」

　礼治はハッとした。それは……と危く口を出すところだったのを、辛うじて抑えた。そんな千枚通しを岡村先生が使っているのを見たような記憶があるからだ。しかし……

「足立を犯人とすると、動機はなんだね」

「娘のみつえが福間にキズ物にされた上、捨てられた怨恨からです。福間というのは小金のある染物屋の一人息子で、いわゆる女たらしですが、これが太栄館でお茶子のみつえと知り合って、相手はなんといっても子供ですから、うまくだまして物にした。指環などを買ってやったり、結婚の約束もしたらしい。みつえはそれを真《ま》に受けていたし、足立という男がまたお目出たいので、娘がいい所へ売れるというので喜んでいたそうです。ところが最近、福間は岡村という女の先生と婚約した。娘がなぐさみ物にされたのだとわかって殺意を起したのです。小心者で、カッとしたのですね」

「なるほど。しかし福間がそんな人間なら、ほかにも同じ恨みをもったのがいるだろう」

「それは二、三いますが、不審の点は全然ありません」

礼治は話を聞きながら、福間の生白い肢《あし》と、脂肪ぶとりらしい腰のあたりを思い出した。みつえも、岡村先生も——みのるのみだらな言葉がそれに重なる。礼治はかすかな吐気を感じた。

福間はその日の午後五時半頃、早目に夕食をすませると、一岡村先生をさそって太栄館に行く」と家人に言い残して家を出たそうだ。太栄館に入ったのは六時半。木戸の女が顔を覚えていて、「おや、今日は一人だな」と思ったという。岡村先生の家には、六時少し前に来て間もなく辞去している。先生はついて行かなかった。これは母親の証言である。

死体には金品を盗み取られた様子はない。時計や紙入れのほかに眼鏡をもっていたが、これは遠視用であった。

一方、足立理作の供述によると、理作はその日、菓子工場で同僚から福間と岡村先生の結婚話を聞いて逆上し、仕事の終った足で福間の家を訪ねた。福間は映画に行って留守だったが、結婚のことは本当であることがわかった。家人はみつえのことなど知らず、とり乱した理作の風態から、何か言いがかりでもつけに来たとでも思っているらしい扱いである。理作は眼がくらんだようになり、殺意を起した。街で焼酎をひっかけて帰り、続いて帰宅したみのるとおそい夕食をかきこみ、再び外へ出たのが八時頃で、太栄館には八時十五分過ぎに着いた。中に入るさいに入場券を渡し忘れて呼びとめられたりしたので、木戸の女は理作のこともよく覚えていた。

「殺すつもりで太栄館に出かけたのは確かだね。だが凶器は？」

「それが、逮捕した時には持っていなかったのです。当人は家を出る時に大型ナイフをふところに入れたのだが、途中で落したと言っています。それに気づいたのが館内に入ってからで、かんじんの凶器を失ったので腑抜けのようになって、ぼんやり活動を見ていたそうです」

「それだと、理作が犯人だとは決められないね。警察が理作を疑っている根拠は……」

「いや、凶器を落したというのは嘘だと思うのです。人を殺そうという男が、かんじんかなめの凶器をうっかり落して気がつかないなんて、おかしいですよ。念のために理作の歩いた道筋で、ナイフを捜していますが出てきません。凶器の千枚通しは、館内に落ちていたのだから、犯人が捨てて手ぶらでいるのは当然ですからね」

礼治の父は、その時に部屋の隅で耳を澄ましている礼治にニヤッと眼くばせをすると、すこし乗り出すようにした。いいか、よく聴いてろと合図したのだ。――ませた礼治は、父の持っている江戸川乱歩やルパンをむさぼり読んでいた。

「ところで、私に不審に思える点が二、三あるんだ。まず、凶行後逮捕されるまで、なぜ館内にぐずぐずしていたのか。すぐに館を出て逃走するのが心理的に当然だろう……犯人ならばだよ。次に、理作が館内に入ったのが八時十五分、凶行時刻は約十時、その間二時間近くもある。どうして、そんなに時間をかけたのだろう。それから、なぜ千枚通しのような妙なものを凶器に選んだのだろう」

前田巡査は軽く眼を閉じて、うなずきながら考えていたが、

「最初の点はなんでもないと思います。凶行時間は閉館直前だし、警官の措置も機敏だったので逃げ出す暇がなかった。それに、人ごみにまぎれて木戸口を出るつもりだったのでしょう。それから、えらく時間をかけたというのは、暗闇の中で福間を捜していたからですよ。広い観覧席のどこに坐っているのか、足立は知らないはずですからね。こっそり、人に怪しまれぬようにシラミつぶしに捜すと、案外時間がかかるのじゃありませんか」

「しかし休憩時間が……」

「ありません。昼夜入替なしというやつなんです。いつから入っても全部見られる。夜の八時を過ぎると半額になる……ねえ坊ちゃん、そうでしたね」

礼治が真赤になったのを見て二人は笑いだした。

「なるほど。では、千枚通しの件は?」

「さあ、これは私にも見当がつきません。手元にあったんだと見るよりほかには……」

礼治はやましさに胸が苦しくなっていた。だが、知っていることをここで告げる気にはどうしてもなれない。……いいさ。凶器の千枚通しと、先生のところにあったそれと同じものかどうか、わかりゃしないじゃないか。

「ねえ前田君。足立理作のほかに、動機と機会のあった人間はだれだろう?」

前田巡査はだるそうな笑みを浮かべた。無駄な詮索ですよ、と言っている顔だ。

「動機では、娘のみつえが強いですね。捨てられた恨みという……。一本気らしい小娘だか

ら、カッとすればやりかねないでしょう。それに、福間の来たのを知っているのです」

「ほほう、有力容疑者じゃないか」

「お茶子仲間にきいたのですが、福間とみつえのことは皆が知っていて、みつえの素振りで〈ははあ、来ているな〉とわかるそうです。つまり、その晩もそわそわしていた。七時半頃、みつえは用事にかこつけて、二階の溜りから下に降りたので気をつけていると、福間のところへ行き、イスの背後から何か福間に話しかけていたそうです」

「犯人が刺したのと同じ位置だね」

「そうです。五分くらいも何か話しかけていたが、福間のほうでは正面を向いてしまって知らん顔をしている。しかたなしに、みつえはまた二階に上って、離れた場所で泣いていたということです。もちろん、まだ福間はピンピンしていますよ」

「凶行時刻にも二階にいたのかね」

「いや、ハネる時間だから、ほかのお茶子と一緒に下におりて、表の広い扉や窓などをあけています」

「朋輩と一緒だったんだね」

「まあ、正確にいうと手分けをしてやっているのですから、福間の所へ絶対に近づかなかったとは誰も断言できないのですが……」

「結論としては、動機も機会もみつえにはあったことになる。……では、岡村先生はどうだろう」

「これは、動機も機会もありません。結婚話は順調に進んでいたし、貧乏教員からちょいとした若奥様になるところだったのですから、むしろ被害を受けていますよ」

礼治の父は興味を覚えた時のくせで、眼鏡のつるを片手でしきりに動かした。

「そうかな。私は、かならずしもそうは思わないね。もし彼女が今まで福間の行状を知らないでいて、突然それを事実として聞かされたとしたらどうだろう。礼治の話では、非常に清楚な感じの美しい女性らしい。いやしくも教育者だから、誇りも高いだろう。自分がほかの女と同じように、だまされていたのだと思えば、殺意を起すこともあり得るのじゃないだろうか?」

「そうですかなあ。それはそれとして、アリバイがあります。福間と映画に行くのを断わって、それからずっと家にいたと当人は言っている。母親も、そう証言しています」

「母親の証言か。あまり、あてにならないなあ。礼治、岡村先生のお母さんは、いつも先生と一緒にいるのかい」

礼治が勉強なんぞそっちのけで聞いていることを父親はちゃんと知っている。礼治は教科書を伏せてしまった。

「ぼく、あんまり会ったことない。いつも奥の茶の間でこたつに入っとる」

「耳が遠くはないか?」

なるほど、そういえば耳が遠かった。岡村先生は、お母さんと話をする時には大声を出した。そうすると……礼治は考えこんだ。

「動機も機会もないとするのは早すぎるよ、前田君。それに、先生と千枚通しというのは、なんとなく関係がありそうじゃないか」

「ははは、大した直感ですなあ……」

前田巡査は仕方なさそうに笑いだした。

「足立理作、みつえ、岡村先生、次はみのるだ」

「みのる？　ああ……」

前田巡査は思いがけないという顔をした。

「あの子は礼治の同級生でね、よく礼治と一緒に岡村先生の家に遊びに行くらしい。早熟な子のようだから、姉のことで福間を憎んでいたかもしれないね。あの晩、理作が出たあと、みのるは一人だ。長屋をこっそり抜け出して太栄館へ行ったかもしれない」

礼治は昂奮で顔を赤くしていた。これは、どうしても言わなければいけないと思った。

「お父さん、みのるは夜は動かれんよ。鳥目やけえ」

「鳥目？　ほんとうかい」

二人の大人は顔を見合わせた。

「みのるが犯人とすれば共犯がいるわけか。これは馬鹿げた考えだ。礼治、長屋から太栄館へ着くまでには何べんくらい曲る？」

「三、四、五……」

礼治が指を折っていると前田巡査が引き取った。

「いや、とても眼の見えぬ子に行ける道のりじゃありません。それに、なんらかの方法でたどり着いたとしても、真暗な館の中で、どうして福間を捜せるのです」

「なるほど、そうすると、みのるだけが嫌疑の外にあるわけだね。問題は、みつえと岡村先生だ。とくに岡村先生のアリバイは、もう一度洗う必要があると思うね」

みのるだけでなく、この界隈《かいわい》の子には、ひどい栄養不良が多いことに話は移って行った。そういう虚弱な子が大きくなると例外なく肺をやられる。彼らは皆早熟で、グレだすと早い。そして腐ってゆく。ちょうど青いバナナが船艙で蒸《む》されて、不自然な熟し方をするように。そのような話は礼治に興味がなかった。礼治は一心に、いわゆる「推理」を組み立てていた。


礼治がみのるの手をひいて岡村先生を訪ねたのは、事件から十日ばかり後であった。先生の部屋に入って驚いたのは、みつえが先に遊びに来ていて、先生と仲よく話していたことだった。それに、二人はいかにも楽しそうだった。情人と婚約者、しかも、当の福間は殺されたというのに――礼治は二人の平静な様子をいぶかった。

四畳半の、若い娘の部屋である。机の上のスタンドの紅いシェードを透した灯りが部屋全体をやわらかく染めている。衣桁にかけられた春着、真新しいタンスの金具、その上の螺鈿《らでん》の姫鏡台、市松模様の鏡掛け、さては机の上のきれいな手箱――そんなとりどりの色彩が、不思議になまめいた雰囲気をつくっている。礼治は部屋の匂いをフガフガと吸いこんだ。かすかに香水のかおりがする。――ちょうどいい湯加減のお風呂に入っている時のように、このままじっとしていたいような気持だ。みのるには、この気持がどんなに強いことだろう。しかし彼は、あの暗い、きたない、吹きさらしの貧民窟にまた帰らねばならないのだ。

みのるは皿に盛られたカステラを楊枝で丹念にこま切れにしては、ゆっくり口に運んでいる。不機嫌そうだ。

「みのるは、お父さんがいなくて寂しいでしょうね」

と岡村先生が、みのるへともみつえへともつかず言った。

「おとっちゃんは帰らい」

みのるは不意に先生をにらみつけると、断乎とした調子で答えた。

「そうね。でも、あんな悪い人がいたばっかりに……」

あんな悪い人間？　礼治は驚いた。先生は、つい先ごろまでの婚約者のことを、何かきたないことでも口にするように冷然と言い捨てたからである。先生は、ちらと礼治を見て複雑な微笑を浮かべた。

「礼治がへんな顔をしてるわね。死んでよかったのよ、あんなバイキンのような男は。礼治たちにはまだわからないけれど、みつえさんも、ほかの人たちも、本当にひどい目にあったんだからね」

「知っとらい。みつえの淫売が……」

どういう加減だったたか、みのるが、やにわにみつえにつっかかるように、おそろしく卑猥な表現をした。胸に溜っていたものが爆発したようだった。岡村先生はギョッとしたようである。それから、白い顔がみごとに紅潮していった。

「みのる！　何を言うの。そんなことを言うなら、もう家に帰んなさい！」

みつえがカン走った声で叫んだ。みのるは額に青筋を立てているのだった。

「きさまこそ、何しに来たか。帰れ！」

「ばかッ、めくら！」

大人びているみつえも、姉弟げんかとなると、頰をふくらませ、本気になって、まだ子供じみていた。みのるは老人が呪文でも唱えるみたいに低い声で、

「らい病、肺病、淫売の捨子……」

と言った。

「キャッ」という叫び声をあげて、みつえは膝小僧もあらわにみのるに飛びかかり、頰ぺたを引っかき、押し倒した。みのるは物の見事に、「万歳」のような恰好で畳の上にひっくり返った。とめにかかっていた岡村先生は思わず吹き出していた。

みのるは青くなって起き上った。さっと部屋の隅の机に走り寄ると、いきなり抽斗をあけようとした。

「あッ！　何をするの、みのる！」

岡村先生が走り寄ってみのるを押さえた。先生に抱きすくめられたみのるは、白い眼をむいてみつえを睨んだ。

「これから、岡村先生の家に来たら、叩き殺すぞ！」

しかし、みのるはどうでもみつえと一緒に帰らねばならないのだった。礼治には用があった。手を引いてくれるのはみつえしかいない。

先生と二人きりになって、礼治は非常な気づまりを感じた。みのるたちと一緒に帰ればよかったと思った。先生は机に頬杖をついて何か考えている。ろうたけた横顔から首筋の白さが、なぜか、礼治に話しかけるのをためらわせる。

先生のお母さんが紅茶を入れてきた。

「あの姉さんという娘もおかしな子じゃね。わたしは何をしとるのかと思うた」

お母さんはそんなことを言った。

みつえは岡村先生にすすめられて、はじめて訪ねたのである。福間がひどい色魔であり、二人とも似たりよったりの被害者であったこと、それに男はもう死んでいるのだから、ライバルとしての感情の対立はなくなっていたのであろう。

「みつえさんは、マキノ智子《ともこ》のような女優さんになりたいと言っていたわ」

と岡村先生はおかしそうな顔をした。マキノ智子、伏見直江、原駒子などが今の女剣戟といった格で活躍していた。

「物言う活動」が珍らしがられていた一方では、「オール　サウンド版」と銘打った映画も出はじめていた。礼治の姉はトーキーの「巴里の屋根の下」を見て、ちっとも面白くないと言っていた。その頃のトーキーで礼治の覚えているのは、「フーマンチュウ博士」「再生の港」

などである。

──みつえはマキノ智子がやったように、帯の間から懐剣を取り出してくるくると紐を解くしぐさをして、きっと身構えてみせたり、御殿女中になって、ふすまをしとやかにあけ、三つ指をついて「若様」と言ってみたりしていたのだ。お母さんがそれを見て、妙な娘だと思ったのも無理はない。沈んだ生まじめな顔をしながら、そんな真似をしているみつえを見ると、福間とのことなど、もう忘れたかと思われるほどだったに違いない。そういうばかに子供らしい点を岡村先生はおかしがったのだろう。みつえは映画マニアであった。

みつえは今夜、福間のことを洗いざらい先生に話したに違いない。だが、先生はいつから知っていたのだろう……いや、そんなことはどうでもいいんだ。礼治は何度もためらったあげく、おずおずと言いだした。

「先生、先生はみのるのお父さんが、あの……」

「福間を殺したと思っているか……というの。あたしはわからない。礼治は、そうじゃないと思う?」

ちょっとからかい気味の口調に、礼治はせきこんだ。

「ぼくはおじさんじゃないと思います。それは千枚通しを使ったからです。千枚通しは……」

のどがカラカラになって、そこで絶句してしまった。岡村先生のほうをまともに見る勇気はなかったが、かすかな衣ずれで、さっと緊張した気配がわかった。

「千枚通しがどうしたというの？」

「あ、あのおじさんは先生のうちに来たことがないからです。あの千枚通しは先生のところで、ぼくは……」

気まずい沈黙がやってきた。やがて岡村先生はくっくっと笑いだした。

「礼治は恐ろしいことを言うわねえ。あの千枚通しが先生のところにあったものだったら、あたしが犯人になるじゃないの。でも、ほら……」

岡村先生は机の上の手箱の蓋をとり、中から千枚通しを出して灯影にかざして見せるのだった。

「ちゃんとあるでしょう。だから、あの千枚通しは全然別物よ。わかった？」

礼治は笑ってみせたいと思ったが、顔の筋肉は言うことをきかなかった。真新しい、まっすぐに先のとがった千枚通しは全然錆《さび》のない金属光沢をもっていた。

「……先生、ぼく、もうおそいから帰ります」

礼治はぼんやり立ち上っていた。

玄関で下駄をはいた礼治は、矢がすりの羽織をかけてすらりと立っている岡村先生に最後の決定的な質問をした。

「先生、先生はあの晩……福間さんが殺された晩に、どこに行ったのですか」

反応は、ほとんどなかった。先生は寒そうに、たもとを胸の前で合わせただけだった。

「まあ、まだそんなことを言ってるの。あたしはずっとうちにいたのよ」

「うそです。ぼくは先生が犯人だとは思いません。だから……だから……先生はうちにいなかったんです。千枚通しがなくなった時に……」

礼治は涙声でそう言った。そして、あとも見ずに表に飛び出した。

＊　＊　＊

どんよりとした寒い日、それからひなたぼっこによい日和――そんな天候が交代しながら、やがて煤煙に汚れたこの労働者町の空気も陽光にぬくんできた。ほこりっぽい春がやってきた。

足立理作は釈放された。太栄館への道で紛失したという大型ナイフが、道端のミゾから発見されたからだ。人や車がはねとばしたか、子供らが、おもちゃにして捨てたのであろう。それは確かに理作のものだとわかった。

「岡村のアリバイは、どうもあいまいです。この間おっしゃったように、あの晩、母親は奥の部屋のこたつでラジオを聴いていたそうですが、耳が遠い上に老人だから、うたたねをしていたようですね。岡村はそっと出て行くことができたはずです。あの千枚通しも出所がわからない。坊ちゃん、岡村先生の所で先のすこし曲った千枚通しを見たことがありませんか?」

遊びかたがた事件の経過を話しに立ち寄った前田巡査が礼治にそうきいたが、礼治は漠然と首を振って何も言わなかった。

礼治は新しい事実を知っていた。福間の家の近所にいるクラスメートの一人が、あの晩岡村先生を見たと言うのだ。先生は福間の家の前まで行って、中へは入らずに引き返して行ったという。礼治は、その友だちに堅く口どめした。岡村先生は福間の行状を知った。それは、事件よりそれほど以前ではないだろう。先生はいつも一緒だった映画を断わり、福間の家に婚約を取り消しに行ったのだ。しかし家には入らなかった。激しい怒りがさめ、おそらく母親を通じておんびんにすまそうと考え直したのではないだろうか？

礼治には幼い頭で組み立てた推理があった。だがそれは、重要な一点でどうしても埋まらない空白があった――

礼治とみのるは学校の煉瓦塀の上に並んで腰をかけ、足をぶらぶらさせながら表の通りを見ていた。空地で少年たちが剣戟ごっこをやっている。

「こらあ。斬ったぞ、おまえ、斬ったぞ、死なんか！」

「うあッ……つ……」

一人々々の持った刀がピカピカ光る。太い針金をまっすぐにしてペーパーで磨いたものだ。柄は竹、つばはカマボコ板だ。手ぬぐいで覆面したのもいる。礼治は剣戟にはもう興味を失っていた。ドイツ映画の「アスファルト」に出たベティ・アーマンという女優のはれぼったい顔をなんとなく思い出していた。

遠くからチンドン屋のはやしが響いてきた。十本あまりののぼりがこちらに動いてくる。太栄館の宣伝らしい。

「活動に行きたいのう」

と礼治が言った。みのるは重々しくうなずいた。

「八時頃から行ったら半額ぞ。知っとるか。おれ、いつも半額になってから一人で行くんやけえ」

礼治は息をのんだ。胸が高鳴った。

「みのる。おまえ、鳥目と言うたのは嘘か」

「ばか。おれ、鳥目よ」

「そんなら……そんなら晩は一人で太栄館に行かれんはずやないか」

「電燈があるけのう」

「電燈？」

「道についとろうが。そこん所だけは、ボーッと黄色に見えるんぞ」

みのるの暗黒の視野にほのぐらく、丸く、黄いろく、浮かびあがる目標があったのだ。みのるはそれに向ってまっすぐに進む。街燈の柱にぶつかる。柱をつかんで第二の目標を懸命に見定めると、さらに突進する。幾度かそれを繰り返して、とうとう大きな光の束――太栄館の正面に出ることができたのだ。ああ、その時の華やかな光は、みのるの胸をどんなに躍らせたことだろう。

――太栄館の行列は近づいた。のぼりは一様に赤地に白で、「何が彼女をそうさせたか」と染め抜いてある。楽隊の四、五人を中にはさんだのぼりの行列だ。ところが、それに少しおくれて、がっしりした職工さんたちの四列縦隊の行進が続いていた。彼らは学校の近くにくると一斉に歌いはじめた。

きけ万国の労働者

とどろきわたるメーデーの

五月一日。そうだ、メーデーだ——

みのるは、事件当夜の福間の所在を正確に知っていた。太栄館のどのあたりに坐っているかを。福間は遠視である。つまり、うしろの席ほど映画を見るのに都合がいいのだ。最後尾のイスに坐る習慣があることを、みのるは覚えていた。

みのるはあの晩、もう一度、手さぐりで岡村先生の家に行った。先生がいるものと思って黙って上りこむ。先生はいなかった。あんなに言いながら、やっぱりあいつのあとを追って行ったのだ。畜生、あのくされ野郎なんかに！　みのるは、先生の抽斗をあけて千枚通しを握る。先生が書類をとじるのによく使うあれだ。

千枚通しをふところに握りしめ、憎悪と恐怖にふるえながら、みのるは闇を歩く。

館内では、みのるの眼に映るのは四角なスクリーンだけだ。しかし目あては最後尾のイスの何脚かにすぎない。みのるは背をかがめ、イスの背後を手さぐりしてカニのように横に歩く。見つけた！　岡村先生の使う香水をプンプン匂わせながら福間は坐っている。

みのるは、うずくまって待つ。殺陣、オーケストラ。みのるは、力いっぱい千枚通しを暗闇へ突き刺した。

岡村先生は、凶器が千枚通しであることを新聞で知った。机の抽斗に入れてあったそれはなくなっていた。自分が疑われやすい危険な立場にあること、また千枚通しを盗んだ者はみのるであり、従って犯人はみのるであることを岡村先生は悟ったであろう。

こっそり新しい千枚通しを買っておくことは、自分を守ることにも、また、みのるをかばうことにもなった。福間のような男の死は、一人の少年に犯罪者の烙印を押すほどの代償に値しないと岡村先生は考えたのだろう。

「何が彼女をそうさせたか」の行列はとっくに礼治たちの前を通り過ぎ、赤いのぼりは、さっきやって来たのとは反対の方向の町角を曲るところであった。メーデーの行列は相変らず労働歌を高唱しながら進んでいた。あごひもをかけた警官たちが列の横を歩いている。やがて、この行列も後尾が町角を曲ってしまって、歌声だけが重たい春の空気を伝わってきた。

みつえはその後、太栄館をやめたという話だったが、しばらく姿を見なかったある日、遠眼に美しく着飾って見えるみつえが貧民窟のほうへ曲って行くのを、ちょうど家の前を掃除していた姉と礼治が見つけた。

最初に見つけたのは姉で、大事件のように礼治に知らせたくせに、礼治が熱心に見守っていると、

「いつまでもボヤボヤ見るんじゃない！」

と、じゃけんに手を引っぱってゴミ取りを持ってこさせるのだった。あとで聞くと、みつ

えは「おめかけさん」になったのだが、礼治にはその意味がわからなかった。ただチラと見た横顔の、とおった鼻筋のあたりが妙にとり澄まして、つめたく、よそよそしく思われただけだった。

澄んだ眼

一

生まれて間もない子犬の体は桜色をしていた。やわらかな白い毛並だが、肌の色がほんのりとその間から透《す》いて見えるからである。

子犬のいる所はせまい灰色の空地で、飼われている家の裏庭にあたる。でこぼこの地面には、二、三日前の雨の名残りの水溜りが所々にある。煉炭灰や、石炭がらや、鉄屑、瀬戸物のカケラといったたぐいのものが、そここに投げ散らされているだけの殺風景な場所だが、さすがに春らしく、片隅に芽ばえた雑草が少しばかり、白い花をつけていた。

今しがた食事をすませたばかりで、子犬の腹はおもちゃの太鼓の胴のようにふくれあがっている。眠くなってきたので、日当りのよい土の乾いた場所を選んで、二、三回キリキリ舞いをしてから坐りこんだ。前肢にアゴを載せ、大きな吐息をして眼を閉じた。

ちょっとまどろんだと思うと、子犬は急に眼を開いた。澄みきった眼である。鼻面は黒く濡れている。

五つか六つくらいの男の子が二人、往来から家の横の通路を通って空地に入って来た。子犬は二人をよく知っていたので、ピリピリと尻尾を振って立ち上ると、機械人形そっくりの動作で、前肢を大げさに上げてピョンと飛びかかった。ところが、遊んでもらおうというあてがはずれて、子供たちは冷酷だった。一人がびっくりしたように、ズックの先で子犬の肩先を蹴りつけたし、もう一人はしゃがんで子犬の肢をつかむと乱暴に引っくり返した。それだけならよかったが、二人は、子犬が大切に自分の横に置いていた美しい色のヒモまで取り上げてしまった。

その美しい赤い色のヒモは、今朝空地で子犬が見つけたのである。何も遊ぶもののないこの空地では、そのヒモは珍らしいものだった。子犬はそれをくわえて引っぱり廻り、かみつき、足をからませたりして遊んでいたのだった。子供たちはそのヒモを取り上げて、綱引のようなことをやったり、ふり廻したり、子犬の足をすくったりしていたが、やがて飽きたらしく、無造作に地面に捨てて、駄菓子をかじりながら小屋のほうへ行った。

子犬は、またもとの場所にもどって眠る支度を始めた。

子犬の視野は非常に狭い。鼻先から五間《けん》ほどの所に朽ちかけた木造の小屋が建っている。もとは物置に使われていたらしいが、今は低い板敷の上に古畳を置き、一人の老人が住んでいる。広さはせいぜい二畳ほどで、足腰の立たなくなった老人は、いつも万年床の中で生きているのだ。

その小屋と向い合って、子犬の坐っている位置の斜めうしろに、子犬の主人の家の裏口がある。それが前と後だ。左に首を廻すと、井戸端の背後に石垣が見える。石垣をたどってずっと上に眼をやると、崖の上の家の洗濯物が、うす濁った空をバックにはためいている。

右側は隣家との境の板塀がずっと続く。塀の向うも空地らしいが、子犬は板の隙間からのぞいてぼんやりした興味を起すだけで、まだ板を征服して向う側へ抜けるだけの力はない。

子犬は眠い眼で小屋のほうを見ている。正面の戸はあけっぱなしで、老人は蒲団の上に半身を起している。さっきの二人の男の子はその両脇にいて、老人と話をしているようだ。小さい明り取りの窓から薄い光線が斜めに部屋の中に射し、老人のしわの深い表情は笑っているようにも泣いているようにも見える。

どこの子たちなのか、子犬は知らない。ただ、いつもこの小屋にやってきて老人から駄菓子を貰い、話を傾聴していることを知っている。小屋を訪れるのは、ほかに主人のおかみさんがいる。彼女は朝と夕方、食事の世話をしに不機嫌な顔でやってくる。子犬は彼女の姿を見かけると大喜びで馳け寄った。馳け寄っては頭を地面にすりつけ、眼を閉じて、ぶたれる恰好をした。一番よく子犬をぶつのは彼女だったので、子犬は恐れていた。だが、食べ物をくれるのもやはり彼女のほかにはなかった。

主人はまったく小屋には寄りつかないが、今朝は珍らしく大急ぎで上り込むと、何かあちこちと捜し廻り、怒鳴りつけていた。老人も奇妙なカン高い声を出して両手を振り廻している。子犬はそれを見て自分もキャンキャン鳴きながら、おかみさんが来てとめてくれるといいな、と思ったものだった。

――小屋のうしろはまた高いトタン張りの塀で、その向うは炭鉱の鉱員社宅である。鉱員社宅はその背後に何列も続いているのだが、ここからはまったく見えない。子犬の眼はトタン塀の上に少しばかり出ているボタ山の頂上を捉えているだけだ。

子犬は身じろぎをして眼を閉じた。

それから、どれ位の時間がたったかわからない。物音とカン高い子供の歓声に眼をさました。小屋の中では男の子たちがあばれ廻っていた。子犬は立ち上って身ぶるいをすると、小屋に出かけてみる気になった。

上り口まで行くと、盛んに吠えたてたが、子供たちは見向きもしない。老人は床の上に上体を起した姿勢のまま、子供が突き当ったり、うしろからしなだれかかったりしても叱るでなく、笑うでもなく、うつろな眼をすえて黙然としている。――その後の光景を、子犬は不思議そうに首を傾けて見ていたが、やがて子供たちは帰りはじめた。また何かわるさをされはすまいかと思って、子犬は急いで小屋を離れ、片隅から、表の道へ駆けっこをしながら出て行く二人の子を見守った。

空地の中は非常に静かになった。眠りをたびたび中断されたので、子犬は今度こそ本当に眠ろうと思った。もとの場所で丸くなった。遠く炭鉱のほうでガラガラ、ザーッという音、何かの汽笛――そういう微かな音を子犬は頭の隅で子守歌のように聞いた。

ちっぽけなこの炭鉱町には、サイレンの音は大きすぎた。それは上から、高圧的に町の隅々に響き渡った。子犬がはっきり眼をさましたのは、正午のサイレンのためだった。その時に子犬は、おかみさんが小屋から出てくるのを見た。たぶんお昼の食事を老人に持って行ったのだろう。老人は昼の食事を与えられたり、与えられなかったりする。主人が家にいる時は絶対に与えられない。主人は鉱員で、時によって朝出になったり、夜出になったりする。夜出の時は老人はみじめである。一日じゅう、主人が家にいるからだ。おかみさんにしても、よほど食物に余裕のある時か機嫌のいい時でなければ、お昼は持って行かないらしい。すると、今日はどうなのだろう。いや、そんなことより、おかみさんの顔を見たとたんに、子犬は何か食べたくて仕方がなくなった。いつものように尻尾を振って寄って行ったが、おかみさんは非常に急いでいて、顔色も普通ではなかった。チラと子犬に向けた眼の光は、まだ子犬が見たことのないものだった。……食べ物は貰えないな。子犬は悲しい気持でそう確信した。おかみさんは家の裏口に飛び込むが早いか、ガラス戸をピシャリと閉めてしまった。家の中からは赤ん坊の泣声がしはじめた。

……あの赤いヒモはどうしたんだろうな。

子犬は、はじめてそのことを思いだした。あたりを見廻したがない。小屋の中にあったような気もするが——そうだ、おかみさんが持っていたんだ。

おかみさんは赤いヒモを丸めて右手に握っていた。近づいた時に、はっきりそれを見たのだった。しかし、子犬はもう大してそれに興味をもってはいなかった。

二

夕飯時になると、空地も小屋も薄闇につつまれた。小屋には電燈が引いてないので、内部は物のけじめもつかなくなっている。なんとも知れぬ悪臭だけが闇の中から漂ってくる。駐在所から来た巡査は懐中電灯を照らして老人の死顔を改めた。老人の眼はうつろに見開かれ、死人特有の無表情な顔だった。不自由な足を蒲団に入れたまま、上体はやや斜めによじれて仰向けに倒れている。

おかみさんが駐在所に知らせに来たのは夕方で、主人も炭鉱から帰ったので、夕食を小屋に持って行った時にわかったのだと言った。

「殺されているのかね」

そうきくと、おかみさんはあいまいなうなずき方をして、主人がすぐ知らせろというから——と答えた。

なるほど、首の廻りに、絞殺されたらしいあとが見える。巡査は仔細に点検して、妙なことを発見した。索溝に溢血ではなく、色素らしい紅の色がうすく着いていたことである。

懐中電灯は、このみすぼらしい小屋のあちこちを映し出したが、枕元の粗末な木箱と、その横に乱雑に投げ出されている古ぼけた雑誌類のほかは文字どおり何もない。第一、蒲団だけで小屋の中はいっぱいなのだった。

老人は毎晩、この闇の独房の中で、身動きもせずに横たわっていたのである。どんな気持で——巡査はそう考えると、急に寒さが背筋をつき抜けるのを覚えた。

木箱の中には茶袋、湯呑、梅干のビン、菓子の入ったカン、菓子袋、楊枝などが入っており、何か乱暴にかき廻したような形跡が、倒れた湯呑や、こぼれ出した駄菓子から推察される。巡査は一つ一つ改めることはせず、そっと蓋をした。

もう一つ、巡査は変な発見をした。というのは、小さな紙切れがいくつも部屋の隅や蒲団の裾のあたりに散らばっていたことだ。その一つを手に取ってみると、飴色のねばっこいものが着いている。キャンデーか何かの包み紙らしい。老人が投げ散らしたのか——半身不随の老人が包み紙をわざわざ部屋の隅に投げ飛ばすはずがない。巡査は、その包み紙を拾い上げた。

小屋を出ると、もう真暗だった。あたりの様子を見ることもできないので、そのまま裏口から家の中に入ろうとすると、軒下で何かうごめくものがある。おやっと思ったが、それはキャンキャンと吠えだした。……犬を飼っているのか？　巡査はちょっと意外な気持で透《す》かして見た。ミカン箱くらいの木箱があり、中にワラが敷いてあるところを見ると、野良犬ではない。巡査はせせら笑いのようなものを片頰に浮かべ、おかみさんの顔をちらと思い出しながら中へ入った。

狭い炭鉱町だから、巡査はおかみさんにちょくちょく道で出会った。おかみさんはいつも不機嫌そうな暗い顔だった。炭鉱町の中でニコニコ笑っているような顔は、その頃あるはずがなかったが、それでも巡査に会うと、顔見知りの女なら会釈《えしやく》をした。このおかみさんだけは表情を変えなかった。巡査は大人気ないと知りながら、なぜかそれにこだわっていて、おかみさんに会うと、睨みつけるようなキツイ眼付になった。それでも、おかみさんは一度も笑顔を見せたことがなく、すぐ眼をそらせてすれ違うのだった。それは、なんの感情も示していない漠然とした眼付だったが、巡査に突きささってくるものがあった。……誰かに似てるな。巡査はそう思ったことがあったが、さて、誰に似ているのか思い出せなかった。——そういうこだわりを巡査はおかみさんに持っていた。

おかみさんは赤ん坊に乳をふくませながら、巡査の前に坐っていた。その横には主人が膝をそろえている。間もなく本署から署長以下の係官が到着するだろう。

おかみさんはパーマの伸びきった髪をしていて、その下に小さい顔がある。手入れをしない荒れた肌で、日に焼けて黒いが、決してみにくくはない。どこかに童女じみた可憐さすらあるのだが、やはり笑顔は見せなかった。古ぼけたセーターをまくり上げて乳をのませている。その乳房だけが人をはっとさせるような白さで、みずみずしく張っていた。……この女は若いのだ。巡査は今更のようにそれに気づいた。

……あのじいさんを養った上に、赤ん坊を育てるとすると、重荷だな。

ガランとした室内を見渡しながら、巡査はそう考えた。あちこちの小さな炭鉱が閉鎖したり、休業したりしている。操業を続けている炭鉱でも賃銀が引き下げられ、労組はそれを鵜呑みにしている。長欠児童のこと、売られてゆく娘のこと——新聞は絶えず悲惨なヤマの状態を報道していた。

……あのタンスだって、何も入っていないだろうな。

巡査は、おかみさんが例の仏頂面《ぶっちょうづら》で質屋のノレンをくぐる姿を想像した。老人の死と、生活の苦しさとが、巡査の頭の中で無理なく結びつけられた。

「あんたのお父さんかね」

巡査は主人に向って言ったのだったが、答えたのはおかみさんのほうだった。

「あたしの父でございます」

「あんたの？」

巡査はわれ知らず狼狽していた。おかみさんのまなざしは、じっと巡査にそそがれている。沈んだ、感動のない眼——だが痛々しく澄んだ眼——巡査は無意識に顔をそむけながらいらだった。

……なんというイヤな眼付だ。こいつと同じような眼を、おれはどこかで……

しかし思い出すことはできなかった。なんでもそれは、巡査の記憶の中での不快な部分に違いなかったのだが。

老人はもう八十歳に近かった。この炭鉱町から汽車で二時間ほどの小都会で劇場の下足番をやったり、駄菓子屋をやったりして暮していた。肉親といっては、長男が戦死したあと残っているのは次女のおかみさんだけだった。四年前に軽い卒中で腰が立たなくなったので、おかみさんの家に引き取られたわけだった。それ以来、あの小屋で生きていた。この町に知り合いは誰もない。

「絞殺らしいんだが……心あたりはないかね。じいさんを恨んでいた者は？」

「この町には全然心あたりはないです。第一、父は来た時から小屋に入りきりですから」

「この町ばかりとは限らないですが、ずっと前からの怨恨関係を言っとるんだがね」

「父は、人に恨まれるようなことはしていません。気の弱い人ですから……人を恨みはしても……」

　主人に代っておかみさんがそう答えた。最後の言葉で微笑のようなものが暗い顔をよぎった。主人はちょっと身じろぎをした。

「おかしいな。じいさんのあの小屋には、金でも置いてあったのじゃないか」

　主人とおかみさんとの間に、目にとまらぬほどの視線が交わされた。主人が答えた。

「いえ、金は渡してありません。必要がないですから」

「そう。金目のものは何もなさそうだったな。じゃあ、なぜあんな癡人が殺されたのか、理由がわからん」

　そう言いながら巡査は、おかみさんからしつこく眼を離さなかった。なにか抑えきれない冷酷なものが巡査を駆りたてている。おかみさんもそれを感じたらしく、あげた瞳に一種の強い光があった。

「死んだほうがよかった人ですが、あたしにはやっぱり父です。どうぞ犯人を見つけて下さい」

はじめておかみさんは眼を押さえた。

「食事の世話なぞは、どうしていたんだね」

「朝と夕方にあたしが持って行きます」

「昼は？」

おかみさんは、とまどった表情になって返事をためらった。すると主人が急いで引きとった。

「老人であまり食欲もありませんから、昼はやっていないのです」

「夕方食事を持って行った時に発見したのだと言ったね。奥さんが先に発見したの？」

「そうです。私はここにいましたが、家内が小屋のほうで呼ぶので急いで行くと、殺されていました。頸に絞めたあとがあったので、わかったのです」

「死体は冷たかったかね」

「冷えきっていました」

「あんたは今日、小屋に行ったのですか」

「夕方以前ですか？　行きません。大体私は行かないのですよ、用事がないから」

主人の口調はそっけなかった。巡査は、死んだ老人が主人にとって、どんなにやりきれない存在だったかを想像することができた。

「奥さんが生きている老人を見たのは、朝の食事の時が最後かね」

「はい」

「それ以後には行かなかったのだね」

おかみさんは、かすかにうなずいた。巡査はまた見た。おびえて、無抵抗で、悲しく澄んだ眼——それでいて人を突き刺すまなざし。

「もうすぐ本署から捜査の連中が来るから、その時には何事でも、訊かれたことは正直に答えないと不利になるよ。死亡時刻もわかるし、あんた方の行動も細大洩らさずわかる。小屋、それから、この家の中のもの何一つ動かしちゃいけない。大事な証拠があるかもしれないからな。首を絞めたヒモなんぞが、そのあたりから出ないとも限らん。はははは、え？　おかみさん、よく考えるんだぜ」

赤ん坊は眠っていた。おかみさんはのろい動作で乳房をしまい、赤ん坊を軽くゆすっている。赤ん坊は色白の、よい顔立で、まるまると太っていた。……うちのより肥えていやがる。栄養はうちのほうが多くとってるはずだがな。そんなことも巡査には業っ腹だった。

三

巡査は現在の署長とはなじみが薄かった。この炭鉱町の駐在所にくすぶっている間に本署ではポストの移動が多く、かつての同僚も彼をずんずん追い抜いて昇進していたし、署長も変っていった。自動車で乗り込んできた署長は巡査よりも若いように見えた。散髪に行って来たばかりのような頭をして、ズボンの折目はプレスしたばかりのようだった。そして巡査には丁寧な言葉遣いをした。それは、むしろ巡査の感情を傷つけていた。

老人と夫婦との関係、老人が小屋に住みついたいきさつ、今日一日の夫婦の行動の供述など、知り得たことを巡査は署長に話した。

「怨恨関係は全然ないというのです。この町では一歩も外へ出ないので誰も知り合いはない。従って小屋に訪ねてくる人間もないのですね。ただ私は……」

巡査はポケットから、小屋で拾い上げたキャンデーの包み紙らしいものを取り出した。蒲団の裾のほうに落ちていたものだが、菓子の包み紙とすると老人が食べて投げ捨てたとは位置から考えられず、これは子供の仕業ではないか、子供が小屋に来ていたのではないか——そういう説明をした。

「子供がね。ここの細君はそれを知らないのですね」

「子供……近所の子が遊びに時にやってくるのは知っているのですが、今日は気がつかなかったそうです」

「子供を調べる必要がありますね。御苦労ですが、その子の家を捜して下さい。子供を調べるのは、今日はおそいから明日の朝にしましょう」

巡査は、死体の索溝に着いている薄赤い色については何も話さなかった。それがヒモの色であるかどうか、夜では確信がもてなかったせいもあるし、明日になれば、いずれ発見されるだろうという考えもあった。巡査は、それが気づかれないことをひそかに望んでいた。赤い色のヒモ——それを、どうかして自分で見つけるつもりだった。家の中のどこかに、それがかくしてあることを巡査は半ば確信していたからである。手柄が眼の前にぶらさがっている。

……くそ。今にみろ、間抜けめ。

そんなふうな力み方で、巡査は熱心に部屋の捜索に加わっていた。カマドの中、ゴミ箱の中までのぞいてみたが、赤いヒモはどこからも出てこなかった。

近所の人々は、事件のことを誰一人気づいていなかった。家の裏の空地が高い崖と塀に囲まれており、小屋はその中にあって四方から視野をさえぎられているので、犯人が小屋に入ったのを見た者ももちろんない。

死因は絞殺。死亡時刻は午前十一時ないし午後二時――同行してきた医者は、そう判断した。

翌朝、巡査は子供の家をすぐ捜しあてた。学校にまだ通っていない幼い子で、「おじいさんのところへ遊びに行ってお話をきく」というのが二人いる。家族にきいてみると、きのうの朝十時頃から昼まで、どちらも家にいなかったことがわかった。巡査は家族に付きそわせて、捜査本部にあてている駐在所へ連れて来た。

二人の男の子は物怖《お》じもせず、物珍らしそうに狭苦しい室内を眺めまわしている。

「坊やたちは、きのう、おじいさんの家に遊びに行ったね？」

署長の顔をまじまじと見つめながら、二人はこっくりとうなずいた。

「おじいさんの家で、何をして遊んだ？」

「おはなし」

「おじいさんのお話は面白かったかい？」

二人は顔を見合わせて「エヘヘ」と思い出し笑いをした。

「お話をきいてから、おうちに帰ってお昼御飯をたべたね。え？　そうだね。坊やたちがいる時に、誰か来なかった？　来なかったね。おじさんも、おばさんも、来なかったね。おじいさんは、死んでしまったんだよ」

署長は、ちょっといかめしい表情をした。

「それで、坊やたちが帰る時、おじいさんはまだ生きていたんだろう？　どうしていた？　寝ていた？」

急に、二人の男の子は黙りこくってしまった。付きそった家族がなだめすかすのだが、子供の気持がこじれると、どうにもならない。

署長はしばらく考えていた。

「じゃあ、もう一つだけきいたら帰っていいからね。坊やたちは、おじいさんの枕元にある箱をひっくり返さなかったかい？」

これには反応があって、二人とも首を横に振った。一人が思いついたように、

「犬かもしれないよ」

と言った。

「ちがうよ。犬は上らなかったよ」

もう一人が言下に否定した。

「犬がいるのかね?」

「うん。犬とね……犬とも遊んだ」

「あの家で飼っている子犬ですよ。この不景気に物好きな……あの愛想の悪いおかみさんですがね」

巡査が横からそう説明した。子供にきいたって何がわかるものか――何かしきりに考えている署長をぬすみ見ながら、巡査は口の中でつぶやいた。


炭鉱へ主人のアリバイを調べに行った刑事が帰ってきて報告した。それによると、主人はいつものように八時に出勤して入坑している。仕事が終り入浴して帰るまで、ずっと平常どおりに働いていたことを同じ切羽《きりは》の同僚が皆証言しており、アリバイは完全と言ってよい。ただ一つ、炭鉱住宅――小屋の裏の炭鉱住宅から重要な聞き込みがあった。朝、たぶん七時半頃だったそうだが、小屋らしい方向で人の争う声がしたという。一人は甲高い老人の声らしかったが、その相手は見当がつかない。ただし、男の声だったことは間違いないようだ――そういう証言である。七時半といえば、主人は出勤前だったはずだ。そんな早い時刻に、この孤独な老人を訪れる男といえば、まず主人のほかにはない。小屋に行かなかったというのはウソである。だが、主人が朝小屋に出かけて、老人と争ったのが事実としても、その後子供たちが訪ねた時に老人は生きていたのだから、殺人の容疑は着せられない。推定された死亡時刻は午前十一時から午後二時までだから、時間的にも問題はない。帰宅時刻は早くても四時以前ということはないので、帰ってからの凶行とも考えられない。

老人の死体は解剖に廻されて、その結果は、まだ捜査本部にわかっていない。巡査は、おかみさんの家や小屋の中をもう一度ひっくり返した。絞殺に使った赤いヒモ――女物のヒモ――おかみさんのヒモ――あるとすれば、家のどこかにかくされていそうなヒモ――その連鎖にすがりついていたのである。鑑識は、かならず首のまわりの色を発見する。署長の一行はまだ気づいていない。署長が知る前に証拠を発見し、おかみさんにつきつけて犯人発見の功を一人占めにしなければならない。巡査はあせっていた。

……ちくしょう。灰にしやがったな。

どう捜しても出てこなかった時、巡査はすっかり参っていた。今までの緊張がまるで無駄になったようだった。

……よし、こうなれば痛めつけても泥を吐かせてやる。

巡査は家の裏の空地に立っていた。そこに子犬がいた。たった一匹、何かにじゃれて、はねている。さびしい感じの光景である。巡査は子犬に冷たい一瞥《べつ》をくれて、家の横の通路から往来に出た。

一本道の両側に家が並んでいる。町らしい町といえば、それだけである。その一本道を巡査は歩いて行って、ある古ぼけた小さな家に入った。ガラス窓に薄汚れた白ペンキを塗って、木製のドアが一つ、ことさら陰気に構えた家で、何をやっているのやらわからないが、これがモグリの金融業で、炭鉱町の多くの家庭を不法な利子で絞りあげていることを巡査は知っていたし、くされ縁もできていた。

予期したとおり、あのおかみさんはこの家の常連だった。借りが五万円ほどで、利子がほぼ同額である。主人は四十くらいの後家《ごけ》さんで、商売の細かい点に触れないことはよくしゃべった。……よくよくあの家の生活も底をついたらしい。金はてんで返さないし、カタに持って行くものといっても何もない。それでいて、あの奥さんはあたしに会っても頭一つさげない……

「赤ん坊がいて、その上に、じいさんまで養っていたんじゃなあ」

「まあ、そうですがね。そのくせに犬なんか飼っているんですよ。あたしは、それがしゃくにさわってね。おじいさんが早く死んでくれたらいいなどと言っているくせに……」

「死んだらいいと言ったんだな？」

「まあ、そんなふうのことをね」

後家さんは言いすぎたと思ったらしく言葉を濁した。巡査は、今しがた見た白い子犬を思い出していた。何かにじゃれていたが――不意に巡査は棒立ちになった。妙な顔をしている後家さんをあとに、往来に飛び出していた。

子犬は相変らず空地にいた。だが、日溜りにうずくまっているだけだ。

「おい、あれはどうした。きさま、あれを……」

巡査はそんなことを口走りながら、キョロキョロとあたりを見廻した。狭い空地は一目で見渡せる。激しい焦慮の色が絶望に代ろうとした時、子犬はヒョイと立ち上って、家の横の軒下にある彼のすみか――箱の中に入った。箱の中に三分の二ほども焼け焦げたヒモがあった。赤い色がわずかに焼け残った部分に見えた。

四

そろそろ昼近い時刻になった。おかみさんの家では、署長、刑事、応援の巡査、それに主人など、みんなの眼がおかみさんに集中していた。赤ん坊は奥の小部屋で眠っている。こわれたガラガラが枕元に転がっていた。台所から物の煮える匂いが漂ってきた。

「世話を焼かせるだけ損だぜ。証拠は揃っているんだから。どうだ、お前がやったね」

巡査は、今まで何度も口の中で繰り返したせりふをはじめて口に出した。例えようのない昂揚感が巡査の身内を熱くしている。

おかみさんは強情に顔を伏せたまま答えない。

「おい」

巡査が膝を乗り出すと、おかみさんは体を避けるようにした。署長は何も言わず、静かに様子を見守っている。その時に、蒼白な顔色をした主人が巡査に向き直った。

「何を証拠にそんなことを言うのですか。証拠を出して下さい。私が疑われるのは仕方がないが、これがやったなんて気狂い沙汰だ。実の父じゃないですか」

「そんなことを言ってもだめだ。おい、これはお前のだろう」

巡査は、ボロボロになったヒモをポイとおかみさんの前に投げ出した。それを見ると、おかみさんはやっと顔を上げて、正面から巡査を見た。意外に平静である。子供のそれを思わせるような濁らない眼だ。

「わたしのです」

「これを使って絞めたじゃないか。死体の首に、ちゃんとこの赤い色が着いている。お前のほかに、誰がこのヒモを使えるんだ。きのう、家の中にいたのはお前だけだ。お前しかやる者はないよ。裏の庭は塀と崖だから、お前がヒモを持って小屋に出かけても誰にもわかりはしない。お前は子供たちが帰るのを見すますと、ヒモを持って裏口から出て小屋に行ったんだ。じいさんはお前を疑いはしないから、うしろへ廻って首を絞めるのはたやすいことだ。死んだのを見すまして、ヒモを持って帰ってカマドで燃した。燃したつもりだったが、燃えきらなかったのが不運だったな。お前は、カマドや七輪の灰と一緒にして裏の庭に捨てたんだ。それだけなら発見できなかったかもしれないが、お前の飼っている子犬がヒモを引きずり出したんだ。なあ、犯行をかくすためでなかったら、なんでヒモを燃したりしたんだ?」

巡査は半ば署長に向いて話していた。署長はうなずきながら聞いていたが、ものやわらかにおかみさんに、

「今のとおりですか。犯行をあなたは認めますか?」

と言った。答えははっきりしていた。

「あたしではありません。でも、ヒモを燃したことは本当です」

「きさま、まだシラを切るか。お前の主人が出て行ったあと、小屋に行ったのは子供が二人と、お前と、それだけしかいないんだぞ。お前は金貸しの後家に〈じいさんが早く死んだらいい〉と言ったろう。お前は十万円の借金をしょいこんでいる。一家三人がいくらかでも助かる……あの生きていても仕方のないじいさんに早く死んでもらえばな。そう思って殺したんだ。できるなら弁解してみろ」

「ばかな。そんな……」

署長が、いきり立とうとする主人を制した。

「あなたは、なぜヒモを燃したのですか。疑いがかかると思ったのでしょうね」

「はい。あたしが行くと、父はあのヒモを首に巻かれて死んでいました。このままにしておくと、どうしても、あたしのしたことになると思ったのです。主人が帰った時、あたしはすぐ相談しました……」

「発見したのは夕食の時ではなかったのですね」

「すみません。お昼でした。お昼にお芋をふかして持って行った時です」

「お昼の食事は、時に持って行くのですね」

「かわいそうですから……主人にはすまないと思いますが、あれでも食欲はありましたから、できるだけ何か食べ物を……」

主人はうなだれた。署長は、こんどは主人に言った。

「あなたはきのうの朝出勤前に納屋に行って、何か口論したようですね。近所の人が声を聞いています。あなたも奥さんもウソをつきましたが、無駄なことですよ。死亡時刻より前のことですからね。それより奥さん、おじいさんの食事の時には、湯呑は木箱から出すのですね。きのうの朝は木箱に何も異常はありませんでしたか。なかった……そうでしょう。ところが、私が見た木箱の中はかなり乱雑で、何か中のものを急いで捜したような印象を受けました。これは、食事のあとで御主人が来た時には、木箱から何か取ったのだと私は考えています。それが争いの原因のようですね。お金じゃなかったのですか？」

「そうです。お金でした。私は……」

主人はかすれた声でそこまで言って、こぶしで眼頭をグイと拭いた。

「私は死んだ父にはすまんと思っています。私はケチでした。だが、この暮しでは仕方がなかったのです。なるほど、私は昼の食事はやらぬように家内に言いつけていました。しかし、朝晩の食事は副食などにも気をつけてやっていました。父には我慢してもらうより仕方がなかった。夫婦でも苦しかったのに子供が生まれて……ですから、小遣いもやるなと言ったのです。われわれでも、絶対に間食などできない身分なんです。私は冷たかったかもしれませんん。家内も私を恨んでいるかもしれませんが、私は、家内が自分の食事を抜いても父に持って行ってやっているのが……小遣いなど出るはずがないのに、無理をして駄菓子などを買う金を渡しているのが見ていられなかったのです。これでは家内が参ってしまう。床にでもつかれたら、私の一家はどうなります。……それがわかっていながら、家内は私にかくれて時に金をやったりしているようでした。ですから、私はきのうの朝小屋に行って金を取り上げたのです。金の高はわずかですが、そういう行為をやめさせる目的でした。この巡査のかたは家内が犯人だと言っていますが、こんな女が、どうして父を殺せますか」

「わかりました。小屋を見た時に気がついたのですが、蒲団や敷布などは粗末ながら……いや失礼……清潔だったし、死体の寝巻もさっぱりしていたので、奥さんはよく世話をしてあげているとわかりました。下《しも》のものの世話も行き届いたものだと想像できました。こういうことからも、奥さんの犯行とは、最初から私は考えなかったのです。今のお話で、この考えはいよいよ確かになりました」

署長は、満面に怒気をみなぎらせて黙りこくっている巡査に向って言った。

「あなたも聞いて下さい。かりに物的証拠があったとしても、それが完璧なものでないかぎり、奥さんの犯行という説は日頃の奥さんの行為に否定されてしまう……そういう情況のほうが、あなたのあげた証拠より強いのじゃありませんか。発作的に前後を忘れてやるということも考えられますが、病的なヒステリーの性格は、この奥さんにはないようです。余計なことかもしれませんが、奥さんは元来明るくて愛情の深い性質だと私は思うのです。そして細かい所によく行き届く感覚をもった人なのです。子犬を飼っていられるのも、見殺しにできなかったからなのでしょう。あなたは、奥さんが不愛想で暗い人だとお考えのようですが、それは生活の重圧がそうさせているのです。卒直で、しかも繊細な感情の持主には、その重圧はまともに、激しくやってきます。その重さが、奥さんの本来の性格をかくしているのですよ。警察官としては危険な考え方でしょうが、私ははじめて奥さんの眼を見た時、この人はまっすぐないい人だと確信しましたよ」

「しかし署長、この人は被害者が死ぬことを望んでいたのです」

「死んでくれたらよいと考えるのと、殺人の意志をもつこととは、まったく別ですね。こんな環境にある人間なら誰しも考えることを、奥さんは口に出してしまっただけなのです」

それならいったい、この女が犯人ではないという証拠でもあるのか、何を夢みたいなことを言ってるのだ。――巡査は屈辱と反抗とで胸が煮え返っていた。

「もう一つききたいのですが、あのヒモは何に使っていたのですか」

おかみさんは心持ち赤くなった。

「寝巻の帯にしていました」

「きのうの朝起きられた時に、ヒモは夜具と一緒にしまいましたか」

「さあ……それはよく覚えておりません」

「あの子犬は部屋の中に上ってきますか」

「いいえ、上ろうとしても追い出しますから」

「ヒモは、どんなふうにして焼いたのですか」

「カマドにまだ火が残っていましたので、その中に入れて、その上から新聞紙に火をつけたのを投げこみました」

「それで焼けきっていない。ということは、ヒモが濡れていたのではありませんか」

「あ、そうでした。濡れていました」

おかみさんの頬の色が明るくなった。署長が何を言おうとしているのかわからないが、ともかく糸はほぐされて行っている。

「死体の首筋に赤い色が着いているのは、私ももちろん知っていましたよ。色が着いたのはなぜか。当然濡れていたという答えが出ます。では、なぜ濡れていたのでしょうね」

署長は、いくらかいたずらっぽい眼付をして一同を見廻した。

「はっきり言えることは、奥さんの犯行ならヒモは濡れていなかったはずだ……濡らす必要はなかったのだということです。それは地面に落ちたから濡れたのですよ。今日は地面は乾いていますが、きのうの昼頃まで、まだ雨の名残りの水溜りがあちこちにありましたからね。ヒモは奥さんが朝の食事を持って小屋に行く途中で、裏庭に落ちたのです。赤ん坊が手にヒモを握っておもちゃにしていたか、あるいは……そうそう、かんじんのことを聞き忘れていたが、奥さんは朝の食事を、赤ん坊をおんぶして運んだのでしょう？　やはりそうですね。この辺は正確に言うことができないので残念ですが、ともかくヒモは庭に落ちた。子犬がそれを珍らしがって拾ったと思われる。そして庭じゅうを引っぱり廻った。水溜りは所々にしかないから、そう考えないと、濡れたわけがわからないのです。それを老人が見ていた。子犬が老人の所に行ったか、老人が子犬を呼んだか、ヒモは老人の手に渡った」

「自殺だというのですか。自分で自分の首を絞めて……」

署長は静かにうなずいた。

「私は、そういう例をいくつも知っています。強い意志力が必要です。しかし、やれるのです。投げ縄の結び方がありますね、子供がよくやる……あれに似た要領で、首に廻したヒモをうしろで結んでおく。力いっぱい締める。ヒモは締まるだけで、決してゆるみません。老人は最後の力を出しきったでしょう。朽ちかけた肉体には、それで十分だったのです」

沈黙の中で、おかみさんと主人のせぐり上げる声が高まった。

「私がわるかった。朝、あんなことをしたばっかりに……」

そういう主人に署長は沈んだ声で言った。

「そうではないでしょう。老人は死ぬことをいつも望んでいたのです。子犬がヒモを持っていたという偶然が、老人の意志を決めたのです」

五

老い先短かい、不具な老人の自殺――いわば、ありふれた事件だったことになる。おかみさんの赤い腰ヒモが死体の首に巻いてあったことが、巡査の判断をあやまらせたのだ。

署長の一行は、ひとまず炭鉱町を引き揚げて行った。

巡査は町の一本道を機械的に歩き続けている。たたきのめされてしまった気持である。

署長の推理は巡査を圧倒してしまった。あのめかしこんだキザな男が、さっきのように落ちついた洞察力を示すとは考えもしなかっただけに、敗北感は強かった。功名心は淡雪《あわゆき》のように消えてしまっている。この男にしては珍らしい自己嫌悪が、うすぐろく胸をひたしている。署長が言った首のうしろの結び目——それが、はたしてその個所に跡を残していたか、またおかみさんは、結び目を解いてヒモを取ったのか——巡査の今の心理状態では、当然起るべき疑問も意識に上るはずがなかった。

かなりな道のりをどう歩いたものか、気がつくと汽車の踏切りに来ていた。チンチンチンと信号機が鳴って、のろい速度で貨物列車が近づいていた。長い貨車の列を巡査はぼんやり見送った。その中に家畜車があって、牛が二、三頭窓から顔を出していた。大きなつぶらな眼が巡査の注意をひいた。それは運命に従順な、悲しいほどに無垢な瞳である。

巡査は不意に、乾いた高い声で笑い出した。おかみさんの眼付が誰に似ているかを、やっと思い出したからだ。おかみさんの澄んだ、突き刺してくる眼は、今この前を通った牛の眼に似ている。そして牛の眼は、ほかならぬ巡査の女房の眼にそっくりだった。

「牛みたいなやつだ」

何かの事で女房に当り散らす時に、巡査はよくそう言った。女房は、おかみさんほど暗い不機嫌な表情はしていなかった。おっとりとして言い返しもしなかった。だが、巡査がイヤだと思う、あのしいんとした眼付だけは同じだった。

翌日、子犬はいつものとおり空地の日だまりに坐って、小屋のほうを向いていた。小屋の中にはもう誰もいない。蒲団もなく、ガランとしている。昨日の夕食はどういう加減か、えらく御馳走だった。御飯の中に肉や脂《あぶら》がたくさん入っていたし、身のたっぷりついた魚の骨まであった。

この調子だと、今日はお昼もくれるかもしれない——これはしかし当てはずれだった。おかみさんは一向に出てこない。というのは、小屋に行く用事はもうなくなったからだ。

子犬はそろそろ眠くなった。うつらうつらするうちに、あの日のことが割合にはっきりと思い出された。

子供の一人が急に小屋から出てきて、一度地べたに捨てた赤いヒモをまた取り上げて小屋に持って帰った。それから老人の行司で綱引が始まった。一方がひっくり返ると、老人は大口をあけて笑っていた。声は立てなかった。

次に、老人が子供の相手になった。足のきかぬ老人はすぐに転んだ。また子供同士の勝負になったが、それが勝った負けたという喧嘩になったらしい。それから変なことが始まった。老人が何か説明すると、子供たちはうなずいて、ヒモを老人の首に廻した。老人は自分の手でそれをさらに一巻きして、それぞれヒモの端を握った二人を両脇に立たせた。

老人の眼の玉が急に大きくなった。そして何か言った。同時に二人の子供は両方から力いっぱいにヒモを引っぱった。

いったい何をしているのだろう——子犬は首を傾けながら見ていた。わしがこっちに倒れればお前が勝ち、そっちに倒れればお前が勝ち——老人が子供に言い聞かせたのは多分そういうことだったのだろう。けれども、子犬には理解できないことである。

老人の軽い体がふわりと一方に倒れた。子供たちはやっとヒモを離し、勝ったほうは手を叩いて喜んだ。倒れて静かになってしまった老人に、子供たちはもう用がなかった。しばらく小屋の中であばれてから、外に出てきた。子犬はこそこそと片隅にかくれた。

子犬の記憶力がどの程度にはっきりしたものか疑問だが、うつらうつらしている間に、子犬の眼先にちらついたのは以上の情景である。やがて子犬は、まったくまぶたを閉じた。

黒い木の葉

Doch an den Fensterscheiben
Wer malte die Blätter da ?

されど窓の硝子に
木の葉を描きしは誰？

ベッドの上の少女は眼を閉じたままだった。少年が今味わったその唇は、まだ少し開き加減で、白い歯の色がこぼれて見える。

少年は、枕元に乱れた髪を指の先でもてあそびながら少女を見つめている。上気した頰は燃えるように紅い。反対に、少女の頰はすき透るように白かった。

「ぼくは君を殺したい」

少女は静かに瞼を開いた。まつげの長い、ふかぶかとした瞳をきまじめに少年に向けて、

「恵ちゃんになら、殺されてもいいわ」

と言った。少年は独りごとのように続けた。

「この美しさがくずれないうちに……あのきたならしい大人の世界に君が入らないうちに……そうすれば、ぼくも、この世で一番美しいものを胸に抱いて死ねるんだ」

「大人って、そんなにきたならしいの？」

少年は黙ってうなずいた。胸のうちに、いろいろな映像が浮かんで消えてゆく。酒呑みで、好色で、無頼な父親の不潔な赤ら顔。ミッキイとよばれる父の女の、脂肪でふくらんだベタベタした体。少女の母親の、美しいが凍ったようにこわばった顔。それに、かつては少年と同じように、しなやかな体と滑らかな皮膚をもち、血の色のあざやかな円い頰っぺたをして

いた者たちが、たちまち、骨組がゴツゴツしてきて、のど仏が出、頬骨が張り、皮膚がみかんの皮のように荒れ、ニキビが吹き、眼の色が邪悪になってきた、あのみにくい成長——

「そんな話、もうよしましょう。あすはお母さんたちがやってくるのよ。だから今の時間が大事よ。いつものように、音楽の話をして」

少女は細い手を毛布の下から伸ばして指を少年の指にからませ、なぐさめ顔で言った。

少年は音楽が好きだった。もちろん本式に音楽の勉強をやっているわけではないし、ほったらかしの父が、音楽をやりたいという少年の真剣な希望に耳をかすはずもなかった。少年の心は音楽でいっぱいだ——音楽が全部なのだということが、父のみならず、世の中の「大人」のコチコチの頭には理解できはしないんだと少年は考えていた。

ラジオのプログラムに音楽があると、それがどんな種類のものであろうと、少年はキャビネットのすぐ前に突っ立って、吸いこむように聴いたし、乏しい小遣いをためては音楽のレコードを買った。

音楽の話をする時に少年の瞳は輝いた。せきを切ったように少年は話し続けるのだった。少女は、その様子を心から美しいと思いながら耳を傾ける——それが、このかわいい「あいびき」の内容なのだった。

「ぼくはね、冬の旅のレコードを近頃ずっとかけてるんだ。シューベルトが本当に天才だってことが、はっきりわかったよ。ああ、どう言ったらいいかなあ……それは結局、話せないんだ。感じなきゃならないんだ。ほんのちょっとのメロディーから、ほんのちょっとのピアノの音から、ぼくにはそれが感じられる。そんな時には、ぼくの胸はこんなに、こんなにふくれ上ってしまう。そして、君も一緒に感じ合ったらどんなにいいだろうと思う……」

「あら、あたしだってわかるわ。冬の旅って、あたし好きよ。お母さんが大好きだったの」

少女はいくらか不平そうだ。少年は、そんな不平にはおかまいなしに、

「そう。じゃ君、知ってるだろう。〈小川のほとり〉のマインヘルツ……って繰り返すところ。それから〈道しるべ〉の……そうだ、あれを転調と言うんだよ。短調から急に長調に変る。そして歌が涙の出るほど劇的になる。ね、わかるだろう。シューベルト以外に、あんなすばらしい転調ってないんだ……」

少年はそれから三十分ばかりも、そういったことを熱にうかされたようにしゃべり続けた。病室の壁に射していた日ざしが消えた。窓の外の茂みの色を映して、室内は薄緑に染められ、シーツの純白が清潔に浮き出している。しゃべり疲れた少年は、少女の掌を自分のほてった頰にあててじっとしている。少女も天井を見たまま身動きもしない。天井では前庭の小さな泉水の反射がゆれている。

炉棚の上の古めかしい置時計が五時を告げた。

「恵ちゃん。もうすぐお夕食よ」

少女は腰を上げそうにもない少年をやさしく促した。看護婦の見山さんが夕食をもってくる。少年は見られてはならないのだった。

少年は、こんどは少女の額に接吻して溜息をついた。

「ごめんなさいね、恵ちゃん。お母さんは、どうしてあたしが恵ちゃんと会ってはいけないって言うのかしら」

「……つまり、ぼくが嫌いなのさ。ぼくにはわかるんだ」

「……でも、はじめの頃は自由にこれてたじゃない？　お母さん、よく恵ちゃんのことをほめてたわ。それがどうして急に……」

ふっと暗い顔になった少年は、ことさら快活な声を出してさえぎった。

「そんなこと、どうでもいいさ。大人のやることなんか……こうして、うまく会えてるんだからね。それより、ぼくらの歌をうたっておしまいにしよう。あすは黒なんだね。でも、ちょっとでも時間があったら緑にしといてね。ぼくは、いつも君んとこの窓を見てるんだから」

二人は小声で「ぼくらの歌」を合唱した。それは「菩提樹」と「春の夢」だった。

少年は窓を音のしないように静かにあけると、そこから前庭におり、あたりをうかがってから、木蔭へと伝いながら帰って行った。少年のすまいは、少女の病室の真向かいにあたる赤瓦の家で、父がアトリエをもっていた。少年の家から見ると、草むらや灌木の茂みをへだてて百メートルばかりの距離に少女の病室の窓が見えるのだった。

二

くたびれたベレーにジャンパー、堂々たる体格をしていながら、どことなく荒れた感じ、無理に肩をいからせた淋しい虚勢——カンヴァスに向かった後姿に妙ななつかしさを覚えて近づいてゆくと、その画家はうるさそうにふりむいた。とたんに、冬子は棒立ちになってしまった。けげんそうにしていた画家も、すぐ「おッ」と叫んだ。

「フー公……いや、冬子さんじゃないか！」

画筆を投げ捨てて大股に寄ってくるのを避けるように、一礼して歩き出そうとする袖を画家はつかんで離さなかった。

「お離し下さい。あたくしに御用はないはずですわ」

「ごあいさつだな。それが二十年ぶりにめぐり合った人の最初の言葉とは……」

画家は苦笑しながらもすぐ袖を離した。冬子は正面から画家を見た。怒りが冬子の眼を美しくうるませている。

「どんなごあいさつをすればよろしかったのかしら」

画家はたじろがずに冬子を見返していた。

「あんたは変っていない。おれが胸の中にもち続けてきた面影と同じだ。フー公……君はやっぱりフー公だ。だが、おれは……」

画家の表情は不意に気弱にゆがんだ。この中老の男はアルコール中毒の症状が明らかで、毛穴の開いた、赤いしみのひろがった顔は悲惨でこっけいだった。

「冬子さん。お願いだから、しばらくここにおれと一緒にいて下さい。五分間でいい。それくらいのなさけは残っているだろう」

画家は草の上にどっかりと腰を下ろした。冬子は離れた所で、画家にはそっぽを向いてしゃがんだ。胸のうちには複雑な感情が荒れ狂っている。できるだけ冷淡に、無頓着にしていなければ――そういう懸命な自制だけが冬子――大浦教授夫人を支えている。

谷間から吹き上げるひんやりした風が耳もとで鳴る。冬子は、軽率にこの男に近づいたうかつさを激しく悔いながら、正面の暗緑色の山肌を眺めていた。深い谷をへだてた向こうは一面の杉木立で、冬子たちの坐っている高原とほぼ同じ高さで尾根が伸び、さらにその背後には、青霞んだ筑紫山塊の稜線が幾重にも重なっている。登山者はいつか姿を消し、法師蟬の声も聞けなくなった頃だ。避暑の客もほとんど山を下り、残っているのは何か用のある者だけである。

手の触れそうな所を、うすい霧がゆっくり動いてゆく。

「おれは、あんたに会う時のことをよく考えた。お互いに年をとったし、昔のことだ。落ちついた気持で、しんみり思い出話ができると思っていたが……いざ会ってみると、おれの気持は昔に返ってしまって、気の弱い恋人みたいに、何から話していいやらわからない。しかし、どうやらあんたも御同様らしいね」

なんというぬぼれ、昔のとおりだ。身勝手で、独り合点で……あたくしが平静でいられないのは、あなたへの憎しみが決して消えないからだのに。傷められ、ふみにじられた娘の誇りは一生あなたを憎み続けずにはいないでしょう……

だがどうして、その憎しみは氷のような怒りではないのだろうか。このひどい胸の動悸は憎しみのせいだろうか。冬子は惑乱を感じた。この男をまだ愛しているとでも……

この考えは滑稽に思えた。画家の容貌はそれほど荒みきり、老いのみにくさを見せていたからである。

「まだ画をかいていらっしゃるの」

「相変らずね。画だけがいのちだ。ほかのことは無だ。みんな画のいけにえだ。そういうおれの生活は変らない」

「画は売れまして？」

「ぼちぼちさ。田舎じゃなかなか売れない。だが、今におれの価値を認めさせてやる。そうすれば……」

「昔と同じことね。で、奥様は？」

「死にましたよ、ずっと前に。坊主を一人のこして行った」

「じゃ、今はお一人で？　それはお淋しいですわね」

画家は不意にげらげら笑い出した。

「うまい皮肉だな。なあに、女が一人いますよ、脂肪の塊のようなやつさ。こいつを置いとけばモデル代はタダさ。すばらしい体でね……頭はバカだが」

「そう。それはよろしいわ」

「……お見うけしたところ、渋いうすものに白足袋まではいて、上流の令夫人といったいでたちだが、高原を御散策ですかな。なんといったっけかな、あなたの御主人……たしか応召したと覚えているが……」

「あの人は、戦死いたしました。今の主人は大浦と申します。大学の工学部の教授をしております」

「あんたも、つれ合いに死なれたのか。で、現在はりゅうとした教授夫人か。御立派ですよ。それに引きかえ、おれはいつまでたっても飲んだくれで色気狂いの貧乏画家か。……もっとも、女の方面じゃ、もう見向きもされないがね。……子供さんは？」

「娘が一人います。少し肺と心臓がわるいので、ここで療養させておりますの」

休暇が終って大浦教授は大学へ帰ったので、冬子も娘につききりでいるわけにはゆかなかった。一週に二回ほど山に通って来ていた。看護と食事は、見山という知り合いの看護婦にまかせている。

画家は意外そうな顔をした。

「じゃあ、あんたの所はおれの家の真向かいなんだ。どっちも道から引っ込んでいるからわからなかったけどね。それでは、娘さんとおれの息子とはもう友達だよ。息子は近頃娘さんの所へちょいちょい遊びに行っているよ。あんた、知らない？」

冬子はひどい衝撃を受けていた。あの少年がそうだったのか！　美しい、清潔な感じの子だった。このあたりの中学生とは違った知的なひらめきを、その瞳はもっていた。冬子は少年を一目で気に入り、娘の話相手ができたのを喜んだのだった。中学三年で、苗字はごくありふれていたので、むろん画家とは結びつかなかった。画家の子だと知った時、少年の顔が画家のそれと二重写しになった。画家の面《おも》ざしの幾分かを少年はもっていた。そして、冬子の知らぬ女の面影の幾分かも。

——気がつくと、画家の顔が正面に迫っていた。冬子はかすかなアルコールの香りを嗅いだ。

「冬子さん、あんたは、おれの気持がわからなかったんだ。いや、娘のあんたには、男の気持が……」

「昔のことは、お話しにならないで下さい」

「いや、これだけは聞いてくれ。おれは無茶なことをやっていた。あんたには、ひどいことをした。それを今更弁解はしないが、おれは心底からフー公……あんたを愛していた。ずっと今まで愛している。笑ってもいいよ。おれは、あれからあんたを捜して歩いた。あんたは、おれに会おうとしなかった。あの男……戦死したあの男とあんたが結婚することを知った時、おれは二人とも殺してやろうと思ったほどだ……」

冬子は肩を強く摑まれていた。その感触から、得体の知れない悪寒が全身にひろがっていた。

「お聞きしたくはございません。今のわたくしには、なんの意味もないことですわ。御用がなければ、これで……」

　肩を払うと、案外もろく画家の手は離れた。茫然と見送っている画家の視線を全身に意識しながら、冬子は精一杯、平静に返ろうと努めながら、ゆっくり細道をくだった。眼の下、細道が遠く曲って消えるやや手前に、木立に囲まれて少女の病室が屋根を見せている。その向かいにあるという画家の家は、杉林の背後になっていて見えなかった。


　冬子が少年の訪問を禁じたのは、この日である。二人のかわいいロミオとジュリエットができあがったわけだった。

　だが、少年は病室の窓から出入りすることを考えついた。訪問は見山さんに気づかれぬよう、そして冬子または大浦教授の来ていない時でなければならない。訪問してよい時は、少女は緑色の木の葉を庭からひろってきて、窓ガラスの内側に貼りつけておき、鍵ははずしておく。訪問していけない時は、別に用意しておいた黒い木の葉――柿の葉を黒く塗ったもの――に置きかえ、鍵をしめておく。シューベルトの「春の夢」にヒントを得た工夫である。

　少年は自分の家からいつも病室の窓をすかして見ていた。そして緑の色であれば、さっそく家を抜けだすのだった。

三

少年はパンツ一枚になって裏庭に出た。一隅に古風なつるべ式の井戸があって、山地特有の、切れるように冷たい清水が湧き出ている。その水を洗面器に汲み出し、まず顔を洗った。次に、タオルをしぼって汗ばんだ体じゅうを拭いた。麓の学校からここまで、登りの山路を一時間。少年の若い体力でも毎日の往復は骨だった。少年はよく何とはなしに欠席した。もともと学校は嫌いで、友達もなかった。休むと、なおさら学校がいやになった。先生たちは、この閉鎖的な少年を妙な眼で見はじめていたが、それは少年の「出欠常ならず」という行状の原因を、その家庭——えたいの知れぬやもめの画家と、モデルとも情婦ともつかぬ女との変則な家庭生活に帰しているようだった。冷たい周囲の眼のなかで、少年は音楽と、少女のことだけを考えた。

少年は上気した肌を何度も拭いた。タオルの冷たさが快い。学校——つまり俗界から脱出してやっと自分だけの世界に帰れたのだ。音楽に沈潜すること、それから少女——だが、今日は少女に会えないらしい。玄関に入る前に病室をすかして見たのだ。木がくれに窓が見える。その窓には黒い木の葉がへばりついていた。

少年は体を拭き終ると、憂愁をこめた瞳を上に向けた。樹齢数百年というのだろう、丈高い老松がすぐ近くに一本あって、はるかな空で枝をそうそうと鳴らしている。少年は、この松を見るたびに気持が昂揚した。それに、松風の響はなんとなく少年にギリシャを連想させた。ギリシャはまたバッカスだとか、牧羊神だとかにつながり、それらの神はただちに音楽につながっていた。

少年はパンツ姿のまま家の中に入ると、自分の部屋に寝ころんだ。非常に静かで、アトリエのほうも物音がしない。画家はまた今日もカンヴァスをかかえて峠へ行ったのだろう。あの女――ミッキイは、またアトリエのベッドで寝そべっているのだろう――裸で。

少年の頭に霧のようなものがかかってきた。それは、あのギリシャ的な昂揚をまたたく間に消してしまった。血管がふくれて、何か悪い血が脳髄の中に満ちてくるようだった。

少年は、少女のことを考えようと努めたがだめだった。それは非常に淡々しく、見慣れた顔の映像さえ定かに結ばなかった。こんどは起き上って、電気蓄音機の蓋を乱暴にあけた。だが、それは無意味な行為で、レコードをかける気がないことを少年自身が知っていた。

少年はアトリエのドアをあけた。南の窓はカーテンが引いてあり、強い秋の陽射しをさえぎっている。だが、天窓からの光が板張りの床にまばゆい輪をつくり、その中で石膏の胸像が白く燃えていた。

ミッキイは南の窓の近くのベッドに寝ていた。用のない時は、何か食べているか寝そべっている女だった。ベッドではいつも裸だった。ミッキイは眠っていたのではないらしく、少年が入ってくると薄眼を開いて、

「坊やの恋人は、今日は面会できないってさ」

と舌たるい口調で言った。少年は反射的に北側の窓を見た。そこからも少女の病室が見え

る。このうすのろの女は、木の葉の信号を知っている。このことが少年に凶暴な怒りをかき立てた。それを見てとったように、ミッキイは鼻をクスンといわせて笑った。

「坊や」

少年は命令に従った。

ミッキイは、あらわな腕を伸ばして横に振った。北側の窓のカーテンをしめろというのだ。

ミッキイは胸から上を毛布から出して少年を待っていた。赤い乳首の濡れたような乳房がかすかに動いている。少年は全身を震わせていた。女は体をベッドの一方に片寄せ、毛布をもちあげた。すばらしく白い、あやしくくねった胴体と肢が少年を迎え入れた。

少年は悪夢の中に入っていった。愛撫の仕方を知らない少年の純潔な肉体を、ミッキイのやわらかい四肢がくねくねとまつわりつくのだった。

やがて、ミッキイは生まれたままの姿でベッドを抜けだすと大きな伸びをし、スリップだけをつけると、だらしなく足を引きずって裏庭へ出てゆく。少年はベッドの中で泣いた。

この日、少女は病室のベッドの中で冷たくなっていた。首にはごく微かな指頭のあとがあったが、この位で扼殺されるとは思えない。窒息する前に心臓麻痺で死んだことがあとでわかった。しかし、その発作は、ある人物が両手を少女の首にあてた結果惹き起されたものである。死亡の時刻は午後二時から四時までの間と推定された。

四

以下は関係者の供述を抜き書きしたものである。

大浦冬子　四十歳、被害者の母で大浦教授夫人

問　お嬢さんの死体を最初に発見されたのですね。
答　さようでございます。
問　病室に入ってすぐ変事がわかりましたか。
答　いいえ。ベッドで眠っていると思いました。そばまで行ってわかったのです。
問　ベッドや寝巻などは乱れていなかったのですね。
答　はい。
問　部屋の様子に変ったところはありませんでしたか。
答　なかったように思います。
問　窓は開いていましたか。
答　しまっておりました。
問　鍵もかかっていたのですか。
答　かかっておりませんでした。
問　病室にお着きになったのは何時頃でしたか。

答　たぶん四時半頃だったでしょう。正確にはわかりません。着くとすぐ病室に入ったのでございます。
問　最近、お嬢さんの様子にふだんと違ったところはなかったのですか。
答　いいえ、ございません。
問　ここで、お嬢さんの知人といった者は？
答　男の子が一人おりました。この真向かいの家の子でございます。
問　病室にたびたび来ていたのですか。
答　はい。でも、近頃はあまりやって来ないようでございます。
問　向かいの家とは行き来していられるのですか。
答　いいえ、いたしておりません。
問　これは柿の葉ですが、妙なことに墨で黒く塗ってあります。ベッドの下から出てきたものですが、見たことがおありですか。
答　ございません。
問　ほかに、特にお気づきの点は？
答　今思い出しましたが、窓に木の葉……椿の小さな葉がくっついておりました。前庭にある椿の木の葉でございますが、よく見ますと、部屋の内側でガラスと窓の桟の間にはさんでありましたので、ちょっと変に思いました。いえ、ふつうの緑色でございます。……犯人の心当りはまったくございません。娘は、誰からも恨みを受ける理由はないのですから。

見山セツ　三十一歳、付添看護婦

問　午後一時から、奥さんが来られるまで、あなたはずっと自分の部屋にいたのですね。
答　はい。
問　その間に、誰か訪ねて来た人はありませんでしたか。
答　どなたもいらっしゃいません。
問　玄関から病室へ行くには、あなたの部屋の前を通らなくてはならないのですね。
答　はい。廊下を通った人はありませんし、玄関は鍵をかけてありましたんです。
問　ほかに病室へ入る通路は？
答　ございませんわ。
問　病室で何か物音はしませんでしたか。
答　いいえ。それにドアを閉めてあると音はちっとも聞えないんです。
問　あなたが病室へ入るのは？
答　午前八時、正午、午後六時に食事を持って参ります。午前七時、午後三時、午後八時には検温、そのほかは、お嬢さんが用事でベルを鳴らした時に入ります。
問　三時に検温に行った時はどうでしたか。
答　眠っていらっしゃいました。
問　いつもと変った様子は？

答　そうですねえ。お嬢さんは日頃からお綺麗な方でしたけど、あの時の寝顔は、ほんとうにうっとりとするようでしたわ。きっとそうだと思いますよ。それに、お寝巻も新しいのに替えて。ああ、そういえば、うすくお化粧していらしたんじゃないかしら。

問　窓は鍵をかけてありましたか。

答　さあ、気をつけませんでした。木の葉がくっついていたのは覚えていますけど。

問　どんな木の葉でしたか。

答　たしか柿の葉でした。

問　色は？

答　色って……もちろん緑色ですわ。

問　これではなかったのですか。

答　そりゃ椿じゃありませんか。いいえ、柿の葉でしたわ。

問　向かいの家の男の子が、よく訪ねて来ていたそうですが。

答　ええ、かわいらしい上品な子で、お嬢さんとはいいお友達になって、あたしも喜んでいたんですけどねえ……

問　最近来なくなったのですか。

答　それが……奥様がお断わりになったんです。あの子が来ても、上げちゃいけないっておっしゃるんですよ。はじめの頃は奥様も、これで娘の話相手ができたなんておっしゃっていたんですのに、なぜか急に……

問　理由はわからない？
答　わかりません。あの子にそっとわけをきいてみたんですが、ぼくにもわからないって、しょげていました。無口でしてね、家族の方のことをきいても黙ってうつむいてるような子ですよ。

大浦銕夫《てつお》　四十六歳、大学教授

問　到着された時刻は？
答　用があって家内より一時間ばかりおくれて出発したので、着いたのは五時過ぎでしょう。騒ぎの最中でした。
問　何か紛失したものはありませんでしたか。
答　私の調べた限りでは、ありません。
問　お嬢さんを恨んでいた者……何かの理由で害意をもっている者について、お心当りはありませんか。
答　ありません。そういうことは絶対に考えられない。
問　お嬢さんは向かいの家の男の子と親密だったそうですが、お会いになったことがありますか。
答　あります。あれは、いい少年です。
問　奥さんが最近、少年の出入りを差しとめられたそうですが、なぜだか御存じですか。

答　それは初耳だ。私も理由を知りたい。

問　奥さんは、お嬢さんの交際などについてやかましい方ですか。

答　いいえ、自由にさせていました。今うかがったようなことは初めてです。

問　これは御意見をうかがいたいのですが、病室のベッドの下から黒く塗った柿の葉が出てきました。それと別に窓に柿の葉が……これはふつうの緑色ですが……はりつけてあった。窓の内側からですよ。見山さんが見たというのです。ところが、奥さんはそれが柿の葉ではなく、椿の葉だったとおっしゃったのです。事実椿の葉を私たちは発見してもっています。いかがでしょう。

答　……そうおっしゃられても、急には見当もつきませんが、これは面白い点のようですね。

山田美喜郎　四十八歳、画家

問　あなたの息子さんは、死んだお嬢さんと親しかったそうですね。

答　はあ。よく病室を訪ねていたようです。

問　今日はどうだったのですか。

答　知りませんな。私は画をかきに行っていたので……

問　どこで画をかいていられたのですか。

答　この前の道を一キロばかり上った峠ですよ。

問　何時頃から？
答　さあ、昼めしをくってからです。帰ったのは夕方近くです。時間なんぞ覚えていやしないよ。
問　お嬢さんに会ったことがありますか。
答　いや。訪問したことがないんだから。
問　大浦氏や奥さんと面識はないのですか。
答　大浦氏なんぞ知りませんな。奥さんは……奥さんは、私のことを何か話しましたか。
問　こちらの質問に答えて下さい。奥さんを知っているのですか。
答　きっとあの人は私を知らないと言ったんだろう、はっはっは。知ってるどころじゃない。かつての恋女房さ。二十年も前の話だが……。この間バッタリ会ってね。
問　離婚されたのですか。
答　そういう正式なもんじゃなかった。
問　お嬢さんは、奥さんがあなたと別れて大浦氏と結婚してできた子ですか。
答　いや、その前に別の男と結婚して、その間の子だ。その男は戦死した……この間ばったり会った時にそう言っていましたよ。
問　奥さんとお会いになったのはいつです。
答　二週間ばかり前になるかな。二十年ぶりでめぐり合ったというのに、プンプン怒ってたよ。女の恨みは恐ろしいや。

問　あなたの家の真向かいが奥さんの家だということを、その時まで知らなかったわけですね。

答　正にそのとおり。

問　あなたが画をかきに出かけられる時、病室の窓に木の葉がくっついていましたか。

答　妙な質問ですな。そんなこと気がつくもんですか。家はずっと引っ込んでいるし、それに木立の向こうですよ。

問　あなたが帰った時、息子さんはどうしていましたか。

答　さてね。自分の部屋にいたんだろう。あいつは常日頃が妙な子でね。

山田恵一　十五歳、山田美喜郎の長男、中学三年

問　君が学校から帰ったのは何時？

答　三時頃です。

問　帰ってから君のしたことを順に言ってみたまえ。

答　……

問　どんな小さなことでもいいんだよ。

答　……

問　家にはずっといたのかね。

答　いました。

問　君のほかに、女の人がいたね。

答　……

問　女の人もずっと家にいたのだね。

答　……わかりません。

問　どうしてだね。一緒にいたんだろう。どうしてそう昂奮するんだね。

答　ぼくは自分の部屋に帰って、あの人はアトリエにいたからです。

問　君はお嬢さんと仲よしだったね。

答　……

問　君は病室をよく訪問していたが、最近それができなくなった。お母さんが会わせないようにしてしまった。今まで自由に行けたのに、急に断わられたのは、よほどの理由があるはずだね。君にはわかっているね。

答　……

問　正直に答えないと君のためにならないよ。君が何か、お嬢さんにわるいことをしてしまったんだろう。え？　そうだろう？

答　いいえ……やめて下さい！　もうやめて下さい！　あなたがた大人は、みんな不潔だ。下劣だ。みんなきたならしいんだ。そんな質問なんかしなくてもいい。ぼくが殺したんです。ぼくがあの人を殺したんです。大人にその理由なんかわかるものか。美しいから殺したんだ。美しさをけがされないために殺したんだ。美しいものはこの地上にはいられないんだ。人間は大きくなって、みんなみにくく、こわばって、けだものになってしまうんだ。人生なんてなんだ。生きてゆくなんて、なんの意味があるんだ。あの人の美しさはぼくによって永遠になった……永遠にぼくの胸から消えない……誰からも取られやしない、ぼくだけのものだ……おじさんの想像なんて、とてもこっけいだね。こっけいだね……ははは、ははは

……ああ……

間瀬ミキ子　二十六歳、モデル

問　山田氏は午後から峠に画をかきに行ったのですね。

答　そう。

問　出発した時刻と、帰った時刻を正確に言えますか。

答　あれは一時頃だったわ、きっと。帰ったのは四時ちょっと過ぎ。それは時計を見たから覚えてるわ、フフフ。

問　恵一君が帰ったのは？

答　あたし、眠っていたからわからないけど、井戸端でジャブジャブやってる音で眼がさめたのよ。学校へ行った時は、たいてい三時頃帰るわ。

問　それからずっと家にいましたか。

答　そう。フフフ……

問　何がおかしいのですか。質問にはまじめに答えて下さい。恵一君が外出しなかったの

は確かですか。あなたは始終恵一君と一緒にいたわけじゃないんでしょう。
答　坊やを疑ってるんじゃないでしょうね。ほんとうは、坊やはあたしに抱っこされて寝ていたのよ。あたしに夢中だったから、あの病気の娘っ子の所へなんか行きゃしない。それに、今日は面会できない日なんだから。
問　どうしてそんなことを知っているのです。
答　病室の窓の木の葉が黒だったらだめなのよ。緑だったら「おいでなさい」というの。今日は昼まで緑が出ていて、午後見たら黒になったわ。ずっと黒よ。
問　それは恵一君があなたに話したの？
答　話しやしないけど、ちゃんとわかるわ。緑の時はソワソワして出て行くもの。
問　午後あなたが見た時は、たしか黒だったね。緑じゃなかったのだね。
答　そうよ。だから坊やが、素直にあたしと……
問　もうよろしい。君と恵一君との関係は、いつからなんだ。
答　今日で二度目よ。……あんた、先生に言わないでね、ね？　追んだされるから。
問　山田氏は恵一君をかわいがっているのか。つまり家庭が冷たい……
答　ばかねえ、あんた。親子じゃないの。
問　死んだお嬢さんに会ったことはある？
答　あるもんか。何よ、あんな小便臭い子。いい気味だよ。

入江頭十　四十二歳、農夫

問　あなたが家を出たのは何時頃ですか。

答　一時半でございます。

問　峠まで何分で行けますか。

答　二十分ほどでございましょう。

問　すると、峠を通るのは一時五十分ですね。……峠に誰かいましたか。

答　画かきさんが画をかいていました。

問　峠からあなたの畑へ行って、耕して帰ったのですね。畑を打つのにどれくらいかかりましたか。

答　今日は一時間くらいでやめました。

問　すると、帰りに峠を通ったのは三時半過ぎ頃と見ていいですか。

答　そんな見当でございましょう。

問　画家はどうしていましたか。

答　道具の横で寝ていました。酒をのんで眠っているようでございました。……それは、ウィスキーの瓶がそばに転がっていたので。

問　画は進んでいましたか。

答　素人眼にはよくわかりませんが、半分塗りかけてあった山が全部塗ってあったように思います。

問　あなたは、いつもその畑に出かけるのですか。
答　二、三日に一度は参ります。
問　では、画家ともよく会うわけですね。
答　はい。会釈はしますが、まだ話したことはありませんで……

五

冬子は病室のイスにかけていた。もう何時間も、そういう姿勢のままでいたような気がする。何をする気にも、考える気にもならない。不思議なだるさが全身を嚙んでいる。

窓の外で人の気配がした。冬子は全身をピクリとさせた。だがそれは大浦氏で、庭を歩いたついでに病室をのぞきこんだものであろう。冬子はひどくオドオドして、驚きやすくなった。窓の外の大浦氏はその様子を眼にとめたらしく、眉をひそめて窓を離れた。事件以来、冬子は大浦氏をおそれている態度をかくしおおせることができないでいる。

大浦氏はすぐ病室にやってきて、身を硬くしている冬子のそばのベッドのはしに腰を下ろした。

少女はもういない。ベッドはきれいにならされて、少女が永遠に地上から去ったことを物語っている。だが、そのことはかえって、病室の隅々に充満している少女の息吹を強調することになった。着物や、持ち物や、本や、人形箱や――どんな小さな品物からも、かぐわしい少女の体臭が発散しているようであった。

沈黙を守っている夫婦の胸に共通に流れるものが、その悲しい感じであったろう。冬子は声を殺して泣きはじめた。

「冬子、仕方のないことだよ。思いつめてはいけない」

大浦氏は冬子の肩を軽くたたいた。

「あなたにすまなくて……」

「そんなことはない。あなたの罪で娘が死んだのではない。山田さんのことは、あなたが話してくれたので、すんでいる」

「いいえ。あなたは、やっぱりあたくしを許していらっしゃいません。あたくしにはわかります……」

大浦氏は困惑した顔で、見るともなく窓の外に眼をやった。

「おや、あの子がこちらを見ているよ」

少年の白い顔が木の間から見えた。どんな表情をしているのかわからない。しばらく立っていたが、お辞儀のつもりか頭を深く下げると、急いで山の手のほうへ姿を消した。

「あの子は非常に音楽が好きだそうだね。シューベルトの崇拝者だと娘が言っていた。菩提樹だの春の夢だのを歌っていたね。冬子もシューベルトは好きだったね」

大浦氏は冬子の神経を鎮めるように、おだやかな調子で続ける。

「冬の旅の主人公が、かつての恋人との楽しかった時期の夢を見る。それは花の咲き乱れた五月だ。……鴉の鳴き声に夢を破られると、自分は冷たいベッドに寝ている。そして、あたりは荒涼たる冬だ。……窓に落葉がへばりついている。……窓にあの木の葉を描いてみせたのは誰だ。おまえは、冬に春の夢を見る人を笑おうというのか。……その歌からヒントを得たのが、あの木の葉の暗号だった。暗号については、あなたも説明を聞いたね」

いつか大浦氏の腕は冬子の肩を抱いていた。冬子は震えていた。

「あの日、われわれは夕方近くに着くはずだったから、それまでは若い二人は会えたはずだ。娘は緑の柿の葉を窓ガラスに貼った。薄化粧をして寝巻を替えていたのは、少年を迎えるためだった。しかし、少年は来なかった。三時に見山さんが見た緑の葉はそれだ。ところが、山田さんの家のモデルが見たのでは、午前中は緑だったが、午後は黒だったという。警察ではモデルの証言を信用していない。鍵もかかっていなかったからね。私は事実外部から見えたのは黒だったと考えた。今、私は窓ガラスの外側も調べていたのだよ。私の考えは正しかった。黒の油絵具が、ほんのわずかばかり消し残されていたからだ」

冬子は眼を大きく見開いていた。何か重大なことが話されたはずだ。重大なこと——だが、何が重大なのだろう。冬子の頭はかすんでしまって動かない。

「冬子。私はあなたにお願いがある。もし山田さんがよければ、私はあの男の子を引き取って育てたい。そして音楽の才能があれば伸ばしてやりたい。私はあの少年が好きだし……また、われわれとしては、その義務があるように思うのだがね」

冬子は小さな苦痛の叫び声をあげて泣き伏していた。波うつ肩の下から何度も許しを乞う声が洩れた。

「いい、いい。わかってくれたら、こんなけっこうなことはないんだ。……正直に言わせてもらうと、このことだけは残念だった。あなたがあの時、この部屋に入って見つけた窓の木の葉は黒だったのだ。あなたは、それを緑にかえた。それを知った時は、心であなたを責めた。……私は娘を自分の子として愛せた。それは、あなたの子だからだ。愛する人の子だからだ。私はあなたに、あの男の子を自分の子として愛してもらいたい。そして、それはできるはずだ。……あなたは、あの子が山田の子であることを知った時、その顔に山田の面影と、見知らぬ女の面影とを同時に見た。あなたがあの子を激しく憎んだのは、その見知らぬ女……あなたと入れ替って山田に愛された女を憎んだからだし、そのことはまた、あなたの心の底に、どうにもならない最初の男への愛がくすぶりつづけていることを物語っている。窓の黒い木の葉の意味をあなたはすぐ悟り、庭の椿の葉と取りかえた。黒い葉は処分した。警察がベッドの下で発見したのは娘の作ったものだ。これで少年は、自由に病室に入れた唯一の人間となる。あなたほどの人が、どうして罪もない少年を……」

大浦氏は、そこまで口に出して言うことは慎んだ。

「愛せます、あたくしは……はじめから、あの子は好きでございましたもの」

冬子は恰幅のいい大浦氏の胸の中で、年甲斐もないほどのはじらいと、安らぎを覚えていた。

「ありがとう。……しかし、あの子は」

大浦氏はそう言うと、だしぬけに立ち上った。

「さっき、こっちのほうにひどく改まったお辞儀をしていたが、気になるね。なんでもないことかもしれないが、ちょっと山のほうへ捜しに行ってくる」

大浦氏はちょうど間に合った。真下に渓流の見える断崖の上から、少年を羽交い締めにして引きもどす時、少年のおさない筋肉の抵抗が奇妙に快かった。大浦氏は涙ぐんでいる自分をおかしく思った。

大浦氏は、少年の例の厭世観に大分てこずらされた。人間は成長するにつれて醜悪になってゆく――肉体的にも、精神的にも――人生は美しいもの以外は無価値だから、自らが美しいうちに、そして、人生がまだ美しく見えるうちに命を絶つのが正しい。そういう考えに、大浦氏は、人生は広く、深く、もっと醜く、そしてもっと美しいものであり、それはともかく、自然の意志のままに生きてみなければわからないという論法で対抗しながら、少年の美に関する観念には、父親のそれが投影されているらしいのを興味深く思った。

音楽を勉強させてやるという申し出が、少年をあっけなく死神から解放した。

「おばさんは、ぼくが嫌いなんです」

少年はそう言って悲しそうな顔をしたが、大浦氏はそうではないこと、複雑な事情があり、いずれあとでくわしく話すことを約束した。

「君のおとうさんにも、いろいろ相談しなければならないからね」

六

……冬子さん、いやさフー公……などという下品な表現をすると、教授夫人は、さぞかしいやな顔をするでしょうな。だが、おれには乙に澄ました遺書なんぞ、おかしくて書けない。今日はあんたの旦那が引導を渡しにやって来た。彼は、おれの最もニガテとする紳士だ。おれは左様御尤もと聞いていた。息子を引き取らせてくれと言うから、引き取らせてやることにした。かくのごとき彼は紳士だ。おれには息子などより、おれの芸術のほうがはるかに大事だったから、やりっぱなしだった。これからは、かえって幸福になるだろう。あんたがヒスでも起さなきゃね。

どんな方法で死のうかと今考慮中だが、今晩か、あすの朝までにはカタをつけるよ。殺人罪にはならぬかもしれんが、ポリスにつかまるのは最も愚劣だから、自由人として自分で命を絶つんだ。

おれは敗残者として死ぬんじゃない。敗残者なものか。したい放題のことをし、美しいもの、おれにとって魅惑的なものは、なんでも追っかけて手に入れたおれの人生になんの悔いがあろう。ただおれは、もうこの辺が見切り時だと思う。浮世に未練はなくなった。生きて老醜をさらすのは美神への冒瀆である。おれに活力が残っているうちに、まだ人生が美しく、女がありがたく見えるうちにおさらばをする……すると、おれの一生はめでたく完結だ。

あんたと会って息子のことを話した時、あんたは実に異様な顔をしたな。息子のやつ、かわいい恋路をせかれるな……と思ったら果してそうだった。ところが、しょげていたのは二、三日で、それが過ぎると、またこそこそ出かけるようになった。気をつけると木の葉の信号がわかった。せがれめ、画家の子らしく色を使ったのは上出来だった。

ところでおれは、峠に画をかきに毎日出かけていたんだが、この場所であんたに会ったんだと思うと、どうにもブレーキがきかなくなってしまった。会いたかった。だが、あんたは山を下っているのを知っていた。そこで思いついたのは、あんたの娘が、あんたの若い頃に似ているに違いないということだ。おれは熱に浮かされたようになって娘を見ることを考えた。……で、あの日、おれは実行したんだ。

昼過ぎ、画架をかついで家を出ると、そっと窓を見る。緑だ。おれはこっそり窓の下へしのんで行って、ちょうど木の葉のへばりついている場所に黒の絵具を塗った。娘は後向きで何かやっていた。これで外からみると木の葉は黒に見え、娘が内側から見ると、もとの緑に見える。こんな細工をしたのは息子を寄りつかせないためだ。あいつは学校に行っていたが、なまけ者のことだから、いつ帰ってくるか知れない。帰って来ても黒を見れば、やってこないだろうと考えた。

そうして峠に行った。おれは、やたらにウィスキーを飲んだ。めくら滅法にカンヴァスに絵具をなすりつけた。いつもの百姓が通った。この男は二時間ばかりするとまた帰ってくる。その前に行くことにした。着いたのは三時過ぎ。

看護婦がいたが、すぐ出て行った。窓はすぐあく。うまく行った。病室に飛び降りてそっと窓をしめる。家のほうをうかがうとカーテンがひいてある様子で、見られる心配もない。おれは酒の勢いでばかに陽気だった。窓から女のベッドへ忍びこむなんて、まるでロマンチックじゃないか。

娘は眠っていた。……フー公、おれはその時、あんたを見た。昔のあんたが、そのままよみがえったのを見た。家を抜け出しておれのところへ飛びこんで来たときの少女を、そして、おれの乱行に愛想をつかして、雨に濡れながら逃げて行ったおれの女房を、そして二十年、おれの胸の中に生きつづけてきたフー公を。

不思議だなあ。このおれに、こんな一徹な純情があったとは。

おれは娘……いや、フー公のベッドに乗りかかって見ほれていた。おれの頭は狂いだしていた。フー公、お前はどうして、そんなにいつまでも美しいんだ。ああ、おれは……畜生、アル中の、よぼよぼのおれの顔のザマはなんだ。眼をさましてくれるな。いつまでもおれのそばで、そうして眠って……あ、眼をさましちゃ駄目だ。駄目だというのに。ああ、その眼で、おれを見てくれるな。おれを、なぜそんなに苦しめるんだ……眠れ、眠ってくれ……

大きな、深い、一点の濁りのない眼だった。それが、いっぱいに見開いて……そして次第に光がうすれて行った……

フー公、これが、その時起ったことの全部だ。おれはいくらか身をのり出した娘の姿勢を正してやり、瞼を合わせてやった。黒く塗った柿の葉をポケットから出して、窓ガラスの緑の葉と取り替え、それをポケットに入れた。静かに外の土の上に降り、窓を閉め、油布でガラスの絵具を拭きとった。息子は、ずっとつづいている黒の信号に悲観しながら部屋に閉じこもってでもいるのか。お前の恋人は死んだぞ。だが、お前には疑いはかからぬようにしたからな……

おれは峠に戻った。残りのウィスキーをラッパ飲みに飲みほして、草の中に寝た。高い高い空を見ながらおれはまどろんだ。夢うつつに、百姓がおれの横を通る足音を聞いた。その足音が、あんたの足音になった。秋草の中を、あんたはコチコチに硬くなりながら下って行ったっけな。

……フー公。今ちょうど一時だ。もう何も書くことはないような気がする。今ほど、あんたのことがおれの胸いっぱいになっていたことはない。こういう状態で死ぬのは幸福だ。時がたてば興がさめるからな。……ミッキイは金を握らせて追い出してほしい。少しの金なら、おれの財布に入っているから。あいつはすぐ出て行くよ。このまま置いておくと、息子に手を出すおそれがある。そんな女だ。

大浦さん、息子を頼みます。おれは悪い父だったが、息子が大人になれば、おれの気持……おれの生き方を少しはわかってくれるかもしれない。もっとも、そんなことはどうでもいいのだが……

ライバル

ぼくの両親はどちらも東京生まれで、父はあまりうまくない歯科医を開業し、目黒の区会議員なぞもやっていた。ぼくは当時のあるナンバー・スクールを卒業した。成績は中位だったが、母とぼく自身の虚栄心が主で、一高を二度受けてみごとに失敗した。

だから、ぼくが九州の果てに近いZ高校を浪人三年目に受験したのは、いわば不面目《ふめんぼく》な都落ちだったので、合格して当り前というわけだった。

入ってみると、ぼくの予期したとおり、あまりスカッとしたのはいなかった。地方の中学を出た、鈍重《どんじゆう》そうないなか者が多い。秀才もいろいろいたが、彼らとても打てば響くようなところがなく、ぼくなんかのお歯には合わなかった。

いったい、ぼくは中学時代から同輩にわりと人気のあるほうで、親分気質とでもいったものを父から受けついでいたようだ。それに、ぼくの都会人らしいところが気に入られたのか、入学当初から、ぼくは少数のグループを引っぱり廻すようになった。二年浪人という貫禄《かんろく》も物を言っていた。当時の高等学校には、そんなばかな風潮があったのだ。

自宅通学者以外の生徒はみな寮生活をしたが、寮は東、西、南の三つがあった。ぼくは南寮で、これ以上黒くはなるまいと思われる白の寮旗があった。東寮は赤、西寮は緑と、それぞれ伝統の寮旗なるものを持っており、寮生がそろって街を歩く時はこれを先頭に立て、太鼓を鳴らし、鐘を打ち振って寮歌を放吟しながら行くのだ。その頃の高校は、そんなアナクロニズムが支配していた。靴をはいてレインコートなぞを着ていると軽蔑された。つまりアナクロニズムは「俗世間」から学生生活を護《まも》る盾の役目をしていた。軍国主義が、そんな盾などには眼もくれず学園に侵入したのは、もう少しあとのことだ。

ぼくはかなり用意のいい男なので、入学する時にはすでにようかん色の紋付とハカマ、それに破れほうだいの帽子を手に入れていた。髪も伸ばしかけていた。寮生が野暮な霜降り服を着て、腰の手拭と太緒の下駄だけで悦に入っているなかを、古色蒼然たる羽織ハカマ、長いヒモをななめに両肩にはね上げてのし歩くのはいい気持だった。そうしてぼくは仲間を引きつれ、暖かい南国の紅燈《こうとう》の街をさまよった。……さて、これからが話だが、南寮に眼に立つ男が二人いた。浪人生活の箔《はく》も十分、明らかに両者も棟梁の器《うつわ》であった。

大林勝之進は生粋《きっすい》の博多ッ子らしかった。肩を怒らせて歩くのが彼のくせだったが、敝衣《へいい》破帽《はぼう》が板につき、骨太で彫り深い顔を毅然と正面に向けている様子は黒田武士さながらだった。一見した感じはいかついが、親しく話してみると実に優しいところがあり、人を引きつけた。口下手でよくはにかむところは、むしろ女性的である。いわゆる柔、剛をあわせ具えているのが彼だった。入寮早々に寮生の信頼を得たのは当然で、親分風を吹かすことはまったくなく、例えば私にも、いるかいないかわからぬようなおとなしい男にも、同じように誠実な態度で接した。

ある春の日、街へ出て俄雨《にわかあめ》に逢い、友人と商家の軒下で雨宿りをしていたことがあった。雨脚はかなりひどく、通りはしぶきに煙っていたが、その中を傘もささずに悠然と歩いてくる男があった。ぼくはその時の情景をよく覚えているが、全身ズブ濡れになり、雨はしきりに顔を洗い、しかも大林勝之進は屈託《くったく》なげに覚えたばかりの寮歌を口ずさみながら通りかかったのである。ぼくらを見つけると、

「傘ばささんな」

と寄ってきた。驚いたことに、彼はからかさをたたんだまま手に持っていたのだ。

「自分は傘ばささんけん」

大林勝之進は体から水蒸気を立ち昇らせながら、そう言って笑った。彼はまた、まんじゅうの袋を小脇にかかえており、濡れほとびて、いささかまずくなったまんじゅうをぼくらにくれた。

三人で傘に入り、寮へ帰ったが、大林は自分一人で濡れて傘をぼくらに譲ってくれた。どんな話をしたか覚えていないが、こだわらぬ、あけっぱなしな点にぼくなどは敬服し、寮生に親しまれるのは無理もないと思った。「こいつは大モノだな」と、ぼくがひそかにねたましく思ったのも事実である。

もう一人、榊原欽吾《さかきばらきんご》は山口県の出身で、色のおそろしく黒い、塩からい感じの容貌だった。

頬から顎《あご》にかけてひげが生え、鼻下にも猛烈なひげを蓄えていた。眼が異様に大きく、突出しており、ギョロリと眼を動かすと、誰でも吹き出さずにはいられないような特異のマスクである。口調がまた変っていて、浪曲師みたいに潰れた、しかしよく透る声だったが、芝居のせりふのようにギクシャクとしゃべる。

入寮の翌日だったが、ぼくが洗面所で顔を洗い終えて部屋に帰ろうとしていると、寝ぼけた顔をヌッと出したのが彼で、

「おッ、倉本氏、手拭を貸してくれい」

と言い、右手をサッと胸の前にもってきて、おがむ恰好をした。それが何とも言えぬおかしさで、ぼくはそれ以後、榊原欽吾の存在を牢記することになった。彼のよいところは、その飄々《ひょうひょう》たるおかしみが作りものでない点にあった。豪放な笑いをかもす蛮《ばん》カラの味は生得のものだった。彼はたちまち一般の寮生のみならず、上級生にも注目されるようになった。従って、さきの大林勝之進と榊原欽吾とは、どちらも南寮で頭角をあらわしはしたが、そうなった所以《ゆえん》のものは、いささか違っていた。大ざっぱに言って、大林は男らしさ、朴訥《ぼくとつ》さ、柔軟な抱擁力のためであり、榊原は天衣無縫というべきユーモアのためであった。

今の学校はどうか知らないが、ぼくらはよくストームをやった。ふんどし一つになって下駄だけはき、さまざまなエモノを手にしてあちこちを叩き破りつつ、足を踏みならし、寮歌を怒鳴って廊下を行進する。その間に、先輩やストームをやらぬ連中が部屋部屋の窓で待ちかまえ、バケツで水をぶっかけるという寸法であった。足の踏み方はストーム独得のもので、

廊下を往復すると相当に疲れた。

時には他の寮へ遠征ストームというのをやりに行くことがあり、大将は常に大林か榊原だった。寮に着くと、まず大将が名乗りをあげる。榊原の場合、ひげ面に向う鉢巻、赤ふんどしという姿だけで寮全体が沸き、次に珍妙な名乗りで爆笑が続く。先頭を切って進む身ぶりも豪快かつ滑稽《こっけい》で、人気を一人でさらうのが常だった。

ただ、ぼくは一つのことに気がついていた。それは、榊原の肉体が意外にほっそりしていることであった。なるほど色は黒く筋肉は締まっているようだが、容貌の武骨さに比べると、やはり弱々しかった。遠征ストームは深夜だが、ある晩、それが終って南寮へ引き揚げる途中、

「ストームはきついのう。こんどは大林氏に代ってもらう」

と、ぼくに話しかけたことがあった。いかにも大儀そうであった。ぼくはそれほどの疲れも感じていなかったので、その時初めて、榊原に優越感をもったことだった。

榊原は風呂にあまり入らないらしく、寮の風呂で出会うことが少なかった。たまたま授業をエスケイプし一番風呂にひたっていると、彼がいかにもコッソリといったふうにやってきたことがあった。

「君とはあんまり会わねえな」

と言うと、榊原は老人のように大きな溜息をつき、顔をブルンとひと撫でしてから、

「うん。風呂に入るのは一カ月ぶりじゃのう」

と答えた。ぼくは風呂から飛び出し、早々に帰り支度を始めた。榊原は風呂に入るのが面倒で嫌いだと言い、入ったあと、疲れが出て眠くなるので勉強ができないと付け加えた。

二人のプロフィルは、まずそんなものだ。ところで、ぼくはどうかというと、彼らに比較すれば影がうすいのを如何《いかん》ともしがたかった。榊原の飄逸味に達するには、ぼくの態度はらいらくに過ぎ、言葉は流暢《りゅうちょう》に過ぎる。大林の古武士的男性美を真似ようにも、ぼくの都会人的神経ではどうにもならない。結局は、ぼく自身の生地で行くほかはないが、それでも満更すてたものではないらしく、行を共にする者が数名はいた。あの二人の勢力からすれば微々たるものだが、倉本卓己の存在も認められてはいたのだ。最もぼくに馴れ親しんできたのは目野英次郎という男で、目野は東京の小学校で二級下にいたことがわかり、ぼくも眼をかけて……といえば聞えが悪いが、ザックバランな悪友付き合いをやっていた。大林と榊原が寮の双璧、ぼくはさしずめ第三勢力というところだが、二人を羨やむ気持は毛頭なかった。ぼくだって、そうケチな男ではないのだ。

寮生同士がお互いに気心を知り合うにつれて、いろいろのことがわかってきた。

大林勝之進は、あれでなかなか文学青年であり、詩を作るのだった。作風には二通りあって、一つは北原白秋風のやわらかい抒情的なものだ。この系列では、日溜りに休む鳩だの、学校の宿題の編物をしているかわいい妹だのを歌っている。もう一つはガラリと変って、野口米次郎式の壮大かつ厳粛な文語調の詩で、大空を飛ぶ鷲《わし》、岩と海原、高山の頂きなどを題材にしている。作風が二つに分裂しているのは面白い現象だが、本領はやはり後者にあるらしく、激しい気魄のこもったものが多かった。前者の抒情詩の特徴は、はっきり言うと未熟で、それだけに幼く可憐であった。黒田武士大林の心に秘めた弱さ……子供のようにナイーブなところが詩に出ているのだ。ぼくは、それらの詩を、彼のいたずら書きのノートから発見したが、大林は、

「つまらん真似事たい」

と、いくらか顔を赤らめて笑うだけだった。

一学期の間、大林と榊原は同室で、肝胆《かんたん》相照らしているらしく、よく連れだっては出かけていた。高校はある大藩の城趾に建っている。正面の入口は昔ながらの石垣に囲まれ、濠《ほり》に渡された立派な石橋があった。かすんだ月の夜、石橋に長い影を曳き、朴歯《ほおば》の下駄の音を高く欄干に響かせながら戻ってくる二人の姿は一幅の絵であった。

イチゴ赤きこぞのこの頃浪士なり

俳句だか川柳《せんりゅう》だかわからない代物《しろもの》だが、これは榊原が作ったのである。高校時代を懐かしむたびに、ぼくはこの句を思いだす。あの頃の二人には、不幸の影は微塵《みじん》もなかった。

今考えて、ああ、あれがそもそもの始まりだったんだなと思いあたるが、当時にしてみれば何でもない一種の冗談だった。

ぼくはその時、大林たちの部屋に居合わせた。六月、雨期のうっとうしい夜だった。榊原

は外出から一たん帰り、シュロの緒のついた高下駄を室内の板張りの床《ゆか》の上に置いて、また出て行った。どこかよその部屋を訪問したらしく、一時間ばかり戻らなかった。そのうちに榊原と同級の男が部屋をのぞき込み、「榊原と焼きそばを食いに行くんだが、一緒にどうだ」と言って廊下に消えた。ぼくは急にいたずらを思いついた。

「その下駄をかくしてやれよ」

ぼくは大林に言った。

「せっかく焼きそば食いに行くもんば……」

大林は最初相手にならなかった。

「あとで出してやればいいじゃないか。捜すぜ、あいつ」

不承不承だったが、大林は下駄を備えつけの本箱の最上段に入れ、戸を閉めた。次第に彼も面白くなってきたらしかった。

やがて榊原は帰ってきて、しきりに床を捜し始めた。

「下駄はなかったかのう」

「どんな下駄だい」

ぼくが引きとった。

「高下駄じゃ。シュロの緒がついちょる。きょう買うたばっかりのやつじゃ」

「シロの緒だろう」

「シュロじゃ」

「だからシロだろう。シロの緒の下駄は見なかったなあ」

ぼくは大林が在り場所を教えないように警戒しながら言った。

「そうか」

榊原は妙な顔をしながら廊下へ出て行った。廊下への上り口に下駄が乱雑に脱ぎ散らしてある。そこに脱いだのかと思って捜しに行ったのだが、すぐ引き返してきた。ぼくらはさんざんに笑ったあとだった。

「おれは確かにここに置いたがのう」

大林が何か言いかけようとするのを、ぼくは押さえた。

「シロの緒だろう。そんならないさ」

「いや、シュロの……」

榊原はナマリがあって、シロとシュロの区別がはっきりしなかった。

「シロのやつは本当に見ないよ。どこかへ置き忘れたんだろう」

まじめな顔でぼくは言った。榊原は急に打ちしおれた顔になり、大林を見た。大林は仕方なさそうにニヤニヤしていた。

「変じゃのう。確かに……」

榊原は本当に弱ったという風情《ふぜい》で背を曲げ、鼻の下のひげをゴシゴシこすりながらまた廊下へ出ようとした。ぼくは吹き出しながら大林に合図をした。

「待ちやい」

大林が呼びとめた。榊原はそれを予期していたように素早く振り向いた。

「あるばい」

大林は、いくらか照れくさそうに笑いながら、本箱の下駄を出した。

「やっぱりそうじゃったなあ。かくしとったなあ」

榊原のいつものひょうきんさが消え、彼は怒りを押さえようと努力していた。

「まあ怒りなんなや。焼きそば屋はまだ開いとろうもん」

「大林氏も意地が悪いのう」

しかし榊原は、大林に物柔らかになだめられて気を取り直したらしく、頓狂《とんきょう》に笑いとばした。

「焼きそば食いに行かんか」

「いや……二、三日前に座蒲団ば持って帰ったけん、まだ顔ば覚えとろうや」

大林は、ぼくの発議したいたずらであることは告げなかった。そういう男ではなかった。

榊原が怒ったのは、彼の家庭が豊かでなかったからである。きりつめた学費では、下駄一足でもおろそかにはできなかったのだ。ぼくはそれを知っていたので、悪いことをしたと思ったが、あとの祭りだった。ぼくは榊原の笑い顔に曇りを認めた。こういう些《さ》細《さい》な事件が二人の優れた男の友情に、あるかなしかのヒビを入れた。ヒビはひどくなることはあっても、消えることはない。

「両雄並び立たず」というのは、やはり古今の真理だろう。しかし、感情の齟齬《そご》があったことは、よほど注意深く観察しないかぎり第三者にはわからなかった。ヒビはごく徐々に広がり、友情の失われたことが誰の眼にも明らかになったのは、二学期、部屋が別になってからであり、さらにもう一つの事件が大きな契機になった。まずヒビが広がったというのは、こういう事情なのだ。

大林、榊原と同室だったのが例の目野だった。彼はつまらぬ男で、取得《とりえ》といえばただ気軽で、美少年だということくらいだ。小柄で色が白く、まつげの長い眼がいつもシットリと輝いている。丸い頬には桃のような繊細《せんさい》な生毛《うぶげ》が密生し、ほんのり血の色をぼかしていた。ぼく自身は男色に興味がないので、彼をよく連れ歩くといっても、それは先輩後輩の親しみにすぎない。

九州は男色の伝統の残っているところだと聞いていたが、来てみるとそれほどでもない。とはいえ、美少年は確かに賞讃され、愛される傾向があった。硬派は見栄《みえ》に美少年を友にしたがった。目野は人眼を引く美貌でもあったし、それをエサに勢力家に取り入る術も心得ていた。同室者が大林か榊原か、どちらか一人だったのなら万事うまくいったに違いないが、有力な二人の間に目野がはさまっているのだからトラブルは避けようがなかった。二人とも別に男色の傾向はもっていなかったと思うが、軽薄な目野は大林にくっついているかと思えば、榊原に特別な尊敬を捧げるというふうで、二人を挑発することに娼婦じみた喜びを味わっていたらしい。目野はぼくに平気でそんなことを話すのだ。そして、自分が本当に信頼しているのはぼくだと誓ったりする。

目野はまたズボラで、教科書、学用品など自分のも人のも区別なしに使いっぱなしにした。大林や榊原の持ち物が紛失し、気がつくと、お互いに相手の物を持ち歩いているということになる。これらはみな目野の仕業で、ぼくも大林、榊原両人の万年筆だの、製図用具だのを返却に行ったことがあるが、目野に貸してくれと言ったのを、目野が見境なしに眼についたものを取ってくるからなのだ。

目野に関することで眼角を立てるのは両人にとって大人気ないことであり、無視されたのは当然だが、しかし、こういった些事が意外に深く人の心を蝕《むしば》むものなのだ。表面はとりたてて何事も起らないが、あの友情のヒビは少しずつ開いて行ったはずだ。ぼくは目野を何度たしなめ、叱りつけたかしれない。

一学期の行事で大きなのは、対寮のテニス・マッチだった。試合は七月だが、それまでにまず選手を決め、十分な練習を積まなければならない。寮の前にはテニス・コートがあり、昼休みや放課後には寮生みながテニスを楽しんだ。その間に先輩が上手な者を発見して選手にする。ぼくは選手などになる気はなく、もっぱら先輩たちと一緒にテニスを観戦し、進言する側に回った。

大林、榊原はテニスの常連だったが、ぼくの見たところでは、技術は榊原が上だった。大林は馴れていず、ラケットの握り方が不確かで、とんでもないところへボールを打ちこんだ。動きも鈍く、どうやら彼は運動神経に恵まれていないようである。反対に榊原は球速をもち、ラインぎりぎりに正確に球を決めた。彼より技術のまさったのは何人もいるが、ぼくが買ったのは、むしろ試合度胸《どきよう》だった。勇猛果敢な試合ぶりだが、あがるということは決してない。時に「捨てい!」「置けい!」「任せい!」という珍妙な叫び声を発し、満場に笑いをかもしながら選手たちの気を楽にさせて試合を進める。得意の向う鉢巻、佳境に入ると上半身裸体になって、さながらクモザルのごとく両手を振り廻して味方をリードしてゆく。対寮マッチはこの男に限る、とぼくが判断したのも無理ではなかろう。

ぼくは榊原を選手にするのはもちろん、今後主将としての責任をもたせるように極力進言し、先輩も同意見であった。……ところが困ったことに、榊原は辞退したのだ。理由は、最近どうも疲労気味で、勉強もあまりできないからというのだ。説得役がぼくに回ってきた。

「なに言ってやんだい。踏んでも叩いても割れんような体をしやがって。そんな理由は誰もマに受けやしねえさ。とにかく出ろ。出てくれ。寮のためなんだ」

ぼくは高飛車にきめつけ、「寮のため」という殺し文句を強調した。榊原は世にも悲しそうな顔をし、沈思黙考していたが、

「大林氏はいかんか」

ときいた。

「大林は応援団長で寮生をリードしてもらう。彼はあまりテニスうまくないしな、そのほうが適任だよ」

「そうか。やらにゃならんか」

「やってくれ。選手の意気を鼓舞するのは君しかいないんだ」

榊原は結局承知し、練習を始めた。練習は激しく、選手は日が暮れるとクタクタになった。主将になった以上、弱音《よわね》を吐くような榊原ではない。マッサージされている選手を激励して廻り、自分は最後にマッサージを受けた。ぼくは彼を引き受けた。寝そべった榊原は初めて張りつめた気を抜き、眼を閉じ、顔をしかめているきりだった。

この頃から、榊原はその人気において徐々に大林を抜いて行ったのだ。寮全体の熱意がテニスに集中している時だからやむを得なかった。しかし、大林の態度に焦躁といったものは見られなかった。彼は応援団長の務めを見事に果していた。扇を両手に振りかざしての応援ぶりは年季が入っており、アポロ的とも形容すべき朗らかな顔は、南国の強い陽ざしに輝いた。

ぼくの学資は潤沢《じゅんたく》とは言えなかったが、それでも他の寮生に比べると、いささか余裕があった。数人のグループを連れて喫茶店やおでん屋を廻るのは親分風を吹かせたいからでは毛頭ない。金を自分一人で使う気がないだけのことだ。金は天下の廻りもので、重要視すべきでないとぼくも思っているし、ぼくについてくる寮生だって、おごってもらってありがたいなどと思っているやつはいやしない。

大林、榊原と三人だけで飲みに出ることも多かった。榊原は外見だけで直ちに女たちの人気を博し、次に武骨きわまる冗談で座をにぎわした。大林は黙りがちだが盃《さかずき》のあげ方が見事で、興至ると朗々たる詩吟をやったり、一つ覚えらしい「黒田節《ぶし》」を一さし舞い、また静かに飲みだすというふうで、ジミだったが女が熱の入ったサービスをした。ぼくはみじめなもので、どうせもてないのだからと猥談《わいだん》をやり、つまらぬ地口を飛ばし、女どもにからみつくばかりだった。

榊原がテニスの練習で摂生《せっせい》しなければならなくなった関係上、ぼくは大林だけと付き合うことになった。すると、まだ知らなかった彼の一面がわかってきた。

ぼくは浪人時代に大抵のことは覚えた。すれっからしと言われても仕方がないが、恋愛も経験したし、女遊びも知っていた。大林も御同様だろうと決めていたが、意外なことに彼は童貞であり、恋愛をしたこともないのだった。高校に入れば何をしようが自由だったから、気が向けばサッサと遊里へ踏みこんだらいいようなものだが、問いただしてみると、彼はどう振舞っていいのやら、まったく無智なのだ。だから人生の秘密を知りたい欲望はあっても、気が臆して行けないという、あきれるほどの純情さだった。そういえば榊原も、その方面は御無沙汰らしい。もっとも榊原のほうは、欲望そのものがあまりないと洩らしているそうだが、両雄がそろって女色を近づけないのは面白い。美少年の目野などはちゃんと馴染みの女があった。

そんなことがわかってから気をつけると、大林は女性には非常に臆病で、最大のはにかみようを示すのだった。女嫌いではない。むしろ正反対とぼくは察したが、それだけに、こだわってしまうのだ。それに、彼に接する女が一様に好意を示してくるのも、かえってブレーキになって、いよいよまごついてしまうことになる。さわやかな男らしさの一面、こうした純情、気の弱さを持っていることが大林勝之進の身上とも言えるわけだが……

いま一つ、彼について新しく気のついたことがある。それは、自分のものと他人のものとの区別にあまり関心を払わないという点だ。彼のために弁明しておかなければならないが、これは、かならずしも性格上の欠陥とは言えない。目野も自他の混同が激しいが、目野の場合は明らかに欠陥なのだ。例えば大林は、ありあわせの下駄やスリッパを突っかけた。誰のものでもかまわない。また他人の帽子を被って歩く。その代り、自分の下駄、帽子、手拭を人が使っていても平気だ。つまり彼は、そんなつまらないものは誰のだっていいじゃないかという考えなのだ。こういう傾向は多かれ少なかれ寮生の誰にもあったので、自分の持ち物だけを後生大事に抱えこんで人に使わせないようなケチな男は軽蔑されるばかりだ。大林は、この物事に大まかな傾向がいくらか目立ったにすぎない。そうすると、目野のズボラが原因で大林、榊原の友情のヒビが深まったというのは、大林は別になんでもなく、神経を尖らせたのは榊原のほうだということになる。

目野は妙なやつで、大林、榊原に特別な親愛の情を寄せるかと思えば、陰に廻って盛んに両者の悪口を言いふらした。榊原はああ見えて非常に吝嗇《りんしょく》で勘定高いとか、大林は性格破綻者で、おまけに盗癖があるとかいった類いである。ぼくと目野とは相変らずの腐れ縁だから、彼はそれらのけしからぬ嘘だらけの誹謗《ひぼう》を細大洩らさずぼくに報告する。ぼくは目野をこっぴどく叱りつけ、大林に忠告するのだ。

「目野に気をつけろよ。あいつは君のことでいろいろ陰口を叩いているんだから」

「目野氏が陰口?」

大林はぼくの言うことを信じなかった。ぼくは具体的に、目野の触れ廻っていることを述べた。大林は曇りのない眼でぼくをじっと見ていた。

「目野氏じゃあなかと」

彼はあべこべにぼくを説得する口調で言った。あのひよわそうな美少年の目野、常に彼の庇護《ひご》の中で生活している目野が、そんな卑しい裏切りをやるなどと、どうして想像できたろう。

大林は目野のことについて以後触れようとはしなかった。目野への態度も変らなかった。また自分に関する噂にこだわっている様子も見られなかった。

盗癖というのは、おそらく大林が酔余のいたずらで店頭の看板を引っぺがして持ち帰ったり、おでん屋の焼物のまねき猫をたもとに入れてきたりするのを指しているのだが、そんないたずらは、ぼくらもやっているのだ。大林は少々大胆だったにすぎない。

しかし、微細な変化が、寮生の大林にたいする物腰、眼付に現われはじめていた。眼に見えぬほどの警戒の念が彼らの態度をこわばらせがちになった。あけすけな信頼がゆらいだのだ。ぼくが気づいたくらいだから、感情の細かな大林が思いあたらないはずはない。だが、大林はこだわらなかった。少なくとも外観では悠然としていた。内心では、おそらく悲愴《ひそう》なほどの自制があったのではなかろうか。

対寮テニス・マッチは盛大に行なわれ、南寮は一勝一敗で惜しくも優勝を逸した。うまくはあるが無茶にあがる男がいて、沈着なペースをかき乱したのが敗因だった。

この日のヒーローは何といっても榊原で、日頃に倍する出来だった。盛んに例の奇声を発し、裸になって奮闘する光景をぼくは今でも眼に浮かべることができる。

その夜は、三寮の寮生全員が街頭に繰り出して大ストームをやった。もちろん交通遮断で、大通りいっぱいに肩を組み、町の人々を尻目にかけてのデモンストレーションだ。榊原が試合のヒーローだったら、大林はストームのヒーローであった。大行進の先頭に立って寮旗を大振りに振り、雪白の鉢巻あやなす襷《たすき》もりりしい大林の姿は、名優の六方《ろっぽう》を見る思いだった。そして、これが快男児大林勝之進の最後の華やかな舞台だったのだ。

ストームが終って解散になると、一同はぞろぞろと繁華街に流れこみ、どの店も高校生一色になってしまった。ぼくは目野と大林を誘って、行きつけの「源六」に入った。寮生も数名いて、祝杯になった。

「榊原氏はどうしたとな？」

大林がきいた。

「あいつは寮で寝てるはずだ。ストームにも出たんだが、途中で気分が悪いと言ってねえ……疲れとるんだよ」

「ようやってくれたな」

大林はしんみり言った。些細な感情の行き違いを超えたものがその言葉に感じられた。ぼくは大いに感激し、酔いも手伝って大林、榊原の二人をベタ賞めした。目野もぼくについて、白々しい追従《ついしょう》の文句を並べたてるのだった。

「源六」を引き揚げようとした時だった。大林がつかんだ帽子を目野の手が激しく押さえた。

「大林君、それはぼくんだ。人のものを持って行っちゃあ困るじゃないか」

なるほど、それは目野の帽子だった。大林はギクッと手を引き、しばらく棒立ちになった。

「間違うた。こらえてやらんですか」

静かな声音だった。大林は目野の前で深く頭をさげた。

「いつもこれだからな。じゃ倉本氏、先に出てるよ」

ぼくは実際、出て行って目野を張り倒したかった。しかし大林を慰めるのが先だと思い、腰を落ちつけた。

「おれは飲むぞ」

大林は誰にともなく強い調子で言った。ぼくの慰めを受けつけるには、彼の感情がたかぶりすぎているようだった。

「酒ばくれ」

彼は看板娘の美帆《みほ》に言った。看板娘といっても美帆は二十四、五歳で、男の巧みなあしらいが生娘ではなかった。だが、生娘と言ってもよいくらいにキリッと締まって清潔だった。ぼくは一度ちょっかいを出しかけ、手きびしい肘鉄《ひじてつ》をくらったことがあるので、あたらず触らずにしていたが、ムッと結んだ口許や涼しく切れた眼は確かに魅力的だった。寮生で、ほれて通う者もいた。ぼくは振られた腹いせもあって、

「なあに、どうせ経験豊富なアバズレさ。引っかかるなよ」

などと放言したりしていたが、ぼくの気持としては全然嘘っぱちでもない。相当に男で苦労し、心の裏も知り、必要ならばウブな男を手玉に取るくらいの芸当はできる女と観察していたのだ。

「大林さん……」

美帆はすぐには酒を取りに立たず、大林を心配そうに見つめた。その顔でぼくは、「おや」と思った。こいつ、真剣に大林にほれてるんじゃないかな……とっさにそんな気がしたのだが、考えてみると、大林はこの店の常連《じょうれん》とはいえ、酒を飲むばかりで、ろくに美帆と話をしたこともない。美帆のほうでも特別に大林に好意を示す気配もなかった。美帆と大林が恋をする……どうもありそうでない。

「いや、心配なかです。倉本氏も引きとってくれんな。自分は一人で帰るけん」

大林の声は意外に明るかった。ぼくは何となく業っ腹ながら「源六」を出た。寮の寝床で、深夜ぼくは久しぶりに寮庭に響き渡る大林の蛮声を聞いた。

夏の休暇が終って寮に帰ると、寮内の空気が一変していた。部屋変えをやったせいもあるが、大林がひどい変り方だった。

彼はいよいよ寡黙《かもく》になり、自己の内部に沈潜してゆくばかりのようだった。友人と連れだって外出することもほとんどなくなり、ただ一人で徒歩旅行に出てみたり、港の岸壁にぽつねんと腰をかけているところを友人に見られたりした。禅寺に通っているという噂もあった。それはどうも事実らしく、一度などは雨の降りしきる寮庭に一日中座禅《ざぜん》を組んでいたことがあった。見かねた寮生がむりやりに引っぱりこんだが、彼は蒼い顔に微笑を浮かべるだけで何も言わなかった。

榊原とは部屋がわかれ、交情の機会はいよいよ少なくなった。榊原は相変らずの人気者で、各寮で出す演劇の練習では珍妙なアイヌ人に扮して寮生を抱腹絶倒させていた。入寮当初、華やかにしのぎを削った感じの二人だったが、今や大林は無慚なほどの影の薄さだった。

九月も終りに近づいたある夜、ぼくの部屋に大林が訪ねてきた。同室者二人は外出して、ぼく一人だった。

「あんたにお願いするほかはなか」

珍客大林は、ぼくの前に坐るなり言った。思いつめた表情には凄味があった。

「へえ、真剣だねえ、怖いな」

「自分はもう、どうしても……」

絞り出すような口調だ。ぼくはもどかしくなり、次に、なにやら逃げだしたい気持になった。大林は続く言葉を絞り出した。

「自分は……美帆さんが、どうしても好きなごとある」

「な、なんだい、そうかい」

ぼくは上の空でそんな受け答えをしたが、思いがけぬ告白に呆然とした。大林の願いというのは、ぼくから彼の気持を美帆に伝えてほしいというのだ。彼は美帆を忘れようと夏休みちゅう努力した。これまで何とかして思い切ろう、せめて自分だけの思いとして抑えておこうとしたが駄目だったという。何かしきりに悩んでいる、苦しんでいると思っていた原因はこれだったのかとぼくは理解したが、同時にばかばかしくもなった。

「それなら『源六』へ行って自分で言えばいいじゃないか」

「自分は言いきらん……」

「おいおい、大林勝之進ともあろう男がなんだい。たかが飲み屋の女じゃないか」

大林は、自分は美帆を愛する資格がないのだと言った。その時はうっかり聞きのがしたが、それは妙な言葉であった。それを言う時の表情も暗かった。被害妄想の不吉な影が、彼の脳をじわじわと包み始めていたのだ……

ぼくはいろいろと思いめぐらした。そして、とにかく承諾した。使者の役目は榊原にさせるという計画をすぐにぼくは立てた。

「大林氏が恋愛をしたか。そうか、任せい！」

話を伝えると、榊原は眼を輝かせてそう言った。この機会に、何とない気まずさを解消しようという願いもあったのだろう。

ぼくらは「源六」へ出かけた。店には中年の客が一人いるきりだった。

「あら、榊原さん。……どうしたの？」

榊原は厳粛な顔で美帆の前にズイと立った。ぼくは介添役という格で、彼のうしろに控えていた。美帆は、榊原がまた何か面白いことをやりだすのではないかと期待しているらしかった。

「ぼくは本日、畏友《いゆう》大林勝之進の使者として参りました」

大林と聞いた時に、美帆の表情がチラと動いた。

「何をやってるのよ。使者って何よ」

美帆は半ばいぶかしそうに、半ば不快そうに言った。

「大林は美帆君を愛しているです」

美帆の顔色がサッと変った。しかし、口は開かなかった。

「使者、榊原欽吾は、ただいま大林の意向を確かに美帆君に伝えたのである。終り」

榊原はガクンと頭をさげた。美帆は笑おうと努力しているようだった。彼女はブルブル震える手をうしろへ持って行った。

「大林、美帆両君の恋愛を祝す」

榊原がまたイカツイ調子で言い、「ブラボー」とぼくが和した。中年の客が笑いだした。

「ばかばかしい。二人とも早く坐んなさいよ。お酒お酒」

美帆はいつもの調子を取り戻していた。榊原はあくどい冗談と取られたのに気がついて狼狽した。彼は片手を胸の前にスッと出し、得意の拝むかっこうになった。

「待った！　ぼくは真面目ですぞ。大林は真剣に貴下を愛しとるですぞ」

美帆は混乱した表情のままプッと吹き出した。ぼくまでつい失笑してしまった。

「もうやめてよ。大林さんに言ったらどう？　愛の告白は、自分でやって来てするもんだって。こう、人目につかないところで、ロマンチックにね」

美帆は高笑いしながらぼくらにウィンクし、そしてお銚子一本とつきだしを手荒く台の上に置き、奥へ姿を消した。榊原が何度呼んでも出てこなかった。

使者の役目は失敗だった。あせればあせるほど榊原はコミカルになった。意気銷沈している榊原をもて余しながら寮へ帰り、美帆が本当にしないことを簡単に大林に報告し、どうしても彼自身が出向かねばならないことを強調した。榊原が美帆を怒らせてしまったことは、ぼくからは話さなかった。

ぼくと大林は再び「源六」へ出向いた。戸口に立つと、客の相手をしていた美帆がギクンと硬直した。視線がヒタと大林に食い入っていた。大林はのろのろと美帆の前に進んだ。

「自分は……」

大林は、中学生が暗誦するような調子で言いかけた。美帆の両眼から涙が溢れだすのと一緒に大林の頬が鳴っていた。大林はキョトンとした。何が起ったのか理解できぬ様子で、また「自分は……」をやりだした。

「ばか！　ばか！」

美帆が叫んだ。

「あんたなんか……あんたなんか……」

大林は頭を垂れ、低い声が言った。

「自分はとにかく、ストームの晩の時のお礼を言わにゃならんです。あの時は親身《しんみ》に介抱してもろうて、うれしかったです。あんな経験はなかったとです。ありがとう」

大林は、ぼくなど眼に入らぬ様子でクルリと背を向けて歩きだした。美帆は大林の姿が消えてからも、しばらくぼんやりと立ちつくしていたが、やがて赤い眼のままぼくを見た。これほど激しい憎悪の視線にぼくは出会ったことがなかった。

「あんたも帰ってよ。用はすんだんでしょう」

「何をぬかしやがる、このアバズレ。てめえなんかには、大林はもったいねえや」

ぼくは言った。大林の恋は終ったのだ。

それからの大林勝之進の相貌は、凄愴という形容がピッタリしていた。教室へは毎日出ているようだったが、寮内で彼を見かけることがほとんどなくなった。同室者の話によると、万年床に寝転んでいるか、机の前に腰をかけて何か一心に考えているということだった。

美帆の事件のあと、榊原は事情を述べて大林に謝罪し、大林は榊原の労を感謝して事はすんだのだが、二人の疎隔《そかく》はもうどうしようもないものになっていた。部屋は別になり、榊原を訪れる同輩、先輩は多かったが、大林はもはやかえりみられぬ存在だった。ぼくはぼくなりに彼の気を引き立たせようと考えて飲みに連れだしたり、話しに行ったりしたが、彼は深刻な顔で黙りこみ、時に人の顔をゾッとするような眼付で凝視した。女たちは気味悪がって近づかぬようになった。

「倉本氏、おれば女郎屋に連れて行ってやらんな」

ある時、大林はぼくに頼んだ。

「よせやい。そう大真面目に言われて、行けるものかよ」

ぼくは笑い話にして断わった。……これは目野の話だが、彼はある晩、料亭の玄関に坐りこんで、芸者と遊ばせてくれと頼んだそうだ。女中たちは怖がって彼をかまいつけなかった。女将がいくらかの金を包んで、いまちょうど空《あ》いた芸者がいないから、となだめすかした。彼は金を玄関に置き、「わッ」と気合いのような声を発して玄関を離れたという。

美帆のことで打撃を受けた彼だから、金で買える女のところへ連れて行くのが友情だったかもしれないが、ぼくは、この純真な男を泥沼から守るべきだと思ったのだ。

またある時、彼はぼくに言った。

「あんたは、おれを盗人と思うとろう」

何を言うか、とぼくは腹を立てた。

「目野が言い触らしたデマを、おれが信じると思ってるのか」

「それでも、万一盗みばしとらんとも限らんと思うとろう」

「ばか言うなってんだ」

「それでも、自分が人のものを欲しゅうなったら、盗りやすい性質と思うとろうが」

大林の追及は病的であった。しかし凄かった。ぼくはわれ知らず狼狽し、彼はそれを見てとってニヤッとした。ぼくは不意に全身が総毛立《そうけだ》つように感じた。

大林にとって最悪の事態が起ったのは十月の中旬であった。二学期は対寮ボートレースのシーズンで、ぼくらは毎日艇庫《ていこ》のある海岸に応援に通っていた。榊原は選手、ぼくは寮生のリーダーだった。当然リーダーであるべき大林は全然参加せず、寮の一室に閉じこもったきりなのだ。

その留守がちの一日、ある寮生の懐中時計が盗まれていることがわかった。寮に残っていたのは大林のほか四、五人で、外部から賊が侵入した形跡はなかった。開寮以来、盗賊が入ったためしはない。猛獣の檻《おり》みたいな寮に押し入る無鉄砲なやつもいないわけだった。留守居の寮生は目野のほか、小心で真面目な連中ばかりだった……大林を除いては。

盗まれた時計というのは、銀側の大型なやつで、リンカーン時代のアメリカで作られたものだということだった。裏に西部の開拓地風景が浮き彫りになっており、また精妙なオルゴールが仕かけてある。

個人の自由と名誉を重んじる気風の寮では、所持品の検査なんか絶対にやらぬのだが、この時だけは寮生の意志で各部屋が綿密に調べられた。さすがに身体検査はやらなかったが、結局時計はどこからも出ずじまいになった。

大林を信じている者は半数を超えていたであろう。しかし、目野を筆頭に、大林を疑う者もまた半数に近かった。たそがれの寮庭に円陣を作り、二年の寮総務が経過を報告し、不名誉な窃盗事件について慷慨《こうがい》している時、大林勝之進はズカズカと中央に歩みだし、悲痛な声でしゃべり始めた。何を言ってるのかわからず、つじつまも合わないようだったが、一種の告白をしているつもりかもしれなかった。ぼくはふと気づいたのだが、自分が犯人であるという告白と、自分が犯人として疑われているという訴えとを同時にしゃべっているようだ。そういう混同を起させるほどに、大林の頭脳は乱れ始めていたのである。

大林はそのまま一直線に狂って行ったのではない。小康状態が時に訪れた。ぼくはそういう時に、彼の無銭旅行談を聞いたことがある。泊る先々での大らかな珍談奇行は、いかにも博多ッ子の大林らしかった。

だが、また険しい雲が彼の頭にかかってくる。ボートレースが終ってからだったと記憶するが、彼は寮の廊下の窓から飛び降りようとした。同室の男から聞くと、こうだった。

机に向かって静かに予習をしていた大林が、突然「わあッ」と叫んで立ち上った。彼はしゃがれた声で、「みんながおれを憎んでいる」「おれはやっぱり泥棒だ」「おれのようなやつは死んだほうがいい」などと口走り、廊下に走りだした。窓へ足をかけたところを引き戻されたが、何度も窓ワクから身を乗り出そうとした。同室の者は彼を部屋に連れ帰ってさまざまになだめすかし、機嫌をとろうとした。

「愚だ、愚だ！　やめろ。おい大林、山へ行こう」

部屋に芥屋《けや》という二年の先輩がいたが、彼は大林の手を捉えて夜の山へ出て行った。大林が小柄な芥屋を手こずらせ、うなり、怒号しながら暗い廊下の奥へ消えてゆくのを、寮生たちは暗然と見守った。

芥屋はニーチェに心酔し、ツアラトゥストラを愛誦していた。彼にとっては何事も「愚」であったが、大林の行動のごときは最大の愚である。夜の山の霊気に大林を浸らせるという彼の哲学的思いつきはよかったが、効を奏する可能性はない。

数日後、福岡から母親が彼を引き取りにきた。寮生が教室へ出て誰もいないうちに、大林勝之進の姿は永久に学園から去った。

話はそろそろ終りになる。あとは榊原が残っているだけだ。テニス・マッチの時と同様、ボートレースの花形も榊原をおいてはなかった。選手選考のさいに極力榊原を推薦したのは、もちろんぼくだ。辞退するスキを与えなかった。彼はなんだか疲れて、体も弱っているようだからと危ぶむ者もいたが、ぼくは榊原の頑張りを信頼していたから、そういう意見は無視した。

ボート漕法の練習はテニスよりひどい。練習台の上で何人もの選手が疲れ果てて倒れた。榊原さえ顔をくしゃくしゃにして口を苦しそうに開き、まるで体に槍《やり》でも突き立てられたようにふらふらと倒れかかることがあったが、ぼくは、君がしっかりしなければ駄目じゃないかと叩き起すのが常だった。

今考えると、無理をさせたのはいけなかったと思う。気にならないではなかったのだ。意外にやせた体、せまい胸、そして、ぼくさえあまり疲れなかったストームでの弱音……まだある。彼が風呂に入るのを嫌ったのは、やはり入浴後の異常な疲労のためであるし、入浴がルンゲに悪いことを警戒してのことではなかったか。テニス選手になることを固辞したのもそれだ。ただ彼としては、自分がルンゲを冒されていることを絶対に人に気どられてはならなかったのだ……

三学期になって榊原は寮を出た。空気のいい郊外に下宿して静養しているということだった。こうして、寮から二人の優秀な男が消えた。消えた男がまだいる。それは目野だ。

目野はある素人娘と恋愛し、彼女を妊娠させた上で捨てた。娘は自殺をはかったが命はとりとめた。新聞種にはならなかったが、放校処分は間違いないところだった。

「倉本氏、恩に着るから何とかしてくれよ。仰木《おおぎ》さんに話してさ」

仰木というのは県の視学で、ぼくの親類だった。目野はそれを知っているので、ぼくにすがれば二つ返事で一肌脱いでくれると安心しているのだ。ぼくは、いつ見ても女のように美しい目野の頰を眺めながら言った。

「お断わりだな。身から出た錆《さび》だ。男らしく責任を取れよ」

「そんなことを言っていいのかい。大体、あの女は君が引き会わせたんだぜ」

「妊娠させて捨てろとは言わねえさ」

「そうか。しかし君は、ぼくがこれまで君の頼みをきいてやって、いろいろ働いたことを忘れやしないだろうな」

「そうだったかね。思い出せないなあ」

男は消えてなくなるのがいいのだ。

「君のそもそもの野心から話してやってもいいぜ。ほかの連中にもね」
とにかく努力はしてみようとぼくは言ったが、その気はまったくなかった。目野のような男は消えてなくなるのがいいのだ。

学年休みの直前、ぼくは久しぶりに校庭で榊原を見かけた。あたりには誰もいず、曇り日の陰気な校舎の横を彼は歩いていた。彼はちょうどボートの練習で倒れかかった時のようなひどい顔をしており、背をこごめてトボトボ歩いていた。
ぼくはなぜか声をかけることができず、立木の蔭にかくれてやりすごした。それが榊原を見た最後だった。

榊原が喀血したのは、その翌日か翌々日だったらしい。彼の父親は無情な男らしく、即刻帰郷を命じたそうだ。彼は高熱のまま列車に乗り、郷里の山口に着いた時はほとんど意識不明で、帰宅後数日で息を引きとったという。

大林については、二年に進級してから一度友人から消息を聞いた。友人は福岡の市電の中で偶然大林に会った。母親に付き添われており、頭にほうたいのようなものを巻いていた。どうしたのだときくと、大林は指で自分の頭を指し、
「この中に虫がおるとたい」
と言ったそうだ。

目野は予想のとおり放校になった。ずっと後のことだが、私大に在学中兵隊にとられ、太

平洋で戦死したという噂を聞いた。

さまざまな出来事はあったが、高校時代はなつかしいものだ。

ぼくは例の盗難事件の時計をふとしたことから手に入れ、今も愛蔵して当時をしのぶよすがにしている。

少し付け加えると、大林、榊原の両雄が挫折したのでお鉢が廻り、ぼくは新学期から寮総務になった。東、西両寮には大した総務もいなかったので、三年の時にぼくは全校の文科総務になった。華やかな高校生活を最後に享楽したのは、大林でも榊原でもなく、ぼくだった。

おれは死なない

一

滞在客は四人ある。一人は五十年輩の、かなり風采のいい男だ。やせているので少し損をしているが、いい目も見てきたらしい身のこなしで、名前は十条寛、会社重役というふれこみである。次は木村重一という偽名くさい名の若い男。そわそわと落ちつきのないそぶりが、うしろ暗い過去を感じさせる。

女が二人いて、一人はまだ若い。顔がむやみに荒れ、体の線が崩れている。商売が一目で見抜けるような女で、名前もそれらしく小桜ナナという。他の一人は老女で、昔は勝気で美しい女だったろうと思われる顔が小さく収縮してかたまり、いかにも意地悪で剛情そうだ。芹田《せりた》キヌというこの老女はどこかの御隠居様らしく、渋い上品な和服をキチンと着て、金ぶち眼鏡をかけている。

茂は食卓に同席しながらこの四人をそっと観察していたが、一人一人が自分だけの世界に閉じこもっているようで、お互いに話もしなければ見向きもしない。食堂は居心地がよく、壁ぎわの暖炉には薪《たきぎ》が赤々と燃えて、ほどよい暖気が窓ガラスを曇らせているのだが、四人を取り巻く空気だけが冷たく凍りついて感じられる。

主人の副島則之《そえじまのりゆき》が調理室からスープ鍋をかかえて現われ、めいめいの皿にスープを入れて廻った。ゆったりした笑みを絶えずたたえているのは則之だけだ。則之は食卓上の自分の皿にも入れ終ると、いったん調理室に鍋を置きに行き、戻ってくると、さっさと自席に坐ってスープをすり始めた。驚いたことに、四人はスプーンを取りもせず、則之の口許を一心に見つめているのだ。則之がスープを食べ終って一礼すると、四人は初めて自分たちのスープにかかる。続く料理も皆同じ順序で、則之はかならず同一の鉢または鍋から取り分け、自分が先に食べた。神秘な儀式めいているが、これは毒見なんだな、と茂は悟った。しかし、なぜ毒見が必要なのだろう。

重役の十条は胃が悪いとみえ、食事のあとでポケットから散薬の紙袋を出し、コップの水と一緒に飲んだ。コップの水も、もちろん公平につぎ分けたものだ。

夕食がすむと、四人は誰にともなくちょっと会釈《えしやく》をし、静かに二階の自室へ引き揚げてゆく。

茂は暖炉のそばのソファに坐り、食事の後始末にかかっている則之を待った。

「君が先に食っていたのは、毒見か?」

則之は薪を二、三本投げこんでから両手を火にかざし、皮肉な微笑を浮かべてうなずいた。

「旅館の料理を毒見させるというのは初めてだな。何か失敗があったのか?」

「失敗はないよ。あの四人は死ぬことになっているんだが、料理だけは安心して食えるようにという約束があるんだ」

茂は茫然と、血色のいい上機嫌の則之の横顔を見つめた。

「死ぬことになってる？　冗談を言ってるんじゃないだろうな」

「いや、彼らは自殺の希望者なんだ。それも、自分の知らないうちに死にたいというぜいたくな希望を持っている。ぼくは、それを満たしてやる役目なんだ」

「君は気が狂ったんじゃないのか。殺人罪だぞ」

「法律でどう言おうとかまわないよ。この先、生きるより死んだほうがましだと思われる人は確かにいるものだからね。そういう人のためにやることだ」

則之は茂と向い合って、どっかり坐った。

二

則之は小枝の先でパイプに火をつけ、眼を細めてゆっくり話し始めた。

「芹田キヌから始めようか。このお婆さんは、まだ若い時分に主人に死に別れ、子供がなかった。家は老舗《しにせ》の呉服屋で、お婆さんは一人で商売を盛り立てた。二人の娘を幼い時から養女にして育て、娘にはそれぞれ婿《むこ》を取らせた。その後、長女夫婦に商売を譲って隠居した。それまでは思いどおりだったが、長女夫婦の商売が下手でうまくゆかず、お婆さんは泣きつかれて何度も出資しなければならなかった。商売は曲りなりに持ち直したが、それは、お婆さんの財産が底をついた時だった。娘たちに頼らねばならなくなって、お婆さんは思いもかけぬ発見をした。苦労して育てあげた娘たちが、お婆さんに昔の恩義を感じているどころか、憎んでいるという事実だった。二人の娘夫婦は、お婆さんをまったく寄せつけなくなってい た。お婆さんは娘たちの気持がどうしてもわからないと言っているが、ぼくがお婆さんを観察したところでは、娘が嫌うのも一理ありはしないかと思っている。それはそれとして、お婆さんは人間というものに愛想をつかした。生きる根気を失ったらしい。それで、ぼくのところへ残った金全部を持って来ているのだ。

「小桜ナナは、見られるとおり淪落《りんらく》の女だ。中学を出て紡績工場の女工になったが、男の工員と恋愛して体をゆるした。結婚するつもりだったが、おきまりのコースで男は逃げ、ナナは故郷へも帰れず、料亭の女中、女給などという職業を転々とした。ナナの言うところでは、彼女は男運が悪く、真心で愛した男にみな裏切られた。結局夜の街角に立つようになり、その時はもう指の間から砂がこぼれるような気持で、金のために男を漁《あさ》るようになっていた。体も駄目になった。もともと男好きのする下ぶくれの美人だったが、厚化粧をしないと男が振り向かなくなった。そのうちに夜の女の社会でやや羽振りがきくようになり、地廻りのチンピラを一人かわいがった。ちょっと凄味のある美少年だったそうだが、彼女は情婦というよりはむしろ母親のような気持で少年の世話を焼いたと言っている。ところが、彼は同じ社会のもっと若い女と出来て、ナナの所から逃げた。ナナは別に何とも思わなかったが、見せしめのために若い女に私刑を加えることにした。女はすぐ捕まったので体罰を与えたあと、顔の一部分に硫酸をぶっかけた。少年にひどい仕返しをされるだろうと思っていたが、彼はただおとなしくナナに謝罪し、女を介抱しながら消えて行った。ナナは、その時から世の中が無意味になった。それに、もう体が〈こわれたおもちゃ〉のようになっているので、どっちみち先は長くないそうだ。

「十条寛は、若い時から独立独歩で事業をやってきた。地位も資本もないので、彼はまだ作られていないが、あったら便利だと思われる日用品を考案することに努力した。いわば市中に溢れている商品の間隙をねらったのだ。しかし彼がある品物を考案し、生産を始めると、かならずそれを真似たものが出現し、資本の力で彼の事業を押し潰した。やむなく彼は他の日用品の製作に転換する。そうしたことを何度も繰り返したあげく、ある野草を主成分にした皮膚病薬に行きついた。この薬はよく売れた上、効能も事実いちじるしかった。資本家がまた盗みはしないかと用心に用心を重ねたのち、何もかもブチ込んで生産を拡張した。ところが、手を拡げてみると急に売れ行きがとまった。十条の言うところによると、事業をやっているとこんな時期がかならず訪れるもので、これを踏みこたえ、さらに規模を大きくすると事業が安定する。十条は資金の獲得に奔走した。資力のある知人があって、援助を約束してはくれたが、ぐずぐずして実際に金を出してくれない。十条は詐欺《さぎ》で罪人になるところまで追いつめられた。そうなった時に知人は、十条の事業をそっくり買い取ることを申し出た。やむなく十条は事業を手ばなし、元の木阿弥《もくあみ》になった。一方、知人は薬の大量生産を始め、着々成功して行った。一生を賭けるつもりだった事業を横取りされ、しかも、それが他人の手で利益をあげているのを見ると、十条はもう何をするのも厭になった。妻子とはずっと以前に別れ、彼には家庭すら残っていなかった。

「四人のうち最後の男、木村重一はおとなしい勤め人で、真面目一方だった。古風ないいなずけの女があり、彼は女を少年の時分から妻と決め、彼女だけを愛していた。結婚は既定の事実にすぎなかった。彼は世の中で最も善良な夫であり、また、そうであるようにと努力していた。女は女で、この上もなくよい妻であり、また、そうであるように心をくだいていた。木村は、自分たち夫婦に何一つ欠点を見いだすことができなかった。そういう確信が一度に瓦解する時がきた。ありふれたことだが、木村が急用で会社から帰宅した時、見知らぬ男が縁先から飛び下りて遁走した。部屋では妻が寝床の上に起き上っていた。スリップ一枚で、太股や乳房が露出していた。彼女は、みだらな姿態のままで彼に憎悪の眼を据えていた。まったく見知らぬ女がそこにいるような気がした。木村が妻の首をつかんだ時、妻の顔には嘲《あざけ》りとも喜びともつかぬ、かすかな微笑が浮かんでいたそうだ」

副島則之は四人の身の上話を終ると、パイプを吹かしながら一息ついた。

「四人が死ぬことを希望するのも無理はないと、君も思うだろう。ただ彼らが一方的に他人から……世の中から、しいたげられたという点は疑問だがね」

「どうしてだい。彼らにも悪いところがあるのか？」

「死ぬことになる人はね」

則之は眠そうな声でゆっくり言った。

「彼ら自身が不幸を招いた点もあることを絶対に信じないんだ。例えば、お婆さんは娘だけを責めているが、娘にも言い分があるだろう。ぼくはこう推測している。お婆さんは家畜をでも仕込むように娘たちをしつけたのだとね。意志のない人形として、強引《ごういん》に自分の好みどおりに育てたのだ。そして、おそらく年がら年じゅう、親の恩について言い聞かせたに違いない。娘に愛がないと言うが、お婆さん自身にも愛がなかったのだ」

「なるほど。君らしいことを言いだしたな」

茂は苦笑した。則之には昔から遊戯じみた思索癖があった。

「面白いかい。次に小桜ナナだが、彼女はまじめな勤めなどのできない、浮気で飽きっぽい女だ。男に捨てられたのか、彼女のほうで他の男へ移って行ったのか、わかったものじゃない。最後の少年の事件は何でもなかったと言っているが、これこそ本当に打ちこんだ恋だったんだ。彼女はそれを反対に言っている……いや、彼女自身がそう思いこんでいるわけだ。十条寛は、じっくりした事業のやれるタイプじゃなく、ただの山師にすぎない。妻子が離れるのは当然だ。新考案の日用品を真似る業者が現われるというが、抜け目のない世の中に、そうそう手のつけてない分野が残っているものか。すでにあるものを、自分のを真似たんだと錯覚しているだけだよ。十条が自滅するのはしようがないね。木村重一は極度にうぬぼれの強い男で、自分は欠点がないと信じきっている。そういうやつほど厭な存在はないからね。そのくせ鈍感で、何も他人のことがわからないんだ。彼が初めて人間的になったのは、妻を絞め殺そうとした時だろう。彼にとってせめてもの慰めは、妻が意識を失いながら、その最後の行為のために彼をゆるしたかもしれないことだ」

茂は立ち上って、暖炉のあたりを小刻みに歩き廻った。なぜとも知れないいらだちを彼はもてあましていた。

「わかった、わかった。四人が自殺希望者だとして、君はどうするんだ。さっきの話は本気じゃあるまいね」

「本気だとも。ぼくはちゃんと計画も立てているよ」

「信じられんな。君には冗談とも本気ともつかんところがあるからな。じゃあ本気だとしよう」

茂は則之をカサにかかったふうに見すえた。

「計画どおりに四人を殺したあと、君自身も殺人罪で死ぬことになるぞ」

「べつに、かまわないね」

「なにい。とにかく、おれがここにいるんだ。そんなばかなことはゆるさん。第一、おれはここを買うことになってるんだぞ。そのために、物好きにも道なき道を踏みわけて見にやって来たんだ。妙なことをおっぱじめる気なら、君との約束は御破算だ」

茂はことさらに大口をあいて笑った。

加美《かみ》茂は、なかなか寝つかれなかった。ベッドはスプリングがよくきいており、シーツその他も清潔だった。部屋の掃除、寝具の手入れなどは臨時に村人を雇ってさせるのであろう。

三

茂はさきごろ則之から、山荘を売りたいが、なんなら君が買ってくれないかという手紙を受け取った。K活火山を中心とする広大な山岳地帯には温泉が豊富で、昔から療養本位の旅館群が山麓に点在していた。近代的な設備には乏しかったが、登山者が急増した関係で、最近は脚光を浴びた感じになり、ほうぼうで設備が改善され始めていた。茂が則之の誘いに心を動かしたのは、そのためであった。

則之が添えていた詳細きわまる地図によると、山荘は温泉の集団から孤立していた。交通の便もひどく悪そうだったが、それだけに、いかにも山らしい静かな環境だろうと想像された。活動的な茂は、心を決めるとすぐ出発した。覚悟した以上に途中は悪路で——というより、まず道はないというに近かった。最後の温泉地を出発してから、背より高い笹藪との悪戦苦闘、それに道の発見の苦心で茂はクタクタになり、則之の手紙や、自分の軽はずみな訪問をのろった。

やっと視界が開ける。と、まるで島のような恰好の山塊が眼の前にあった。茂が踏んでいる場所と山塊との間には深い渓谷が横たわり、底に谷川が流れていた。目ざす山荘は遠く山塊の頂上あたりに青い屋根をのぞかせていた。

山塊への交通路は、渓谷に渡された吊り橋が一本。長さは優に百メートルを越えるが、老朽して破損がひどい。茂は渡りながら何度も胆を冷やし、この橋の問題だけから考えても、山荘を買うのはばかげていると思った。

しかし山荘そのものは気に入った。眺望もすばらしかった。副島則之はこの地方の旧家の出で、山荘は彼の父が建てたものだ。荒けずりだが頑丈な造りで、外観は地味な田舎の農家にソックリだが、内部は古典的な洋式になっている。間どりも広く、これなら少し手を入れただけで小ぢんまりした高級ホテルになりそうである。三方に渓谷をめぐらし、背後は嶮阻《けんそ》な杉の原生林という風景は、建物をドイツの古城の感じにすれば引き立ちそうだ。

則之は、ここにもう三年住んでいる。妻子のない一人暮しで、気ままに客を泊めたりもするが、使用人がいるわけではない。食事は則之自身が作っている。則之と茂とは大学の同窓であり、同じ会社で働いてもいた親友だった。

――死にたいという連中が四人も泊り合わせているのは偶然じゃない。則之の意志で連れてきたのだ。すると彼は、さっきの殺人を本気でやるつもりなのだ。そうすれば、おれだけが局外者ということになるが……

不意に茂は、全身がビクッとするような衝動を受けた。あいつは殺す人数のなかに、おれも入れているのじゃないか？　山荘を売るなどという手紙をくれて、おびき寄せたのじゃないか？　そして、彼自身も仕事のすんだあとで自殺するのじゃないか？

「おれは夢を見ているのかな？」

茂は口に出してそう言ってみた。しかし、夢でないことは確かだった。あのおごそかな食事の儀式の情景がよみがえった。

「だが、おれは死なないぞ。殺されるようなヘマを、おれがやるものか」

これは強がりではなかった。彼は則之の力を知っている。則之を難なく蹴落し、破滅させたのは彼だったからだ。

四

いずれは殺される身でも、食事だけは安心して摂《と》りたいという願いは茂にも理解できる。翌朝の食事の時から茂は四人を見習って、毒見後でなければ手を出さないことにした。則之は茂の様子に気づいているのか、いないのか、のんびりと食事の配分、毒見をやっている。

──ひょっとして、みんな欺されているんじゃないか？　食事には毒を入れぬと約束しておきながら、ここにいる六人全部が毒死するという事態が起らないとも限らない。

しかし、則之は約束を守るのに律儀な男であった。朝食、中食が終り、何事も起らなかった。夕食も事なくすんだ。すべてが大嘘で、かつがれたのではないかと思った時、十条寛の上体が揺れ始め、両手で首をつかみながら椅子から転げ落ちた。

手を出そうとする者は誰もいない。小桜ナナは立ち上って頬に手をあて、眼を見開いて、床《ゆか》でもがく男を見下していた。木村重一は時々床に横眼をくれ、無意味にナイフを握りしめていた。ナイフが皿に触れて、かすかに小刻みな音を立てていた。芹田キヌは深く頭を垂れ、身動きしなかった。

「青酸カリです。十条さんは何も知らずに逝《ゆ》かれました」

いつの間にか則之が調理室から姿を現わし、静かになってしまった十条寛を食卓越しに眺めながら言った。

「散薬中に混ぜてあったのです。食事ばかりに気をとられているので、いつもポケットに入れて持ち歩いている薬袋に混ぜてあるとは夢にも思わなかったでしょう。ぼくは食事を配るたびごとに、十条さんのポケットに毒入りの薬袋を一つずつすべりこませていたのです。しかし、この方法は、みなさんに適用するわけにはゆきません。薬をお飲みにならないのですからね」

則之は死体のそばにしゃがんで、ハンカチで汚物の流れだしている口を拭いてやった。

「加美君、木村さん、十条さんをかかえてください。とりあえず二階へ安置しましょう。埋葬はあすの午前中にやることにして」

山荘の裏にあたる杉林の中に死体は埋められた。落葉の下にある土は凍っていないので掘りやすかった。茂はすぐ山を下り、警察に通報するつもりだったが機を逸してしまい、心ならずも土掘りをやらされた。

「とうとうやったな。おれは昼から山を下りるから、覚悟しておけよ」

茂は丁寧にシャベルで土をかぶせている則之にささやいた。三人の自殺希望者は黙々と新しい土の前に立ちつくしているだけだ。

「それは御自由だがね。しかし、君が麓まで行って警官を連れてくるのは、早くても夜になるよ。ぼくは残った三人の希望を実行するつもりだから、やむをえず非常手段を取るかもしれない。君がどうしようと、結果は同じことになるんだ。無駄ではないかな」

「そうかもしれん。しかし、おれを殺すことはできないぞ」

「ぼくは、君に手をくだして殺そうとは思っていないんだ。嘘を言わないことは知っているだろう」

「それなら、どうしておれをおびき寄せたんだ」

「生きる望みを絶った人間というものを見せておくのも、君のためにいいと思ったからだ。それに、これは一つの賭《かけ》でもあるんだね。君がぼくの家を無償で獲得するか、それとも、ぼくらと運命を共にするかという……」

「矛盾したことを言うな。やっぱり計画的におれを殺そうとしてるんじゃないか」

「そう思いたければ思ってもいい。ただ、生き残る機会は君にあるんだ。ぼくは君に人生をむちゃくちゃにされた男だが、個人的な怨恨で君の命を狙うような下品な真似はしない。偶然にまかせることにしている。死んでくれることを望みはするがね」

「君に、このおれが殺せるか」

「その勇気は君のいいところだ。賭に直面したらどうだね。君が無事に下山できた場合、山荘をタダで譲ることを、ぼくは遺言書に明記している。君自身と、三人の命を守るために、ここに居残って努力したまえ。言っておくが、君には直接生命の危険はない。それから、食事中に毒を混ぜることは絶対にやらない」

五

室内は十分に暖められ、湯上りの体には汗ばむほどだった。水蒸気で濡れた窓の外には粉雪がチラつき、つららが美しく並んでいるのがほの白く見える。

「君の体は、まだ捨てたものじゃない」

茂はネグリジェ一枚の小桜ナナを抱き寄せた。ナナは他愛なく茂にもたれかかり、茂の首に腕を巻いた。職業的に腰を茂の膝に乗せてきた。

「そら、この体が、死ぬのは厭だと言っている」

ネグリジェの上から肌の感触を楽しみながら茂は言った。ナナの体は大柄で重かった。

「あんた、自信家ね。死にたくなくなるようにしてよ」

ナナは、いくらか潰れた声で笑った。

「副島に聞いたが、君はチンピラの少年に失恋して、世をはかなんだそうじゃないか」

「あれは何でもないわよ。死にたいのは理窟じゃないわ」

「君は浮気な女だそうだ。おれに抱かれると生き返るぞ」

「いいわ。変なものね、死ぬ気でいるのに男は欲しいの。あんたのあとでは、木村さんの部屋で泊るわ」

ナナは微妙に身じろぎをし、唇をあててきた。

「男だってそうでしょう。あんたも？」

茂は答えずにナナを抱え上げ、ベッドに運んだ。

ナナの全身が汗ばんでいた。二人は純真な男女のように裸の体を寄せ合っていた。そうしていると、漠然とした恐怖が薄らぐようだった。

「おれは死ぬ気なんか全然ないんだ」

茂の言葉はナナをひどく驚かしたようで、ナナは少し身を引いた。

「じゃあ、どうしてここへ来たの」

「だまされたんだ。副島は、おれを殺す気でいるらしい」

「逃げたらいいわ」

「ばかを言え。おれは、あいつの最期を見とどけてやる。君たちが殺されないように監視してやる」

「おせっかいは、よしたほうがいいわ。でも、あの人に何をしたの？」

茂は天井を見ながら話した。

「おれは副島と大学で同期だった。あいつは呆れるほど世間知らずで、徹底的に間抜けなやつだった。坊ちゃん気質ってやつなんだ。おれは副島を利用して、いつも金を巻きあげていた。会社にも一緒に入ったが、もちろん副島の口ききだ。あいつの親父が重役だったからな。

おれは副島の子分格で、やつの失敗のもみ消し役、不品行の諌止《かんし》役だった。と言っても、実はでたらめな勤務をさせ、そそのかして会社の金を持ち出させていたのは、おれだったんだ。世の中には、妙にいじめおれは悪い男だが眼はしはきく。副島はまったくのでくのぼうだ。副島は無抵抗でおれの言いな抜きたい気を起させる男がいるものだが、副島がそうだった。副島は無抵抗でおれの言いなりになり、会社の金を多額に流用したというので放り出された。彼の親父も辞職して、間もなく死んだ。おれは副島を一生懸命にかばおうとした努力を買われて認められ、昇進が早かった。副島には許婚《いいなずけ》の女がいたが、破約になった。副島自身が申し出たらしい。こういう山の中の家に引っ込んでしまったのは、そんな事情からだ。副島は、よほどその女を……これは今おれの女房だが、愛していたらしいね。だが、女房はもう副島のことをろくに覚えていやしない。おれは結婚し、独立して仕事を始めた。世の中を渡るのは自信がある。おれは成功した。女房はおれを夫にもったことを喜んでいる。副島は、おれに利用されなくても、かならず誰かほかの者に利用されている。生きて行くには向かない男だから死ぬのは勝手だが、おれを殺そうと考えるのは身の程知らずというもんだ。どうだ、君は男を憎んでいるだろうから、おれなども厭らしいだろう」

ナナは顔を茂の胸にのせた。

「あんた、殺されてやりなさいよ」

ナナの重い体がグッタリかぶさってきた。

「悪いやつ。だけど、どうでもいいわ」

……あいつにどんな手段があるというんだ。直接に手を下すことはしないと言いやがった。階段を踏みはずさせるとか、落し穴を作っておくとか、そんな物理的手段か。そうだ、あいつは偶然にまかせると言った。どんな意味の偶然なんだ――一人のベッドで、茂はまとまらぬ考えを追った。眠りは昨夜と同じように浅かった。

銃声が眠りをさました。ぼんやりした頭に、女の悲鳴が突きささってきた。

木村重一の部屋に駈けつけたのは茂と芹田キヌだけだった。木村重一はベッドに仰臥したまま、額を射ち抜かれて死んでいた。その横で小桜ナナが、あらわな上半身を乗り出して失神していた。副島則之は拳銃を右手にダラリと下げ、軽く一礼して茂と芹田キヌに言った。

「木村さんも熟睡中に旅立たれました。加美君、拳銃を使ったのは俗悪だと思うかもしれないが、これが最も簡便な方法だからね。ことに山の中ではね」

二人死んだ。茂は恐怖と怒りを同時に感じた。

「人殺しめ。きさまは、こんなところに踏みこんで殺すとは、血も涙もないやつだ」

則之はナナの乳房のあたりに静かな視線を遊ばせながら言った。

「別にかまわないだろう。恥じる人はもういないんだ」

芹田キヌは非常にきつい表情をしており、木村の死体に向って手を合わせると、急ぎ足で部屋を出て行った。

「副島、君は約束を守る男だったな。じゃあ、その拳銃をおれに渡せ」

則之は、素直にうなずいた。弾倉から弾丸を抜き取り、銃を茂に手渡すと、燃える暖炉に数発の弾丸を投げこんだ。爆発が起り、薪は火花を散らしてはぜた。どこかの壁に弾丸のあたる音がし、室内の明るさが強くなり、大きく二人の影がゆらいだ。

「拳銃は、もういらないだろう」

茂は則之にグイグイ気押されるのを感じ、はね返そうとあせった。

「そこにな、ナナの代りにおれの女房がいたら、さぞ嬉しかったろう」

「あの人は死にたくなることはないだろう、おそらく君が死んだあとでもね」

則之は、むしろなつかしそうな表情をして言った。

「小桜ナナはぼくが介抱しよう。君はもう寝《やす》むといい。あすはまた埋葬だ」

翌日の朝食に集まったのは茂と芹田キヌだけだった。キヌは何事もなかったかのように落ちついていた。

「ナナはまだ寝てるのか」

「眠っている。食事がすんでから君も来ないか」

則之は茂を昨夜の木村の部屋に案内した。部屋は氷室に一変していた。窓には全部ガラスがなく、雪を含んだ風が、うなりながら吹き入っていた。天井や壁一面に氷の結晶が美しく輝き、床には裸体の小桜ナナが横たわっていた。ナナは白蠟のような肌をしており、処女の体のように引き締まって見えた。頭髪にも腹部にも、細かな雪がヴェールのようにおりていた。

六

二つの死体の埋葬は吹雪の中だった。作業は最初の時のようにははかどらず、手足がマヒした。茂は機械的にシャベルを動かしながら、自分の頭の中までがマヒしているように思った。作業が終るまで二人はほとんど口をきかなかった。芹田キヌは土くれを少し握って墓穴へ投げ入れると、淡白にその場を離れた。

生き残っている三人は雪の舞う庭園の中を歩き、庭のつきるところ、渓谷を真下に見下ろす展望台に立った。渓谷に吸いこまれ続ける雪片のため、彼らは自分たちの体が宙に浮き上るように感じた。灰色の動く壁が、橋向うの山脈の眺めをさえぎっている。

則之と茂は、芹田キヌの低い声をきれぎれに聞いた。

「わたしはやっと決心がつきました。ここが一番いい死に場所でございますね。わたしの体も、この雪と一緒にフワフワと谷底まで舞いおりて行きそうですよ。今なら自分で死ぬことができます。ありがとうございました。さようなら……」

さようなら、という言葉は途中で消えた。落下する老女の姿も、音も、吹雪で消され、一人の命がまた失われたという事実も嘘のようであった。

「まったく、ひどい吹雪だね。こんなことは滅多にないんだが……」

暖炉が勢いよく燃えている。則之と茂は、その前に向い合ってウィスキーをすすっていた。

「こうしていると、昔のおれたちのようだな」

茂は、素直な気持でそう言った。

「謝罪しても始まらないが、おれは確かに君に悪いことをした。しかし、おれをゆるしてくれる気持はないか？　おれの女房と子供のために」

則之は和《なご》やかな眼付をして答えた。

「ぼくは君を殺したくないようにも思うんだ。だが、やっぱり裁きは必要だ。君が無事に山を下りられれば、ゆるしたことになるんだがね」

「おれは君を見直したよ。のろまで、何のたしにもならぬやつだと思っていたが、君には妙な能力があるんだな。君を怖いと思ったのは初めてだ」

「そういうことを知るのも必要だろう」

「おい、君は平気でそこにいるが、おれは今、君を殺すことができるんだぜ」

「それはできる。やってみたらどうだ」

「いやだね。君はもうぼくにたいして何もできないよ。君の腕力でぼくを殺すことは不可能だからね。君が自殺したあとで、おれは山を下りたらいいんだ。それとも、君も死にたくないのか？」

「ぼくは計画を皆すませたから、いつだって死ねるさ」

茂は立ち上ってあくびをした。

「墓掘りは疲れるもんだな。おれは一眠りするから、食事の時に起しに来てくれ。眠っている時に絞め殺しはしないだろうな」

茂が眼をさました時は夕方だった。腹が減っている。則之が起しに来るのを心待ちにしていたが、山荘に物音は絶えていた。茂はあわててベッドを飛び下り、階下に駈け降りた。副島則之は火の乏しくなった暖炉の前に長椅子を持ち出し、長くなっていた。

「眠っていやがる」

肩をつかもうとして、茂の手が凍りついた。則之はもう体温を失っていた。

「とうとう死にやがった」

茂は何度もそうつぶやき、むやみに歩き廻った。足が激しくふるえてとまらなかった。山荘を飛び出さねばならぬ。暗くなるまでには、もよりの温泉地に着けるかもしれない。茂は持物を乱暴にボストンに詰めこみ、山荘を出て駈けた。吹雪はやんでいた。

橋まで来た時、茂は自分の眼を疑った。吊り橋は破壊され、その残骸は向う岸に細い帯になって垂れていた。

茂は半時間ほど、何もせずにそれを眺めてばかりいた。あたりは暗くなりだしていた。夢に浮かされたような足どりで茂は山荘へ引き返した。夜が明けてから何とか考えればいいと思った。村人が一人二人は顔を見せるだろう。救けを求めればすむことだ。

落ちつきが戻ってくると、まず則之の死体を庭に運び、転がしておいた。あす、例の場所に埋めるつもりであった。〈直接には手を下さない〉と則之が言ったのは、これだったのだ。助かる余地は残してある。

「負けるもんか、くそ」

茂は死体のほうを向いて叫んだ。

何より腹を満たさねばならなかった。調理室へ行き、ありあわせのものを食べようとした。冷蔵庫は空だった。あらゆる食物が姿を消していた。

まる二日間、茂は山荘と橋との間を狂人のように往復して暮した。対岸に向って叫び続けたが、人間の姿は現われなかった。その時になって茂は、山荘に新聞も手紙類もなかったことに気づいた。配達人が山荘へ届けにやってくることはなかったのだ。おそらく則之自身がどこかへ取りに行っていたのだろう。三日目に、茂は渓谷をめざして断崖を伝い始めた。ちょうど谷との中間まで下りてから動けなくなった。体力が限界にきており、足が岩を離れそうであった。絶えずめまいがした。足場のかなり安定したところで茂は両手で岩角をつかみ、目を閉じた。絶望が眠気と一緒になってやわらかく全身を満たした。何の苦もなくピョンと飛び降りてもよさそうであった。

やがて幻覚が来た。小桜ナナの肉体が、彼を強い力で抱き締めてきた。白蠟のように清浄な肉体である。ナナは生活の疲れを知らぬ妻と同じ顔をしていた。加美茂は溜息を洩らし、ナナの体に身をあずけた——

茂の腰にロープが巻きつけられた。「おおい！　助けたぞ」村人が対岸に向って叫んだ。

第三部

砂丘にて

その一

「……何だかこわいような海岸だな」

「曇った日はこうなんだ。それに今日は風も出てるようだね。天気の日は実に壮麗な眺めなんだが……」

水平線から真上の空まで、目路のかぎりが、雲の層で被われていた。墨色、鉛色、淡褐色、大小とりどりの雲が自由な形で空一面にひろがっているのが、荒涼たる広さの感じを、強めているようだった。所々、鈍い白さをもった空間に光がほのめいた。水平線に近く、時に垂直に電光が走り、しばらくして、雷鳴が雲を伝わってきた。浪は高く、全く人気のない砂浜にドオーン、ドオーンと打ちつけていた。その音が陰鬱に空にこだまし、かすかに私たちの坐っている場所を震動させた。

「ずっと左の方を見たまえ。遠くに、白い丘陵のようなものがあるだろう。あれは砂丘なんだよ。行って見るとわかるが、ちょっとした砂漠みたいなもので、乾き切った砂の山だから絶えず形を変えている。ぼくはちょいちょいあそこへ登って寝ころぶんだ。すると完全な孤独の気分にひたれる……」

しかし、日下《くさか》伶策《れいさく》はその方を見ようともせず、つまらなそうに足もとの、貝殻をふみつけふみつけしていたが、やがて「ケッ」と吐きだすような笑い方をすると

「孤独か。君はうらやましい御身分だよ」といった。

「へえ。そりゃぼくのいうことじゃないかな」

「なぜ。──ああそうか。君は女房のことをいってるんだな。なるほど、あの頃は大分御執心のようだったな」

日下は下卑た声でまた笑った。昔はこんな笑い方をする男ではなかった。あの頃はまだ、品性のいやしさを抑える若さがあったのだ。歳月はこの男のもって生れたものをむき出しにした。私は社会の環境や生活が、性格を変えるとは考えない。

「夏夜《なつよ》さんのような人を妻にできるのは君の幸福だと昔いわなかったかね」

日下は露骨に不機嫌になった。

「反対さ。あいつがいるからおれは不幸なんだ」

「夏夜さんを得るためには、あらゆるものを犠牲にしてもいいといって、とうとう望みを達したのだったね。あの人を幸福にするために一生を捧げると誓ったのは君だよ」

「フフフ。若気の至りでね。ばかな話さ。君がまだあいつを好きなら、使い古しでよかったらゆずるぜ」

日下はからかうように私の顔をのぞきこんだ。ねつこくからみつく眼の中に、底知れぬ冷たさがあった。

「――といいたいのは山々だが、それは困るんだ。おれはやっぱりあいつを愛しているよ。いや、うそじゃない。本当に愛してるんだ。ただしおれ一流の愛し方でね。めったに人には渡されません」

「どういう愛し方なんだ。聞きたいね」

「そうだな、百姓は生かさず、殺さず、という徳川幕府の政策を知っているだろう。あれは実に人間の心理を摑んだやり方だね。つまり、何日も飯をくわさずにおいてから、ほんのちょっぴり与えてやる。すると、腐りかかった飯だって涙を流してくうだろう。御主人様への感謝の念で一杯になるだろう。おれのやり方はそれに似ているかもしれないな」

「君は夏夜さんを飢えさせているのか」

「そんなことをするものか。ただ、自分でくわなきゃ仕様がないだろう」

「分らないな。食欲がないのか」

「ないわけはないさ。なければそんな政策はなり立たないからね。君、食欲についてだけじゃなく、性欲についてもこれはいえるんだぜ、ははは」

私は日下のいう意味を悟ると、心臓がドキンと強く打つのを感じた。こめかみもズキンズキンと脈を打つのだった。私は気持を落着けるため、耳もとで鳴る荒い風の音をしばらくきいた。

その二

私が日下の家を訪れたのは数日前だった。

取次に出た若い女中に来意を告げると、一旦奥へ引込んでから出てきた女中は、奥様はお加減が悪くて寝ていらっしゃいますから、お会いできませんというのだった。私は失望した。私と夏夜との間には、私の思い違いでなければ、親友以上の感情があったのだ。病気ならばなおさら、私を病床に呼んでもいいではないか。他人行儀に追い返すというのは、病気が重いのか。問いただすと、女中の答はひどくあいまいだった。五年ぶりでたずねた私に会わないのは、夏夜の心の中に、私がもう、どんな位置も占めていないせいかもしれない。

帰ろうとするともう一人の女が急ぎ足で出てきた。日下は女中を二人も置いているのかと最初思ったが、それは夏夜だった。それほど夏夜は変り果てていた。呆然と立っている私に夏夜はいたいたしく微笑してみせた。

「ごめんなさいね。こんなあたしを、お見せしたくなかったの。でも、もうどうでもいいと思っちゃった。そんな顔をして、悲しいわ……そんなにあたし、へん?」

こわれやすい陶器でもみるように、夏夜の顔色は青白くすきとおり、額はほんのうすい皮膚が骨を被うているだけのように見えた。あれほど丸かった顔の輪郭がひどく細くなり、こけた頬は微妙な凹みの陰をつけているのだった。声と、言葉使いだけが昔の明るい、子供っぽい夏夜だった。その対照の痛ましさが私を激昂させていた。

日の射さない、ひいやりした応接間で、私の視線は夏夜のあらゆる体の部分を凝視して離れなかった。夏夜は小刻みにふるえながら目をとじていた。

「こんな場合だからぼくは遠慮しない。日下はあなたに何をしたんだ」

「何をしたって……あたしにはよく分らないわ。あたしがわるいのよ、きっと」

夏夜は悲しげに首を傾けていた。なぜ自分がこうなったのか、本当に分らないふうだった。紙のように薄くなった肩と胸。ちょっと手をふれてもカタリと倒れそうなからだ。緑色のびろうど地のワンピースはサイズの大きすぎる既製品のように、もうからだに合っていなかった。

「夏夜さん、あなたは日下の妻だ。これだけは分るだろう。日下はあなたを愛しているの？」

「わからないの、あたし。それが分らないの」

局外者の私に、懸命に問いかけるようにそういうのだ。

日下はどんな感情の乱れも夏夜には見せなかった。平凡な家庭の、平凡な夫として終始していた。決して怒ったこともなく、むしろさいさい、いたわりの言葉すらかけるほどなのだ。

だが、私の胸の中をズウンと寒い風が吹き抜けたのは、この日下の態度を聞いた時だった。そのことと、夏夜のおそろしい衰弱とを結びつけてみるとき、言いようのない不吉な感じが私を襲うのだった。

「日下は放蕩しているんじゃない？」

この問は的を射たようだ。夏夜はひどい当惑を示し、うっすらと頬を染めた。

「あの人が外で何をしているか、あたしは知らないし、知りたくないわ」

夏夜の目にキラリと輝くものがあった。はじめて、誇り高い昔の夏夜の片鱗を私は見たと思った。裕福なクリスチャンの家に育ち、きわめて天真爛漫に、その信仰を保ち続けてきた夏夜にとっては、そんな話題にふれることすら不快だったのだろう。

同期で学校を出ていながら、私が病を養ってぶらぶらしているうちに、日下はかなり大きな商事会社の高級社員にのし上っていた。毎晩のような宴会続きで、帰宅はほとんど深夜である。時に招待した役人や、えたいの知れぬ女客を連れてくる場合もあり、そんな晩は夜明け方まで酒をのみ、さわいでいるのだという。

「あの人は早くお寝《やす》みというんだけど、それは寝めないわ。ねえやは通いだから帰っているし、お客さんのもてなしはあたしがやらなくちゃならないでしょう。——それに、あたしだけ先に寝みたくないの」

「朝はいくらかゆっくり寝めるの」

「日下は早いんです。どんなに夜更かししても六時過ぎには起きるから、あたしもその前に起きてお支度を……」

「それは無茶だ。それじゃ、睡眠時間はなくなってしまう。昼間少しは眠っているでしょうね」

　夏夜は叱られた子供のようにしょげてこういうのだ。

「あたし、どうしても昼間は寝めない。とてもずぼらな気がして……。だからいつも何かしながらコックリコックリしていたのよ。だけどもう慣れたわ。近頃は夜でも目が冴えているくらいなの」

「ああ。それがいけないんだ。あなたは自分で自分のからだをこわしているじゃないか。日下はそういうことに気がつかないの？」

「知ってるわ。朝起きなくてもいいっていうの。だけど、そんなことはできない……」

「なぜできない」

　私はたえがたい怒りを夏夜に感じて、思わずどなりつけていた。夏夜はやさしく私を見つめて微笑した。そしてそのままで静かに涙を流しはじめた。

その三

「小村《こむら》、あの当時夏夜は君を尊敬していたな。君も夏夜を好きだったんだろう」

「……そういうこともあったっけな」

「おれと夏夜の夫婦生活を話してやろうか」

「ふうん、まあ……」

「なんだ、気のない返事をするなよ。興味ないのか」

「古くなった女房、倦怠期——ありふれたことだよ」

「ところが、ありふれていないんだ。おれのやり方は独創的なのさ。例えばこの二年間おれはあいつと寝たことがない」

「うそをつけ。君のような……」

言いかけて私は口をつぐんだ。これ以上を口にすれば、私自身が不潔さで汚されるような気がしたからだ。

陽は水平線の方へ傾きかけて、雲間から数条の金色《こんじき》の光線を海の上に投げかけている。相変らず夕浪は高く、波打際を二三人の漁民が背を向けて歩いてゆくのが見える。あまり遠くではないが、その姿が非常に小さく見えるのは、この太平洋岸のA浜が驚くほどスケールの大きい自然に囲まれているからだ。だから、まれに今日のような曇り日になると、風景は人を圧倒する不気味な迫力をもってくる。

「もちろんおれは君のような聖人と違って、禁欲なんて柄じゃない。ほかの女で済ましてるよ」

「すると君は、やっぱり愛していないんじゃないか」

「だからおれ一流の愛し方だといったろう。そうだな、一カ月に一度か二度くらい、おれは寝室にあいつを呼ぶんだ。あいつは寝間着一枚で喜んでやってくる。おれに愛してもらおうと……いや、おれを愛してやろうというんだな。全くいじらしい恰好さ。それからどうすると思う。おれはまず着ているものを全部脱がせて裸にする。〈そうだ、そうして立っていておくれ。ああ、何て美しいんだ。これ以上の芸術があるだろうか。さあ、もっとよく見せておくれ〉てなことを言って、はずかしさで卒倒しそうになってるやつを、おれはじろじろ眺めてやる……おい、張合のないやつだな。聞いてるのか。こっちを向けよ。……実際、はじめのうちは、ベッドの横にふるえながら立っている夏夜の真白なからだは、こっちもふるえ出すくらいに美しいと思ったね。だが今はもう、コチコチにやせたやつに何の感じもないわけだがね。そういう殺し文句で、その気になってベッドに上ってこようとするのを、今夜は疲れているからと、そこは適当に拒絶して、お情けのキスで追い帰すこともあるし、おれの目の前で、ある行為を強いることもあるし、そこはさまざまなんだ」

おそらくそんな場合、夏夜は失神する一歩手前にあったのだろう。日下の話を聴いている私すら心臓のあたりが苦しく目先が暗くなるようだった。私は頭を垂れてそれに耐えていたが、そのために日下から私の表情をかくすことができた。

「そういう時の満足感というものは、到底、君には分るまいな。もとはそのあとでふつうの夫婦関係に入ったわけだが、だんだんおれはあいつに変った姿態を要求するようになり、最後には、あいつが性欲と恥辱に身もだえしている姿自体がたまらない刺戟になったんだ。こいつはこたえられないね。あいつはどうされてもいやとは言わないんだ。キリスト教の忍従というやつかね。それとも夫婦とはこんなものだと思ってるのかな、とにかくいい都合さ」

「君は、君は、何て変った男なんだ。ははははは、ははははは……」

私は爆発したように、身をよじって笑い続けた。笑って笑って、涙を流して笑うのだった。

「えらく笑うじゃないか。そんなにおかしいか？」

日下は私を横目でにらんでちらと不安そうな顔をしたが、すぐつり込まれたように笑い出した。

「それであいつは、性欲について、病的に敏感になっているよ。ちょっと手と手がさわるとか、すれ違いに肩がふれるとかしても、電気のようにピリッとして真赤になったりするんだ。たまに抱きよせて乳房のあたりを撫でてやろうものならもう上気してしまって、一心におれを見つめている。〈あたしを満足させて下さい。好きなようにして。——どんなにはずかしいことだってします〉と言いたそうにね。どうだい。おれは夏夜を完全にドレイにしてしまったよ」

「なるほど、よく分った。君はひどい男だね」

「フフフ。まだまだ。こんどは食欲の方だ。これもおれの独創だよ」

日下は続けて、私に次のような話をした。それは夏夜の今おかれている状態をはっきりと説明するものだった。私は数日前に会った夏夜の姿を目に浮べながら、終始冷静を装ってそれを聴いていた。

夏夜の実家では、必らず一家全部が集り、楽しく談笑しながら食事をとる習慣だった。

そのため、時たま一人で食事をしなければならない場合、ひどく食欲がなくなって、どうかするとなしで済ましてしまう。これは昔、学生時代に二人で食事をする機会があった時に、夏夜自身が話してくれたことだった。日下はまずこれを利用した。夫婦が食卓を共にするのは朝だけだったが、日下はさも忙しそうに、一杯だけかき込んでお終いにしてしまった。いきおい、夏夜も味もないままに食事を急がなければならず、夫よりあとに残って、夫より多くたべることはいやしい気がして出来なかった。いやしいほどに空腹を覚えるということは、夏夜の過去の経験に無かったことだ。それだけに夫にそれを知られることはひどい恥と感じられたろう。夏夜が思わず強い食欲を見せてお代りを二度もすることがあると日下は変に冷たい顔になった。もちろんそれは、はっきりとがめだてをする表情ではない。気のせいだとも考えられる微妙な変化だったが、夏夜はそんな時、背筋にゾッと悪感を覚え、羞恥で蒼白になるのだった。――空腹なのに昼になると食欲がなかった。食べなかったり、パンを少しばかり食べてすますことが多かった。

「夏夜は知らないが、おれは、一人いる女中を買収してるんだ。買出しは厳重に女中にやらせている。おれは夏夜のきらいなものは何かということをずい分研究したよ。豚肉が嫌いだとか、ねぎや玉ねぎが嫌いだとか、青ざかなが嫌いだとかいうことをね。そして、そういうものを買わせる。夏夜が欲しいものを注文すると、なるべく品切れだとか、忘れたとかいうことにさせるんだね。食卓に嫌いなものを並べられれば腹が減っていたってうんざりするだろうじゃないか。――それから夜。これは帰って食事をするとも、しないともあいまいにしておく。夏夜は食べないで待ってるさ。ところがおれは大抵おそくって、お客さんをつれてくる。〈どうだい、皆さんと一緒に御飯をたべたら。――そう、すまなかったね。じゃ一人ですましてくれ〉といった工合さね。それで胃袋はいつも空っぽ、といって、お上品な育ちのやつだから、買食いしたり、外で飯を食って帰るなんてことは考えもしないのがこっちのつけ目だ」

「なぜそんなことをするんだ」

「残飯を食わせるんだ、客の残した余りものをね。真夜中にさ。〈弱ったな、こんなに残しやがって。このレストランの料理は一流のもんだぜ。もったいないから食べようじゃないか。まだおなかに入るのなら食べてくれないか〉」

そんな時、夏夜は夫をちらと見上げて真赤になる。夫は無雑作に客の食べ余しに手をつけている。目の隅でぐっと観察している夫の冷酷な心にも気づかず、空腹に恥も誇りもなくした妻はおずおずとナイフとフォークを取上げてつつましく食べはじめる。切り刻まれ、脂の冷え固まったビフテキを、グシャグシャにされたフィッシュフライを、ソースのきたなげに飛び散ったサラダの残りを。いつの間にか夫は食べるのをやめ、いつの間にか妻はほとんどの皿を食べつくしている――腹の減った犬のように。

「はっと気がついてフォークを投出した夏夜の顔を君に見せたいもんだ。泣き出しそうにベソをかいて、唇をふるわせながら、それでも精一杯おどけたように笑ってみせる顔だ。この上もない屈辱感と、久しぶりの満腹感が奇妙に混り合ってぽっと上気した顔色だ。おれが夏夜をかわいいと思うのはこの時だね」

「なるほど、そうか。おれにも分りかけてきた。フフフフ、全くひどいことをするやつだな」

私は遠い左の方の砂丘を見ていた。日は落ちて、日中はうすい卵色に盛り上った砂丘は、もう黒いシルエットだった。

……この男を生かしてはおけない。……

その四

昔の、うさぎのように弾んだ夏夜はどこへ行ったのだ。人を見ればもう無邪気に笑みくずれていた、あのリンゴ色の頰はどこへ行ったのだ。現在の幸福と、未来への夢にふくらんだかわいい胸は。ほの紅くふくらんだ清純な手の甲のくぼみは。

五年間に夏夜は十年も年をとったようだ。せまい肩をつぼめ、輝きの失せたひとみを伏せ、時になにか焦点のない想いを追うようにぼんやりした表情になりながら、私の前にひっそりと坐っている。蒼白に澄みきった顔色には、もう動物的な生活力のかけらも見られないではないか。

「夏夜さん。あなたは自分が思っている以上に弱っているのだよ。早く昔のあなたになってほしい。ぼくは今のあなたを見ているとたまらない。もちろん、医者には見せているでしょうね」

「ええ。日下が心配してよく行かせるの。でもお医者さんは別にわるいところはないっていいうのよ。——ただとても衰弱しているから……」

「なぜ衰弱するんだ。あなたはそれを、考えてみたことがある？　ぼくは失礼を承知で、日下との夫婦生活にまで立入りたいんだが」

「小村さん、あたしをいじめないで……」

すみ透る声音は変らなかったが、それは弱く、アルトに近くなり、沈んだしめりを帯びているのだった。

「食欲はないの？」

「本当をいうとね、もとはとてもひもじかった。自分でも変なくらい。でも今は、そうね、あまりなくなったわ。たまにご馳走をたくさんたべると、消化できなくて、下痢してしまう。——あたしって、もうだめになったのね」

「しばらくおうちにお帰んなさい。それが一番いい方法だ。幸福なあなたの家で、しばらく御両親と一緒に暮らすと、きっと回復するよ。そして昔とおなじように、何も考えずにピアノをひくんだ。あなたはこれ以上日下と一緒にいてはいけないんだ」

「ええ、あたし、帰りたい。毎晩のように、ああ、あの楽しいおうちへ帰りたいと思って泣いてるの。でも遠い所だし、どうして帰れるの？　おかあさんが、なぜ帰ってきたのってきいたらどう答えたらいいの？　帰らなければならない理由はなんにもないじゃありませんか」

「あなたがそんなに弱っているのが何よりの理由だ。あなたは自分に嘘をついているんだ。

日下がどんなにあなたにひどいことしているか、あなたには分っているはずなんだ。それに気づかない……いや、気づかないふりをさせるのは、日下の愛情をまだ信じていたいというちっぽけな自尊心か、それとも……」

私は思わず薄笑いをもらしながらこう付加えた。それは昔の楽しいいさかいの種だったからだ。

「すべてを許して愛せよとうそっぱちの〝愛〟を説くキリスト教の錯誤のためだよ」

ちらと微笑が夏夜の頰をよぎったようだったが、大きく見開かれた目が私にひたと吸いよせられていた。私は力なくひざにのせられたその手をとって両掌《りょうて》の中にはさんだ。かすかな身ぶるいが私の手に伝わった。

「あたし、死んでしまいたいわ。——本当に死のうとしたことがあったのよ」

夏夜は静かにそういった。

「アドルムっていうお薬、日下がもっているの。これをたくさんのんだら死ぬんだなあと思ってるうちにふらふらとのんでしまってた——でもすぐ女中にみつけられてだめだったけど、吐くときにとても苦しかったわ」

夏夜は小刻みに笑っていた。

「夏夜さん、死んじゃいけない。ぼくが死なせもしない。ぼくの心の中にはあなただけしかいないのだ。昔も、今も、これから先も」

「——はじめて言ってくだすったのね。もっと前に、あたしそれをききたかった……」

夏夜は何だか母親めいたものごしで、好もしげに私を見守りながら、ゆっくりとそうつぶやくのだった。

触れるべくして触れ得なかった夏夜のからだを私ははじめてかき抱いた。夏夜は私の腕の中で、あまりにかぼそく、もろかった。涙に濡れた塩からい接吻は、私のこれからの行為を決定する烙印であった。

「いい？　決して死のうなどと考えちゃいけない。それはぼくをも殺すことになる。いつでも、ぼくはあなたを見守っている。これ以上あなたを不幸にはさせないことを信じていて下さい」

その五

日下伶策のメモ。

ここへ来て二日目の夜だ。

A海岸の風光は小村の言っていた通りすばらしい。あまり人に知れていないから、夏も都会の連中がやって来ないらしく「海の家」だのバラックの売店だの、ボートだの、そういう設備は全くなく、一望の砂山と、防風林と、涯しなく続く白い海岸線だ。広大な天地に人影もほとんど見られず、打ち上げられた海草の間をからすが悠然と餌をついばむのみ。小村の借りている家は防風林のすぐ後方、ちっぽけな平家だが磯馴松に囲まれた閑寂境で、人家は五百米《メートル》ほども離れた地点に数戸あるだけ。小村は一週に一度駅附近に買出しに行き、あとは自炊しているらしい。駅までは徒歩で二十分、もちろんバスもない。

こんな所で二、三日、ぼんやり暮らしてみるのも一興だが何よりも私の計画に都合がいい。数日前に小村が夏夜を訪ねたと聞いて、彼からの連絡を心待ちにしていると、果して勤務先に電話をかけてきた。話したいこともあるから保養がてら遊びに来ないかというのだが私は行けたら行くとあいまいな返事をしておいた。ところが内心私がどんなにその機会到来を喜こんだか、このあわれな男は全く知らないのだ。やせおとろえた夏夜を見て、私が夏夜を、ひどく虐待していると思い、私に忠告しようというのだ。私は彼の縷々《るる》とした「忠告」というやつには学生時代から飽き飽きしている。私はその説教口調に嫌悪をもよおしている。私はその聖人づらが憎いのだ。

好きな女に面と向って好きだとも言えず、そっぽを向いて逃げた卑怯者のくせに、人の女房になったやつをきっぱり諦めることもできず、今更らしく心配してみせて女の気を引くことは心得ている。しかも夫たる私に、説教までしようという。偽善者奴《め》。

小村はのっぺり白い顔を奥の部屋の暗がりに浮上らせて眠っている。あすまでの命だということも知らずに。私の幸福のために、夏夜を私のものにするために、この男を生かしてはおけないのだ。

私は夏夜には「神戸に出張する」と言って出てきた。ところが、実は出張ではなく、十日ばかりの休暇をとってO市の私のおんなの家に行っている。――ことになっている。会社の同僚とは「女房から何か聞いてきたら、何分たのむよ」と例の男同士の協定を結んでいる。そして事実、私はまっすぐO市のおんなの家に入ったのだ。それは午前中である。隣近所で私の姿を見た者は多いだろう。夜になってこっそり私はその家を出た。その日の最終の列車にのりこんだ。だれも私を見た者はない。また見ても私だとは気がつかなかったはずだ。私はおんなの家で衣類を全部着替え、ふだん被らぬソフトをつけ、ごついサングラスをかけ、なお万全を期して含み綿まで口に入れていたから。

O市からA海岸の小駅まで約二時間。私は車内に入らず、我慢して最後尾のデッキに立っていた。駅に近づくと、私は外をすかして見た。やわらかい砂地だ。私は雑作なく飛下りた。転んだがけがはしない。そのまま歩きだす。人っ子一人通らぬ道。――小村のすまいに着いたのは深夜だった。彼は不審そうな顔をしたが、私は途中下車しておそくなったのだと言いくるめておいた。

O市のおんなは、毎日二人分の買物をしているはずだ。そして久しぶりに「旦那」が滞在していることを嬉しげにふれ廻っていることだろう。誰一人として、私がここにいることを知る者はない。小村の死体が発見されても、自殺としてしか考えられないだろう。「仕事」が終ったらすぐに、といってもやはり夜中に、ここを立つことにしよう。私はA海岸附近の詳細な地図を用意している。A駅の三つ先の駅は、この附近としてはかなり乗り降りの多いところで、ことにO市へ行く野菜商人が早朝から乗りこんでくる。彼等にまぎれて列車にのるため、その駅までの約五里の道を、ゆっくり歩いていれば夜明けになるだろう。乗り込んでしまえばあとはどうにでもなる。

アリバイは完全だ。死体が発見された場合、一応私は関係者としてチェックされるだろう。官憲は私の出張が嘘だったのを知って色めき立つだろうが、実はおんなの所へお忍びで行っていたと判れば「なあんだ」とばかり、その先のせんさくは、放棄されるに違いない。おんなはもちろん口を割らぬ。……

私は砂浜で、私がいかに夏夜を苦しめているかということを彼に話してやった。夏夜を二年間抱いたことがないだの、客の残りものをくわせるだの、いくらか嘘も入れてしゃべっているうちに熱中してしまい、本当にそんなサディズムの快楽にふけっていたような気がしてきた。私の心のどこかに、実際そんな気持がひそんでいるかもしれない。何物にも変えがたく愛している夏夜の心が、遂に私のものではないと思い知らされる時、私は天使のような夏夜を、天使のようであるがために責めさいなみたくなるのだ。夏夜は私を愛そうと努めているが、私の胸の中に抱きこまれている時も、まぶたにうかんでくるのはあいつの面影なのだ。夏夜は自分を責め、一層私を愛そうとする。しかし私には判っている。それは愛ではなくてあわれみなのだ。私が男として夏夜をつきのけるのが無理か。できることなら、私は夏夜の中の天使を叩き潰してやりたい。ああ、娼婦であってくれた方がどれほど私は幸福だったか。

夏夜の意志をその肉体が裏切る。私の指に愛撫される肌は快楽と共に嫌悪にふるえる。そしてやせてゆく。私はどうすればいいのだ。その円かった肩がいたましく尖り、頬が削げてゆくのを眼前にしながら、全身の血の逆流する憤怒のなかで、空しく手をこまねいていなければならなかったのだ。――みんなあいつのためだ。あいつが生きている限り、私たち二人の地獄は続くのだ。

夏夜のことをひどく誇張して彼に話してやったのは、その邪恋の反応をみるため、そして苦しませてやるためだった。彼は平気をよそおって、あまり興味もなさそうな顔をしてみせたが、内心がどんなに煮えたぎっていたか、私にはよくわかっている。顔色は紙のようだったではないか。哄笑は悲鳴に似ていたではないか。罰だ。

そもそものはじめに、夏夜との恋愛について、知らぬ顔をして逃げた罰だ。私を世にもみじめな夫にし、夏夜の愛に背をむけ、しかも人妻である今、その心にくらいついて離そうとしない女々しい、陰険な心に対する罰だ。

だが、もうすべては終ろうとしている。小村は私の計画に従って死ぬのだ。それは時計のように正確にゆくだろう。

クリスチャンである夏夜は、彼が死んでも後を追って自殺することはない。キリスト教では自殺を禁じているから。彼がもはや地上に存在しなくなった時、夏夜の心ははじめて私に向って開くだろう。その時こそ私は夏夜の前にひざまずいて、愛するが故、嫉妬故とはいえ、女を作り、家を外にし、神聖なその肉体をはずかしめて、苦しみを倍加させた私の罪のゆるしを乞うだろう。

×　　×　　×

私は今、砂丘に腰を下している。

五月の空は青く、静かだ。風はぴたりと止り、防風林のざわめきもない。潮騒は意外に遠く、はるかに山をへだててひびいているかのようだ。サラサラと身のまわりの砂の崩れるかすかな音に、この不思議なひそけさは一層増してくる。

真昼の太陽は夏を思わせるほどの烈しさで照りつけ、雪白の砂丘は、まともに眼を開けていられないほどだ。

坐っていると、外界と隔絶された白い小宇宙にいるような気がする。眼前になだらかな起伏を見せる砂丘は、三十米《メートル》ばかりでかなり急に浜辺に傾斜しているのだが、私の視野から海岸の砂浜は全く消え、砂丘の稜線にすぐ続くのは群青の太平洋と、かすんだ水平線である。左右の砂漠の果は遠く彎曲した海岸線と山、背後は長く連なる防風林の梢だけが黒い線となって横に伸びている。

ただ一人、世界から投げ出されたような感じ。ここで私は心ゆくまで遠い夏夜に語りかけ、そのまなざしに見入り、その澄んだ声音に耳をすますことができる。

私の仕事は終った。私の計画は寸分の狂いもなく、時計のように実行された。

邪魔者はもういないのだ。夏夜の心に邪悪な毒汁を注いでいた男は永久に地上から抹殺された。

私は夏夜の心へ帰らなければならない。私の勝利を確実にするため、現実の夏夜の肉体をしっかり抱くために出発しなくてはならない。私は自分の愚かさによって夏夜になした罪を謝《しゃ》しに行かねばならないのだ。

苦心して作られたアリバイが私のためにいよいよ役立ってくれるわけだ。これと共に、A海岸の地勢、環境のまれに見る隔絶性を私は利用したのだが、彼もまた彼流にそれを利用しようとしていたのであった。

私と同様に、彼の方でも私を殺そうと考えている……と気がついたのは、私が夏夜のことを話題する際の彼の態度からだった。ことさらに、〈もうそのことはどうでもいいじゃないか〉といいたげな様子をし、夏夜の人間的価値をもみとめない口ぶりなのだが、それが妙にしつこく、挑戦的だ。ところが故意に私がそれに口を合わせると、サッと険悪な表情になって三白眼に蒼白い憎悪をみなぎらせるのだった。私の殺意には少しも気づかず、自己のそれはだらしなく悟られている。――こんなとんまな男に私が殺せるつもりなのかと吹き出したくなることもあったが、気をつけているといよいよ馬脚を現わしはじめた。

あわれなこの男は、私を毒殺するつもりだったのだ。彼はとって置きだと称する古いスコッチ・ウィスキーをもっていて、毎食前に私に強いた。ところがその場合、二つのグラスについだウィスキーを必ず自分が先に飲んでから私をうながすのだった。――毒は入っていないよと言わんばかりに。私は彼の頭脳を軽蔑せざるを得なかった。夏夜の心を悩ませる私を殺して、彼女を——彼女の心を手離すまいとしても、これでは無理というものだ。

さて、何度か無害なウィスキーを飲まされたあとで、私はいよいよ毒物を飲むこととなった。例の通り、彼は二つのグラスにウィスキーを満たした。グラスに異常はない。注がれた液体は同じ容器のものだし、毒薬を私に知られずにそっとグラスに入れることは絶対に不可能であった。このやり方は彼としては上出来だったが、私の分に注ぐ時に、容器の口をわずかばかり廻転させたのを私は見のがさなかった。私はすぐにトリックを悟っていた。それが青酸加里《かり》であろうと何であろうと、私のグラスの液体は毒物の溶液である。

こうなっては一刻の猶予も出来ない。私は食卓を引っくり返し、呆然としている彼の顎を、掌で思い切り斜上に突き上げていた。これは軽い脳震蕩を起さすには効果的で力のいらぬやり方だ。彼はドサリと倒れたままだった。

私は銀製のウィスキー容器を取上げて確かめた。真中にうすい金属の仕切りがあって、容器の内部を二分していた。その仕切りの金属は中ほどで一方にひどく凹みをつけてある。凹みのある方に少量の毒物ウィスキーを入れ、反対の側にそれよりいくらか多量の無害のものを入れておく。毒物の側を上にして容器を傾けると、毒物の方は凹みにたまって、無害の分だけがグラスに注がれる。次に容器を少し廻して注ぐと、私のグラスには毒物ウィスキーが満たされるという仕組みであった。

私の方法は、さらに独創的で、彼に対して残酷なものだった。

実は、この砂丘にいるのは、厳密に私一人ではない――あるいはそういえるかもしれない。私のすぐ横、砂丘の中一米《メートル》ほどの深さに、かつては人間であり、私の友であったものが横たわっているからだ。熱し切り、乾燥し切った砂に焼かれ、死の直前すでに骨と皮であり、今や一個のミイラとなろうとしている一人の男の死体が。

だが彼もまた、結局は暖かい血の通った人間であった。一片の赤心はもった男であった。私を殺してまで夏夜を得たいと願った心は、私もまた夏夜を愛するが故に、身にしみて理解することができる。私は彼の胸の底にひめられた愛情の純粋さだけは虚心にみとめるものだ。だからといって、私の計画を変更するわけにはもちろんゆかなかった。

このまま彼を生かしておけば、夏夜の苦しみはいよいよ心身をすり減らし、遂には取り返しのつかないことになるのは目に見えている。それからではもうおそい。回復の余地があるからこそ私は殺人を決行したのだ。悩みの種を断ち切って夏夜に平安を与えるために。そしてそのことから、私自身の幸福も生れてくるわけだ。

彼を失神させた後、私は押入をかきまわして見つけた角帯で両膝から足首までをぐるぐる巻きにし、手も胸の前で縛った。奥の四畳半の寝室のベッドに横たえて、上から二枚のシーツを掛け、シーツの両端はベッドの底の布地にかたく縫いつけた。そうして身動き出来ぬようにしてから口中に窒息しない程度にハンカチを含ませ、その上をタオルで巻いた。少々の声を出しても聴きつける者はまずない場所だが、一つには彼の言葉をもう聴きたくなかったからだ。

私はそうして彼を放置した。

何度か砂丘を訪れた。そのある地点——つまり今私の坐っている場所——が海岸のどちらの方向からも見通されないこと、また風による砂の移動も非常に少いことを私は発見した。砂を下に向って掘ってみると、湿気は全くないのだった。掌にすくった砂はサラサラと指の間をこぼれ落ちた。

——彼は満身ののろいをこめて私をにらんでいた。四日経つと眼の光は弱くなり、のろいは哀訴に代っていた。涙が次から次に湧いて、ベッドの布に吸いこまれ、そのあたりにシミを作っていた。最後には涙も渇れたようで、熱にうかされたようなひとみを天井の一点に向けていた。光線の加減では、頭部はもう髑髏に見えた。

「どうか夏夜のために死んでくれ。君の存在は夏夜を苦しめているのだ。ぼくは、ぼく自身夏夜にたいして犯した罪を知っている。君だけじゃない、ぼくだって永く生きるつもりはないのだよ」

私は時にベッドの傍らで、凝然と動かぬ男の耳にそんなことをささやくのだった。

彼は七日間、何も食べず、水も飲まずに生きた。八日目の朝うつろに見開いたその眼はうっすらと白濁していた。

その夜、私はコチコチにやせた死体をかついで砂丘をのぼった。空一面に散らばった春の星がうるんで瞬いていた。砂はまだ昼間の熱気を発散し切らずになま暖かった。何の道具もいらず、何の痕跡も残らぬ作業だった。足跡さえ数時間後には風がきれいにならしてくれるのだ。……

すべては終った。

私の心を占めているのは、深い、しかし空しい満足感である。砂丘に横たわる私の真上に、空は一刷毛のうすい雲を浮ばせている。その下を別の白く光る雲が行く。

私は刑罰を恐れてはいない。恐れているのは、私の犯行が知れた場合に、打撃が夏夜を滅ぼすだろうということだ。

しかし砂丘の中は完全な墓である。蟻の行列もなく、一匹の蠅さえここには見られない。夏夜の住む都会をはるかに離れたこの寂然たる砂丘に死体が埋められていると誰が想像しよう。

夏夜は自由だ。私には彼女が水を吸った新鮮な花のようによみがえり、新たな未来への道を、軽々とふみ出す姿が見える。私は彼女のためにあらゆることをするだろう。やがて病魔が私のからだを喰いつくしてしまうまで。

そして何年か、いや何十年か経ったころ、浜辺に遊ぶ子等が、ふとした機会に、砂丘から一個のミイラを発見することがあるかもしれない。かつての私の友、夏夜の夫、日下伶策の完全なミイラを。

あとがき（『落ちる』河出書房新社刊）

推理小説を書き始めてから五年ほどになるが、ここに集めた短篇は、これまで発表したうちのほんの一部分である……と書きたいところだが、実は半分以上になるので、誠に情ない次第である。自信の持てる作品もまだないと言ってよい。いたわり深い読者は、「推理小説ってむずかしいものだな」と同情して下さるであろう。

「落ちる」昭和三十一年度の「宝石」懸賞入選作。書いた頃の日記を見ると、自分ではあまり感心していない。しかし割合に好評だった。自作に対する評価と読者のそれとが食い違うことをたびたび経験したが、これもその例である。

「猫」三十一年五月「宝石」に発表。これは、私としては早いスピードですらすら書けた記憶がある。スライドのトリックは「ちっとも感心しない」という評があった。私も、実は感心しない。

「ヒーローの死」三十二年五月「宝石」に発表。これは「猫」と反対で非常に手こずり、三回ばかり書き直したが、効果がなかったようだ。「トリックは古いが人間が書けている」という評があった。このトリックは不可能だという友人もあった。不可能だとは思わない。

「ある脅迫」三十三年二月「宝石」発表。「奇妙な味」があると乱歩先生が認めてくれたもの。あまりにも作り話めいて、不自然だという評もあった。

「笑う男」同年七月「宝石」発表。誰がどうして、こうして、こうなったと趣向もなく書き進めるのは芸がないじゃないかという評があったが、実は意識的にそうしてみたのである。その結果が失敗したのだろう。

「私は死んでいる」同年十一月「宝石」発表。江戸川乱歩賞受賞第一作となっているが、決定前に書いていたもの。「ある脅迫」と同じ系統の作品で、私としては比較的気に入っている部類に入る。

「かわいい女」これだけが書き下ろし未発表作品である。犯人探しの要素をほとんど加えずに、推理小説としての味を残そうという試みであるが、成功したかどうかは疑わしいようである。

作者

あとがき（『黒い木の葉』河出書房新社刊）

私の二番目の短篇集である。最初の『落ちる』に収録しなかった短篇四つと、その後書いた三つを加えた。『落ちる』は直木賞をもらうという意外の光栄に浴したが、私なりに愛着のある作品は、こちらのほうに多いようである。

「みかん山」はいわば処女作で、昭和二十八年度の雑誌「宝石」懸賞募集に佳作入選した。活字になったのは初めてで、この時のうれしさは忘れることができない。たとえささやかなものにもしろ、一つの足がかりができたということは、私に大きな勇気を持たせた。ただ、この作品にはトリックに「ありそうでもない」という弱みがある。

これは「黄いろい道しるべ」も同様で、作品に愛着がある一方、ナゾ解きとしては弱すぎる。推理小説である以上、この点が作品の中心なのだから、それが他愛もなかったり、弱かったりすれば困るのである。そういう点の克服を将来の課題にしたい。

「澄んだ眼」は実際にあった事件をヒントにした。ただし新聞記事で読んだので、詳しいことは記憶にない。

「黒い木の葉」はシューベルトの歌曲集〝冬の旅〟のなかの〝春の夢〟から思いついたもの

で、O・ヘンリーの作品の焼き直しという評は当っていない。

「雲がくれ観音」は、はじめ「雪がくれ……」という題名だったが、あまりコジッケがすぎて妙なので訂正した。これは私の「らくがき」のようなもので、斜めに読んでいただいてもいい。

「ライバル」「おれは死なない」の二篇が受賞以後の作品で、それぞれ「オール讀物」「別冊文藝春秋」に掲載された。これは早く書いたという点で私にとっては記録的である。「ライバル」のほうにむしろ力を入れたが、力を入れたものが良いということにはならないらしい。

……夜中にふと目覚めた折などに、「おれはいわゆる直木賞作家なんだな」と思うことがある。それは奇妙な、一種もの悲しい感慨である。旅立つ前のうそ寒い気持にも似ている。そして、王子に間違われた乞食トムの気持にも似ていようか。私の作品「ある脅迫」をもじって、「ある苦笑」とでも名づけよう。

一九五九年三月

多岐川恭

編者解説

日下三蔵

　どんなジャンルの小説であれ、短篇集というものは中に数本の当たりが含まれていればラッキーなものだ。だが、ごく稀に収録された作品がすべて傑作というハイレベルな短篇集が存在する。具体的には、山田風太郎『虚像淫楽』（65年／桃源社）、連城三紀彦『戻り川心中』（80年／講談社）、泡坂妻夫『煙の殺意』（80年／講談社）、井沢元彦『葬られた遺書』（87年／光文社文庫）、宮部みゆき『我らが隣人の犯罪』（90年／文藝春秋）などがそれで、私はそれを「名作」ならぬ「名短篇集」と呼んでいる。

　そして、国産ミステリ屈指の名短篇集が、ここにお届けする多岐川恭の第一作品集『落ちる』（58年／河出書房新社）なのである。本書では、第二作品集『黒い木の葉』（59年／河出書房新社）と合本のうえで若干の再編集を施し、多岐川恭初期ミステリ短篇集成を企図してみた。

　一九五七（昭和三十二）年に仁木悦子『猫は知っていた』、翌年に松本清張『点と線』、さらに『ゼロの焦点』が相次いでベストセラーとなったことを契機として、国産ミステリはそれまでの「探偵小説」から現在の「推理小説」へと質的な変化を遂げた。鮎川哲也、日影丈吉、土屋隆夫のように昭和二十年代から推理小説的な作品を書いていた人は、そのまま活動を続け、島田一男や高木彬光は時代の変化に合わせて大きく作風を変えていった。香山滋や横溝正史を始めとする大半の探偵作家たちは、断筆や休筆を余儀なくされている。清張以後に登場した佐野洋、笹沢左保、結城昌治、陳舜臣、三好徹、生島治郎らは海外ミステリの洗礼を受けた現代的な作品を発表して、推理小説ブームを牽引していった。多岐川恭もその一人で、探偵作家としてデビューしながら、たちまちのうちに探偵小説の殻を脱ぎ捨て、モダンなミステリを書くようになった才人である。

多岐川恭は一九二〇（大正九）年、福岡県生まれ。東京帝国大学（現・東京大学）経済学部卒。終戦後、横浜正金銀行（現・三菱UFJ銀行）東京本店に就職。四六年に門司支店に転任となるが、作家を志して翌年に退職。しかしデビューの機会に恵まれず、四八年から毎日新聞社西部本社に勤めた。在職中の五三年、白家太郎名義で「宝石」の懸賞に投じた「みかん山」が佳作に入選。この作品が同年の「別冊宝石」に掲載されてデビューを果たす。以後、しばらく白家太郎名義で活動。

五四年、「宝石」本誌に「砂丘にて」を発表。五六年、やはり「宝石」の懸賞に投じた「落ちる」が二位に入選、「黄いろい道しるべ」が佳作に入選し、共に「宝石」増刊号に掲載される。また、この年、河出書房が〈探偵小説名作全集〉の別巻として長篇ミステリを公募、これに長篇『氷柱』を投じて次席に入選したが、翌年に河出書房が経営破綻したため刊行には至らなかった。

この時、第一席に入選していたのが仁木悦子『猫は知っていた』で、こちらは第三回から長篇公募の賞に切り替わった江戸川乱歩賞に回されて見事に受賞、国産ミステリとしては初めてのベストセラーになったことは前述した通りである。

一方、『氷柱』は操業を再開した河出書房新社から五八年に単行本として刊行され、これを機にペンネームを多岐川恭と改めた。中川透が最初の著書『黒いトランク』の刊行を機に筆名を鮎川哲也としたのと並んで、探偵作家の改名の成功例といっていいだろう。『氷柱』は五八年の第三十九回直木賞の候補にもなっている。

その五八年は飛躍の年であった。女学生の同性愛を扱った心理的サスペンス『濡れた心』で第四回江戸川乱歩賞を受賞。さらに第一作品集『落ちる』から「落ちる」「ある脅迫」「笑う男」の三篇が第四十回直木賞を受賞したのである（決定は五九年一月）。探偵小説の直木賞受賞は戦後初の快挙。戦前には第四回の木々高太郎『人生の阿呆』があるのみで、戦後も第二十六回の久生十蘭の受賞作はミステリではなかった。多岐川恭の後には、第四十二回を戸板康二「團十郎切腹事件」他、第四十四回を黒岩重吾『背徳のメス』、第五十七回を生島治郎『追いつめる』が、それぞれ受賞している。

直木賞は昔から推理小説をあまり評価せず、冷淡なイメージがあるが、その扉を破ったパイオニアが多岐川恭なのである。

多岐川恭は七〇年代以降、時代小説へと軸足を移していくことになるが、それでも長篇ミステリが約四十作、短篇集は三十冊以上ある。多岐川ミステリの特色を一言でいうなら、「旺盛な実験精神」ということになるのではないか。同時期に『やぶにらみの時計』(61年/中央公論社)、『猫の舌に釘をうて』(61年/東都書房)、『誘拐作戦』(62年/講談社)、『三重露出』(64年/東都書房)などの実験作を書いていた都筑道夫と比べると目立たない印象だが、新しいスタイルへのこだわりという点では、多岐川恭は都筑道夫に引けを取らない。

『私の愛した悪党』(60年/講談社)では物語の冒頭にプロローグとエピローグを配置して、その後に本篇が来るという奇抜な構成、『静かな教授』(60年/河出書房新社)、『孤独な共犯者』(62年/早川書房)では倒叙ものと別のアイデアを組み合わせ、『変人島風物誌』(61年/桃源社)では孤島を舞台にした本格ミステリに挑み、時代ミステリ『異郷の帆』(61年/新潮社)では長崎の出島を密室に見立てる、といった具合である。

他にも、命を狙われた悪党が自分に恨みを持っていそうな人間を訪ねて回る『人でなしの遍歴』(61年/東都書房)、冷凍睡眠から目覚めた男が二百年後の世界の殺人事件を捜査するSFミステリ『イブの時代』(61年/中央公論社)、占い師に雷雨の日に死ぬと予言された男が宿命から逃れようとするサスペンス・タッチの本格『宿命と雷雨』(67年/読売新聞社)など、読者の意表をついた設定の作品が多い。

ほぼ時代小説専門となっていた八四年にも、重病で入院していて瞬きでしか意思の疎通を図れない元刑事が、ワトソン役の見舞客から事件の概要を聞きながら真相に迫っていくという超絶技巧の本格推理『おやじに捧げる葬送曲』（講談社ノベルス）を発表しており、ミステリへの情熱は晩年まで変わることがなかった。

五三年のデビューから五九年四月までに発表された短篇のリストは以下の通り。

みかん山	「別冊宝石」53年12月号	B
砂丘にて	「宝石」54年7月号	未収録
落ちる	「宝石」56年1月増刊号	A
黄いろい道しるべ	「宝石」56年1月増刊号	B
猫	「宝石」56年5月号	A
澄んだ目	「宝石」56年7月号	B
ヒーローの死	「宝石」57年5月号	A
ある脅迫	「宝石」58年2月号	A
黒い木の葉	「宝石」58年5月号	B
笑う男	「宝石」58年7月号	A
私は死んでいる	「宝石」58年11月号	A
かわいい女	河出書房新社『落ちる』（58年11月）	A
おれは死なない	「別冊文藝春秋」59年2月号	B

雲がくれ観音（「雪がくれ観音」改題）「宝石」59年3月号　B
ライバル　「オール讀物」59年4月号　B

「黒い木の葉」までの九篇が白家太郎名義、「笑う男」以降の六篇が多岐川恭名義で発表された。河出書房新社から多岐川恭名義で出た最初の単行本『氷柱』は五八年六月の刊行である。Aの七篇は第一作品集『落ちる』（58年11月／河出書房新社）に収録。この作品集は六二年十一月に春陽文庫、八五年十一月に徳間文庫に、それぞれ収められた。また創元推理文庫『落ちる』（01年6月）にも、全篇が収録されている。

Bの七篇は第二作品集『黒い木の葉』（59年3月／河出書房新社）に収録。この作品集は六三年七月に春陽文庫に収められたが、その際に元版の巻末にあった時代戯曲「雲がくれ観音」が割愛されている。本書はAとBの合本だが、春陽文庫版に準じて「雲がくれ観音」は割愛。代わりに単行本未収録だった「砂丘にて」を増補して、初期現代ミステリを集成した。

このうち、「ある脅迫」「黒い木の葉」「笑う男」「私は死んでいる」の四篇は、初出時に江戸川乱歩によるルーブリック（解説）が付されているので、ご紹介しておこう。乱歩は五七年八月号から「宝石」誌の編集長に就任していた。

最も無気味な脅迫（「ある脅迫」）

白家太郎さんは昭和三十年度の「二十五人集」に二篇を投じ、翌三十一年四月号の発表で

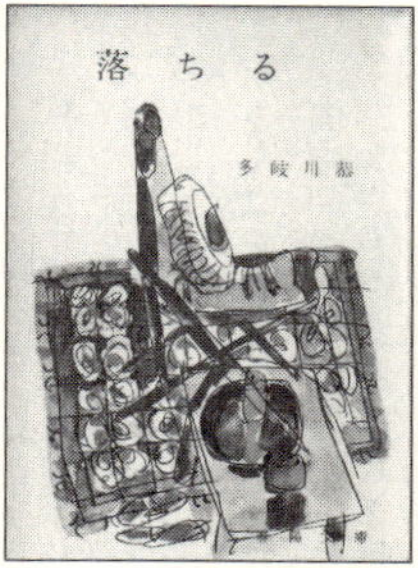

『落ちる』（春陽文庫版）

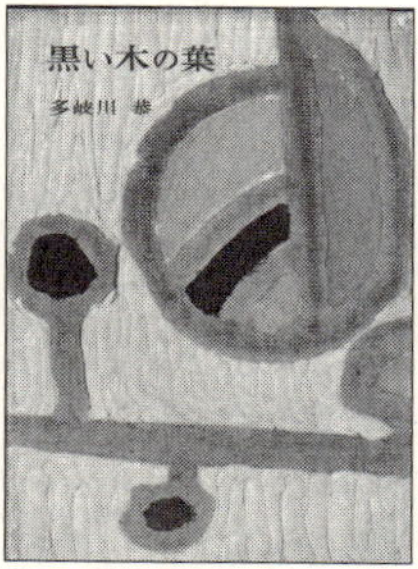

『黒い木の葉』（河出書房新社刊の単行本）

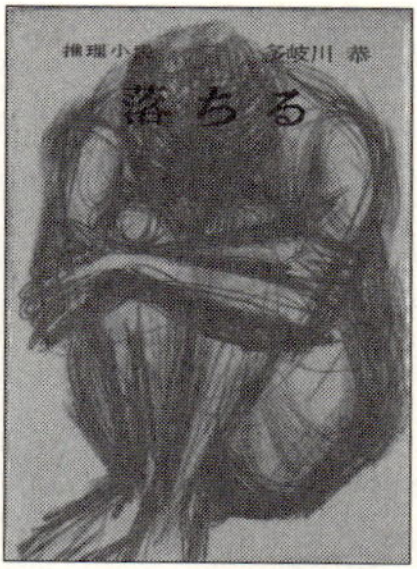

『落ちる』（河出書房新社刊の単行本）

『落ちる』（創元推理文庫版）

『落ちる』（徳間文庫版）

『黒い木の葉』（春陽文庫版）

一作は第二位、一作は佳作第一位に入選している。わたしはその選に当ったので覚えているが、両方ともなかなか味のある作品であった。その後普通号にも寄稿を受けたと思うが、わたしは読んでいない。この「ある脅迫」はお願いして書いていただいたものである。白家さんはそのとき、未発表の旧作一篇をもあわせて送って下さった。旧作の方も別の意味で面白い。次の機会にのせたいと思っている。

この作のプロットは、突飛すぎるので、そんなばかな口実でごまかせるものかと感じる読者が多いかもしれない。わたしもそれは不自然だと思うが、最後の脅迫の部分に云いしれぬ妙味がある。温厚篤実で気の弱い善人として描かれている人物が、ばか丁寧な口実で、非常に遠慮深く、脅迫して行く場面が、わたしにはたいへん面白かった。ロバート・バーの「放心家組合」のゆすりの個所などと相通ずる無気味な面白さである。

白家さんは門司市の人で、入選者の感想に書いているところによると、昭和十九年東大卒業、軍隊に入り、復員後銀行に入ったことがあるが現在は毎日新聞西部本社に勤めている。（昭和三十一年三月の自記）チェスタートン、カー、アイリッシュ、クリスティなどが好きだという。（R）

「黒い木の葉」

白家さんは力量ある地方作家の一人である。二月号の「ある脅迫」は大いに好評であった。ここには同じ作家の少年を主題としたロマンチックな作品をお目にかける。「木の葉

の信号」に少年期への郷愁を覚えるものは、ひとり編集者だけではないであろう。（R）

「笑う男」

近日河出書房から多岐川恭という新人の長篇推理小説「灰色の序曲」（仮題）が単行本として出版される。この力作短篇はその新人多岐川さんの作品である。しかし新人といっても本当の新人ではない。たとえば中川透さんが鮎川哲也となったような意味での新らしい筆名なのである。その元の名がだれであるかは、やがて、読者に自然にわかるときがくるだろうと思う。会話の少ないこの作は、五十枚が八十枚に感じられるほど、重々しい迫力を持っている。犯罪者の心理が自からこの境にあるが如く描かれているので、読みながら芯が疲れ、脂汗がにじむ。読者はこの小説を読まれたあとでは、ユーモア小説の頁を開いていただきたい。（R）

「私は死んでいる」

今年度江戸川賞受賞作家の受賞後第一作である。もっとも、これは前からお願いしてあったのが、ちょうど受賞決定の日に送られて来たので、作者自身は特別の意気ごみで書いたものではないが、この作も、ひょいと肩をすかした妙趣、私のいわゆる奇妙な味に属するもので、近頃の例でいえば、ヒッチコックの連続テレビや、本誌のヒッチコック頁の諸作の味に近いものがある。多岐川さんは前名白家太郎時代から、その才能を注目されていた。ベストセラーになった「氷柱」のような新趣向をもくろむと思えば、今度はガラッと一変して、江戸川賞のロマンチック・ミステリー。チェンジ・オブ・ペースの妙、この多才の作家の前途に祝福あれ！（R）

わずか一年足らずの間に、アマチュアの投稿作家に毛が生えたくらいの駆け出しから改名再デビュー、さらに乱歩賞作家となり、作家としての地歩を固めている様子がうかがえる。『氷柱』が当初、『灰色の序曲』と題されていたことが分かるのも面白い。

「二十五人集」というのは「宝石」が新人賞の予選通過作品をまとめて別冊や増刊の形で出していたもの。元々は選考委員に原稿のコピーを回覧するよりも、雑誌にして出してしまえば読みやすい、という目的で出されたようだが、作家志望の読者にしてみれば自分の作品が活字になるまたとないチャンスであり、長く同誌の名物となっていた。当然ながら、この別冊にデビュー作が掲載されている作家は数多い。

「別冊宝石一一七号」（63年3月）は「現代推理作家シリーズ3　多岐川恭篇」として、まるごと一冊多岐川恭特集になっている。長篇『私の愛した悪党』、短篇「落ちる」「悪人の眺め」「ライバル」「おとなしい妻」「蝶」の他に、諸家の寄稿、作品リスト、書評の再録など、記事ページも充実している。ここでは大伴秀司（昌司）によるインタビュー「多岐川恭の周囲　静かなる作家」の中から、本書収録作品への著者自身のコメントを再録しておこう。

「黄いろい道しるべ」と「おれは死なない」のタイトル表記が間違っているが、そのままとした。大伴の内容紹介はネタバレ気味のものもあるので、本文を未読の方はご注意されたい。

「みかん山」

――九州のみかん屋の娘に恋慕する高校生グループの殺人事件に時間トリック使用。宝石賞の佳作に入選した。

「青春の感傷をなんらかの形で描きたいと考え、高校生を使った。推理小説としてはあまり上等ではないが、好きな作品の一つです。私のような懸賞で世に出た作家の典型的な小説ですね」

「砂丘にて」

――一人称で犯罪を語り進め、最後に、ドンデンガエシがある。

「パトリック・クェンティンの作品に、母親と恋人が殺し合いをする話がある。それが大へんに面白かったので、自分なりに書きかえてみた作品です」

「黄色い《ママ》道しるべ」

――満員の映画館で起った殺人に早熟な小学生をからませた本格。佳作入選。

「子供の世界を書いてみたかったのです。これとは別に今後も田舎に育った子供と都会に育った子供のシチュエーションを分けて、子供ものを書いてみたい」

「落ちる」

――ノイローゼの男が妻の不倫を疑い危く命をおとしかける心理もの。宝石賞二位入選。「人物、場所ともに特定のモデルはありませんが、ある時期の自分の心理状態（自己破壊願望）を書きました。デパートのアイディアはかなり前からあたためていた。追いつめられた人間がピンチで開き直る面白さをねらったものです。あまり好きな題材ではないが、今後も同じテーマを使って書きたい」

「猫」

――「落ちる」と同じ悪女もので嫌いな男の過去をあばくうちに犯罪が出るスリラー。「好きな作品の一つ。遠い親戚に主人公と同じ性格の男がいます。やわらかでやさしくて親切なのだが、ひどく厚かましい男で、普段はレコード音楽などをしずかに聴くようなタイプなのに、アパートに住みついた野良猫を殺してケロッとしている。この人をモデルにしました」

「澄んだ目」

――裏町の老人殺しを小犬の目を通して描写し、人間の軽薄さを諷刺する倒叙的本格。「殺人現場を小犬の目を通してみせたかった」

「ヒーローの死」

――名の売れない政治運動狂が絶望して狂言自殺をはかるが見破られてしまう本格。

「こういう人間のタイプを描きたかった。私の友人に立志伝好きな男がいるので、それをモデルにしましたが、多少同情的なものも含まれています」


「ある脅迫」

――ある銀行に入った強盗と守衛のやりとりが二転三転する技巧的な作品。

「モデルはありませんが門司時代の銀行生活をいくらか入れました。弱者がドタン場で強くなるというテーマです」


「黒い木の葉」

――療養中の美少女と近くの画家の少年との交渉を甘く描く本格。白家太郎ネーム最後の作品。

「ロマンチックなものをかきたかったので、〝冬の旅〟のメロディーを使った木の葉もO・ヘンリーのムードを推理小説にとり入れてみたかったからです」


「笑う男」

――汚職のバレるのを怖れた小役人が、秘密を知る女を殺す本格的なミステリー。

「特定の場所をきめてから書く予定でしたがうまくいかなかった。前半はいいが、後半に至って分裂気味ですね。軽く書きすぎたからです」

「私は死んでいる」

――財産をねらう甥夫婦にしばり上げられた老人をめぐるコメディ風のスリラー。

「アナトール・フランスの短篇に、優しい老人夫婦がゆうれいになって現われる小説があったのに感心して、それを自分流に書いてみようとした。死を怖いものとせず、旅行にでも行くようなおだやかな気持でいる、老人のさとり切った心境です」

「俺《ママ》は死なない」

――人里離れた山荘に集った四人の自殺希望者をめぐるヒッチ風なスリラー。

「一種の遊戯小説でしょうね」

「ライバル」

――南国の高校生のライバル同士が一人の女をめぐってかけ引する風俗もの。

「直木賞受賞後はじめての作品ですが、力を入れたせいか記録的に早く書けました」

『落ちる』の収録作品が、心理の動きだけでサスペンスと意外な結末を演出してみせる近代的な作品群であるのに比べ、『黒い木の葉』の方は「みかん山」「黄いろい道しるべ」「黒い木の葉」と旧来の探偵小説のスタイルを踏襲しているものが目立つ。

私は常々、『落ちる』を初期多岐川恭のA面とすると『黒い木の葉』はB面の作品群と思っていて、短篇集としてのクオリティだけなら『落ちる』の方が断然上だが、『黒い木の葉』を併せて読むことによって、多岐川恭という作家が急速に完成されていく様子が見えると考えている。本書によって、両者をいっぺんに読者に手にしていただく機会を持てたことが、何よりもうれしい。

本書はちくま文庫のためのオリジナル編集です。

第一部収録作品と「みかん山」「黒い木の葉」「あとがき」二篇は『落ちる』（創元推理文庫、二〇〇一年六月）を、「黄いろい道しるべ」「澄んだ眼」「ライバル」「おれは死なない」は『黒い木の葉』（河出書房新社、一九五九年三月）を底本としました。「砂丘にて」は「宝石」一九五四年七月号を底本とし、新漢字・新仮名づかいに改めました。

なお本書のなかには今日の人権意識に照らして不適切な語句や表現がありますが、時代背景と作品の価値にかんがみ、また、著者が故人であるためそのままとしました。

せどり男爵数奇譚 梶山季之
せどり＝掘り出し物の古書を安く買って高く転売することを業とすること。古書の世界に魅入られた人々を描く傑作ミステリー。（永江朗）

川三部作 **泥の河／螢川／道頓堀川** 宮本輝
太宰賞「泥の河」、芥川賞「螢川」、そして「道頓堀川」と、川を背景に独自の抒情をこめて創出した、宮本文学の原点をなす三部作。

私小説 from left to right 水村美苗
12歳で渡米し滞在20年目を迎えた「美苗」。アメリカにも溶け込めず、今の日本にも違和感を覚え……。本邦初の横書きバイリンガル小説。

ラピスラズリ 山尾悠子
言葉の海が紡ぎだす、〈冬眠者〉と人形と、春の目覚めの物語。不世出の幻想小説家が20年の沈黙を破り発表した連作長篇。補筆改訂版。（千野帽子）

増補 **夢の遠近法** 山尾悠子
「誰かが私に言ったのだ／世界は言葉でできていると」。誰も夢見たことのない世界が、ここではじめて言葉になった。新たに二篇を加えた増補決定版。

兄のトランク 宮沢清六
兄・宮沢賢治の生と死をそのかたわらでみつめ、兄の死後も烈しい空襲や散佚から遺稿類を守りぬいてきた実弟が綴る、初のエッセイ集。

真鍋博のプラネタリウム 真鍋博 星新一
名コンビ真鍋博と星新一。二人の最初の作品『おーい でてこーい』他、星作品に描かれた挿絵と小説冒頭をまとめた幻の作品集。（真鍋真）

鬼譚 夢枕獏編著
夢枕獏がジャンルにとらわれず、古今の「鬼」にまつわる作品を蒐集した傑作アンソロジー。坂口安吾、手塚治虫、山岸凉子、筒井康隆、馬場あき子、他。

茨木のり子集 言の葉（全3冊） 茨木のり子
しなやかに凜と生きた詩人の歩みの跡を、詩とエッセイで編んだ自選作品集。単行本未収録の作品なども収め、魅力の全貌をコンパクトに纏める。

言葉なんかおぼえるんじゃなかった 田村隆一・語り 長薗安浩・文
戦後詩を切り拓き、常に詩の最前線で活躍し続けた伝説の詩人・田村隆一が若者に向けて送る珠玉のメッセージ。代表的な詩25篇も収録。（穂村弘）

沈黙博物館　小川洋子

「形見じゃ」老婆は言った。死の完結を阻止するために形見が盗まれる。死者が残した断片をめぐるやさしくスリリングな物語。（堀江敏幸）

星間商事株式会社社史編纂室　三浦しをん

二九歳「腐女子」川田幸代、社史編纂室所属。恋の行方も友情の行方も五里霧中。仲間と共に「同人誌」を武器に社の秘められた過去に挑む!?（金田淳子）

通天閣　西加奈子

このしょーもない世の中に、救いようのない人生に、ちょっぴり暖かい灯を点す驚きと感動の物語。第24回織田作之助賞大賞受賞作。（津村記久子）

この話、続けてもいいですか。　西加奈子

ミッキーこと西加奈子の目を通すと世界はワクワク、ドキドキ輝く。いろんな人、出来事、体験がてんこ盛りの豪華エッセイ集！（中島たい子）

水辺にて　梨木香歩

川のにおい、風のそよぎ、木々や生き物の息づかい。カヤックで水辺に漕ぎ出すと見えてくる世界を、物語の予感いっぱいに語るエッセイ。（酒井秀夫）

ピスタチオ　梨木香歩

棚（たな）がアフリカを訪れたのは本当に偶然だったのか。不思議な出来事の連鎖から、水と生命の壮大な物語「ピスタチオ」が生まれる。（管啓次郎）

冠・婚・葬・祭　中島京子

人生の節目に、起こったこと、出会ったひと、考えたこと。冠婚葬祭を切り口に、鮮やかな人生模様が描かれる。第143回直木賞作家の代表作。（瀧井朝世）

図書館の神様　瀬尾まいこ

赴任した高校で思いがけず文芸部顧問になってしまった清（きよ）。そこでの出会いが、その後の人生を変えてゆく。鮮やかな青春小説。（山本幸久）

僕の明日を照らして　瀬尾まいこ

中2の隼太に新しい父が出来た。優しい父はしかしDVする父でもあった。この家族を失いたくない！隼太の闘いと成長の日々を描く。（岩宮恵子）

君は永遠にそいつらより若い　津村記久子

22歳処女。いや「女の童貞」と呼んでほしい――。日常の底に潜むうっすらとした悪意を独特の筆致で描く。第21回太宰治賞受賞作。（松浦理英子）

アレグリアとは仕事はできない　津村記久子

彼女はどうしようもない性悪だった。すぐ休み単純労働をバカにし男性社員に媚を売る。大型コピー機とミノベとの仁義なき戦い！（千野帽子）

こちらあみ子　今村夏子

太宰治賞と三島由紀夫賞、ダブル受賞を果たした異才、衝撃のデビュー作。3年半ぶりの書き下ろし「チズさん」を収録。（町田康／穂村弘）

すっぴんは事件か？　姫野カオルコ

女性用エロ本におけるオカズ職業は？　本当の小悪魔とはどんなオンナか？　世間にはびこる甘ったれた「常識」をほじくり鉄槌を下すエッセイ集。

絶叫委員会　穂村弘

町には、偶然生まれては消えてゆく無数の詩が溢れている。不合理でナンセンスで真剣だからこそ可笑しい、天使的な言葉たちへの考察。（南伸坊）

ねにもつタイプ　岸本佐知子

何となく気になることにこだわる、ねにもつ。思索、奇想、妄想はばたく脳内ワールドをリズミカルな名短文でつづる。第23回講談社エッセイ賞受賞。

杏のふむふむ　杏

連続テレビ小説「ごちそうさん」で国民的な女優となった杏が、それまでの人生を、人との出会いをテーマに描いたエッセイ集。（村上春樹）

うれしい悲鳴をあげてくれ　いしわたり淳治

作詞家、音楽プロデューサーとして活躍する著者の小説&エッセイ集。彼が「言葉」を紡ぐと誰もが楽しめる「物語」が生まれる。（鈴木おさむ）

つむじ風食堂の夜　吉田篤弘

それは、笑いのこぼれる夜。――食堂は、十字路の角にぽつんとひとつ灯をともしていた。クラフト・エヴィング商會の物語作家による長篇小説。

小路幸也少年少女小説集　小路幸也

「東京バンドワゴン」で人気の著者による子供たちを主人公にした作品集。多感な少年期の姿を描き出す。単行本未収録作を多数収録。文庫オリジナル。

包帯クラブ　天童荒太

傷ついた少年少女達は、戦わないかたちで自分達の大切なものを守ることにした。生きがたいと感じるすべての人に贈る長篇小説。大幅加筆して文庫化。

パンツの面目ふんどしの沽券　米原万里

キリストの下着はパンツか腰巻か？　幼い日にめばえた疑問を手がかりに、人類史上の謎に挑んだ、抱腹絶倒&禁断のエッセイ。　（井上章一）

ひと皿の記憶　四方田犬彦

諸国を遍歴した著者が、記憶の果てにぼんやりと光るひと皿をたぐりよせ、追憶の味（あるいは、はたせなかった憧れの味）を語る。書き下ろしエッセイ。

妊娠小説　斎藤美奈子

『舞姫』から『風の歌を聴け』まで、望まれない妊娠を扱った一大小説ジャンルが存在している――意表をついた指摘の処女評論。　（金井景子）

趣味は読書。　斎藤美奈子

気鋭の文芸評論家がベストセラーを読む。『大河の一滴』から『えんぴつで奥の細道』まで、目から鱗の分析がいっぱい。文庫化にあたり大幅加筆。

あんな作家　こんな作家　どんな作家　阿川佐和子

聞き上手の著者が松本清張、吉行淳之介、田辺聖子、藤沢周平ら57人に取材した。その鮮やかな手口に思わず作家は胸の内を吐露。　（清水義範）

向田邦子との二十年　久世光彦

あの人は、あり過ぎるくらいあった始末におえない胸の中のものを誰にだって、一言も口にしない人だった。時を共有した二人の世界。　（新井信）

「下り坂」繁盛記　嵐山光三郎

人の一生は、「下り坂」をどう楽しむかにかかっている。真の喜びや快感は「下り坂」にあるのだ。あちこちにガタがきても、愉快な毎日が待っている。

笑う子規　正岡子規＋天野祐吉＋南伸坊

「弘法は何と書きしぞ筆始」「猫老て鼠もとらず置火燵」。天野さんのユニークなコメント、南さんの豪快な絵を添えて贈る愉快な子規句集。　（関川夏央）

将棋　自戦記コレクション　後藤元気編

対局者自身だからこそ語りえる戦いの機微と将棋の深み。巨匠たち、トップ棋士の若き日からアマチュア強豪までを収録。文庫オリジナルアンソロジー。

将棋エッセイコレクション　後藤元気編

プロ棋士、作家、観戦記者からウェブ上での書き手まで――「言葉」によって、将棋をより広く、深く、鮮やかに楽しむ可能性を開くための名編を収録。

考現学入門 今和次郎 藤森照信編

震災復興後の東京で、都市や風俗への観察・採集からはじまった〈考現学〉。その雑学の楽しさを満載し、新編集でここに再現。（藤森照信）

青春と変態 会田誠

著者の芸術活動の最初期にあり、高校生男子の暴発するエネルギーを、日記形式の独白調で綴る変態的青春小説もしくは青春的変態小説。（松蔭浩之）

TOKYO STYLE 都築響一

小さい部屋が、わが宇宙。ごちゃごちゃと、しかし快適に暮らす、僕らの本当のトウキョウ・スタイルはこんなものだ！ 話題の写真集文庫化！

既にそこにあるもの 大竹伸朗

画家、大竹伸朗「作品への得体の知れない衝動」を伝える20年間のエッセイ。文庫では新作を含む木版画、未発表エッセイ多数収録。（森山大道）

たましいの場所 早川義夫

「恋をしていいのだ。今を歌っていくのだ」。心を揺るがす本質的な言葉。文庫用に最終章を追加。帯文＝宮藤官九郎 オマージュエッセイ＝七尾旅人

ぼくは本屋のおやじさん 早川義夫

22年間の書店としての苦労と、お客さんとの交流。どこにもありそうで、ない書店。30年来のロングセラー！（大槻ケンヂ）

日本フォーク私的大全 なぎら健壱

熱い時代だった。新しい歌が生まれようとしていた。日本のフォーク——その現場に飛び込んだ著者ならではの克明で実感的な記録。（黒沢進）

バーボン・ストリート・ブルース 高田渡

流行に迎合せず、グラス片手に飄々とうたい続け、いぶし銀のような輝きを放ちつつ逝った高田渡の酔いどれ人生、ここにあり。（スズキコージ）

自然のレッスン 北山耕平

自分の生活の中に自然を蘇らせる、心と体と食べ物のレッスン。自分の生き方を見つめ直すための詩的な言葉たち。帯文＝服部みれい（曽我部恵一）

コーヒーと恋愛 獅子文六

恋愛は甘くてほろ苦い。とある男女が巻き起こす恋模様をコミカルに描く昭和の傑作が、現代の「東京」によみがえる。（曽我部恵一）

間取りの手帖 remix　佐藤和歌子
世の中にこんな奇妙な部屋が存在するとは！　間取りと一言コメント。文庫化に当たり、間取りとコラムを追加し著者自身が再編集。（南伸坊）

土屋耕一のガラクタ箱　土屋耕一
広告の作り方から回文や俳句まで、「ことば」を操り、瑞々しい世界を見せるコピーライター土屋耕一のエッセンスが凝縮された一冊。（松家仁之）

絵本ジョン・レノンセンス　ジョン・レノン　片岡義男／加藤直訳
ビートルズの天才詩人による詩とミニストーリーと絵。言葉遊び、ユーモア、風刺に満ちたファンタジー。原文付。序文＝P・マッカートニー。

グリンプス　ルイス・シャイナー　小川隆訳
ドアーズ、ビーチ・ボーイズ、ジミヘンにビートルズ。幻のアルバムを求めて60年代へタイムスリップ。ロックファンに誉れ高きSF小説が甦る。

映画は父を殺すためにある　島田裕巳
〝通過儀礼〟で映画を分析することで、隠されたメッセージを読み取ることができる。宗教学者が教える、ますます面白くなる映画の見方。（町山智浩）

USAカニバケツ　町山智浩
大人気コラムニストが贈る怒濤のコラム集！　スポーツ、TV、映画、ゴシップ、犯罪……。知られざるアメリカのB面を暴き出す。（デーモン閣下）

ファビュラス・バーカー・ボーイズの地獄のアメリカ観光　町山智浩　柳下毅一郎
ラス・メイヤーから殺人現場まで、バカバカしくも業の深い世紀末アメリカをゴシップ満載の漫才トークでご案内。FBBのデビュー作。（三留まゆみ）

オタク・イン・USA　パトリック・マシアス　町山智浩編訳
全米で人気爆発中の日本製オタク・カルチャー。しかしそれらが受け入れられるまでには、大いなる誤解と先駆者たちの苦闘があった——。（町山智浩）

戦闘美少女の精神分析　斎藤環
ナウシカ、セーラームーン、綾波レイ……「戦う美少女」たちは、日本文化の何を象徴するのか。「おたく」「萌え」の心理的特性に迫る。（東浩紀）

増補　エロマンガ・スタディーズ　永山薫
制御不能の創造力と欲望で数多の名作・怪作を生んできた日本エロマンガ。多様化の歴史と主要ジャンルを網羅した唯一無二の漫画入門。（東浩紀）

地名の謎 今尾恵介

地名を見ればその町が背負ってきた歴史や地形が一目瞭然！　全国の面白い地名、風変わりな地名、そこから垣間見える地方の事情を読み解く。（泉麻人）

鉄道地図　残念な歴史 所澤秀樹

赤字路線が生き残り、必要な路線が廃線になるのは、なぜ？　路線図には葛藤、苦悩、迷走、謀略が詰まっている。矛盾に満ちたその歴史を暴く。

宮脇俊三　鉄道紀行セレクション 小池滋編

名編集者であり、鉄道ファンとしても知られる著者の鉄道紀行集。全著作の中から、世代を超えて読み継がれ愛されるユーモアあふれる作品を厳選。

大東京ぐるぐる自転車 伊藤礼

六十八歳で自転車に乗り始め、はや十四年。ペースメーカーを装着した体で走行した距離は約四万キロ！　味わい深い小冒険の数々。（平松洋子）

建築探偵の冒険・東京篇 藤森照信

街を歩きまわり、古い建物、変わった建物を発見し調査する〝東京建築探偵団〟の主唱者による、建築をめぐる不思議で面白い話の数々。（山下洋輔）

驚嘆！　セルフビルド建築　沢田マンションの冒険 加賀谷哲朗

比類なき巨大セルフビルド建築、沢マンの全魅力！　4階に釣堀、5階に水田、屋上に自家製クレーンも！　帯文＝奈良美智　（初見学、岡啓輔）

戦前の生活 武田知弘

軍国主義、封建的、質素倹約で貧乏だったなんてウソ。意外で驚きなトピックが満載。夢と希望に溢れ、ゴシップに満ちた戦前の日本へようこそ。

神国日本のトンデモ決戦生活 早川タダノリ

これが総力戦だ！　雑誌や広告を覆い尽くしたプロパガンダの数々が浮かび上がらせる戦時下日本のリアルな姿。関連図版をカラーで多数収録。

ボビー・ジョーンズ　ゴルフの神髄 ボビー・ジョーンズ　シドニー・マシュー編　前田俊一訳

マスターズの創設者にして、28歳でグランド・スラマーとなった「球聖」ボビー・ジョーンズが、ゴルフの本質とは何なのかを記した名著。（湯原信光）

悠々として急げ 中部銀次郎

「ゴルフがうまくなるとはどういうことなのか」を、生涯追求し続けた天才アマチュア・ゴルファーの言葉があふれる一冊。写真多数。（阪田哲男）

尾崎翠集成（上・下）　尾崎翠　中野翠 編

鮮烈な作品を残し、若き日に音信を絶った謎の作家・尾崎翠。時間と共に新たな輝きを加えてゆくその文学世界を集成する。

クラクラ日記　坂口三千代

戦後文壇を華やかに彩った無頼派の雄・坂口安吾との、嵐のような生活を妻の座から愛と悲しみをもって描く回想記。巻末エッセイ＝松本清張

甘い蜜の部屋　森茉莉

天使の美貌、無意識の媚態。薔薇の蜜で男たちを溺れ死なせていく少女モイラと父親の濃密な愛の部屋。稀有なロマネスク。（矢川澄子）

貧乏サヴァラン　森茉莉　早川暢子 編

オムレット、ボルドオ風茸料理、野菜の牛酪煮……。食いしん坊茉莉は料理自慢。香り豊かな〝茉莉ことば〟で綴られる垂涎の食エッセイ。文庫オリジナル。

ことばの食卓　武田百合子　野中ユリ・画

なにげない日常の光景やキャラメル、枇杷など、食べものに関する昔の記憶と思い出を感性豊かな文章で綴ったエッセイ集。（種村季弘）

遊覧日記　武田百合子　武田花・写真

行きたい所へ行きたい時に、つれづれに出かけてゆく。一人で。または二人で。あちらこちらを遊覧しながら綴ったエッセイ集。（巖谷國士）

わたしは驢馬に乗って下着をうりにゆきたい　鴨居羊子

新聞記者から下着デザイナーへ。斬新で夢のある下着を世に送り出し、下着ブームを巻き起こした女性起業家の悲喜こもごも。（近代ナリコ）

神も仏もありませぬ　佐野洋子

還暦……もう人生おりたかった。でも春のきざしの蕗の薹に感動する自分がいる。意味なく生きても人は幸せなのだ。第3回小林秀雄賞受賞。（長嶋康郎）

問題があります　佐野洋子

中国で迎えた終戦の記憶から極貧の美大生時代、読まずにいられない本の話など。単行本未収録作品を追加した、愛と笑いのエッセイ集。（長嶋有）

老いの楽しみ　沢村貞子

八十歳を過ぎ、女優引退を決めた著者が、日々の思いを綴る。齢にさからわず、「なみ」に、気楽に、と過ごす時間に楽しみを見出す。（山崎洋子）

色を奏でる	志村ふくみ・文 井上隆雄・写真	色と糸と織——それぞれに思いを深めて織り続ける染織家にして人間国宝の著者の、エッセイと鮮かな写真が織りなす豊醇な世界。オールカラー。
遠い朝の本たち	須賀敦子	一人の少女が成長する過程で出会い、愛しんだ文学作品の数々を、記憶に深く残る人びとの想い出とともに描くエッセイ。（末盛千枝子）
性分でんねん	田辺聖子	あわれにもおかしい人生のさまざま、また書物の愉しみのあれこれ。硬軟自在の名手、お聖さんの切口がますます冴えるエッセー。（氷室冴子）
「赤毛のアン」ノート	高柳佐知子	アンの部屋の様子、グリーン・ゲイブルズの自然、アヴォンリーの地図など、アン心酔の著者がカラー絵と文章で紹介。書き下ろしを増補しての文庫化。
おいしいおはなし	高峰秀子編	向田邦子、幸田文、山田風太郎……著名人23人の美味な思い出。文学や芸術にも造詣が深かった往年の大女優・高峰秀子が厳選した珠玉のアンソロジー。
うつくしく、やさしく、おろかなり	杉浦日向子	生きることを楽しもうとしていた江戸人たち。彼らの紡ぎ出した文化にとことん惚れ込んだ著者がその思いの丈を綴った最後のラブレター。（松田哲夫）
るきさん	高野文子	のんびりしていてマイペース、だけどどっかヘンテコな、るきさんの日常生活って？ 独特な色使いが光るオールカラー。ポケットに一冊どうぞ。
それなりに生きている	群ようこ	日当たりの良い場所を目指して仲間を蹴落とすカメ、迷子札をつけているネコ、自己管理している犬。文庫化に際し、二篇を追加して贈る動物エッセイ。
玉子ふわふわ	早川茉莉編	国民的な食材の玉子、むきむきで抱きしめたい！ 森茉莉、武田百合子、吉田健一、山本精一、宇江佐真理ら37人が綴る玉子にまつわる悲喜こもごも。
なんたってドーナツ	早川茉莉編	貧しかった時代の手作りおやつ、日曜学校で出合った素敵なお菓子、毎朝宿泊客にドーナツを配るホテル、哲学させる穴……。文庫オリジナル。

ちくま日本文学（全40巻）　ちくま日本文学

小さな文庫の中にひとりひとりの作家の宇宙がつまっている。一人一巻、全四十巻。何度読んでも古びない作品と出逢う、手のひらサイズの文学全集。

ちくま文学の森（全10巻）　ちくま文学の森

最良の選者たちが、古今東西を問わず、あらゆるジャンルの作品の中から面白いものだけを基準に選んだ、伝説のアンソロジー、文庫版。

ちくま哲学の森（全8巻）　ちくま哲学の森

「哲学」の狭いワク組みにとらわれることなく、あらゆるジャンルの中からとっておきの文章を厳選。新鮮な驚きに満ちた文庫版アンソロジー集。

宮沢賢治全集（全10巻）　宮沢賢治

『春と修羅』、『注文の多い料理店』はじめ、賢治の全作品及び異稿を、綿密な校訂と定評ある本文によって贈る話題の文庫版全集。書簡など2巻増巻。

芥川龍之介全集（全8巻）　芥川龍之介

確かな不安を漠然とした希望の中に生きた芥川の全貌。名手の名をほしいままにした短篇から、日記、随筆、紀行文までを収める。

梶井基次郎全集（全1巻）　梶井基次郎

「檸檬」「泥濘」「桜の樹の下には」「交尾」をはじめ、習作・遺稿を全て収録し、梶井文学の全貌を伝える。一巻に収めた初の文庫版全集。（高橋英夫）

夏目漱石全集（全10巻）　夏目漱石

時間を超えて読みつがれる最大の国民文学を、10冊に集成して贈る画期的な文庫版全集。全小説及び小品、評論に詳細な注・解説を付す。

太宰治全集（全10巻）　太宰治

第一創作集『晩年』から太宰文学の総結算ともいえる『人間失格』、さらに『もの思う葦』ほか随想集も含め、清新な装幀でおくる待望の文庫版全集。

中島敦全集（全3巻）　中島敦

昭和十七年、一筋の光のように登場し、二冊の作品集を残してまたたく間に逝った中島敦——その代表作から書簡までを収め、詳細小口注を付す。

山田風太郎明治小説全集（全14巻）　山田風太郎

これは事実なのか？　フィクションか？　歴史上の人物と虚構の人物が明治の東京を舞台に繰り広げる奇想天外な物語。かつ新時代の裏面史。

名短篇、ここにあり　北村薫　宮部みゆき編

読み巧者の二人の議論沸騰し、選びぬかれたお薦め小説12篇。となりの宇宙人／冷たい仕事／隠し芸の男／少女架刑／あしたの夕刊／網／誤訳ほか。

名短篇、さらにあり　北村薫　宮部みゆき編

小説って、やっぱり面白い。人間の愚かさ、不気味さ、人情が詰まった奇妙な12篇。華燭／骨／雲の小径／押入の中の鏡花先生／不動図／鬼火／家霊ほか。

読まずにいられぬ名短篇　北村薫　宮部みゆき編

松本清張のミステリを倉本聰が時代劇に!? あの作家の知られざる逸品からオチの読めない怪作まで厳選の18作。北村・宮部の解説対談付き。

教えたくなる名短篇　北村薫　宮部みゆき編

宮部みゆきを驚嘆させた、時代に埋もれた名作家・長谷川修の世界とは? 人生の悲喜こもごもが詰まった珠玉の13作。北村・宮部の解説対談付き。

世界幻想文学大全
幻想文学入門　東雅夫編著

幻想文学のすべてがわかるガイドブック。澁澤龍彦、中井英夫、カイヨワ等の幻想文学案内のエッセイも収録し、資料も充実。初心者も通も楽しめる。

世界幻想文学大全
怪奇小説精華　東雅夫編

ルキアノスから、デフォー、メリメ、ゴーチエ、ゴーゴリ……時代を超えたベスト・オブ・ベスト。岡本綺堂、芥川龍之介等の名訳も読みどころ。

日本幻想文学大全
幻妖の水脈　東雅夫編

『源氏物語』から小泉八雲、泉鏡花、江戸川乱歩、都筑道夫……。妖しさ蠢く日本幻想文学、ボリューム満点のオールタイムベスト。

日本幻想文学大全
幻視の系譜　東雅夫編

世阿弥の謡曲から、小川未明、夢野久作、宮沢賢治、中島敦、吉村昭……。幻視の閃きに満ちた日本幻想文学の逸品を集めたベスト・オブ・ベスト。

60年代日本SFベスト集成　筒井康隆編

「日本SF初期傑作集」とでも副題をつけるべき作品集である(編者)。二十世紀日本文学のひとつの里程標となる歴史的アンソロジー。（大森望）

70年代日本SFベスト集成1　筒井康隆編

日本SFの黄金期の傑作を、同時代にセレクトした記念碑的アンソロジー。SFに留まらず「文学の新しい可能性」を切り開いた作品群。（荒巻義雄）

ちくま文庫

落《お》ちる／黒《くろ》い木《こ》の葉《は》
ミステリ短篇傑作選《たんぺんけっさくせん》

二〇一八年七月十日　第一刷発行

著　者　多岐川恭（たきがわ・きょう）
編　者　日下三蔵（くさか・さんぞう）
発行者　山野浩一
発行所　株式会社　筑摩書房
東京都台東区蔵前二—五—三　〒一一一—八七五五
振替〇〇一六〇—八—四一二三
装幀者　安野光雅
印刷所　三松堂印刷株式会社
製本所　三松堂印刷株式会社
乱丁・落丁本の場合は、左記宛にご送付下さい。
送料小社負担でお取り替えいたします。
ご注文・お問い合わせも左記へお願いします。
筑摩書房サービスセンター
埼玉県さいたま市北区櫛引町二—六〇四　〒三三一—八五〇七
電話番号　〇四八—六五一—〇〇五三

ISBN978-4-480-43530-9　C0193